中原乡村往事

苗景有 著

图书在版编目（CIP）数据

中原乡村往事/苗景有著．—北京：中国发展出版社，2019.8

ISBN 978－7－5177－1026－4

Ⅰ.①中…　Ⅱ.①苗…　Ⅲ.①散文集—中国—当代　Ⅳ.①I267

中国版本图书馆 CIP 数据核字（2019）第 135946 号

书　　名：中原乡村往事
著　　者：苗景有
出版发行：中国发展出版社
联系地址：北京市西城区裕民东路 3 号 9 层　100029
标准书号：ISBN 978－7－5177－1026－4
经 销 者：各地新华书店
印 刷 者：北京市密东印刷有限公司
开　　本：880mm×1230mm　1/32
印　　张：11.5
字　　数：298 千字
版　　次：2019 年 9 月第 1 版
印　　次：2019 年 9 月第 1 次印刷
定　　价：38.00 元

联系电话：（010）68990642　68990692
购书热线：（010）68990682　68990686
网络订购：http：//zgfzcbs. tmall. com//
网购电话：（010）68990639　88333349
本社网址：http：//www. develpress. com. cn
电子邮件：271799043@ qq. com

前 言

我出生在河南农村，是家乡的甘泉把我浇灌，是家乡的米粮把我滋养。虽然离开家乡已经多年，但那里的一草一木我依然历历在目，那里的父老乡亲的形象依然清晰，倍感亲切。

二十世纪四五十年代，在闭塞的农村里，农民们过着日出而作、日落而息的恬静生活。当农业合作化运动到来时，他们的看法各不相同，但都融入了这场变革的大潮中。根深蒂固的封建礼教逐渐消亡，人们之间的关系、伦理观念也悄然发生变化，但依然延续着农耕文化。

在农村度过青少年时期，许多真实的故事在我心里留下了很深的印记。时至今日，故事中的人物常常活脱脱地浮现在我的脑海中。他们演绎精彩故事的同时，自觉不自觉地改变着周边环境，改变着这个世界，同时他们自己也被改变着。有许多故事，仿佛就发生在昨天。浓浓的乡愁促使我要把这些动人的故事写出来，献给家乡的父老乡亲。

“平平淡淡才是真”是我写本书秉持的理念和主导思想。我多用农民的语言告诉读者在特定的时代背景下农民的喜怒哀乐、苦难经历和感情纠葛，以及不同人对社会变化的不同态度。

故事发生在史家湾，移步换景，全书可以说没有确定的“主人公”。我用一定的笔法，串联起十几户人家，展现几十个人物的生命轨迹。我没有猎奇，只是根据人物故事原型，把它们虚构引申，使故事情节合理地有意义地展开。这些故事不过是社会形态的一个斑点，是历史长河中的一滴水珠。故事再现了二十世纪四五十年代河南农村的真实面貌，说不定书中某个人物挺像您老家隔壁的大哥或大嫂。您读后，如能对往日的河南农村多一点认知，我就很高兴了。

我深知自己的文学创作理论和经验有限，是那种对文学的执着以及对农村生活的体验与积累激励我写了这部小说。有不当之处，望读者予以指正。

故事中虚构的情节，如有雷同，纯属偶然，敬请谅解。

本小说在创作过程中，引起了家乡一些老同学好朋友的极大关注，并给予热情鼓励和很好的建议。借本书发表之际，特向刘玉芬、石正介、金涛、雷新乾、李书标等表达谢意。同时也感谢夫人李新爱提供素材和全力协助与支持。

主要人物

史均安——家长，五十多岁，三个儿子，分别叫克勤、克俭、克礼；两个女儿，已出嫁。

东头张二婶——名钱婉容，三十四五岁，公公张雅轩，婆婆美玉，丈夫国梁，女儿月韵。

史太平——家长，四十多岁，只有一女叫翠花，已出嫁。后过继同村的史金旺家二儿子银柱为儿子。

周满仓——家长，五十来岁，妻子雪雁；四个儿子，大儿兴旺、儿媳秋菊，二儿兴盛、儿媳桂英，三儿兴国、儿媳香玉，四儿兴家、儿媳；女儿桂花，未婚。

凤歌——媒婆，赵庄村人，满仓、雪雁的媒人。

李婶——媒婆，家住六里沟，兴旺和秋菊的媒人。

工作队——队长田伟民，三十五六岁。有一男队员小梁、一女队员小蔡。

史金旺——近四十岁，贫农，家穷。儿子叫铁柱、银柱，女儿叫桃花、槐花。其父史俊山，已故。

史大春——家长，儿子叫振中，八九岁。

石头——大春邻居，两家来往较密。

张银生——外来户，三十岁出头，和娘一起生活。

秀萍——三十五六岁，女队员小蔡房东，娘家南寨，丈夫张俊杰已故，儿子张继勇，十二岁左右。

史秋雨——四十来岁，工作队老田和小梁房东，有一子一女，女儿已出嫁，儿子未婚。

梁满山——地主，四十来岁，有两房太太，大太太玉莹，生二男二女，二太太杏花，无子女。儿子梁振英、梁振雄，女儿翠竹、翠莲，表弟忠良。

周巍山——刀客，父亲宝丰，母亲春燕。被处决后，留下妻子携子寡居。

周嫂——名玉环，军属，丈夫周志强已故。大儿周文理，军人，小儿周文荣。

史水生——家长，有一子景盛。

目录 ___ Contents

001 日照史家湾 _1
002 小村有乡贤 _6
003 榆钱如飞雪 _12
004 石头心好烦 _18
005 过继小银柱 _23
006 情系两家人 _29
007 堪比黄连苦 _38
008 傻蛋娶娇妻 _47
009 公爹戏儿媳 _55
010 门前老鸹叫 _62
011 婉容嫁豪门 _67
012 形势比人强 _74
013 奇特三联姻 _80
014 共同富裕路 _86
015 梁家开醋坊 _92

016　醋香飘四方 _97
017　饱暖思淫欲 _103
018　丫鬟做偏房 _109
019　乱世刀客狂 _116
020　夜半枪声起 _121
021　村民大开眼 _126
022　秀萍辛酸泪 _131
023　成立互助组 _137
024　它在风中笑 _147
025　送水惹是非 _155
026　把爱藏心头 _161
027　选个好村长 _165
028　她心很孤独 _171
029　新麦多喜人 _176
030　消夏大鼓书 _186

031　发展党组织 _ 194
032　暗流冲根基 _ 199
033　泪干烛光息 _ 207
034　秋前再整合 _ 215
035　金秋收获多 _ 221
036　英魂归故里 _ 228
037　情倾小炉匠 _ 234
038　货郎走四方 _ 241
039　汝愿终以偿 _ 245
040　农业合作社 _ 253
041　各尽所能乎 _ 258
042　有情成眷属 _ 264
043　山村沐春风 _ 273
044　青年标新异 _ 277

045　杏花心苦闷 _285
046　挣脱黑羁绊 _290
047　满山两手空 _298
048　放飞笼中鸟 _304
049　扫盲师生恋 _313
050　两情醉如痴 _321
051　幽梦忽还乡 _326
052　真爱得重续 _334
053　风吹漫天雪 _345
054　天寒人情暖 _350
055　后　话 _355

001 日照史家湾

太阳从山后慢慢露出笑脸。

鸡鸣狗叫划破了小山村的宁静，万安山麓的史家湾早早从睡梦中醒来。朝霞映在土坯墙上，呈现一片琥珀般柔润的淡黄色。

缕缕炊烟从老旧的灶房里冉冉升起，散发出柴草燃烧时特有的味道。这种味道并不好闻，但这就是人间烟火，有烟有火，给人很深的记忆。人在烟火中生，在烟火中长，在烟火中延续生命，在烟火中传承文化。烟火是一种召唤，召唤人们回家享用美餐，感悟到生活的真谛。烟火是一种媒介，传递着人间情感。烟火是一种力量，蒸腾向上，让人对前景充满希望。

史家湾有一位长者，姓史名均安，德高望重，勤劳朴实。

天短夜长，加上人老瞌睡少，天蒙蒙亮均安就起床了，背起箩筐出门，在村里村外捡拾牲畜粪便。入冬以来，已经积了两车粪，堆在后院里。他依然要早起，为来年庄稼准备更多的农家肥。

今早回来，他放下箩筐，洗了把脸，坐在大门前的石墩上歇息。

嘴里的水烟袋发出“呼噜呼噜”的响声，他深吸一口，稍事停留，让烟从鼻孔缓缓喷出，腾云驾雾似的，很是享受。

一条大黄狗卧在他的脚前，伸着长长的舌头，目不转睛地望着他鼻孔里冒出的青烟，和他分享这静谧的时光。

“爷，吃饭了。”一个十一二岁的大男孩，端着一大碗红薯饭、一小碟腌萝卜丝，来到均安面前。

“先放到石墩上，我抽完这袋烟就吃。”

男孩放下碗筷，转身边走边说：“早点吃，一会儿就凉了。”

均安把碗端起，几块水煮红薯盛满大碗，天上的白云和门前的树影都在碗中，与鲜艳的红薯皮交织在一起。红薯好像是山，汤水好像是海。一口红薯一口汤，再夹一筷头咸萝卜丝，均安吃饭很有节奏，免得被甜绵的红薯噎住。

对面一个中年男子也端着一碗红薯走出家门，看到均安，高声打着招呼："安叔，好早啊，光吃红薯，婶子没给您烙个馍？"

"净说傻话。你看，这红薯饭里一点面星都没有，都是清水，还会有馍吃？就这，有红薯吃就不赖了。"

"恁（方言：1. 那么。2. 你，你们，你的，你们的）家秋庄稼长得不错么，咋会现在就吃不上馍了？儿子媳妇都孝顺，一年到头都滋养着您，哪会缺您吃的？"

"你不是不知道，去年冬天翻瓦那间房子，都用得差不多了。今年春天的日子，就紧紧巴巴过吧。"

"恁家多殷实哩，别跟我哭穷了。我不会跟您借粮的，哈哈。"

"你这鳖孙，净在那儿瞎说，有粮也不借给你。"

均安接着又说："过来吧，就几根萝卜丝。"

"您不借，我要没饭吃，就去恁家。"

男子边说边来到均安大叔跟前，夹一筷子萝卜丝放进嘴里，"呀，还怪香哩。放了不少油吧？"

"热红薯都堵不住你那张大嘴，明儿不给你吃了。"爷儿俩边吃边说笑。

"安叔，去冬的几场雪下得怪好，麦子的墒情不赖，我看地里的麦子都要返青了。"

"嗯，再有几场春雨就更好了。"

均安不时地撂下几块红薯皮，那只大黄狗还是眼巴巴地盯着主人。最后，均安索性把一大块红薯都给了黄狗。红薯烫嘴，黄狗哼唧几声，才把红薯咽下肚去。

小小山村，日出而作。女人们差不多都在这时候做好早饭，男女老少都会不约而同端上饭碗走出家门，边吃边聊些家长里短：东家的闺女长得好看，准能找个好婆家；西家的男孩长得排场又勤谨，谁家的女子跟他准享福；昨晚到王庄看戏，那个小生唱得真好。如此等等，有一搭没一搭的。说着说着，端着红薯饭的大人孩子都聚拢过来，像是如今的早餐会。

东头张二婶，坐在自家门前的石墩上，一边吃，一边朝这边看。她好像发现了什么，端着饭碗慢慢地走过来，望着人群喊了一声："景盛他娘，你过来！"

"啥事呀？他婶子。"景盛他娘忙迎了上去。

等景盛他娘走近，张二婶小声问道："恁家景盛也不小了，寻下（媳妇）没有？"

"前些日子，他大姨提过一个，见了一次面，不合适，就算了。咋了？你有合适的口？"

"坡下后庄我有个远门亲戚，那天在会上碰见我，跟我提起他家女儿，也老大不小了，还没有找下婆家，托我说媒。后来我就想到咱家景盛。我觉着，恁两家倒挺合适的。你要是同意，我就去试试。"

"咋能不同意？那就麻烦你了。事成之后，好好谢谢你。"张二婶平时听风是雨，实话不多，大话不少，景盛他娘也没把她的话太当真，就当闲话听听。

突然，那边有个女人大喊大叫："啊呀，老少爷们都听着啊！不知道哪个不要脸的，把俺家的大公鸡逮住了不放！"接着，又漫无目标地骂起来："你是死了爹还是死了娘？是去给你爹上坟哩，不要脸的骚婆娘听着，赶快给俺放出来，要不放，你试试！"正在吃饭的人们往那边一看，原来是狗剩媳妇。

对她这种撒泼，村民们也都习惯了，没人搭理她。张二婶却接过话茬："哎哟，是狗剩家呀，狗剩还在家吗？恁家那母鸡丢没丢？"

张二婶的话惹得大家一阵哄笑。

“俺家母鸡不往外跑，哪会丢？俺狗剩在家哩。”狗剩媳妇一本正经地说。

“恁家狗剩在，你咋说公鸡丢了？兴许有人去偷恁家母鸡哩。”狗剩媳妇傻乎乎的，不知道人家是在骂她，马上接了一句：“他敢!?”又继续吆喝着满村转悠。

“不要脸的，赶紧把俺的公鸡放出来，我知道是谁偷俺家的鸡。”她在周巍山家门口停了下来，扯着嗓子使劲骂，勾着头朝大门里偷看。她心里似乎认定巍山媳妇偷了她的鸡。

巍山媳妇在门内听着不对劲，觉着这个泼妇是噘（骂）她哩，心中怒火一个劲地往上蹿。她咽不下这口恶气，突然打开大门冲了出去。

“你这缺德的王八蛋，对着俺门吆喝啥哩？你噘谁？谁偷恁家鸡了？欺负俺孤儿寡母呀，嗯？要是在俺家搜不出恁家鸡，咋说？咋说？”

“咦——，你这小寡妇敢噘老娘。看我今儿收拾你。”狗剩媳妇窝火无处发，立马冲上去，不由分说，照着巍山媳妇就是一个耳光。

巍山媳妇个子低，够不着对方的脸，但也毫不示弱，一巴掌扇过去，正好打在狗剩媳妇的胸口上。狗剩媳妇疼痛难忍，捂着胸口蹲在地上。

听到这边吵架，正在吃饭的人们都围了过来。还没等别人拉架，一方已经败下阵来。巍山家也眼泪叭嚓的，边哭边说，“老少爷们，都来评评理。对着俺门噘人，她是欺负俺呀。俺寡妇家就该受人欺负？”

均安大叔呵斥大伙儿，“别看热闹了，都回去吃恁的饭！”接着问狗剩媳妇：“狗剩家，没啥大事吧？起来回家吧，人家孤儿寡母也够可怜的，别值不值就搜寻事。今儿是你不对，改改你那脾气！”

说话间，狗剩听到了风声，跑了过来，拉起媳妇说：“真丢人。回去!”

狗剩媳妇缓过劲来，不肯就此罢休。她甩开狗剩，蹿上去还要打巍山家。嘴里不停叫骂：“你这个扫帚星，把你男人妨死了，还想祸害全村人呀!”没等她够着巍山媳妇，狗剩又一把拉住她，朝她脸上就是一巴掌。“你不嫌丢人呀?! 三天不打，成精了你!”狗剩连拖带拉把媳妇弄回了家，尽管他媳妇不依不饶。

巍山家坐在大门前石板上，“呜呜”哭个不停。对她来讲，真是“足不出户祸从天降”。平日里，她带着孩子小心翼翼地过日子，知道自己在村里说不起话，被人瞧不起，哪敢有冒犯他人之心。

“安叔，您给俺做个主呀。俺哪会偷他家的鸡，她是存心往俺身上泼脏水呀。不信，您到俺家搜搜看。”

均安大叔走过来说：“巍山家，你受委屈了，别跟她一般见识，村里人谁不知道她是哪号人。别哭了，你跟孩子都还没吃饭吧? 到俺家去，我让你婶子给你盛碗饭。别饿坏了孩子。”

巍山家止住了哭声，均安大叔又说：“走吧，去俺家吧。”

巍山家说：“不麻烦叔了，俺家饭做好了，孩子正在家吃饭哩。”说完回家，关上了大门。

吃过早饭，巍山家扯着一个六七岁的男孩来找均安大叔。到了门口，她拍拍门环，喊道：“安叔在家吗?”

均安正好在院里，听见是巍山家的声音，说：“在哩。是巍山家吧，进来吧。”

坐下后，均安劝导说：“巍山家，看把你气得，别生气了。”

还没开口，巍山家两颗泪珠就从眼中滚落下来：“大叔，史家湾俺恐怕是无法再住下去了。村里人都不正眼看俺，心眼不正的，老想找俺点事。前些日子，秋雨嫂嘛俺，那话说得可难听了。”

“巍山家，你可不能那样想。咱村好人多，心眼善，瞎巴子（孬蛋）就那几个，少沾惹他们。真要有啥过不去的，你来我这儿说说，我给你做主。”均安说。

“这过日子跟那飘树叶一样，哪能啥事都来寻（找）您。”

“那有啥（关系）？好歹我说话还是有人听的。你抬起头来做人，大大方方，气气势势。别老想着巍山那事，他是他，你是你。再说了，孩子都这（么）大了，再辛苦几年，就熬出头了。你不想给巍山留下这条根？”

话说到这儿，巍山家也不好再说啥了。她对均安说：“叔，村里人都说您好，心善。我听您的。俺以后这‘门事’全靠您给俺顶着啦。”说罢，起身告辞。

“没事的，你放心吧。”均安说着起身把巍山家送到门外。

002 小村有乡贤

这个小山村，地处一个二里来长的山沟末端。山沟南北走向，一条小路穿村而过，路两边就是依次排开的农家，一家挨着一家。房屋大都靠近崖头。农民耕种的土地散落在沟之中、坡之上。村上史姓居多，所以村名史家湾。

早年，史家老前辈备受连年战乱之苦，无奈携全家老小进山躲避。途经此地，看到野草丰茂，绿树成荫，就停下脚步，搭起茅草窝棚栖身，静观山外世事。却不料兵荒马乱无休无止，只得作长久打算。于是在沟边崖头上就势开挖窑洞，凭着惊人的毅力和强烈的生存欲望，用三个月的时间挖出三孔土窑，遮风挡雨，算是有了安身之地。这里就成了史家的第二故乡。

史家老爷子有三个儿子，老大德仁，忠厚老实，不善言语，生就一副好身板，不怕出力吃苦；老二德义，体魄健壮，头脑灵活，被老爷子选定为接班人，逐渐掌管全家事务；老三德怀，心眼多，善算计。在老爷子的带领下，一家人开荒种地，植树造林。日子慢慢稳定下来后，家中有了存粮，也就安定下来了。

史家在此安家垦荒，几年下来，添置了犁耧锄耙，养着两头牛(母牛和牛犊)、一头驴，加上一挂牛车，农家的一切营生制备齐全，开垦荒地七八十亩。春播秋收，两季丰腴，谷物满仓，日子越过越好，很快富裕起来，人手不够，还雇了长工。史家也是远近有名的大户人家了。

消息不胫而走，很快传到老家，乡亲们都为史家感到高兴。时不时有乡亲到这里打探，一来二往，朝这里搬迁的人越来越多。史家老爷子仗义疏财，来者不拒，给予力所能及的帮助，张开双臂欢迎新移民，史家也就有了好声誉。久而久之，迁徙加上繁衍，小山村逐渐形成，史家湾现时已有五六十户人家了。

有关史家发迹的传说，当年风靡洛阳一带，其中祖坟风水传得最玄乎。

有人说，雨后看见他家祖坟上出现一道彩虹，有个黄袍加身的年轻后生从坟冢间缓缓升起，微笑着向他走去，吓得他撒腿就跑。也有人说，那彩虹久久不散，有一阵狂风突然刮过来，看见一后生腾云驾雾而去。更奇怪的还有人说，那年冬天下大雪，从他家坟地路边走过，看见在坟冢间有个雪人在不停地念叨“风吹雪花飘，三九冻手脚，麦田积雪多，来年收成好”。念着念着，雪人化了，一会儿啥都没有了。第二年果然风调雨顺，五谷丰收。

史均安是第四代移民了，并且是史家这一代的长子长孙。他有个小叔聪明过人，四书五经融会贯通，十七岁中秀才，三年后再通过乡试，中了举人。

均安生在书香门第，四五岁以后，小叔就开始教他读书写字，背《百家姓》《三字经》，灌输礼仪道德，教他什么“仁义礼智信，温良恭俭让，忠孝廉耻勇”。

有关小叔的故事，史家湾也有不少。

有人说，小叔上知天文，下知地理，能掐会算。天旱水涝他都了如指掌。早年那场大火，就是他算出来的，要不是他，整个史家湾就没了。说一年深秋季节，风干物燥，他告诫村人，三天之内，必有灾祸降临，务必收拾贵重物品，做好应急准备。果然，第三天头上，一场大火从山上滚滚而来，顺着山沟直扑史家湾。有人看见有个水桶大小的火球在前面引路，火球到哪儿，大火就烧到哪儿。这时候，小叔站在高坡上，嘴里默念咒语，大火球到他村边就停下了，没再向前一步。事后，人们都说小叔是神人，敬他如敬神一般。小叔对村人说，火神凹庙里的火神爷发怒了，嫌咱们不敬它，逢年过节没有收到咱的供奉，很不高兴，给咱点颜色看看。此后，村民们在靠近史家湾的山坡上修了一个火神庙，年年供奉，香火不断，以免灾难。

有人说，后来小叔走火入魔，白天睡不醒，像个会喘气的死人；夜晚不睡觉，像个神鬼附体的疯子，在夜里疯疯癫癫，大呼小叫，全家人甚至邻居都不得安宁。夜里他在街上乱吆喝，对大家说，他中状元了，皇上要认他为驸马郎。

有人说，小叔看了一种淫书，中邪了。他夜里抱着枕头当媳妇，白天入梦，夜晚交欢，时间长了，染病不起，一命呜呼。

各种说法，千奇百怪。好几十年前的事了，演绎的成分多了些。总起来说，正面的多，负面的少。史家湾人对小叔还是十分敬重，有人说，这叫作“好人不长寿，祸害一千年”，为小叔感到惋惜。也有人说，这叫作“聪明反被聪明误”，人太聪明了也不是件好事，笨点、傻点，反而倒好，能多活几年。还有人说，人的本事就那么些，早用完，早去见阎王，早死早托生。

小叔死后，史均安家老一辈慢慢走了下坡路，一年不如一年。

而就均安来说，小叔对他的教育尽管时间不长，却影响颇深。

如今，均安是一个中等农户。他有三个儿子，两个女儿。女儿已出嫁，三个儿子仍然和他在一起生活。他勤俭持家，保持着宽厚朴实的家风。他以仁为上，公正明理，急人之难，怜贫惜老。他有一种亲和力、凝聚力。村里的事情，只要他一声召唤，全村人都会齐心协力。他是一位深受男女老少敬重的长者，自然而然成了大家心目中的“族长”。村里大事小事都离不开他，无论婚丧嫁娶，婆媳不和，弟兄分家，夫妻打架，邻里纠纷，总之，谁家有事都来找他。

说来也巧，今天，从外面来了三个生人，两男一女，说有事要找史均安。

他们刚一进村，就引起村民的注意。张家门前卧着一只黑狗，见到肩背行李的生人，“汪汪”狂叫起来。三人继续往村里走，很多狗也应声而起跟着起哄，有的狗甚至还向生人身边凑。一时，全村狗叫声此起彼伏，惊动了村里的男女老少。

走在前面那位年长的男人弯下腰，问在地上玩耍的小孩：“小朋友，史均安大叔家在哪里?”

“往前走，”一个小孩往前指着，“门前有棵桐树那家就是。”

“好，谢谢小朋友。”

史家大门紧闭，前面那人上前，朝门上轻轻拍了三下：“史大叔在家吗?”没有回音，继续叫门：“史大叔，请开门，我是乡里工作队田伟民。”

过了一会儿，大门开了，迎面是一位中年妇女。她和颜悦色地对来人说：“俺爹不在家，去走亲戚了。您认识俺爹？有啥事吗?”

来人自我介绍：“大嫂，我叫田伟民，乡里安排我们来恁村蹲点。乡政府让我来找恁爹。”又指着年轻的一男一女，“这是小梁和小蔡，是我的队员。”

田伟民今天穿着一身已洗得发白的军装，旧而不破，干净整齐，流露出一种军人的气质。他黑黑的脸庞，浓眉大眼，有三十几岁，看上去老成持重。开门的中年妇女上下打量一番，相信他方才所言，说："是乡里派下来的呀，进来吧，喝点水，歇歇，等俺爹回来。"她很有礼貌地招呼着老田三人。三人不约而同地说："谢谢大嫂。"

进了史家大门，大嫂给他们搬来了马扎："恁们先坐会儿，俺这就去给恁们烧点茶。"大嫂招呼着他们坐下，极尽待客之道，尽管她不认识三位陌生的客人。

"大嫂，您不用忙活了，我们不渴，别烧茶了。"老田拦不住，大嫂执意要按当地的习俗招待客人。

"娘！来客了，找俺爹的。"大嫂又对着上房屋高声喊话。

"哪来的客？我咋没听恁爹说起？"史家大娘掀开帘子，走了出来。"嗨，几个当兵的。"她看到老田的装束，就认为他们是部队上下来的，没准是来动员年轻人参军的。

"大娘，您好吧？身子骨还挺结实啊。"老田急忙起身，来到史大娘面前，很客气地与老人搭话。

大嫂又拿了一把竹椅子让婆婆坐下，陪客人说话。老田和史大娘漫无边际地拉着家常，问问家里几口人，孩子们都多大了，结婚没有，几亩地，几头牛如此等等。史大娘也问问老田是哪里人，成家没有。

说话间，茶已烧好。大嫂先后端来三碗鸡蛋茶（把鸡蛋打在开水锅里，炖一会儿，当地称之为鸡蛋茶，是款待稀客的）。老田他们见受到如此高的礼遇，有种难以言表的感动，一时不知说什么好，"大嫂，让您破费了。谢谢，谢谢。"

快晌午时候，史均安回来了。推开家门，愣住了：家里怎么来了三个生人？

田伟民连忙迎上去，问："您是史大叔吧？"

"是的，你是——？"大叔有点摸不着头脑。

“是这样，我叫田伟民，这是小梁和小蔡，我们是乡里派下来的工作队，由我带队，调查老乡们的生产生活情况，看看怎样能提高生产生活水平。乡里领导说您在村里威望高，为人处事公道，是村里的拿事人。家里地里都能干，大家都佩服您。领导让我们找您，希望您能帮助我们的工作。”老田给史大叔戴了一摞“高帽子”，一边说话，一边从口袋里掏出一包纸烟，抽出一根递给大叔，“大叔，吸根烟吧。”

均安大叔接过纸烟，在大拇指甲上磕了几下，老田赶忙划根火柴为他点上。大叔深深吸了一口，慢慢吐出一股白烟，显得十分享受。“嗯，好烟。”他夸赞道。吸了几口后，大叔说：“烟是不赖，就是没劲，不过瘾，还是我这旱烟来劲，过瘾。”老田附和一声：“那是。”

说话间，大叔把搭在脖子上的旱烟袋取下来，装了一锅烟，打了几下火镰，把棉捻子引着，再用它去点烟。“吧嗒，吧嗒”，吸了几口，对田伟民说：“田队长，你也尝两口？”

“大叔，别叫队长，叫我小田，或是伟民都行。我知道这烟劲大，我没啥烟瘾，恐怕享受不了，您自己吸吧，不用客气。”

“看你们都带着行李，像是要在俺村住些日子吧？”大叔开门见山，直奔主题。

“是呀，因此才来麻烦大叔，能帮我们安排一下吗？”

大叔想了一会儿，说：“你先等一下，我去和几家商量一下。”

“好，好。”老田答应着，大叔已经走出门去。

村南住着一家史姓人家，和均安大叔是远门本家，叫史秋雨，论辈分，该管均安叫叔叔。秋雨四十岁开外，生有一女一男，闺女已经嫁人，儿子尚小。秋雨有十来亩地，一处大院，几间瓦房，还算宽敞。他农忙时节，收割播种不落人后；农闲时，担着货郎担走街串巷，叫卖四方，赚几个零花钱再加上勤劳节俭，日子过得还算可以。均安大叔想把两个男同志安排在他家。

均安来到秋雨家，把情况说明后，秋雨满口答应，愿意让工作队住在他家。

西街秀萍，三十二三岁。丈夫张俊杰年纪轻轻就故去，撇下她母子艰难度日，小一辈叫她杰婶，同辈直呼其名或张嫂。她不弃不离，坚守着张家这门血脉，决心把孩子养大成人。秀萍为人正直，从不服输，不接受别人的怜悯和同情，困难的环境练就了她坚毅的性格，村里人也都高看她，人前人后对她都赞誉有加。儿子张继勇也争气，成色儿好，有点腼腆，过罢十岁生日了，像个大小伙子，能帮他娘干许多活了。这孩子对人和气腼腆，内心刚强懂事，暗下决心，长大后要出人头地。均安大叔想把女队员小蔡安排在秀萍家。了解情况后，秀萍对大叔说："您老说了，还会有错？我听您的。"

事情就这样定了。均安带着工作队在两家分别安顿下来。

田队长拉着均安大叔的手说："太感谢大叔啦，您可是帮了我们大忙了，我没想到会这么顺利。再吸根烟吧。"

大叔按住了老田掏烟的手，笑着说："纸烟没劲，吸我自己的。以后有啥事只管找我。"摆摆手，扭头离开了。

003 榆钱如飞雪

史家湾这两天可热闹了。工作队到来，打破了往日的宁静。人们不知道工作队是来干啥的，各种各样的猜想闲话满天飞，就像树上的榆钱一样，被风一吹，落得满地都是。

"秋雨哥，工作队来咱村干啥哩？他们住在你家，你没问问？"石头在路上碰见秋雨了。

"人家为啥事来，俺还没敢问。刚刚住下，还不熟，不好多说话。”

“我咋听说，分地主的地，房子，牲口家具都要退给人家，有这回事吗?”石头怯生生地问。

“我看不会，不过也不好说。”秋雨模棱两可。

这时，一个背着拾粪箩头的老头凑过来，悄悄说：“最近，我碰见一件怪事。这心里老是不静般（清静），毛毛躁躁的。”

石头急切地问：“啥事，跟咱说说。”

老头说：“几天前，烧汤（做晚饭）那时候，我从地里回来，走到均安家坟地那儿，影影乎乎看见一股青烟在坟头来回转圈。猛然，两只麻野雀（喜鹊）从坟里窜出来，尾巴可长，身上那毛是花的，跟孔雀那样，可好看了。扑扑棱棱，在坟头上‘咯哇，咯哇’叫了几声，绕了一圈又钻进去了。麻野雀都是落在树上的，咋会往地下钻呀，恁说怪不怪?”

“你年老眼花，又是黄昏时候，你看晃眼了，谁见过麻野雀往坟里钻。或许是野鸡，那里有个野鸡窝吧。”秋雨完全不信老头的话。

“第二天前晌，我又去看，啥也没有。我没敢跟别人说。这两天我一直想，会不会要出啥事?这工作队来咱村，就应了这个兆头。以后不知道会咋样哩，是福是祸，走着看吧。”

“一定是天黑了，你看不清楚，脑子也一时犯迷糊。不会有那事，你把野鸡当成麻野雀了。”石头嘴里说着，可心里有点发怵。

“年轻人，你知道啥，均安家那坟地不一般。早些年，那时还没你们呢，有年大雨下了整整一天，把咱村坡上的地都冲垮了，只有他家那块坟地一点事没有，完完整整。这些年，均安家人丁兴旺，五谷丰登，日子越过越富裕，你知道为啥?是他家祖先保佑着。他那个小叔在世时可治事（有本事）了。”

故事很快传遍全村。村里人都焦急地等着看工作队“唱什么戏”。

村上有个外来户叫张银生，迁徙到史家湾来时间不长。那年黄河发大水，家乡被淹，他逃荒要饭走到这里，就住下不走了。

他家母子两人在村西头住着一个窑洞，窑洞前有两间新盖的瓦房，院墙和大门楼都已修好。院里有一片空地，长着泡桐树、榆树、杨树等。冬季里，北风强袭，树枝发出一种令人毛骨悚然的嘶鸣，院子里到处都是枯枝败叶，显得十分空寂。要不是窑洞里冒出的青烟，还不知道这里住着一户人家。

土改时，银生已是五尺男儿。娘俩分得几亩旱地，一年四季辛勤耕作，省吃俭用，勉强度日。

早年，银生跟着娘沿路乞讨，缺吃少穿，卫生条件差，头上生了脓疮，落下两个疮疤。为了遮丑，银生一年四季都戴帽子。银生长相不讨人喜欢，一对大门牙露出唇外，双唇无法合拢，说话时唾沫星子乱飞，别人和他说话，都离得远远的。背地里有人叫他“大牙”。如今银生已三十岁出头，但娶妻生子仍遥不可及。

一穷二丑是客观现实，但人不可貌相，银生有一副好身板，有个好脑瓜。穷则思变，他一年到头手不闲。他年纪轻轻，干起庄稼活来可是行家里手，毫不逊于村里的老把式，他的庄稼长势总比邻家的好。

深秋农闲，大部分人都在家闲着，无所事事，银生却去荒坡树下收拢落叶杂草，扛回家烧火做饭；扛起锄头去红薯地拾红薯（捡漏）；背个口袋去棉花地里拾棉花（捡漏）。别人去赶会，或买卖物件，或看把戏杂耍，他会在牲口市场拾粪。晌午时，别人会去喝碗胡辣汤，他啃两个窝头就当一顿饭。盖房的土坯都是他一人打出来的，所用的木料也是他独自进山砍伐的。一切自力更生，白手起家。乡亲们看在眼里，交口称赞。

村上很多人家的后院里都种有榆树。榆树花，乳白色，花瓣呈圆形，人称榆钱。春风唤醒它们后，成串的榆钱渐渐压弯了嫩绿的枝条。风吹花落，它们像雪片一样在空中飞舞。把榆钱捋下来，可拌面蒸熟吃。作为一种食材，它给人们带来了春天的温暖。富裕庄户吃新鲜，穷苦人家度春荒。

几天来，工作队从均安大叔那里得知了村里的大致情况。接下来，老田开始带着两个小队员走访村民，与村民交心。今天，他们来到银生门前时，听见银生娘俩正大声说话。

“银生，上树去捋点榆钱，晌午咱蒸榆钱吃。”大娘说。

“明儿吧，今儿我去赶会，多拾些粪，给地里多施点，多打麦子。”

“别去了，那些粪够今年施的了。榆钱再不吃都要老了，你没见都落一院子，跟下雪一样。快上去捋些子。”娘催促着。

“行，行。”银生答应娘，不跟老娘犟嘴。

“银生在家吗?”老田朝着门里喊了一声。

“在，进来吧。”银生已经爬到树杈上，往下一看，两男一女，军人模样，已走进院里。他觉得怪怪的，就慢慢从树上滑落下来。

“你是银生吧?”老田问道。

“嗯，找俺啥事?咱们不认识呀。”银生怯生生地说。

“以前不认识，现在认识了，我叫田伟民，叫我老田就行，这是小梁和小蔡。俺们是乡里派下来的工作队。”

“啊，听说村里来了工作队，是来干啥的?该不是征粮征兵的吧?”银生猜不透。说着话，拿了几个马扎子让他们坐下。

“哪儿的事?我们这一次来，是想了解乡亲们日子过得咋样。家里几口人几亩地，有没有牲口，打多少粮食，够不够吃，有没有油盐钱啥的。”老田耐心地对银生说。

“说这有啥用?自己的日子自己过，啥不都得靠自己?只要不怕出力，日子总会越来越好的。”

大娘听见院里有人说话，从窑洞里走出来。老田起身说：“大娘，身体好吧。俺是工作队的，您也坐过来一起说说话。”

“恁说吧，银生比我这老婆子知道得多，这个家由他当。”扭头对银生说，“过会儿说完了，赶紧上树捋些榆钱。”

“大娘，你放心，不耽误你的事。一会儿，我也上树，多给你捋点榆钱。”

回过头，老田问银生：“恁家粮食够吃吗？农活困难多吗？”

“粮食差不多能接个住（接续得上，不会断粮），春季不干重活，就少吃点呗。要说难，就在庄稼收、种这俩时间。都是赶季节，抢收割，有劳力和牲口农具的，能应时应点，像俺家就作难了。”

“街坊邻居都不肯帮点忙？要是老天下雨，麦子都沤在地里场里咋办？”

“各家各户都在那几天抢时间，谁也顾不上谁，先把自家的麦子装进布袋再说。老天爷能多给几个日头，就行了。秋收，也怕连阴雨。玉蜀黍都会发霉，喂牲口都不吃。”

“恁家有几亩地？两季都种点啥？收成好不好？”

“我和俺娘是逃荒到这里的。土改时，分了几亩地，地块都不大，很分散，加起来也就六亩三分。坡上的地不平整，耕种可不得劲了。常言说，‘人勤地不懒，薄地也收田。’夏季两三亩冬小麦，春季栽大半亩红薯，种一亩棉花、谷子啥的。收罢麦子，再种几亩玉蜀黍。风调雨顺的话，收成好，除了交公粮，俺娘俩吃不完，把余粮换几个钱，买些油盐啥的。俺娘会纺花织布，衣裳鞋袜都是俺娘自己做。去年年景不好，今年春上就接不上了。这不，俺娘急着让我上树捋榆钱呢。窖里还有些红薯，还能过，自己省着点。有啥法呢？”银生如实诉说着家里的情况。

“啊。犁耧锄耙、车、牛没有，种地很难，是不是？”老田问。

“俺只有锄、锨、撅头、箩筐头、扁担这些，去年刚买一面犁。俺是外来户，只有多下些力气。俺这人勤快，经常帮别人家干点活，到时候人家也会借给俺犁耧锄耙用用，有时候还会把牛借给俺。常言说，功夫不负有心人，总会有办法的，活人还能叫尿憋死？你说是吧。”说着，银生乐观地笑起来。

“银生兄弟说得对，活人不会被尿憋死。银生，今年多大了？成家没有？”老田话锋一转问起了银生的私事，没想到触到了银生的痛处。

银生脸“刷”地一下变得通红，不好意思地说：“嗨，谁会跟咱这穷光蛋？俺和娘要饭到此地落下脚，无亲无故，无长相无家底，就这样打一辈子光棍算了。现在都新社会了，靠着我这双手俺娘俩也饿不着。”

银生虽然有些自卑，但还是积极向上，有股子年轻人的活力。老田很看重银生。

“银生，你想没想过，找一两家或几家，农忙时相互帮助，互通有无。比如，你有的是力气，给人家割麦，人家有车有牲口，给你把麦子拉回来，互相合作，都有好处。”老田说。

“这事俺可不敢想，俺和村里人都有点生分，人家都把俺当外人。俺能在这儿平平安安的，都已经很好了，这都要感谢共产党为穷人办事了。要是这样弄，得是几家关系不错，都能说得来，对脾气。要是都想沾光，不想吃亏，这事儿肯定弄不成。”银生很有见地的与老田谈论着。

“啊，今儿咱先说到这儿，咱还是快点上树吧，不然，大娘该埋怨了。”

老田、小梁和银生都上树了，小蔡在树下收集他们扔下来的枝条，并把榆钱捋到一大筐箩里。

银生说：“老田，今儿晌午恁们就别走了，尝尝俺娘蒸榆钱的味道。榆钱拌点蜀黍面，蒸熟后浇上蒜汁，味道可好了，保证恁吃了还想吃。”

“好吧，那俺们就不走了，今儿晌午就在恁家吃了。”

小蔡走进灶火，蹲在土灶前，帮大娘烧火做饭。

她低着头，火苗从灶里窜出，燎了她一撮刘海，发出一股烧焦的味道。她吓了一跳，仰起头往后掠了一下。她不停地给灶里添秸秆，秸秆烧不完全，冒出一股浓烟，呛得小蔡连咳几声。

“闺女，在家没做过饭吧？看样子，你爹娘挺娇你的，不让你做家事，只管叫你读书识字。是不是？”大娘瞧着小蔡的架势，知道难为她了。

“大娘，打从小，俺爹娘就不在了，被拐卖到一个大户人家当丫鬟。他家孩子老欺负我，我就跑出来，遇见了八路军的一个大姐，收留了我，我就跟着她在队伍上了。队伍上的人对我都很好，教我识字念书学文化。现在也算是政府的人了，跟着工作队下乡。烧火做饭我还真是得好好学呢，以后，大娘您多教教我。”

“可是中，往后没事你就来大娘家。咱娘们一起做，一起吃。”一老一小越说越亲切。

红薯汤加蒸榆钱，吃得好开心。饭后老田放下几千块钱（旧币，三人的伙食费）离开了。

老田他们走后，大娘问：“工作队都说点啥？是为交公粮，还是为当兵？咱家没少交公粮，也不够当兵的，这事跟咱说不着。”

银生说：“娘，你就别瞎操心了。人家是来了解一下咱家的情况，问问有啥困难。还是共产党好，啥时候都想着咱穷人。”

返回的路上，老田三人边走边讨论下面要走访的农户。

银生他娘把心放到了肚里，每日照例忙着家务，浆洗缝补，做饭刷碗，手不释闲。

004 石头心好烦

树枝发芽，乍暖还寒，人们还都穿着厚厚的大棉袄、大棉裤。

端上一碗饭，蹲在自家门口的石墩上，吃得有滋有味。有人聊天也罢，没人聊天也罢，反正总要蹲在那儿吃。为了不惹人眼，好饭总是躲在家里吃。清早、中午叫作吃饭，晚上叫喝汤。春夏秋冬，五邻四舍，无不如此，除非刮风下雨。这是人们的生活习惯。

“大春哥，吃啥饭?”石头端着一碗红薯饭走过来。

“还能吃啥好的，就是吃红薯呗。”大春不假思索地回答。

两家住的错对门，平时多有来往，相互借用耕作农具、米面油盐。

“大春哥，我想使唤恁家的牛往地里拉几车粪，中不中?”石头笑嘻嘻地问。

“不中也得中，啥时候不中过?”两家关系很好，说话就少了几分客套，大春呛了石头两句。

整整一个上午，石头忙活着倒出了坑里的粪，再把大疙瘩捣成小块儿，准备明天往地里拉。均安路过，看见了石头在忙活，问：“石头，你这是要往地里拉粪呀?”石头说：“是呀，大叔去哪儿哩?”

均安说：“不去哪儿，瞎转转。要是你一个人忙不过来，就叫你兄弟过来帮帮你，别外气。”

石头说：“没事的，我一个人能行。跟安叔还有啥外气哩，这些年我没少麻烦您呀。”心想：“安叔真是个好人，总想着别人。”

安叔正要离开，石头叫住：“安叔，您停一下，我跟您说几句话。”

“啊，有啥事说吧。反正我也是瞎胡转悠。”均安说。

“我要是说的不合适，您可别恼我。”

“你说吧。不碍事，有啥尽管说。”均安笑嘻嘻地说。

“您知道工作队是来干啥的吗？都说工作队在跟您商量事哩。真的吗?”

“也没跟我说啥，我就是跟人家安排一下住的地方。他们跟我了解各家的生活情况。”均安实话实说。

“我咋听说，要给地主家退东西。有这回事吗?”石头分了地主家的一点东西，老放心不下。

“没有的事，不会的。哪会走回头路?”均安安慰他。

石头接着问：“我还听说，恁家祖坟上冒青烟，还飞出来两只野鸡，像孔雀一样。咱村要出大事哩。有这回事?”

“从古到今，说俺家坟地风水的传言很多。真真假假谁知道?”均安不以为然。

“都说恁家日子红火，是沾祖宗的光。说恁家小叔可厉害，上知天文，下知地理，能掐会算。”

均安说：“兄弟一心，力可断金。俺肯下力气，庄稼能长不好?我很小的时候俺小叔就过世了，他待我可亲了，教我读书写字。这早晚（现在）我识那俩字，还是他教我的。我只知道他很年轻就中了举人，人很聪明。那时候，老弟兄四个住在一个大院里，俺们好大一家子。大门上还挂着一块匾，四个大字：‘书香门第。’听说是巡抚大人送的。不说了，都是些陈谷子烂芝麻。”

“听老人说，早年闹虫灾，蚂蚱（蝗虫）从恁家地上头飞过去，就是不吃恁家的庄稼。是恁祖祖辈辈积下的德。”石头想求证一下。

“我不记得了。那也许是祖辈积下的阴德。反正做人要正派，常言说，小善尤可为，小恶不能做。心里总得想着宁可自己吃点亏，不能坑害别人。己所不欲，勿施于人。多做善事，必有福报。做一件好事容易，要做一辈子好事就难了。这些都是小叔教我做人的道理。头顶三尺有神明，人在干，天在看，我相信因果报应，善恶终有报。我一辈子都不会忘记祖宗的教诲。”

“安叔，您说得有道理，我信。没事了，您忙您的吧。”石头目送均安离开。心想：“史家湾多亏有这人。”

第二天，石头又借了一辆车，套上大春的牛。牛拉着满满一车粪，呼哧呼哧地顺着车辙往前走，嘴里还倒着白沫（反刍，倒嚼），牛脖上铃铛有节奏地响着。这头牛体格看来不是十分强壮，后腿上方的两根胯骨挑得老高。

老牛使尽浑身的力气，拉着这辆笨重的粪车来往于田间地头。牛车是木轴铁轮，轮边厚度不到十公分。在路上，车辙土质相对坚实，可到了地里，土质松软，车常常陷入泥土之中，为牛力所不及。石头拉住车帮，与牛合力向前使劲，一步一步向前挪动。粪车到位后，把粪卸下，一堆堆的分散开，以后再进一步扬撒。

石头有点累了，空车回程时，坐上了牛车。他用鞭子抽打牛背，嗷嗷地叫着，快速返回。恰巧就在这时，大春走到了村头，看见石头坐在车上，还不停地抽打着牛，老不高兴的。心想，“使唤人家的牲口一点不知道心疼，以后谁还敢借给你。”

看见大春走过来，石头急忙下车，笑着问大春：“大春哥，这是去哪儿啊？”

“不去哪儿，到地里转转。你可挺会使唤牲口的啊。”大春一脸不快，话里有话。

“我想快点把粪拉完，怕耽误你的事。”石头知道大春看见了什么，不好意思地解释着。可是心里想，“不就是快走几步，一头牲口么，值过这样说话？嗨，拿人家的手短，吃人家的嘴软呗。谁叫咱没牛呢。”

晌午卸了车，石头用新铡的麦草加些麸皮给牛吃，再提半桶温水饮了牛，希望它吃饱喝足后，后晌有力气拉车。

后半晌，老田和小梁、小蔡来到村外查看庄稼地，正好碰见石头往地里拉粪，老田走上去搭话：“大哥，忙着哩？”

石头看见生人与他打招呼，有点奇怪。说：“不忙啥，就往地里拉点粪，您是——”看装束打扮，他已经想到是工作队。

老田说：“俺们是刚下乡的工作队，来地里看看。”

石头说：“啊，这两天听说来了工作队，你们弄啥来了？”他还是放心不下，急于知道工作队下乡的目的。

“为咱老百姓办事呗。”老田见他正忙着，没多说什么。

石头打了一个响鞭，老牛加快了脚步。紧赶慢赶，日头落到天边，天摸黑时总算把粪拉完了。把牛送还大春时，顺便带去一升子麸皮，算是给牛添加的营养吧。大春接过牛和麸子，说：“以后别这么晚了，拉不完，明儿再拉么。”“中，中。以后不这么晚。”累了一天，石头也不想多说什么，拖着疲惫的身子回家了。

石头回到家中，媳妇连忙给他打了一盆洗脸水，放到院里的石台上，说了声，“回来忒晚了。”

石头拿起一把掸子摔打身上的尘土，没好气地说：“大春心疼人家的牛，嫌我晚，你也嫌我回来晚，咋啦?”

“我心疼你呗，快洗把脸喝汤（吃晚饭）吧。”媳妇赶紧到灶火（厨房）去下面条，不一会儿，一碗热腾腾的面条端到石头面前。

喝罢汤，石头坐在院子里抽起旱烟来，劳累了一天，又受了大春的气，心里很不是滋味。他还想着工作队进村的原因，心里烦躁。他把事情跟媳妇说了一遍，媳妇说，“别跟自己怄气了，春哥也是好人，没事的。”

“我以后借别家的牛，再不看他那驴脸。”

“别这样，门对门的住着，抬头不见低头见，谁用不着谁？明儿做碗捞面条给他小孩端过去，以和为贵。”媳妇劝着说。

“过罢年，我都舍不得吃一碗捞面条，你疯了？好几个人都说工作队来是要给地主家退东西，也不知真假。烦死我了。”石头气呼呼的。

“你别管，不能为一点小事伤了和气。要说分地主家那点东西，值不了俩钱，叫退就退，有啥大不了的？别自吓自。今儿你也累了，早点歇吧。”两口子回到屋里，坐在那儿盘算着何时锄地保墒，不再想那烦心事。

第二天前晌，石头去地里把粪撒开。快晌午时，他扛着锨回村，迎面碰见大春，“春哥，弄啥去？”石头主动跟大春打招呼。“不弄啥。你去地了？”大春面无表情，淡淡地回答。

石头走到自家门口，碰见孩儿她娘端着一碗捞面条正要出门：“我这就给春哥家端过去。”

“人家不高兴，还是带搭不理的，别去自讨没趣。”石头心存芥蒂地说。

孩儿她娘笑嘻嘻地说：“不会的，家家都有难念的经，春哥或许有啥心事，不是冲你。有理不打上门客，放心吧。”石头也就不再说什么，进灶火自已盛了碗面吃起来。

振中是大春的大儿子，今年八九岁，活泼可爱，嘴甜有礼貌。看见石头婶子端着一大碗面进门，高声叫道：“娘，石头婶来了。”

振中他娘正在灶火里做饭，连忙出来，看见石头媳妇手里端着一碗捞面条，面上覆盖着白菜红萝卜粉条浇菜，满满的，快出碗边了。振中他娘有点吃惊，说：“他婶子，你这是做啥哩？不过节，不过生（生日）的？”

“嫂子，看你说的，不过年过生，吃顿捞面条能咋的？平日里，振中跟我亲，我待见他。这两天石头干活累了，给他吃点好的，他也想着振中呢。”

振中他娘心里明白这碗面的真正含义，笑眯眯地接住了。说了几句客气话，她把面倒在自家碗里，空碗还给石头媳妇带走。

005 过继小银柱

杨柳吐絮，花蕾初露，娇嫩的枝芽像孩子们的笑脸，叫人怜爱。明媚的春光给人们带来了温暖，带来了希望。山村人都盼望着风调雨顺，五谷丰登。然而，春天也是青黄不接之时，断粮缺吃的在山村是常有的事。

在村子西头，有户人家叫史金旺，四十来岁。他家境贫困，还有些地痞流氓习气，平时好吃懒做，赖儿吧唧，村里人都不愿搭理他。土改前，金旺种着几亩坡地，无雨苗旱死，有雨冲跑苗，靠天吃饭，一年粮，只够半年吃。给别人家打点短工，也挣不了几斗粮。冬春季节，金旺就带着妻儿游走四方，讨些残羹剩饭，勉强度日。金旺媳妇也不会操持家务，两只带有伤疤的眼睛，视力很差，眼睛眯成一条线，看不了几尺远。她针线活不会做，粗针拉马线，孩子们身上没有穿过一件新衣裳。衣裳是补丁摞补丁，大的穿了小的穿。

两间老房子是金旺一家人的栖身之所，夏秋漏雨，寒冬透风。土改时，金旺分到几亩好地，但他不善耕作。青黄不接之时，他虽常常东挪西借，但仍难以糊口。

金旺有两儿两女：大儿子铁柱，十五六岁；二儿子银柱，十一二岁；大女儿桃花；小女儿槐花。老子名中带金，儿子名中带银，一家都和金银杠上了，可惜命不强，穷得叮当响呀。像往年一样，金旺一家今年再次面临着揭不开锅的困境。金旺愁得夜里睡不着觉。

和金旺相隔四五家的史太平，与金旺是同一辈人，比金旺大几岁，膝下仅有一女叫翠花，无子继后。他勤俭持家，日子过得殷实，但“不孝有三，无后为大”，没有儿子顶门事，人前总也抬不起头。

其实，太平夫妻除了翠花一女外，还生过三个孩子，一个在翠花之前，两个在翠花之后。

翠花娘过门半年就身怀有孕，公婆喜出望外，期盼早日抱上大孙子。婆婆悉心照护，家务事一概不让媳妇插手，让她卧床保胎，三顿饭端到床前。婆婆是过来人，知道第一胎对于女人是多么重要。她自己这方面就吃了亏，所以才只有太平一人。

十月怀胎，一朝分娩。听到小孩的“哇哇”哭声，老两口乐得合不拢嘴。公婆的期待成为现实，他们抱着大胖孙子，心甜如蜜，但是这种好心情没能维持多久。小孩子很快就开始发烧不退，还伴随有抽搐，终日哭闹不止。一家人惊恐不已，地方名医诊后只有摇头，无药可治。七天头上小孩夭折了。一家人转喜为悲，婆婆为此大病一场。

在那个年代，都是请村上有点经验的婆婆在家接生，一把剪刀，一块粗布，一盆热水，卫生条件可想而知，大人孩子得病的可能性极高。

这是一种当地常见的怪病，小孩仅能活到七天，因此，人们称之为“七风”。村里常听说过某某家孩子得“七风”掰了（死了），对此并不感到新奇。

村里私底下常有议论，谁家宅院邪气太重，生孩子那天撞见了“吸血鬼”，这个鬼专吸小孩的血，要想好得请巫师作法驱邪。离奇说法，不一而足。村民自己还是归咎于命不好，多多烧香求神，跪拜送子观音。有太多小生命死于这种无知和无奈，善良和愚昧。

作为爹娘，不忍心亲手把孩子送出家门，也不愿知道小孩葬身何处，更不想知道小孩会以什么形式在大地上消失，一般会委托当地的巫婆来处理小孩尸体。巫婆手脚麻利，先给孩子穿好衣服，用布包好，再用一片席子裹起来，趁着茫茫夜色将尸体扔到野外壕沟荒草丛中，最后被野狼野狗吞噬。

翠花之后太平夫妻又有两个孩子，但都是因为“七风”丧命，没能留下一子为他继后。公婆抱怨天命不济，郁郁寡欢，终于撒手人寰，含泪离去。

翠花成为太平夫妇唯一的精神寄托，时间慢慢医治了他们精神上的创伤。翠花长大嫁人了，亲家为人善良，对他们多有照顾，他们两口的心逐渐平复下来，安安稳稳过着自己的日子。

“雨水”后的一天，阳光熙和，暖意融融，几只雀鸟在树梢飞来飞去，叽叽喳喳叫个不停。

这天后半晌时候，均安大叔来到太平家门前，朝门里喊道："太平在家吗?"其实门是虚掩着，均安大叔顺手就推门进去了。

"啊，是均安叔呀。今儿您咋闲了？有啥事只管说。"听到均安的声音，太平赶忙从屋里出来，热情地招呼他。

均安也不客气，拉了把小竹椅就坐下了。环顾一下院子，看没有外人，对太平说："太平呀，你没想过要（过继）一个孩子（儿子）?"

"也想过，没有合适的，就不想了。到老了有俺翠花呢。翠花婆家弟兄多，公婆女婿对翠花也好，也能帮上忙。"太平低着头，喃喃地说。

"你没合适的，我想给你说合一下，不知你愿不愿意?"

"我愿意，你说说看。"

"你看金旺家的二小子咋样？这孩子长得不丑，觉着怪活灵。你知道，那种家里的孩子就是没收拾，收拾一下，穿件新衣裳就变样了。"

太平心里"咯噔"一下，他没有思想准备，不知今儿均安叔咋会提这事。顿了好大一会儿，说："这可是大事，我得跟翠儿她娘商量商量。再说了，金旺那种人，也不好惹。弄不好——"

均安叔感到太平情有所难，接过话茬："太平，不必过于担心金旺。那天，是他找到我，说家里穷，也不会种地，几亩地打不了多少粮食，这会儿快要揭不开锅了。孩子们都在长身体，饭量大，吃不饱。外出讨饭吧，嫌太丢人。就想让我给他儿子找个好人家，老大老二都可以。他实在养不起了。"

"啊，是这样。"

"他这么一说，我就想到你家的情况。我答应他想想办法，但没有提你家。你要是有顾虑，也不要勉强。"均安解释着。

"好，让我想想，再跟翠儿、翠儿她娘商量商量。"

“凭我这张老脸，本家本族的，金旺不敢胡来。你想好了跟我说一声。我先走了。”

太平把均安送出门外。

送走均安后，翠儿她娘从后院来到前院，问太平：“刚才谁来了？啥事？”

“是均安叔，他来提起金旺家二小子，看咱们愿不愿意把他过继过来。”

“那你咋说了？”

“我没有答应他，想先跟你商量商量再说。”

“要说，是件好事，可还得小心点，多想想。我看，还得把翠儿叫回来，听听她的想法。”太平答应着，准备让人给带个信，叫翠花回来一趟。

第二天一早，翠花娘背着丈夫，一人来到刘村镇，找到“神算”张半仙。她让张半仙算算往后的家运，张半仙问过他们两口的生辰八字，又问她家人的年龄生月，而后眯起俩眼，右手拇指在其他四个指头上掐来掐去，又在左手上来过一次。反复了三次，约莫过了几分钟才开口说：“恁家为人善良，受天上金牛星的护佑，往后无灾无难，还会有贵人相助。恁家最近有一件事，喜忧参半，难下决断。是这样吧？”

翠花娘心里一惊，低头不语。真是半仙呀，难道他得到什么消息？张半仙接着说：“卦里有一句话，我得送给您。‘一块顽石抱在怀，几时暖热几时开。’”

翠花娘问：“这是咋说哩？您给俺把话说透。”

张半仙说：“天机不可泄露，只能把话说到这里。”

翠花娘问这挂要多少钱，张半仙说：“您觉着我算的准就多给些，不准就少给些，不给也行，您自便。”翠花娘放下五千块（旧币，等于五角），道声谢，就走了。

翠花婆家茅村离史家湾不远，有七八里路，说回来就回来了。

这天夜里，一家三口坐在一盏棉油灯下，商讨是否接纳银柱一事。灯焰直立向上，时大时小地闪动着。翠花娘没吃透卦意，也不想给太平心里添乱，一时没跟她爹说算卦的事。翠花娘坐在灯前，一针接一针地纳着鞋底，太平坐在远处的小墩上若有所思地吸着旱烟，看到灯焰变小，就站起身来把灯捻往上挑一段，灯焰即刻变大。太平吐出的烟雾在油灯上方变换着形状，渐渐四散开去。

"翠儿，你说说，这事该咋办?"娘问道。

"我知道咱家没男孩儿，受人欺负，被人说长道短，心里憋屈。金旺家那孩子还算知根知底，只要咱对他好，他也不会太出格。"翠花说。

"金旺那人，我还是有点不放心，不知道以后会不会找碴闹事。"翠花娘说。

"他能闹啥事？就看他提啥条件。咱家要是同意，到时候请均安叔作保人，再写个文书。"太平解释说。

"还有件事，就是调教孩子，咱们要心里有个数。银柱在那种家里长这么大，身上会有一些不好的习气，他的心很野，要调教出来，守规矩，听话勤谨，孝顺老人，不会很容易。不知道以后会不会惹您二老生气。"

"那是自然。功夫不负有心人，他就是一块铁疙瘩，咱也能把它捂热。不试不知道，走一步看一步吧，要是不行，再回到老样就是了。我不想放过这个机会。"太平拿定主意了。

在均安大叔的撮合下，太平和金旺两家达成协议。太平出三斗麦子和五斗玉蜀黍，银柱过继给太平，不改姓名，对太平改叫爹。银柱既是太平家的一员，吃穿上学等应由太平负责。

二月里，两家选定一个吉日，在太平家摆了一桌，宴席由均安叔主持。还请了相好邻居熟人，也算是一个仪式吧。

银柱提前就到太平家了，洗了头，剪了发，脱掉长着虱子的破衣烂袄，浑身上下洗了个干净，换上翠花她娘预备好的一身新衣。人是衣裳马是鞍，银柱变样大了，连他亲爹都差点认不出来了。

“柱子！”均安叔叫银柱过来，指了一下太平说：“去给爹磕个头，叫爹！”太平前面放了个草编厚垫，银柱乖乖走过来，轻轻跪在太平面前，两手着地，给太平恭恭敬敬磕了个头，轻声细气地叫了声“爹”。

均安说：“声儿太小了，没听见，再大声点叫。”

“爹！”银柱这次抬起头来，放开嗓子叫了一声。

“哎，好孩子，起来吧。”

“去，给娘磕头，叫娘。”银柱再给翠花娘跪下磕头，大声叫了一声“娘”。

均安叔再把银柱领到翠花面前：“叫姐。”翠花高高兴兴拉住银柱的手，把他领到另外一间房里。

大人们难免吃菜劝酒，热闹一番。

太平家从此有了变化，院子里增添了生气，嬉笑声多了起来。当然，村里难免有人说三道四，褒贬不一。“日子自己过，管他说什么。”太平安慰着自家人。

006 情系两家人

季节已到春分，老乡们还依然穿着厚厚的棉衣。料峭的寒风常常不期而至，这正是人们“捂春”的正当理由。从早春到初夏，多数人家没有换季的适时衣服，只有天气很热了，才换上单衣。也是生活的无奈。

银柱过继到太平家后，生活好了一大截子。棉衣棉裤厚实暖和，一床崭新的被褥，舒适御寒，除了日常的红薯饭外，还时不时地吃顿面条、花卷馍，蜀黍面做的菜包、豆包什么的。

银柱吃得饱穿得暖，然而，这孩子养成的不良习惯难以改变。他很少跟太平两口叫声“爹娘”，即使叫了，也细声细气，显得勉强。但太平两口对此并不太在意，认为时间长了就好了。

让他们两口头疼的是，银柱没有洗脸的习惯，一天到晚蓬头垢面。两桶浓鼻涕挂在嘴唇上，快要流到嘴里时，猛吸一下，鼻涕返回鼻孔。有时干脆用袄袖擦掉，没过多久，两只袄袖锃光瓦亮。太平媳妇早晨起来，烧好热水，叫他洗脸，他总是赖床，死活不肯起床，好歹起床了，随便抹拉一把脸，就算完事。夜里怕冷，他不愿起床小解，十一二岁的人了还会尿床。

太平两口总想把银柱收拾得像模像样，不让邻居有看法，说待孩子不好。可是，银柱就是不长脸，弄得太平两口也有些难堪。银柱在一个懒散的家里生活习惯了，眼头没活儿，油瓶倒了都不扶，饿了回家吃饭，吃饱饭就到外面玩耍，与同龄孩童打打闹闹。

翠花回娘家看望爹娘，发现二老面带愁容，看不出对女儿到来的喜悦心情。翠花把带的果子点心拿给银柱，他只顾吃，连声“姐”都不肯叫，吃完就往外跑，无影无踪。翠花憋着一肚子气，体会到了父母内心的痛苦，但不知如何解劝二老，此时才真正领悟到调教不易。

金旺媳妇不会忘记银柱。做娘的时常挂念孩子也是人之常情，总想着孩子在太平家能过得惯吗？孩子会不会挨打受气？太平家教严，经常教训他，孩子能受得了？尽管她心里很清楚，银柱肯定比在自家好很多，但是，毕竟不是亲爹娘呀。

金旺媳妇经常悄悄把银柱叫到一边，问长问短。她没有教银柱学乖听话，孝顺新爹娘，建立与新爹娘的感情，而是另外一种心态，教孩子如何对付人家。这样一来，银柱幼小的心灵埋下了戒备、不信任和恐惧的种子。银柱与太平一家越发离心离德，难以融合。不长眼色、手脚懒散的银柱越发不讨人喜欢。

老田三人今儿后晌要来太平家看看。走到他家门口，看到大门没锁，虚掩着。老田朝门里喊了一声："太平大哥在家吗?"没人应声。

他朝门环上拍了几下，又喊一声："家里有人吗?"

"谁呀?"翠花娘在屋里应了一声。

"大嫂，是我，工作队的老田。"

"啊，是工作队的。前些天听说工作队来俺村了，俺还没见过。"翠花娘连忙拿了几个马扎让老田他们坐下。

老田说："我姓田，叫伟民。您就叫我老田吧。这是小梁和小蔡，是工作队员。"接着问道："太平大哥不在家?"

"嗨，闲着没事，说去看看麦子，是不是该锄地了。要是有急事，就去叫他回来。"说着话，就扭头大声喊道："银柱，银柱——，跑快去地里叫恁爹，就说工作队来咱家了，叫他赶紧回来。"

银柱不慌不忙从后院过来，问了声："叫爹回来?"

"对，去西边那块地，叫恁爹回来。"

望着银柱远去的身影，老田若有所思，感觉这孩子和他们不是一家人，好像是外来的亲戚，与别人有距离感。

"嫂子，这孩子多大了？叫啥名字?"老田问道。

"今年八月就十二了，叫银柱。老大不小了，不长成色儿。"

停了一下，老田又问："咋不让孩子上学呢？不识字没文化，长大了干事可作难了。"

"唉——"翠花娘叹了口气，接着说，"不瞒你说，这孩子是金旺家过继到俺家的，他跟着爹娘在外面流浪惯了，才回到咱村没多长时间，一时半会也难改掉坏习惯。想把他送去上学，可他死活不去。在家也不学着干点农活，就知道跟村里的孩子们瞎胡闹。本想着，是块石头也能把他暖热，看来很难。”翠花娘灰心丧气、心情郁闷的样子，也印证了老田起先的判断。

还没等老田把思绪拉回来，只听见大门吱咛一声，一个中年男子走进家门。

“太平大哥下地了？俺们是下乡工作队。”老田急忙迎上去搭话。

“嗯。去地里看看麦子。”太平猜到是工作队，拉个小墩儿坐下。

“大哥，我是工作队长，叫田伟民，这是小梁和小蔡。”说着话，从上衣的口袋里掏出一包“金钟”牌香烟，“大哥，您吸烟吧？来一根纸烟尝尝。”

老田不大会吸烟，为了拉近与乡亲们的距离，身上总带包纸烟，聊天时，拿出来让一让。其实，村里大部分人都嫌纸烟没劲，不吸纸烟。

太平拿出自己的旱烟袋，装了一锅烟丝，“你那烟没劲，俺吸不惯，吸了和没吸差不多。还是吸俺的旱烟吧。”

一阵寒暄之后，老田把话切入正题。

太平如实告诉老田，他家一共有十二亩多地，一头牛，啥农具都有。每年种的庄稼也没啥变化，夏季主要是小麦，也种一点大麦和荞麦。秋季就是蜀黍、红薯、谷子（小米）、黄豆，还有一亩棉花。靠天吃饭，产量不高。收成好点的年景，就节余些，以丰补歉。总的来说，没有接不上粮的时候，日子过得还算踏实。

“这些地您一个人能忙得过来吗？”老田问。

“就是忙点，也不是种不过来。平时，我一个人就把地里的活都干了，农忙时，翠他娘再搭把手就行了。”太平很自信。

“农忙时，邻里之间会不会相互帮忙，或者相互借用一下农具？”

“那是自然，街坊邻居住着，谁用不着谁呀？俺家的牛和犁耙经常借给别人，俺也借人家的车往地里拉粪，拉场里麦子啥的。”太平通情达理。

“大哥，耕地播种、收割碾场这种农忙季节，要是几家凑到一起，相互帮衬，互通有无，会不会更好些?”老田试探着问太平。

太平没有思想准备，不知道该如何回答老田，他“哼”了一声低头沉思。

老田接着说：“比如像恁家和金旺家，或者其他人家，用恁家牛耕地，他家出人给打坷垃；用恁家牛给别人干活，别人给恁家碾场打麦子，收蜀黍砍秸秆。总之，以工换工，各尽其能。这样一来，有牲口农具缺人手的，有人手缺牲口农具的，都能及时耕种收割了。你觉得好不好?”

“好是好，要是能心往一处想，劲往一处使，当然好了。团结力量大，这个道理俺懂的。但要是各人打各人的小算盘，就难办了。两家人还得脾气相投，合得来才行。我觉着这事不好弄。”太平停了一会儿，又说：“我可不是小气人，帮别人干点啥，也是常事。”

“要是恁家和金旺家互助一下，行不行？我也知道恁两家还有那一层关系。这样也是亲帮亲么，进一步密切恁之间的关系。”老田说出了他的想法，看太平有啥反应。

太平没有马上回答老田，反过来问老田：“田同志，以前工作队都是为土改、征粮、征兵，这一回，恁是干啥来了?”

太平对老田的到来和谈话，有点摸不着头脑，不知道他的目的是什么。心想，我过得好好的，谁让你提这些不沾边的事？太平似乎有点不耐烦。

老田知道太平对这种互助合作不理解，也不接受，因为他还没有向乡亲们讲明白。

“大哥，您有所不知，土改以后，乡亲们多少都有了自己的土地，过太平日子，安居乐业。可是，有许多人家有这样或那样的困难，有人把地撂荒，有人把地卖了，流落他乡。咱们人民政府不能不管，决心解决乡亲们的难处。这就是我们工作队的任务。”

“啊，是这样。那让我好好想想。”太平很认真地说。

虽然太平今天没有回答老田的问题，但对于老田来说，他很有收获。他了解到一个中农家庭对于互助合作的态度。

老田走后，太平与翠花娘商量起来。金旺是个怕出力的人，银柱还这样难调教，金旺媳妇又或明或暗挑唆，两口子对金旺一家没有好感。这些都已很头疼了，如果和他们搁伙计，恐怕会增加许多想不到的矛盾。弄不好，银柱过继都会出现问题。

夜里，太平躺在床上，翻来覆去睡不着，想着这事该咋办。要是同意，怕惹出大麻烦；不同意呢，一来老田没面子，二来金旺家会认为咱们嫌弃人家，说不定会拿银柱说事，真是左右为难。

翠花娘说：“干脆不同意，他们要是拿银柱说事，咱也不用怕，大不了把银柱还给他们家，舍那点东西也不算啥。反正这孩子也难管，不学好成色儿，将来恐怕难成好材料。”

太平没有答话，起来坐在床边吸起烟来。

老田和太平聊天的时候，银柱在屋里听得清清楚楚。黄昏喝罢汤，银柱就回金旺家，把听到的事告诉了金旺两口。金旺当然乐意与太平搁伙计，可担心太平不愿意，虽有点兴奋，但还是忐忑不安。他就等着工作队发话了。

第二天前晌，老田他们来到金旺家。

两扇残破的大门不推自开，迎面就是那两间旧房，和邻居搭界，山墙壁上泥巴脱落大半，墙内的土坯裸露在外，土坯之间的几道缝隙透着亮光，恐怕雪花都能飞进屋里。

一棵洋槐树长在房的对面，歪七扭八的枝杈高过屋脊。春天到了，一串串槐花挂满了树枝，乳白色的花瓣竞相绽放，散发出浓郁的花香。勤劳的蜜蜂不知从何处飞来，枝叶间留下了它们忙碌的身影。和别人相比，金旺家更需要这天赐之物。金旺和铁柱两人爬到树上，正在摘槐花，准备晌午拌点面蒸熟吃。

“金旺大哥，忙着呢?”老田没有叫门，直接进了院子。

金旺往树下一看，还没看清是谁，从装束上猜是工作队的。“嗨，没啥忙的。摘些槐花蒸蒸，可好吃呢。您是工作队的?”金旺和树下人高声搭话。

“是，我是老田。下来吧，咱俩说说话。”

金旺麻利地从树上下来，搬了个凳子要给老田坐，可是凳子的一条腿活络，快要掉下来的样子。他把凳子腿扶了扶，收拾稳当了，让老田坐下，自己蹲在一旁墙根。

“金旺大哥，日子过得咋样?粮食够吃吧?这两年不再出去了吧。”老田知道金旺外出要饭的经历，开门见山地问道。

“不出去了，虽然说粮食还不太够吃，紧紧巴巴，可总比在外面要饭的日子好过。你想，在外面，吃人家的剩饭剩菜，饥一顿饱一顿的。常常站在人家门口，喊着‘婶子大娘，行行好’，嗓子都喊哑了，没人应承。有的大户人家嫌弃俺这要饭的，不但不舍饭，还会放出一只大狗，吓得俺掉头就跑。当然，好心人还是多，在咱这一带，乡亲们都讲究行善积德，会给俺一个馍，一块红薯，一碗面条啥的。一家人，要饭时分开要，过后再往一处集合，大家均着点吃。夜里找个破庙，再不就是人家村里的碾米房，一家人挤在一起。数九寒天，北风呼呼地叫，躲在屋里还觉着冷，别说挨门挨户地要饭。善心人给碗热汤热饭，不太那个的，冷言冷语，还数落几句，像喂狗一样，扔给你块冷红薯。那日子可真苦啊！哎，别提了。”金旺的眼睛有些湿润，慢慢低下了头。

老田被他的苦难经历所感动，但不知该说什么安慰他。

停了好大一会儿，金旺接着说：“嗨，这早晚（现在）可好了，土改时给俺家分了六七亩地，虽然地不好，但每年也能多少打点粮食。俺家人多饭量大，还是不够吃，就省着点，可再也不去要饭了。”

“金旺哥，只要咱勤快，多下点力气，庄稼肯定能长好，收成会一年比一年好。老话说得好，‘人勤地不懒’。你看，你是正当年，孩子也长成大小伙了，有把子力气，闺女也慢慢学会做些家务，帮大嫂一把，家里没有一个吃闲饭的，还怕没好日子过？以后的路越走越宽，越敞亮。大哥，我说的对不对？”老田分析金旺的有利条件，消除他心理上的阴影，鼓励他摆脱贫穷，勤劳致富。

“老田，您说的没错。往后俺会使出全身力气，活出个人样来。”

“大哥，我看您也不是个熊包。我有个想法，想让您快点好起来。不知您愿不愿意？”老田看准时机，把话引入主题。

“有啥好事，您快说。我听您的。”金旺喜出望外。

“是这样，我觉着，恁家地少人多，那边太平大哥家地多人少，有牲口农具，你们要是能搁伙计，你帮我，我帮你，劲儿往一处使，还怕地种不好？除非天灾，收成肯定会越来越好。恁家老二过继到他家，就跟一家人差不多，恁两家有这层关系，肯定能团结一致，齐心协力，种好庄稼，多打粮食。”

金旺想了一下，说：“我是个粗人直脾气，太平是个细致人，比较会盘算。就说俺家老二过继给他这事，孩子在他家吃穿是好多了，可是管得太严，整天没给孩子一口好气儿。孩子这么大了，啥都懂了，心里头可不好受哩，恁老了，孩子会咋对恁。我不是说太平人不好，只是心眼有点小。两家搁伙计，不好弄吧？只要人家说中，俺家没意见。别以为俺多想占人家便宜。”金旺说出了心里话。

“大哥，不要想得太多了。今儿咱先说到这儿，回头再说。”老田看看时间不早了，起身告辞。

金旺从墙根站起，拍打拍打身上的尘土，“田队长，别走了，我觉着咱弟兄们还挺能说得来。再坐一会儿，刚摘下来的槐花，可新鲜了，让恁嫂子多蒸些。今儿晌午就在这吃吧，我也不会待客，俺吃啥，您吃啥。”

“不用了，大哥，等会儿我还得去乡里开会，就不麻烦您和嫂子了。”

听见说客人要走，金旺媳妇从屋里出来，要送别客人：“田队长，俺家穷，俺这一身没法儿见人，也就没有招呼您了。”金旺媳妇说些歉意的话，和金旺一起送老田走出家门。

金旺媳妇两只不好使的疤瘌眼一睁一闭，一身破旧的大棉袄打了几个补丁，颜色深浅不一，一双大脚却穿着单鞋，鞋前面还开了花，大腰棉裤松松垮垮，黑色的绑腿带把棉裤紧紧地绑在脚脖上。

老田走后，他们开始挑拣槐花，准备晌午蒸着吃。

金旺媳妇把摘下来的槐花放在一个筛子里，对着屋子喊道：“大妮子，二妮子，都给我出来，娘眼神儿不好，帮娘把这槐花拣拣，晌午给你们蒸蒸。”

两个女儿过来帮娘一起拣槐花，挑出枝叶杂物，留下花蕾花冠。一番挑拣之后，拿一个大盆，放些水，把槐花倒进去搅和几下捞出来。金旺媳妇又拿些蜀黍面往槐花上撒，边撒边搅拌，面粉均匀地粘在花瓣上，面粉多少自己掌握着。他家缺粮，当然是花多面少。

金旺媳妇生火做饭，炊烟从椽子眼和屋顶不断冒出，整个院子充满干草的烟味。金旺媳妇不时地咳嗽几声，眼泪汪汪的。为一家人准备吃喝，是她的日常家务之一。

槐花上笼后，她对金旺说：“他爹，砸点蒜，再搉点盐，一会儿就蒸熟了，准备调和汁。”

“哪还有蒜？我到对门借点吧。”金旺嘟囔着。

金旺按照习惯把调和汁准备妥当，蒸好的槐花放进一个大盆里，浇上蒜汁调和，特殊的美味弥漫了整个院子。大人孩子都迫不及待，每人都盛了一碗，狼吞虎咽，很快就把蒸菜吃光了。

“好吃，真好吃，明儿再蒸些。”

007 堪比黄连苦

老田知道，要很好完成工作目标，还需讲究方式方法。这些天，他带领两个小队员走到农民中间，访贫问苦，体察民情。他想多掌握一些情况，把工作做得更细更扎实一些，尊重当地的民风民俗，用心把好事办好，使农民有所收获，日子比以前过得好些。

在村民的影响下，老田也开始抽起旱烟，也算入乡随俗吧。天近黄昏，老田抽着旱烟在思索什么。

他忽然招呼小梁："小梁，跟你秋雨婶子说一下，今儿早些烧汤（做晚饭），喝罢汤，咱还要家访。"

在灶房的秋雨婶子听到了，说："老田，俺这会儿正做着呢，汤面条，一会儿就好了，你先吃，完了去办你的事。"

"大嫂，辛苦你了，要帮忙吧？"

"不用，不用。你歇着吧。"

小梁问老田："今晚去谁家呀？"

老田说："我想再去一次金旺家。史家湾外出讨饭的人家很少，他家是其中之一。现今家境也比较差，可能会有啥难言之处，要真正解决贫农的困难，还得多了解一些他们的情况。"

喝罢汤，老田和小梁再访史金旺。

大门没关，他俩直接来到院子里。老田看见金旺一家还都端着碗，便说："大哥，才喝汤啊？喝啥汤？"

金旺说："啊，是老田来了？喝罢汤没有？俺今黑儿喝的是咸糊涂（玉米糁或面加干菜的咸粥）。来一碗吧？"

老田说："不了，俺喝罢了。你慢慢喝，喝完咱们好好拍拍（聊聊）。"

“那你先坐会儿，我这就喝完了。”金旺没想到老田这会儿来他家。金旺喝完了，一抹嘴，搬个小墩坐在老田身边。

“金旺哥，恁家祖祖辈辈就住史家湾？解放前生活很苦吧？大哥，我就是想多了解一些群众的情况，你别有啥顾虑，有啥说啥，就是拉拉家常。”

“老田，说来话长，我有一肚子的苦水呀，三天三夜也倒不完呀！”

金旺娓娓道来，老田耐心听着。金旺一会儿东拉西扯，不知所云，一会儿说到痛处，也伤心落泪。

金旺从记事起，就在史家湾住，他爹也是在史家湾长大的。金旺他爹叫史俊山，大高个儿，四方脸，两道浓眉如扫把，一双大眼似铜铃，虎头虎脑，一副好身板儿，不惜力，似乎有使不完的力气，是十里八乡闻名的好小伙儿。

俊山在他爹的带领下，起五更，连黄昏，精耕细作。他家庄稼比别人种的好，粮食比别人打得多，收成一年好似一年。省吃俭用，逐渐积累，把钱变成了土地、牲口、农具，进一步加盖新房，扩大宅基，就这样开始了他们的发家之路。一时间，俊山爷们在史家湾一带名声大噪，一个暴发户崭露头角。

俊山长大了，到了谈婚论嫁的年龄。街坊四邻、巧嘴媒婆踏破门槛。最后，父母之命，媒妁之言，娶了刘李寨的一个姑娘。女家谈不上富有，但还算殷实，基本上是门当户对吧。姑娘是独生女，当然是父母的掌上明珠，娇惯得不得了，任性就在所难免。

婚后一年，俊山就有了金旺，可爱的宝宝为家里增添了生气，大院里充满了欢声笑语。

几年后，俊山兄弟姐妹相继成婚，大家庭的矛盾伴随着岁月的流逝，日益显露。虽然说史家依然兴旺，在外名声如雷贯耳，但是俊山他爹深知问题的严重性，在他有生之年必须解决，否则后患无穷。

大儿俊山吃苦耐劳，是老父亲的得力助手，与父亲一起创下了这份家业，对这个家有不可磨灭的功劳。二儿俊书善于算计，头脑灵活，心术不正，重活累活躲在后，分享成果不落后。三儿俊秀刁钻狡猾，学会一套趋炎附势的本领，躲在家里少下地，二老面前口如蜜。尽管俊山他爹多有规劝，统一想法，但是很难弥合俊山兄弟们秉性上的差异，三兄弟、三妯娌之间的矛盾日益加深。

一天夜里，俊山媳妇抱怨说："旺他爹，家里地里，重活累活都是你干，仗着你那好身板，死出力，落下什么好？一个锅里吃饭，你也没多吃一口。年底爹给俩钱，还是平均分。有啥公道！咱家孩子大了，爷爷奶奶还不应该多赏几个压岁钱？轮到老三家做饭了，不是头疼就是肚子疼，就我是个铁打的。家务事哪样少了我？"

俊山说："百善孝为先，我这样是为了咱爹，我是心疼咱爹。不想惹爹生气，出点力算啥，咱一家也没冻着饿着么。"

俊山心胸豁达，从不计较，而金旺娘可不愿逆来顺受，她从小养成的个性，时不时一阵爆发，摔碟子打碗，撵鸡子打狗，指桑骂槐，话里带刺，以泄愤懑。老二老三家媳妇也都不是善茬，叮铃哐啷一阵混战，难分胜负。俊山他娘无法判断理在谁手，稀里糊涂压下去就算完事。

日积月累，本来一个和睦兴旺的家庭，被几个媳妇闹得鸡犬不宁。枕头风吹得多了，弟兄们之间也都心存芥蒂，慢慢变得生分起来。

窝里斗极大地影响了家庭和睦，家业不但没有进一步发展，反而有每况愈下的苗头。庄稼地该锄草保墒了，玉米该培土了，棉花该整枝打顶了，以前都会及时处置，尽心管理，现在却是敷衍了事。这样一来，收成必然下降。

这天晌午，俊山犁地回来，卸下牲口笼头，收好犁耙农具，来到前院，准备吃饭。

恰好今天是他媳妇当值做饭。见到丈夫下地回来，媳妇连忙上前，打了盆水让他洗脸："洗洗吧，饭就好了。累了吧？先给你盛一碗。"

说完，进到灶房盛了一碗面条，端给俊山："挨饿了，先吃吧。"

"先给爹娘端去，我等会儿，没事。"

"爹出去了，说是去街里（镇上）了。娘说不想吃，我等会儿再给娘做碗白面条。"

俊山刚接住碗，还没吃两口，老三媳妇猛然掀开帘子，说："大哥，你辛苦了，叫大嫂把锅里的面条都捞给你，俺都没干活，饿几顿也活该。"

俊山不想与她计较，端起碗到大门外吃去了。然而，俊山媳妇哪能吃她这一套，对她两口吃饭不干活早就很有意见，这会儿还容她说这话？俊山媳妇立马接了腔："老三家，恁大哥干活干了整晌午，早吃一会儿，咋不对了？你快拿个碗去锅里捞捞，把面条都捞完。要是不够，大嫂再给你擀面。你那膘要是掉了，我可赔不起呀！"

妯娌俩你来我往，互不相让。嗓门越来越大，街坊邻居都听到了。

俊山一碗饭没吃完，气呼呼地回来了："旺他娘，回屋去！不嫌丢人？让街坊邻居看笑话。以后，我最后一个吃饭。老三家，你也别太不知好歹了。整日里，走东家串西家，翻闲话惹是非，在家里也不消停。真是的。"

这话一出，老三不愿意了，跨出屋门对着大哥喊："大哥，你不管管你那泼妇，反倒教训起俺媳妇来了，像做大哥的样子吗？"

"老三，别给你脸你不要，你为这个家出过啥力？饭来张口衣来伸手，还嫌不自在？哪轮着你教训大哥了？爹不在，长兄为父，我说了算。我说你媳妇几句是对她好。平日里，我让着你，不跟你计较这些，还得寸进尺了！”

老三娇生惯养，身体瘦弱，但嘴上不饶人，对着大哥说：“你算个啥！想管我，没门儿！”

“我是老大，就要管你。你还敢顶撞我，今儿要教训你一下。”话音未落，俊山一巴掌上去，扇在老三脸上，打得老三耳朵嗡响，嘴角流血。老三打了个趔趄，差点摔倒。

老三媳妇跑到大门外，大声喊叫：“老大打人了，打死人了！他吃稠的，俺喝稀的，想把俺踢出门外，他独占家产。大家都来评评理！……不得了啦，要出人命了！把俺逼到绝路上了，俺没法活了！俺跳井去呀！”

她越说越邪乎，越说越疯狂，哭着喊着往井边跑去。

她的为人邻居们都知道，都在看她的笑话。有个好心的大娘拦她一下，也没拦住。“都别拦我！”她歇斯底里狂叫一声，到了井口，两条腿伸到井里，坐在井边继续大声叫骂，就是不往下跳。

许多邻居都围了上来，有的劝说：“有话好说，有理走遍天下，别这样寻死觅活的。你要是跳下去死了，谁给你说理去？快起来吧！”

有人调侃说：“不能跳下去！你死了不要紧，把水都弄脏了，村里老小几百口人咋吃水？你可不能害全村呀！”

就在这时，一个愣小子走到井边，拉住她的衣袖：“你想叫全村人都喝你的洗澡水呀？还不快上来！”

老三家有点不好意思，又故作姿态把身子一扭，谁知小伙没拉紧，她失去平衡，真掉下井了。

这一下，可真出人命了。有人赶紧跑到俊山家报信儿：“俊山，出人命了，老三家真的跳井了！快去看看吧！”

俊山弟兄三个立刻朝那口井跑去。邻居们见此状况，都惊恐万分，有人马上取来麻绳下井捞人。

那个小伙儿也很自责："大哥，是我不好，没想到事情弄成这样。我下去。"他迅速把麻绳绑在自己身上，再把麻绳接到井绳上，缓缓下井。

坡上的井深都在十丈有余，老三家是凶多吉少。愣小子动作麻利，很快就把老三家捞上来了，但已经不省人事，奄奄一息。大家赶紧把她抬到家中，请来周围最好的医生为她诊治。

黄昏时分，俊山他爹回家，发现出了这么大的事，十分恼怒。把两个儿子叫到跟前狠狠训斥："我才离开家多大一会儿，你们就闹成这样，想把你爹娘都气死?！俊山，你是老大，要有老大的样子，咋能伸手打你弟弟？我打过你们几次？兄弟打架，不怕别人戳脊梁骨?"又骂老三："老三，你真是不知好歹！游手好闲，请吃坐穿，还挑三拣四，就知道嘴上痛快。将来你一个人，看你咋活！"

乡村医生回天乏术，最终未能挽回这条性命。三天后，老三家气绝身亡。

老三媳妇娘家人听说此事，不依不饶，一纸诉状把俊山家告上法庭。俊山他爹托人从中调解，答应厚葬死者，并赔偿娘家可观钱财。老三家娘家人最终勉强同意撤诉。史家人免除了牢狱之灾，但从此家道中落，一年不如一年。

一个漆黑的夜晚，俊山他爹喝罢汤，一人独坐在庭院里。他对天长叹："唉，好好一个家，弄到如今地步，我愧对祖宗呀！要是早一天把家分了，还会出这事？我晚了一步呀！本想在有生之年妥善处理，没想到遭此变故。"他追悔莫及，决定明天就把这个家分掉。

财产分割完毕，他把三个儿子叫到跟前，语重心长地说："孩子们，恁都是爹娘的心头肉啊！指头有长短，兄弟有高低。十指握紧能折筷，兄弟一心可断金。今天咱把这个家分了，可我希望恁的心不要分。今后要相互关照，相互提携。谁有难，都主动伸把手。爹这把年纪了，也陪不了恁几天了。恁都能过好自己的日子，爹也就瞑目了。”

三个儿子都表示，今后团结互助，孝敬二老，不让父母多操心。

兄弟本是同根生，人各有志心不同。一个曾是良田连片、人丁兴旺、蒸蒸日上的大家庭就这样衰落了。

单说俊山一家。遭受此次打击，俊山一蹶不振。地懒得种，家不想理，收成年年下降。农闲时节，他便沉迷于赌博之中。

金旺娘是个争强好胜之人，泼辣能干，无奈之下，挑起了生活重担。平日里，头顶烈日晒，汗滴禾下土，没日没夜滚爬在田间地头。外人见了都心疼，可俊山却无动于衷。农忙时，金旺娘叫来娘家兄弟或者亲戚，播种施肥，收麦打场。地种不完，就租给缺地的农户，好歹也能有些收获，总比撂荒好。

俊山没有被媳妇的付出所打动，反而越陷越深。为还赌债，变卖土地；为排解心中郁闷，经常喝得酩酊大醉，打骂媳妇成了发泄怨气的渠道。久而久之，俊山一副强壮的身板瘦成一把骨头，弱不禁风。天冷伤风，一病不起，离开人世。

俊山离世时，只剩四亩来地。金旺一家孤儿寡母，生活日渐拮据。金旺娘勉强支撑着，只想有朝一日孩子长大，成家立业，生活能有所改善。

天有不测风云，大旱之年，民不聊生。金旺母子苦苦挣扎，节衣缩食，仍不能摆脱断炊的厄运。

金旺娘万般无奈，带着金旺兄妹三人，走上了西去讨饭之路。

娘儿四个走到灵宝地界，那天晌午，他们叫开了一家并不富裕的人家。

“大爷大娘，救救俺们吧，两天没吃东西了，给点吃的吧！”金旺娘央求着开门的大娘。

好心的大娘见此状况，动了恻隐之心，说："从哪来的？看把孩子饿成啥了。进来吧，俺也没啥好东西，俺吃啥恁吃啥。"

大娘给他们每人盛了一碗咸糊涂，刚蒸熟的红薯面窝窝头，给每人一个："慢慢吃，不够还有。"

金旺一家可算遇见好心人了。谈话中得知大娘没儿没女，老两口相依为命，也怪孤独可怜的。

金旺娘突发奇想，与其女儿跟着自己受罪，倒不如送给老两口，有碗饭吃，可长大成人。当她把想法说出之后，老两口喜出望外，求之不得。

大娘说："你要是真舍得，俺算是烧高香了。你放心，俺一定不会亏待她，她就是俺的亲闺女。要是有一天，你日子好过了，可以来相认，这会儿俺先替你养着。"这件事就这么说定了。

当晚，金旺一家就此歇息，两家的感情进一步加深。

第二天吃罢早饭，金旺娘把小女儿叫到一边，说："妞啊，这个大娘好不好？"

小女儿说："好，跟俺还怪亲哩。"

金旺娘说："我跟你哥去别处要饭，你就在这儿等着。晌午时候，俺要到吃的，就过来接你，再一起走，中不中？"

小女儿不知个中缘由，高高兴兴留了下来。

十来天以后，金旺母子三人到达潼关，河南陕西两省的交汇地域。他们衣不遮体，食不果腹，为了一口吃的，每日里奔走于大街小巷。夜里蜷卧在破庙里，屋檐下，篝火旁。夜夜难熬，日日艰辛。不幸的是，金旺弟弟染上天花，不久命丧异乡。

又过了数月，听说老家年景好了不少，外出讨饭的纷纷返乡。金旺娘俩也踏上返乡之路。

路过灵宝时，娘俩悄悄来到寄养小女儿的人家附近。从远处看到孩子穿的不赖，小脸也红扑扑的，知道孩子不受罪，双眼含泪默默告别。

金旺娘俩回到久别的家乡，下大力气耕作那几亩薄田。日子虽然艰辛，但还算安宁。春季青黄不接，就以野菜和榆钱、槐花等勉强度日，吃不饱，但也饿不死。

金旺慢慢长大了，有把子力气，小小年纪就跟着娘学做庄稼活，庄稼也能有几分收成，日子过得比从前好了一些。

娘把老宅的房子拆了，添了很少的砖瓦，自己打土坯，就在这院里盖了三间新房，虽然简陋，但独门独院，再没有兄弟之间争吵冲突。

男大当婚，天经地义，金旺娘开始张罗为儿子说门亲戚（找对象）。自己条件不好，当然就不对女方有什么要求了，只要不聋不哑，不憨不傻，四肢健全就行。

老娘好歹为金旺娶妻成家，了却一桩心事。结婚一年后，金旺就喜得贵子铁柱，紧接着就生下银柱、桃花、槐花。

本来就相当贫穷的家境，又添了几口人吃穿，金旺一家难以维持生计，再次走上了外出乞讨的道路。老娘身体日渐衰弱，最后病倒在乞讨路上，客死他乡。

外出乞讨，游走四方；吃百家饭，穿百家衣；肩背要饭袋，手提打狗棍；见过各种人，经过各种事。这些都潜移默化地影响着金旺，他变得疑心重重，游手好闲，好吃懒做，乞讨成了他的生活手段。如果有机可乘，他还会上演偷拿抢夺的好戏。

土改时，金旺分了几亩地，但他长期养成的坏习惯难以根除。在政府政策的帮助下，他不再外出乞讨了，但他还是没把心事放到庄稼地里，收成自然不会好。几个孩子正值长身体的时候，总也觉得吃不饱，他这才动了心事，把银柱过继给太平家。

男儿有泪不轻弹，伤心之处情难禁。金旺说话带着抽泣，老田也被深深打动。

金旺把一肚子苦水都倒完后，心里感到好受些。这是他第一次向外人诉说自家的苦难，也是第一次有人耐心听他讲述自家的故事。

他最后说："老田，让你见笑了，实在难为情。现在政府给我分了地，我还没本事养活一家人，真丢人，总觉得对不住政府。你给我指条路吧！"

听完金旺的叙述，老田心想，金旺一家从富足到贫穷，命运不济，也够苦的。他说："大哥，你不用发愁。我今儿来，就是想多了解一些你家的情况，想法解决你家的困难。看来，你不善精耕细作，种庄稼没经验。上次我就跟你说起过，想让你和别人家搁伙计，互通有无，互帮互助。你可不能偷懒呀！"

金旺一听这话，说："谁会和我搁伙计？恐怕我愿意，人家未必愿意，人家会嫌吃亏。上次你说太平家，人家不愿意吧？"

老田临走时说："人勤地不懒，只要你不怕出力就行，别人的工作我来做。好了，顺便问一句，咱村除了姓史的，还有别的哪些姓？"

金旺说："村上还有姓张的、姓周的、姓梁的，家数都不多。姓周的稍多些，有一个叫周满仓，算是大户。他家人多，怪事丑事也多。"

老田心里咯噔一下，"啊"了一声，就扭头走了。

008 傻蛋娶娇妻

少数族姓中，周姓族在史家湾略微多些，他们比较抱团儿。常出头的叫周满仓，今年四五十岁，有四个儿子，一个姑娘。周满仓在村上算是比较富足的农户。

提起这家人，得从好多年前说起。

邻村赵庄有个姑娘叫赵雪雁，乌黑发亮的头发直到肩膀，长长的刘海几乎要遮住眼睛。上穿褪了色的大花袄，肩上打着补丁，虽然破旧，但还干净。其家境贫寒，但亭亭玉立，如浑金璞玉一般。

满仓和雪雁二人的父辈有一段情谊，算得上是故交。一次集市上偶遇，满仓爹见到雪雁姑娘，连声夸赞姑娘懂事，有灵气。满仓爹看着雪雁说："这闺女长得真好看，还有点怯生害羞哩，今年多大了？"

雪雁她爹说："快，跟伯伯说几岁了。"

雪雁不好意思，躲在爹爹背后，怯生生地说："十四了。"

满仓爹抬起头，说："闺女说婆儿家没有？"

"没有，孩子还小。再说咱家穷，置不起陪嫁，也不好说。"

分别后，满仓爹暗自思忖，要是能娶回家做儿媳该多好。又想，自家小子还小，还不满十岁，人家姑娘大咱好几岁呢。晚上，满仓爹把心底事对媳妇说了，想听听媳妇的意见。

媳妇说："你要是看上，就让赵庄的媒婆凤歌去说一下，把雪雁要过来做童养媳，也未尝不可。雪雁家的情况不太好，咱们帮他们养活个闺女，还不好？等咱那小子长大了，懂事了，就正经八百，风风光光娶过来。"

满仓爹娘不谋而合。于是，两天后，满仓爹跑到赵庄，找到媒婆凤歌，说明来意。媒婆马不停蹄，努力促成这桩好事。

刚过十四岁生日的雪雁老不情愿地来到周家，从此就开始了备受管束、缺乏自由的童养媳生活。

赵家雪雁生性倔强，极力排斥缠脚。赵母拗不过女儿，放了缠，缠了又放，终于没能修成正果。雪雁带着一双不大不小的脚，怯生生来到周家。满仓娘瞧着那双脚可不喜欢了，可是论身段品相，雪雁无可挑剔。生米已成熟饭，她也就慢慢接受了。

到了准婆家，雪雁谨记母亲叮嘱，学乖了不少，多干活，少说话，勤谨做事，孝敬长辈。在娘家，雪雁也学会一点针线活，但远远不能支应这一大家人。在满仓娘耐心调教下，雪雁学会了纺棉织布，磨面做饭，做衣服鞋袜，喂猪养鸡养鸭。农忙时，也能下地干些农活，看来脚大也有脚大的好处。周家添了一个持家能手，村里人都夸奖满仓未来的媳妇，也说雪雁为周家带来了好运。

少不更事的满仓开始时没把雪雁当作自己未来的媳妇，对这个外来的大姐姐并不接纳，经常挑事，无理取闹。满仓娘从中调和，教育儿子善待大姐姐。雪雁也从不气恼，知道这个未来的丈夫年纪尚小，不明事理也在情理之中，依然用心地照料着这个小丈夫的饮食起居。慢慢地满仓离不开雪雁了，吃什么，穿什么都找雪雁，对雪雁的依赖程度远超过母亲。满仓娘看到两人和睦相处，恩爱有加，甚是高兴。心想，这门亲事算是找对了。

由于家庭富裕，满仓对衣食住行不必操心，饭来张口，衣来伸手。父母的娇惯，童养媳的体贴，使他养成好逸恶劳、不思进取的习气。他上了几天私塾，不服先生管教，文不能诵，字不能题，对孔孟之道、礼义廉耻不知为何物，只算好歹能认识几个大字，比文盲略好一点。少年轻狂，打架斗殴是家常便饭。

时间过得真快，转眼满仓已经长到十六七岁，爹娘为满仓圆房，宴请左邻右舍亲戚朋友。一番热闹过后，满仓成了真正的男人，开始承担家庭事务。爹娘年事渐高，身体也逐渐失去往日的健壮。家里地里的活计满仓慢慢都接替过来。当然，能干的媳妇也为他分担家务，撑起了半边天。

周满仓和史均安算是同代人，两人年纪相近，满仓比均安小几岁，对均安也尊重，常把“均安哥”挂在嘴边。可是，他内心里对史家的势力耿耿于怀，老大不服气。其不知，先入为主，是史家最先开发这片处女地，周家是后来者，借力于史家才得以站稳脚跟。

满仓家两代都是单传，满仓圆房多年就是不见媳妇雪雁怀孕，老两口急得像热锅里的蚂蚁。村上人免不了说三道四，搞得满仓灰溜溜的，抬不起头来。那个年代，缺医少药，多数农民信奉神灵，进庙烧香磕头，跪拜送子观音。

一个朋友给满仓出了个主意，请个风水先生到家里看看。先生看后对他说："常言道，'前不栽桑，后不栽柳，迎门不栽鬼拍手（杨树，刮风时啪啪作响，被称为鬼拍手）。'快把后院里那棵柳树除掉。再有，后上房屋脊上那对寿鸟被挡住了，像是关在笼子里。这都对你很不利，哪会有'后'呢？"满仓如梦初醒，马上拔掉柳树，加高屋脊。除此之外，继续看病吃药，寻遍十里八乡的大夫。

功夫不负有心人，事情终于有了转机。那年春季，雪雁有喜了，到冬天生了一个男婴，取名兴旺，一家人期盼周氏家族兴旺强盛。接下来，满仓家添丁一个接着一个，满仓爹看着孙儿绕膝玩耍，大院里一天到晚充满欢声笑语，享不尽的天伦之乐。兴旺下来是兴盛、兴国、兴家三个弟弟。接下来是个女孩，因为是秋天生的，取名桂花。

老大兴旺长大了长高了，慢慢显露出先天缺陷，智力远不及同龄孩子。是否雪雁怀孕时吃药所致，也未可知。好歹长大成人，一天到晚乐呵呵的，不知愁，不知难，就是有点缺心眼。村里人背后叫他"傻蛋"，都说那孩子可"差迟"（傻瓜）了。

周家跟许多人家一样，有一个属于自家的石磨。石磨安置在后院一间简陋的棚屋中，棚屋里除了石磨之外常堆放一些杂物，每逢过阴历新年，棚屋也会收拾干净，在磨盘上贴上"磨王爷之神位"牌位，烧香祭拜，期望神灵保佑，年年有余，米面富足，全家温饱。

石磨对于今天的年轻人算是古董了。石匠们就地取材，首先做成直径六十厘米、厚度十五厘米左右的石盘，上下两扇，中心分别装锥形铁轴及轴套。对应面上刻出有规律的条纹，上面一扇再凿出两个约五厘米的圆洞。

沿着逆时针方向推动磨盘，谷物慢慢从圆洞流入两个磨盘之间，被磨盘压碎研磨，流到磨台面上。经丝箩筛过，面粉留下，再磨第二遍、第三遍……面箩的丝网也分粗细，前四遍用细箩，得白面；再后面几遍用粗箩，得黑面（粗面）；最后剩下的就作为饲料喂牲口了。由于麦子粉碎速度低，不发热，不会有任何物化效应，因此石磨磨的面粉比面粉厂的面粉好吃多了。

兴旺是家里的推磨主力。他体格虽不健壮，但还有一把力气，一个人推着这盘石磨也不太当回事。再说，他也不会干其他活。满仓十遍二十遍的教他，还是差三落四，就是学不会，无奈之下，满仓就死了这条心。推磨就是转圈圈，这就是兴旺力所能及的活计了。

那年冬天，有一天早上，刚刚吃罢饭，雪雁叫住兴旺。“兴旺，今清早别出去乱跑，过会儿，给娘推磨。”

“嗯，知道了。你早点说，我再多吃两块红薯。”兴旺答应着，好像没吃饱似的。

“你快点推磨，晌午给你烙个大油馍。”雪雁哄着儿子说。

“娘，你可要说话算数，别像上次那样诓我。”

“今儿娘不诓你。”说话间，雪雁用湿布一遍又一遍擦拭笸箩里的麦子和玉蜀黍，发现细小石子随手拣除。直到把粮食表面的尘土清除干净，再摊开晾一晾，就可磨面了。这样，不仅粮食干净了，粮食还吸收了一些水分，易于脱皮出粉，面粉细腻好吃。这是农家常用的方法。

“兴旺，回来!”看见孩子准备往外走，雪雁急忙叫住。

“把磨道收拾一下，磨台上到处都是灰，给我扫干净。我就来。”

雪雁整理罗面的各种用具，大笸箩、粗细箩、箩面架、小撮箕等物件。一切准备停当，把粮食放上磨盘，这就开始磨面了。

娘儿俩无声地磨着面粉，雪白的面粉堆积得越来越多。过一会儿，就要把箩下面粉往两边拨一拨。

“娘，人家都有媳妇了，我也想要个媳妇，给我娶个媳妇吧。”十七八岁的兴旺低着头对雪雁说，声音压得很低。“傻蛋”也不傻，都知道想媳妇了。

“儿啊，娘知道该给你说个媳妇了，就是……”雪雁欲言又止，无法告诉孩子实情，有苦说不出。

“为啥？娘。人家嫌咱家穷？还是……”兴旺哪有自知之明，大惑不解地追问着娘。

“孩子，娘知道该咋办。我和你爹一定给你说个好媳妇，你也不能急。你只管推磨吧。”雪雁哄着兴旺，笑盈盈地对兴旺说。

看着村里和兴旺年纪相仿的男孩一个个都说下媳妇了，雪雁和满仓心里也着急，虽然也托媒婆提过几个，但人家一打听兴旺的情况都婉拒了。

雪雁想不到兴旺今天会主动提出要媳妇，心上的这根刺儿扎得她好痛。心想：“是娘对不起你，娘没把你生养好，叫你一来到人间就和别人不一样。是娘的罪过呀！”

夜里，雪雁睡不着，把心事对满仓说了。满仓说：“听说六里沟有个李婶，能说会道，为人也厚道，热心肠，常常给人家说媒。明儿我去六里沟找找她，看有没有合适的口。咱也实话实说，咱孩子是啥样情况，实打实给她说。”

“是，咱孩子这样，自然不能要求女家太高，有点小毛病也不要紧。”

满仓说：“我也是这样想，有点缺陷不要紧，别也是个憨子，就行。”

第二天，满仓到集上买了点心果子，一路急匆匆来到六里沟。进了李婶大门，递上礼品，庄稼人不会说客套话，开门见山，求李婶帮忙。

“他婶子，远近十里八乡都知道你人缘好，积德行善，成就了许多好姻缘。今儿兄弟来，求你给俺家小子说宗媒。”满仓满脸堆笑。

李婶说：“大兄弟，我还不知道你是哪村的，姓啥叫啥，家里啥样，孩子啥样，你得先给我说说。先别给我戴高帽子，我也不知道能不能帮上你。”

满仓把自家的情况一五一十跟李婶说了。他把条件落得很低，特别强调，对方女孩有点小毛病也不要紧。

李婶听说他儿子不精不傻缺心眼，直摇头，说：“这事不好办呀！眼下没有合适的。要有合适的，我马上告诉你。你得耐心等着。”

“是，是，我知道这事急不得，那就托付你了。我也不耽误你事了，我走了。”

说完，满仓起身要走，李婶拉住满仓，说：“八字还没一撇呢，你就拿礼来，我不能收。”

满仓扒开李婶的手，说：“他婶子，一点小意思，你别太介意，不管将来如何，我都要感谢你。事成之后，还有大礼酬谢。一切都托付你了，让你费心了。”

李婶也不再推托，把满仓送到大门外。

说来也巧，过了十来天，别人捎信让满仓去一趟六里沟李婶家。满仓猜着会有好消息，带了一份大礼，急忙赶往六里沟。

寒暄过后，切入主题。李婶说：“往南约莫十几里地，大山里头有个村叫窑沟，有户王姓人家，生了一群闺女，就是没有小子。大闺女秋菊今年十六七了，还没说下婆家。那闺女长得不丑，就是小时候高烧不退，一条腿落下点毛病，走起路来稍微有些颠，不注意也看不大出来。王大哥想着让孩子离开那个穷山沟，往山下找个婆家，家境好一些，不再过苦日子。王家要是能得点婆家的接济，那是更好。其实，只要闺女日后好过，就满意了。我想你家怪合适哩，就跟王大哥提起。我也没瞒着咱家孩子的短处，实话实说。王大哥说，孩子不傻，就是笨点也不算毛病。就叫我给你家提提这门亲。大兄弟，你说说，你有啥想法。”

满仓略加思索，就说：“中，我信你，这门亲事我看行。他家穷，俺家尽力帮衬点就是了。他婶，你再问一下人家，要是没意见，就定下这门亲事。聘礼不用担心，俺会按咱这儿的风俗准备，保证比别人家的不差。他家穷，不要紧，俺再备一份嫁妆送到娘家，不能让别人笑话。你看咋样?”

“大兄弟，我看你也是个痛快人，我立马就去告诉王家。嫂子我就是个热心肠，能说成一桩媒，也是积德了。都说‘媒婆媒婆，只为吃喝’，我可不是那种人。只要能成全你们两家，就是搭上这两条腿我也愿意。你就放心吧。”李婶话中有话，满仓自然明白。

长话短说，在李婶的撮合下，满仓给王家几斗小麦和玉蜀黍，二十万元钱（旧币），还加一只山羊。除此以外，还给新媳妇打了一副银手镯和一个银簪子。这在当地也算得上够排场的了。

满仓提前给王家送去两床全新大花棉被、新媳妇秋菊的四季衣裳、一对绣着鸳鸯的枕头，作为娘家的嫁妆随花轿而行。娶亲那天，唢呐吹手在前，新媳妇花轿在后，一路吹吹打打。紧跟着是迎亲的婆家人，送行的娘家人，坐在两辆临时搭成的篷车里。

结婚前，新郎新娘没见过面，双方父母也素不相识，单凭媒婆一张嘴，从未谋面的两家人就这样成为亲家，两个陌生的年轻人就结为夫妻厮守终身。说得难听点儿，媒婆就是经纪人，她撮合成了一笔买卖。在那半封建的社会背景下，这是司空见惯的事，任何人都不会感到吃惊。其中，没人知道有多少人因此丧失了一生的幸福，“吱哩哇啦”的唢呐声掩饰着他们的忧伤，他们无力反抗这种毫无人性的荒唐之举。

迎亲队伍进村后，沿街而行，向全村告示周家大喜。随着“噼里啪啦”一阵鞭炮声响，新媳妇到家门口下轿，婆家人搀扶新娘进门。拜堂之后，送进洞房。秋菊怀揣对新郎的梦想，一个和睦大家庭的幻影出现在她眼前，心里美滋滋的。丈夫是个身体健壮、勤俭持家的人，是个疼她爱她、知冷知热的好男人，她要跟他生一大堆孩子，孩子们叫着跳着满院子胡跑，爷爷奶奶在一旁笑得合不拢嘴。

亲朋好友、街坊四邻都前来道贺，大宴宾客自然不在话下。均安也在应邀之列，他给周家添上一份厚礼，送来真诚的祝福。

满仓心事且放下，弱智儿子笑哈哈。

009 公爹戏儿媳

就在兴旺成婚的前一天后晌，隔壁大嫂把他叫到没人的地方，悄悄地问他：“兴旺，嫂子问你，你娶媳妇弄啥哩?”

“俺就想要个媳妇，给俺家做活啊，替我推磨呀!”兴旺笑嘻嘻地回答。

“你真是个傻蛋，让她给你生个儿子，就像我给你哥生儿子一样。知道吧?”接着，嫂子在兴旺耳边叽咕半天，向他传授人生经验。

“记住了，听嫂子话，别害怕。”临走时，大嫂再三叮嘱兴旺。

新婚之夜，洞房没有花烛，缺少一般人家的浪漫。邻居闹房的娃们走后，只有一盏油灯在新房中闪亮。

小两口在床边闷声坐了好大一会儿，秋菊偷偷地看了兴旺几眼，个头不低，身板也行，傻乎乎的脸上透着几分老实，心想兴许是个靠得住的男人。

最后，还是兴旺按照大嫂交代的话，说：“秋菊，咱们睡觉吧。来，我给你解扣子。”

油灯下，看得出秋菊羞得满脸通红。她扭扭身子，说：“谁让你解扣，俺会解。”她背过身去，解扣脱衣，钻进被窝。

兴旺也解衣上床，只是睡在了床的另一头。当地的风俗，头天晚上，由邻家大嫂给新娘新郎铺床，并故意把被窝叠得朝向相反。缺心眼的兴旺就朝另一头睡下了。

灯熄了，一整夜，无风无雨，悄无声息。溜墙根的婆婆，在窗户下等了许久，也没听见任何动静。心里直嘀咕，难道他嫂子没给兴旺交代清楚?

第二天，兴旺娘把情况对邻居大嫂说了一遍，嫂子说：“我啥话都说了，该说的不该说的，我都说了。我也不嫌丑了，还在我身上比画着，不能再明白了，难道叫我跟他睡一回，在被窝里教他咋弄媳妇?”乡下的老娘们就是这样粗俗，不加掩饰。大嫂又好气又好笑，说：“中了，我再跟他说说吧，笨死了。”

过了一会儿，大嫂来到兴旺家新房，见新媳妇秋菊一个人在屋里。“哎呀，新媳妇在弄啥哩?俺是隔壁大嫂，叫我好好看看新媳妇。”不请自到，说着话就进去了。

“大嫂，你进来吧。”秋菊客气地把大嫂让进屋里。

“俺那大兄弟不赖吧，夜黑（昨晚）对你啥样?俺兄弟可有劲了，不知道他会不会伺候女人。”大嫂酸溜溜地对秋菊说。

农村妇道人家都这样说话，特别是小媳妇们凑在一起的时候，更是毫不遮掩地大谈房事。

“嫂子，算俺命苦。他一夜只顾自己呼呼大睡，都没碰俺一下。该不会是真傻吧?”秋菊情不自禁，噙着两眼泪花。

嫂子当然知道是咋回事，劝了几句后，就对秋菊上起房事课来了。最后，秋菊破涕为笑，感谢大嫂。

三天回门，兴旺来到丈母娘家，虽然没有太出格的事发生，但是傻尔吧唧的情况已经暴露无遗。

秋菊他爹心中多有不快，可是木已成舟，生米已做成熟饭，也只好认命了。也怪自己没去史家湾多打听一下，急于把女儿嫁出去。

秋菊心里有苦说不出，一天都闷闷不乐。

秋菊无力与命运抗争，回到婆家，学着融入周家环境。新媳妇进门三天后就要逐渐承担家务，首先是做饭。今天，秋菊起了个早，洗把脸，开始生火做饭。她给锅里倒了水，把红薯洗净后切成小块，等水开了，放进锅里煮。

婆婆雪雁听见动静，也起床了。看见媳妇已经生火做饭，十分舒心。心里想，这媳妇懂事。她和颜悦色地对秋菊说："兴旺家（不叫名字，谁的媳妇就叫'谁谁家'），在娘家你娘教不教你做饭？"

她顺手掀开锅盖，看见锅里水、红薯都差不多，心想，这孩子的心灵啊，会估摸一家人该做多少饭。

"俺娘常教俺做饭，俺娘家人口跟咱家差不多，我就大约摸倒了那些水，下了那些红薯。头一回，也不知道多少。娘，你看中不中？"

"中，中。"雪雁连声说。

早饭做好了。秋菊先给公公盛一碗端过去，轻轻说了声，"爹，您吃饭。"

"中，中。"满仓笑盈盈地接过了碗，一股暖融融的感觉从头顶流到脚跟。

婆婆自己盛了一碗，接着秋菊给自己的丈夫兴旺也盛了一碗。其他人就自己解决了。

秋菊懂礼数，会做活，满仓雪雁两口看在眼里喜在心窝。

走进婆家门，秋菊诚惶诚恐，还没有仔细打量过这个将要生活一辈子的院落。吃罢饭，婆婆领着秋菊在院里走了一圈。

满仓家院落算得上当地的上等水平。前面三大间临街房，左面一间是大车门，停一辆大半新的牛车，大门半开半闭。进了大门就是一面影壁墙，用青砖砌成，中央是砖雕的大"福"字，"福"字两边雕有松柏衬托。

在影壁墙的后面就是院子的中心，东西厢房并立两边，各有三间。雪雁指着房间向秋菊一一介绍，桂花、兴盛、兴国、兴家都分别住在哪间屋里。往后是三大间上房屋，出前檐，两根立柱把房檐高高挑起，两个“双喜”大字贴在柱子中央，这是老两口的居屋。一棵高大的泡桐树长在影壁墙的后面，树冠硕大，枝叶繁茂，遮天蔽日。

上房一侧有个小角门，推开角门有一夹道通到后院。后院里种着各种果树，梨树、杏树、桃树、石榴树、枣树等。春暖花开时，香气四溢。

牲口棚下拴着一头牛一头驴，还杂放着各样农具。牲口棚右边是一间磨坊，左边是一个柴火垛。柴火垛后隐蔽着一个茅坑（旱厕）。红薯窖、地窨子也都在后院里。

后院墙有一道小后门，出了后门有一颗大榆树，是满仓爷爷在此地安家时种下的，已有七八十年以上的树龄，它是周家历史的见证者。老树的枝干历经风雨，歪七扭八，有些地方出现了空洞，断臂一样的枝杈指向天空，有苍劲挺拔之感。它是老了，但没有死，上方的树枝重新发芽，顽强的生命力依然在与大自然抗争。

秋菊年方十七，正值青春年华，面如中秋满月，色如春日桃花，两弯柳叶眉，一双含情目。黑亮如漆的发髻盘在脑后，额前的一缕刘海搭在耳边。好马配好鞍，好女趁衣衫。秋菊脱去了打满补丁的衣裳，合身的新装才显露出她匀称的体态。秋菊对公婆孝顺恭敬，对兄弟体贴关爱，与邻里和睦相处，做事温柔平和。心怒脸上笑，瞋视却有情，是不可多得的好媳妇。几个月后，满村人都夸满仓有福气，从山里捡了一块宝玉，而对于她腿上那点小毛病都视而不见了。

秋菊和别人一样，日出而作，日落而息。白天，和本家老少一起操持家务，也和邻居嫂子、婶子、大娘开个玩笑，嬉闹一下。可是到了晚上，那颗郁闷的心常泛起层层浪花，辗转反侧，泪湿绣枕。

“兴旺这个傻蛋，就会傻笑推磨，啥时候才知道儿女之情？我要守一辈子‘活寡’吗?”

夜里，秋菊和兴旺睡到了一个被窝里，使出大嫂教的手段，但兴旺就是不“上套”，还吓得蜷缩在一边。这时秋菊也会埋怨爹把她嫁到这里，一时的排场，埋下了祸根，使女儿备受煎熬。

秋菊心有不甘，多次引诱兴旺“上钩”，兴旺不但油盐不进，反而更加畏惧。这时，秋菊想到了看大夫，她想到刘村找大夫，看有没有办法。

来到镇上药铺，一个四十来岁的坐堂大夫笑脸相迎。秋菊在大夫面前哼哼唧唧半天，不好意思把实情告诉大夫。大夫见状，说：“这儿人多，你跟我到后边来。”秋菊跟着大夫到了后堂，把门关上，坐定后，大夫说：“病不忌医么。你想说啥就痛痛快快说吧。”

秋菊说：“我张不开嘴，老丢人。”

大夫猜出秋菊的心事：“我知道了。你是想说，你男人憨，不会跟你做房事吧？还是说，你男人那东西软不邋遢不管用，进不到你身子里?”

话都说到这了，秋菊也不害羞了，说：“他是憨，不知道弄那事。拉都拉不过来，咋样都不往我身上趴。还不知道他那东西能不能用哩!”

大夫说：“我给你开服药，叫他吃吃，他一定会想那事。再者，夜里你跟他睡一个被窝，伸手摸他那个东西，轻轻揉搓，慢慢他就会‘上钩’。再把他的手拉到你那里。”说完，大夫靠近秋菊，想占秋菊便宜。他抓住秋菊手放到自己下裆，自己也把手伸向秋菊，给秋菊做起了示范动作。顿时秋菊感到浑身发烫脸发烧，立刻起身，白了医生一眼，甩袖而去。

秋菊没有拿药，急匆匆战兢兢回到家里。这件事她一直压在心里不敢跟别人说。夜里用大夫教的办法试验几次，在兴旺身上丝毫不起作用。秋菊算是彻底死了那条心。她猜想自己前世做了什么孽，这辈子要还这孽债，这都是命，认命吧！常言说："命里有的自会有，命里没的莫强求。"强求也求不来，她死心了，用这宿命论来宽慰自己，平复那颗骚动的心。

大半年过去了，秋菊重复着单调的生活。公婆也能看出秋菊的不快心情，想方设法让她高兴。农闲时，和她一起赶会看戏，添置新衣裳。婆婆对秋菊信任有加，家里一些事情也由秋菊处理。小姑子桂花看到娘偏爱秋菊，心中愤愤不平。几次找碴给秋菊难堪，但作为大嫂，秋菊从不计较。

一天后晌，满仓来到后院，推开后门，坐在榆树下吸着烟，盘算秋收秋种的庄稼活。烟瘾过足，主意拿定，推开后门回到后院。恰好这时，秋菊正低着头撅着屁股在茅坑边上解手，白皙的屁股被满仓看得真真切切。满仓被这场面惊呆了，两眼直直，目不转睛。四十多岁的满仓心跳加快，呼吸急促，热血直往上涌。他没有离开，没有回避，一直看着秋菊。

听见后门响声，知道有人进来，秋菊马上提起裤子。一转身看见是老公爹，顿时羞得满脸通红。她知道公爹在偷看她，略显恼怒，说："爹，你……"

满仓这会儿也有点不好意思。秋菊快步离开走时，被满仓挡住，说："爹什么都没看见。"

停了一下，再次开口，说："兴旺家，爹知道你心里苦，原来也不知道兴旺不通人性，是他吵着要媳妇，可没想到他竟傻到这种地步。"

停了一小会儿，满仓慢慢靠近秋菊："菊，爹疼你，稀罕你，今儿我替……，看你，……"满仓结结巴巴，语无伦次，忽然一把拉过秋菊，紧紧抱在怀里。

秋菊说：“爹，别这样，不能这样，我不要。”她尽力挣脱，但没有激烈反抗，当然逃不脱满仓有力的双臂，最后只好就范，任凭满仓浑身抚摸。

老公公在她耳边大喘粗气，她顿时觉得浑身发烫，要被融化似的。秋菊这会儿想，反正他都看见了，都到这一步了，就随他去吧！

满仓把秋菊抱到磨房，在阴暗的角落里，兽性大发，狂泄淫欲。秋菊也得到了久违的“幸福”。一阵云雨过后，两人站起来，拍落身上的茅草后，悄悄离开。

老牛尝到了嫩草的鲜美，不会就此罢休。从此以后，满仓对秋菊疼爱有加，常常眉来眼去，暗送秋波。他喜欢“嫩草”的味道，寻找机会与儿媳幽会。秋菊被打破了禁忌，就成了公爹的泄欲工具，而她在公爹的“贼船”上也得到几分慰藉。出了夹道锁了角门，磨坊便是他俩幽会的好地方。

一而再，再而三的偷鸡摸狗，不可能悄无声息。婆婆对这事早有察觉，背地里也苦口婆心说过满仓。但他依然不顾羞耻，只管自己乱伦行乐。

满仓心里明白自己做下了不齿之事，尽管有时会觉得愧疚，但是淫欲之心无法排解。他一次次后悔，又一次次寻欢。

平日里，他一副正经八百的威严，对大人孩子都没个笑脸，没人敢多说一句话，尤其是对那个黄脸婆，动辄破口大骂。他如此这般，不知道是在掩饰自己内心的羞耻，还是要强化自己的家长权威。

他从邻居异样的眼神中，猜想外人或许知道了自己的丑事。本来就不苟言笑的他，这早晚更是满脸阴沉，一副正人君子的面孔显得若无其事，欲盖弥彰。

没有不透风的墙，街坊邻居议论纷纷，秋菊的美好形象在乡亲中间逐渐淡去。人们背地里称她是潘金莲，满仓被叫作扒灰头。

一年后，秋菊生了一个男婴，兴旺算是有了“儿子”，满仓也算有了“孙子”。

村上人心知肚明，孩子长到两三岁，村里有人悄悄对孩子说：“满仓是你爹，不是你爷。以后跟他叫爹，不能叫爷。”这些都是后话了。

满仓乱伦抱秋菊，非儿非孙恶果生。

010 门前老鸹叫

史家湾的村民因势而为，建造自己的家园。街道弯曲，房屋零落，没有鳞次栉比，只显得杂乱无章。

每家都会把自己的院落垫高，而道路在低洼之处。这样，山洪一旦下来，不会给自家房屋造成损害。村民们凭自己的喜好在自家房前屋后栽种树木，任其生长。街道两边的树木高高低低，品种大小各异。杉树笔直向上，指向蓝天；泡桐树枝叶硕大，遮天蔽日；垂杨柳扶风飘逸，像少女一样婀娜多姿。史家湾人并没有刻意绿化，只是随心所欲营造心灵中的一片绿洲。一切与自然相辅相成，随遇而安。

一个阴沉沉的晌午，不知从哪里飞来两只黑老鸹，落在满仓家门前一棵泡桐树的枯枝上，“哇——哇——”不停地唱着自以为好听的歌，而人们常常认为它的叫声是不祥之兆，唯恐避之不及。

村东头张二婶是一个爱说笑，正经话不多的人。每天闲得发慌，走东家串西家，张家长李家短，满嘴跑火车，捕风捉影地说闲话。今儿她刚从金旺家出来，就碰见景盛他娘：“哎呀，景盛他娘，那天我跟你说的事，咋样了？”

“啥事呀？你跟我说啥了？”景盛他娘摸不着门。

“你可真是贵人多忘事，不是给恁家景盛说亲戚的事么。”张二婶笑呵呵的，显得多亲热。

“你也没给我说对象是哪村的，姓啥叫啥，闺女多大，啥都没跟我说，光说有个‘口’，你还没去对方家，啥都不清楚，叫我说啥哩!”景盛他娘嘴上说着心里直埋怨：谁知道你说的是真是假。

张二婶按下说亲之事，悄声对景盛他娘说：“你还不知道吧，前几天，满仓跟儿媳妇正在磨坊弄事哩，刚好兴旺去后院看见了，傻乎乎的兴旺走过去，问他爹：‘爹，俺媳妇咋了？你咋把她按到地上打呢？也忒狠心了，还脱了裤子打……’满仓见兴旺来了，连忙从秋菊身上爬起来，提着裤子，红着脸说：‘没事，没事。一眼没看见，把她撞栽倒了，我拉她起来，一下没拉住，我也栽倒了。’满仓边说边把秋菊拉起。”

张二婶眉飞色舞，滔滔不绝，吐沫星子不断喷出来。

景盛娘听得入神，大为吃惊，难以置信：“他二婶，好像人家俩弄事，你就在边上似的。你听谁说的？你咋恁清楚呢？满仓家可不是好惹的。”

“景盛娘，你咋恁傻呢，哪有不透风的墙，老公公扒灰不是一天两天了，咱村谁不知道？你说他家那孩子是满仓的孙子还是儿子？”张二婶饶有兴趣地说着。

“他婶子，你可别瞎说，满仓可不是好惹的，这话要是让满仓家谁听见了，看不撕烂你这张嘴!”

其实，景盛娘对满仓乱伦之事早有耳闻。但她劝说张二婶别惹火烧身。

张二婶“哼”了一声，脸上带着一丝狡黠的笑，扭头走了。

张二婶和满仓家也没有什么恩怨情仇，她就是个大嘴巴，听风是雨，惹是生非，幸灾乐祸看别人笑话。

张二婶和金旺媳妇娘家在一个村上，而且还是远亲姐妹，俩人嫁到一个村上，常来常往，更加亲近一些。金旺媳妇不是个省油的灯，眼睛虽然不好，嘴巴可是没有闲下来。今天二婶说的事就是从她那儿听到的。

那天，金旺媳妇来到满仓家，在院里叫了一声："满仓婶子在家吗?"

"谁呀?"雪雁答应着走出屋门。

"啊，金旺家呀，啥事?"

"婶子，明儿你那磨闲不闲，闲的话，叫俺磨点蜀黍。"

"没人用，你用吧。"雪雁答应得很痛快。

第二天，金旺媳妇和儿子铁柱背着蜀黍来到满仓家，刚走到夹道，还没走出角门，就听见后院磨房那边有人说话，满仓父子俩的对话被听得一清二楚。

紧接着，三人走过金旺家身边，满脸不好意思。满仓在前，秋菊和兴旺在后，兴旺还拍打着媳妇身上的尘土。

满仓看见金旺媳妇挎着一篮子蜀黍，主动打招呼，极力掩饰自己的惊慌。"磨蜀黍呀，闲着呢，你用吧。"

"嗯，俺今儿来磨点蜀黍。"金旺家低头回话。

满仓家这等好事被金旺家知道，那不就等于给了播音员一份新闻稿。好事不出门，坏事传千里，很快全村人都知道了，而且越传越离谱，把整个过程演绎得出神入化，低俗又污秽不堪。

有人把疯传的故事透给了满仓，满仓气得咬牙切齿。心想，这个王八蛋，平时我没少帮你，真是个忘恩负义的家伙！我要教训你一下，要你知道我周满仓不是好惹的。

春季里，白天逐渐变长，没什么农活。一天，几个半大的小子一起靠着墙根晒太阳，瞎喷闲聊天。这时，满仓家的老三兴国从远处走来，他头戴一顶皮帽，外露的头发亮晃晃的，白净的脸蛋上透着红润，两只大眼瞪得溜圆。

他走到这群小子跟前，朝着金旺家铁柱就是一脚："滚到一边去，给我腾个地儿。”

铁柱被突如其来的一脚吓了一跳，本能反应，站了起来：“你这是干啥哩，踢我弄啥？为啥叫我给你腾地儿？这是你家的地儿？”

“你说为啥，就是叫你给我腾地儿。你不服气，就别动。”兴国蛮横无理，咄咄逼人。今儿，他特意来寻衅闹事，想收拾金旺家。

“我就不给你腾地儿，你烧球呢，我怕你？”铁柱同样瞪起了眼睛，毫不退让。

“日你娘，今儿你就得给我腾地儿。谁叫你这要饭花子嚼舌头，咬蛋！”兴国一拳上去，打在铁柱头上。

铁柱猝不及防，被打了个趔趄，差点摔倒。

铁柱反应过来后，冲上去，飞起一脚，朝兴国小肚子踢去。兴国往后一闪，没能踢住，仅仅在兴国的裤子上擦过。

俩人你一拳，我一脚，你扯我衣裳，我揪你头发，互不相让，互不示弱，死死扭打在一起。

无论个头还是体质，兴国都比铁柱强，当然一直占据上风。突然，兴国右腿绊住铁柱左腿，双臂卡住铁柱两肩，使劲向后一推，铁柱失去平衡摔倒了，兴国顺势把铁柱压在身下，拳头像雨点一样打在铁柱身上。

一起晒太阳的小子们吓得退避三舍，一个个高喊：“打架了，打架了，兴国和铁柱打起来了！”

听到街道上的吵闹声，金旺和满仓两家人都出来了。

金旺先下手把兴国拉开，救起铁柱，而后不分青红皂白，上去就是几耳光打在兴国脸上。嘴里还骂骂咧咧：“你这小鳖孙，老子不正经，儿子还出来装孬，身强力壮欺负人。一家人没一个好东西！”

满仓和他俩儿子见兴国挨打，怒火心中烧，气打多处来，立马“杀”入阵中：“他娘的，欺负到俺头上了，你没撒泡尿照照你那脸，一家要饭花子，想成精了，打！撕烂他的嘴，打断他的腿！”

形势显然对金旺家不利。

这时候，金旺媳妇也出来助阵，大声骂道：“你这老不要脸的，扒灰头伤天害理，你干的好事，还怕别人说了！今儿，我就是要全村人都知道你做的好事。”

看见金旺媳妇出来骂街，满仓跑过去，要收拾她这张破嘴。金旺媳妇见势不妙，赶紧退回门里，关上大门，用棍顶住。

满仓踢了几脚没能踢开，回过头来，指着金旺的鼻子，骂他是癞皮狗，地痞流氓，到处招摇撞骗，把自己的孩子卖掉，算什么东西？金旺走南闯北，也不是好说话的主，反过来骂满仓为老不尊，扒灰头，伤风败俗。

常言道，揭人不揭短，打人不打脸。俩人互揭短处，面子上都下不了台，骂娘骂奶，把祖宗八辈都骂了，言语越来越激化。大人孩子齐上阵，两家人扭成一团，难分难解。

均安大叔听说这边有人干仗，急忙过来劝架。两家都看在大叔的面上，逐渐分离开来。

“那点儿恶心人的事害怕别人不知道，咋的？大吵大闹，大打出手，像什么样子！不嫌丢人呀?！都滚回家去！”均安大叔训斥着两家大小。

就在这时，工作队长老田也赶到，劝说两家消消火气。老田回头对看热闹的大人小孩说：“有啥看的？都散了吧，该干啥干啥去。”

农村就这样，有人向东，有人向西，没有是非，只有立场。人虽散开，但还是嘀嘀咕咕说长道短。东头的张二婶就向着金旺家，悄声骂满仓为老不尊，无耻乱伦，仗着人多欺负穷人。也有人说金旺家嘴贱，翻弄是非，该打。

从今儿这事，老田看到均安大叔在群众中的威望。

011 婉容嫁豪门

天色已晚，炊烟在村里慢慢升起。鸟儿先后归巢，停止了鸣叫。公鸡母鸡或进窝或上架，也安静下来。饥肠辘辘的孩子们自然都回到家中，准备享用并不丰盛的晚餐，街道上安静了许多。唯有忠实的看家狗，卧在门前，听到陌生的声音，会职业性的狂叫几声。

张二婶住在村东头，人们对她褒贬不一。好多人说她性格开朗，开起玩笑来，不分男女老少。也有不少人认为二婶不正经，可谁也没抓到真凭实据。但大部分人都觉得她男人在外不知死活，也够可怜的，开几句玩笑算不得什么。二婶有事没事走东家串西家，说个媒什么的。她乐于助人，心地善良，对于别人的闲言碎语，也从不放在心上。“人长千只手，难捂众人口。”她依旧我行我素，乐呵呵地过着自己的日子。

这天晚上喝罢汤，老田和小梁来到张二婶家。快言快语、性格开朗的女主人急忙迎上去，搬了两把竹椅子让他们俩在院子里坐下。

“田队长，我知道共产党对咱农户好，工作队是来村里为群众办事的。早就想请你们来家里坐坐，可俺就害怕村里人说闲话。今儿你们来了，俺也没啥准备，叫俺说啥好哩。”

还没等老田开口，二婶又接着说：“田队长，恁家在哪乡，离这儿远吧？多久没回家了？想念媳妇孩子吧？恁家那里收成好不好？有没有俺这儿穷？”像打机枪一样，一连串发问。再“嘿嘿”一笑，有点不好意思，“您看我这张嘴，尽是瞎喷（胡吹冒料），不会说话。田队长可别怪俺。”说完，又发出一阵银铃般的笑声，清脆明亮，似乎要划破夜空。

上弦月早早爬上屋顶，在明亮的月光下，还是无法见识二婶的清晰容颜。但她丰腴匀称的体型，风姿绰约的姿态，朦朦胧胧，像是聊斋故事中美貌的幽灵。头一次这么近距离与她接触，让老田一阵心悸。她与一般农村妇女不同，倒像是大户人家的少妇。大“S”体型，衣着合体，双腿走动轻盈，高耸的胸脯微微颤抖，说起话来前仰后合，肢体语言十分丰富。

“二婶子，你这张嘴可真厉害，怪不得都叫你吹死牛的张媒婆呢！还没等我说话，你就提了这么多问题。”见她这爽朗的个性，老田也少几分客套，还开起了玩笑。说完，哈哈笑了几声。

“哟，田队长，你可别叫我二婶，我比你大不了几岁，说不定还比你小呢。叫我大嫂吧！村里人这么称呼我，是把‘二婶’当作我的名号来叫，我可不是人家的真二婶。”二婶也没了拘束。顿时，气氛活跃融洽许多。

“那，中，我就叫你大嫂。我先回答你的问题。我家离这儿很远，在山东。俺那里是沂蒙山老区，我从小就参加八路军，跟着队伍南征北战，多少年都没回家了，革命需要么。像我这样多年未回家的革命同志有的是，是常事。说起家里，我有父母兄弟姊妹。我们那里是山区，土地很瘠薄，庄稼长不好，收成很差。自从来了共产党，想方设法帮助老乡，大家的日子才慢慢好了起来。因此，家里的事也不用我牵挂，有咱们政府呢。”

听完老田一番话，二婶觉得算是撞到枪口上了，今儿老田该不是看上哪家姑娘了，想让我提亲？马上接住话：“老田呀，你也老大不小了，不能光想着革命呀，工作呀，也该找个媳妇成家了。你要是看上哪村哪家姑娘，就告诉我，我保证能说成这门亲事。”

老田有点哭笑不得：“大嫂，你真会说笑，可真是三句话不离本行呀！我今儿来，是想看看你家的情况，有什么困难没有。说了半天，不见大哥人影，听说他在外多年，他在哪儿？也没捎个啥信回来？”

提起丈夫，二婶心情有些沉重，勾起了她埋在心里多年的往事。

要说张二婶么，她娘家姓钱，本名叫婉容。娘家在几十里以外，有良田百亩，牛马多匹，深宅大院，是远近有名的大户人家。兄妹五人她最小，兄长们让着她，父母娇惯她。她从小跟着哥哥玩耍，养成了男孩的性格，上房爬树，样样不在哥哥之下。

别看她对兄长骄横跋扈，蛮不讲理，向父母要星星要月亮，但她对长工下人富有同情怜悯之心。一旦碰着兄长或管家对下人发火、训斥，她总是站在弱者一边，打抱不平，一副天生的侠肝义胆。

婉容一天天长大，青春美丽的本色渐渐显露出来。杏脸桃腮，春色迎人。冰肌玉骨，粉面酥胸。走起路来步履轻盈，好似燕穿新柳。父母看在眼里，喜在心头，一定要给女儿找个好婆家。

打听十里八乡，也没有门当户对人家。但是无论如何不能把女儿低就下嫁。老两口思来想去，想到了做生意的远方亲戚，托他在县城里打听，找个合意的富商人家。功夫不负有心人，县城里确有一张姓人家，经营皮草和古董生意，是县城里有名的富商。

张姓商贾名雅轩，生于书香门第，小时读过两年私塾，四书五经略知一二，能识文断字而已。但他聪慧过人，能说会道，察言观色，善于交际，小小年纪就开始做点小本生意。他头脑灵活，赚钱有方。父母见他与仕途无缘，就不再劝说他读书写字，还设法积攒筹借资金，供他扩大经营。他没有辜负父母的期望，生意做得风生水起，把生意做到省内多县。

张雅轩为人精明，审时度势，善于周旋，黑道白道都能耍得开。尽管战乱不断，他都能应付自如，人称“不倒翁”。

生意场上张雅轩得心应手，富甲一方。但是，老天爷似乎是公平的，张家也有不如意的事情。大太太美玉婚后多年不曾孕育，使得雅轩不得不迎娶二房太太。老二进门以后很快怀孕，生了个男孩。这可喜坏了张家上下。为了庆贺喜得贵子，雅轩大宴宾客，上演大戏，还安排堂会供家人和亲眷娱乐。前前后后热闹了一个来月，直到小儿子过罢满月。

“人逢喜事精神爽，生意兴隆达三江。”雅轩雄心满满，要把生意做到省外去。然而，月有阴晴圆缺，完美的事情不会都属于他。后院里不见硝烟的战争悄然来临。大太太以老大自居，吆五喝六，自命不凡，岂不知自己的权威和地位受到了挑战，正在慢慢下降。二太太母以子贵，眼里只有雅轩一人，越来越不把大太太放在眼里。管家和下人们也见风使舵，看到二太太年轻气盛，深得老爷的宠爱，也都慢慢倒向二太太。他们对老大的吩咐只是消极应对，对老二的指示则是坚决照办，毫不走样。

大太太见势不妙，就想安排后路。一天，她把雅轩叫到自己房里，郑重其事地说：“老爷，都怪我没本事，没能为你生个一男半女，这是我一生的缺憾，也是最对不住你的地方。这是我的命，我不怨任何人。时到今日，家里的事情你都看在眼里，老二哪还把我放在眼里？人生无常，我还得为下半生考虑。你要是和我还有一份夫妻情意，那就给我一点产业，只要够我吃穿日用就行。我这样说，不过分吧?”说完这话，大太太眼里噙着的泪珠扑簌簌地落了下来，把衣襟浸湿了一大片。

雅轩毫无思想准备，美玉的一番话让他意外之余，也深深触动了他，使他想起和夫人充满情爱的朝朝暮暮。他已经记不清与夫人一起度过多少个艰难岁月，又有多少不眠之夜夫人陪伴他在油灯之下。大太太有情有义，是个愿为丈夫舍命的好女人。雅轩感到，他这些日子忽略了大太太，他问心有愧。

雅轩低头想了好一阵子，不知从何说起。他干咳几声，说：“美玉呀，我没想到你今天会说出这样的话。你跟我风风雨雨十几年，今天的家产有你的一半。你容我想想，如何能把家里的事情安排得更好一些。你不用难过，有我一口饭，就不会让你饿着。”说完，他拍拍大太太的肩膀，又哄了几句，见太太情绪稳定下来，才掀开门帘出去了。大太太也没有起身相送，仍坐在床边垂泪不止。

打那以后，雅轩来屋里的次数多了，大太太总算有了笑脸，对待管家和下人依然保持着该有的威严，掌管内宅事务。这天晚上，雅轩与美玉同床共枕，唠起了家事。雅轩说：“美玉，那天你说的事情我一直挂在心上。我想这样，你看行不行？我二弟家的国梁，品行好，温良恭俭让，仁义礼智信，斯斯文文，是个读书当官的料。我想下点功夫，把他送到省城去读书。只要他努力上进，成绩优异，再到京城去，到外国去，到哪里上学，我都供他，直到培养成才，为国效力，出人头地，光宗耀祖。你要是愿意，咱就把他过继过来，作为咱的儿子，也算是长子长孙，在咱家的地位不容忽视，也是你的依托。你想想，看这个方法能行不？”

美玉觉得雅轩说的有道理。她也认为国梁是个好孩子，聪明伶俐，明理懂事，尊敬长辈，讨人喜欢。美玉很乐意把国梁过继过来，只怕二弟舍不得。“雅轩，这事你想得怪周全，我没啥说的。可二弟能同意不？再者说，日后国梁长大成人，只认他的亲爹亲娘，不在我跟前尽孝道，该咋办？”

“说到这儿，我得劝你几句。人都是有感情的，有谁能忘记自己的生身父母？更何况咱们是这种关系？咱对他好，对他父母也好。他去看望亲父母，就让他去，我们不吃醋，不抱怨，而且还支持鼓励，认为他有良心，做得对。这样他就没有什么戒心，没压力，坦坦荡荡行走于两对父母之间。我会有条件地保证他有一份家业继承权，他就看在咱这份家业上，也会孝敬你呢，不怕，不怕。你可不能心胸狭窄，容不得孩子。两好搁一好，家和万事兴呀！”

事情就这么定了下来，二弟也乐意成就。心想，反正小孩还在自家，只是在大嫂跟前“当”儿子，又有何妨？

在祖辈们的见证之下，两家履行了必要的手续。在名义上，国梁已经是雅轩和美玉的儿子了。

二房太太对雅轩这一举措的目的心知肚明，尽管强烈反对，但胳膊拗不过大腿，闹了几天，事情就过去了。她决心壮大自己的力量，为雅轩多生几个儿子。上天有眼，不能满足贪念太重之人。二太太又生了个女儿，便戛然而止，渐渐就被冷落了。雅轩一来喜新厌旧，二来为了平衡二太太的势力，又娶了第三房太太。老三接着就生了一对双胞胎，一对男婴更使雅轩喜不自禁，万般宠爱。事已至此，张家已经形成了“三足鼎立”之势。老爷把他的爱平均分给三房太太，但念在结发夫妻共经磨难的创业历程，他还是对大太太更好一些，不管是物质分配还是精神抚慰。一个月在老大房里安歇十四五个晚上，交流情感，商议家庭大事。对另外两房仅是换换口味而已。二房三房看到老爷如此重视大太太，也都乖乖地听从老大的安排。偶尔她们也向雅轩哭诉老大的不是，但雅轩一只耳朵进，一只耳朵出，根本没当回事。从此，后院里平安无事。雅轩在生意场上的平衡术在家里也发挥得淋漓尽致。

雅轩走南闯北，对于时局信息十分敏感。日寇气焰日炽，前方战事吃紧，民不聊生，雅轩的生意也越来越难做。他开始考虑如何处置财产，把它放在不同的“篮子”里。首先想到的就是，储存不动产，把现金变成地产，因为一般官僚政府、军阀兵痞难以抢占土地，即使无人耕种，荒地也还是自己的财产，较其他财产更容易保存、保值。

狡兔三窟，雅轩精明过人，在不经意中把经营规模缩小了，经营地域也缩小了，腾出资金开始置办土地。他在省内不同的地方买土地，建造庄园，远近搭配，隐蔽安全。

史家湾是雅轩的“三窟”之一。风水先生看过，半山坡一块地可以用作祖坟墓地，风水很好。在史家湾构建庄子，相对隐蔽，战乱不易波及，称得上“世外桃源”。

雅轩很会做人，他到史家湾首先走访村里的长者，听听老乡们有啥难处。他当着均安的面承诺，要为村里修条大路，方便大家出行。再整修街道门面，建一所小学，请教书先生。他说到做到，深得民心。对于雅轩的善举，村里人交口称赞，雅轩被称为当地的开明士绅。乡亲们的热情也使雅轩感激涕零。他感受到了乡亲们的淳朴和善良，赢得了那份生意场上无法获得的真挚的爱戴和尊敬。

他以高价买下祖坟墓地和附近的二三十亩坡地，又在村东头盖了一处庄子，前院后院，上房临街，两对厦，四合院，混砖到顶，灰墙青瓦，可谓史家湾首屈一指的院落。这份财产将归老大所有。

就在宅院快要落成之际，钱家派人来张家给国梁提亲。女家的富足和声誉，张家也时有耳闻，算得上门当户对。雅轩打听一番后，对这门亲事也很满意。国梁年纪与婉容相当，掐算二人生辰八字也相投，婉容的泼辣性格还能与国梁的文弱气质互补。两家人都觉得是天作之合，很快定下了这门亲事。大事已定，只等国梁回乡成亲。

再说国梁读书在外，对雅轩的安排毫不知情。他在国立大学攻读机械制造，潜心钻研，学业优秀，决心不辜负家人对他的期望，将来以实业救国。

时光荏苒，世事难料，一场残酷的战争已经来到中原大地。日本侵略者的铁蹄踏上了华北平原。

全国各地的青年学生纷纷走上街头，声讨日本侵略者烧杀抢掠的残暴罪行，抗议国民政府的不抵抗政策，抗议军阀强取豪夺。强盗们肆无忌惮，很快把魔爪伸向广大城乡腹地。一个个城池接连沦陷，一批批百姓拖家带口逃离沦陷区。兵荒马乱，民不聊生。

山河破碎，偌大的华北再也放不下一张书桌。一腔热血的国梁中止了学业，投身到抗日救国的洪流之中。

战争形势一天紧似一天，雅轩想让国梁早点完婚，以免不测。其实国梁也二十岁出头了，也是当婚的年龄。在父母多次催促之下，国梁从抗日前线回来了。尽管与新婚妻子不曾相识，但他还是相信父母的眼光，妻子的家境相貌一定不差。再者说，父母之命，媒妁之言，他是雅轩的继子，父母之愿怎好违背？听罢父母介绍女方情况，国梁欣然应允。经过一番准备之后，新媳妇迎进家门。战乱期间，一切从简，免得招惹是非。

洞房花烛夜，国梁看着貌如天仙的新娘，甭提心里多高兴了。新娘性格开朗，说话似春风，笑声如银铃。对这天作之合，国梁非常满意。他感谢养父母的恩情，对婉容也加倍宠爱，小两口如胶似漆，形影不离。

012 形势比人强

国梁婚后之事，雅轩早有安排。蜜月过后，他让大太太美玉带上儿子国梁和新媳妇婉容一同来到史家湾这个新宅，既可躲避战乱，又顺势独立门户。看着当下的情况，美玉也想躲到世外桃源，过些消停日子，免得一天到晚提心吊胆，担惊受怕。家族的生意就随他去吧！

由于前期的铺垫，街坊四邻都非常欢迎雅轩美玉一家的到来，道贺之余，不少人家送来新鲜的细米白面，以应新家之需。

国梁虽然文静，但毕竟是个青年人，也见过世面，怎能在这穷乡僻壤长期待下去？国难之际，怎能偏安于一隅，苟且偷生？他和父母妻子商量之后，毅然决然离开心爱的人，走向抗日救国前线。

国梁是富家子弟，又是读书人，他在村里时间很短，和村里的人很生疏有距离感，大家对他也敬而远之，对于他的行踪都毫不知情。当然他也不愿张扬。

国梁走以后，婉容发觉自己怀孕了。婆婆美玉更是喜出望外，吩咐佣人倍加呵护。做家务虽然有佣人，但身为女主人的婉容，还要亲力亲为。她生性要强，是个闲不住的人，不在乎自己的身份。于是乎，不幸就向她悄然走来。那年夏季，电闪雷鸣，大雨如注，她指挥家人抢收院子里的粮食时，脚下一滑，打了个趔趄，摔倒在地，结果流产了。

抗战胜利，打走了日本鬼子，国共合作走到了尽头。三年内战又起，共产党赢得了全国胜利，新中国成立了。十数年间，国梁曾回家两次。第一次，他身着戎装，好像是个不小的军官，家人问他在外面干什么事情，是否很危险。他说："我有文化，是个文职军官，是中校军衔。具体做什么不能讲。你们放宽心，我在后方，在南方某一城市，很安全。"因为他身上有任务，在家小住几日后，不得不告别亲人。

省亲日子里，他拜会了均安大叔，希望大叔能对家眷有所关照。这里或许还有显示军官身份的意思，使当地的恶势力惧怕三分。

临行时，他叮嘱爱妻婉容，"要孝敬公婆，也要怜惜自己，若这次能怀孕，可千万小心，不能再……"婉容连忙捂住他的嘴，"别说了，上次我很后悔，都怨自己爱逞能逞强，这回我记住了。我会给你生个大胖小子，等你回来。"婉容把头埋在国梁的胸前，娇滴滴地说着自己的心里话。过了一会儿，婉容慢慢抬起头来，拉拉国梁的衣领，再拨拉几下衣服，说："你走吧，家里的事有我呢，别挂念，在外面好好干就是了。"

第二次回来，国梁模样大变。军服又旧又皱，肩上没有了军衔的标志，帽子上仅有一颗红五星。家人问他为什么变成这模样，他向家人道出了其中隐情。

上房屋里，深红色长条桌案迎对着屋门，在它的上方挂着梅兰竹菊四支画轴，桌案上放着几件青花瓷瓶，两把太师椅紧靠桌案，面向屋门。四把客座椅分两边摆放，两两相对，清一色红木精品，整个屋子装点得古香古色。晚饭后，雅轩和美玉在太师椅上安详地坐着，国梁和婉容进来请安后在两边坐下。一盏煤油灯把光线洒在每个人的脸上，或明或暗。四人正襟危坐，悄然无声，房内的空气似乎凝固了，大家都等着国梁揭晓谜底。灯焰不停地闪烁，似乎也急于知道国梁今晚说些什么。

“爹，娘，婉容，这些年让你们为我操心了。我没尽到儿子、丈夫的责任，很是愧疚。婉容流产更使我痛心万分。是我不好。”

他停了一下，接着说：“唉——，只从战火燃起，我就离开学校，参加了国民党的部队，做文职工作，抗击日军。抗战胜利后，国共和谈破裂。两军对垒，大仗小仗接连不断。战事的惨烈经过，我从未跟恁提起，因为不想叫恁为我担惊受怕。在一次对解放军的战斗中，我负伤了，伤势非常严重，已经不省人事。清理战场时，解放军战士在死人堆里发现我还有一口气，就把我送进战地诊所，最后总算保住了性命。在解放军的营盘中，我接受了共产党的教育，参加了共产党，成了解放军的一员。解放军里农民出身居多，我算是高学历的知识分子了。他们看得起我，重用我，不断提拔我，我现在是师部参谋。解放军没有军衔，不过，大概相当于国军的上校吧。我也下定决心跟共产党走了，全国胜利后，我回来孝敬爹娘，照顾妻子。现在，国民党的颓势十分明显，三大战役一败涂地。政府腐败，大小官员都在准备后路，逃亡台湾，或香港，或国外。”

国梁简要说完这些年经历的事情，稍事停顿，清了一下嗓子，继续说：“我这次回来，公私兼顾。我想告诉恁，在解放区，共产党的政策是平分土地，实行耕者有其田。还要划分阶级成分，有地主、富农、中农、贫农、佃农、雇农。对地主恶霸要镇压，一般地主只是没收部分土地，分给贫雇农。说白了，就是杀富济贫。共产党不讲情面，一视同仁，革命军人家属同样对待。”

国梁面向父亲，恳切地说：“爹，形势比人强。您是个眼界开阔、心胸豁达的人。咱家的资产或变卖，或送人，总之，在手里不能有过多的不动产，如土地、房屋、生意店面。在外面千万不可太张扬，要低调做人，善待乡邻。当然，这一切还得您来做主，您决定咋办都行。”

听到这里，一家人心都要跳出来了。他们早有耳闻的事情，当真要在自己身上应验了。雅轩低头许久不语，他心里明白，改朝换代，肯定会有新政策，无人能够阻挡。自己的奢华生活将到尽头，一切都将灰飞烟灭。沉思良久，雅轩终于开口了：“国梁，你说的这些，爹之前也听到一些风声。爹不糊涂，这就是命。这辈子爹好歹也干了一番事业，也算光宗耀祖了。身外之物，生不带来，死不带走，早晚都要留在这世上。爹想得开，凭我的人生经验，这事我会处理好的，你放心吧！”

美玉说：“国梁是个懂事的孩子，这是为咱全家好啊！常言说，人无远虑，必有近忧。形势到这儿，只有破财免灾了。家里的一切都是老爷的心血，该咋处理，老爷就看着办吧！我也不是贪财之人，唉——”说到这儿，美玉低下头，长叹一声，心酸之极。

婉容也说：“我一个女人家，对外面的事情两眼一抹黑，大道理也不懂。嫁到张家，全家人对我百般照顾，我无话可说。我是个性情开朗的人，享福受罪我都认。车到山前必有路，没有过不去的坎。国梁，你就放心走吧，爹娘有我照顾呢，一切我都听爹的。”

煤油灯不停地闪动，火焰时大时小，屋子里时暗时明，煤油的烟味充满全屋。突然，一阵风从门缝里吹进来，差点把灯吹灭。闷坐良久，眼见时间不早了，一家人各自回房安歇。

小两口回到自己的房间，干柴烈火，急不可耐，一阵云雨之后，婉容国梁面对面躺着，缠绵温存，意犹未尽。

国梁开口说：“好媳妇，让你受苦了。我现在是共产党的人了，一切都得听组织的，不能违反组织纪律。也就是说，我不能想啥时候回来就啥时候回来。另外，外面的事情很难说，斗争很复杂。也说不定哪一天我会牺牲，永远回不到你身边。”

国梁还要说下去，婉容捂住了他的嘴。“不许你说不吉利的话。咱爹到处行善，积德积福，上天会保佑你平安无事的，我等你回来。”

国梁说：“我是个唯物主义者，不信那一套，一切皆有可能。真要有那一天，你再找个好人家，是我对不住你。”话说得越来越沉重，似乎会有什么不幸要发生。不轻弹的男儿泪滴落在婉容的脸颊上。

婉容一手撑起身子，很吃惊地说：“你今儿是咋了？好像要生离死别似的。有什么事情瞒着我？你说！”

国梁躺着没动，只是喃喃地说：“啊呀，没事的。对我们来说，交代后事很正常，每次打仗都要写遗书呢。刚才我陡然想起这些年来的风雨波折，有点失控，快睡吧。”婉容冷不防被国梁揽在怀里，压在身下……

国梁临走前又拜会了均安大叔一次，表明自己现在是八路军师部参谋，为解放全中国南征北战。

他走以后，雅轩把土地卖了一小部分，留下一小部分，大部分都送给了长工佃户和一些贫穷的亲戚朋友。他想，土地也不值几个钱，不如落个人情，给自己多留条后路。当然，雅轩还变卖家产换成细软，以备后用。前后院也打了个隔墙，把后院让给无家可归的佃户们。

雅轩的举动很多人不理解，有人说雅轩是大善人，对他感恩戴德。有人说雅轩是大傻瓜，骂他败家子。还有人说雅轩犯啥事了，七嘴八舌，千奇百怪。然而，其中隐情外人怎知？如今，他把重点放在史家湾老大这里，老二、老三各自独立，家产归于他们，由其处理就是了。

天有不测风云，人有旦夕祸福。还没有等到全国解放土地改革，一场大病要了雅轩的命。家业虽说是身外之物，但那毕竟是自己一手创造的，就这样随风而去，还是难舍难丢，打心里还是难过这道坎。他独自悲伤，郁郁寡欢，唉声叹气。加上年轻时应付三位夫人，淫欲过度，造成身体空虚。经不起疾病的折磨，年过六旬的雅轩早早就离开了人世。

国梁这次走后，婉容又有身孕了。在婆婆美玉的精心照料之下，总算保住了这个来之不易的小生命。十月怀胎，生下一个女婴，起名叫月韵。虽然说社会上重男轻女，但是这个女孩儿是婉容的头胎，老大一门的第一个后人，全家人还是喜出望外。遗憾的是老爷子没能等到孙女降生，孩儿她爹也不知身在何处。

按照雅轩的遗嘱，美玉只留下亲侄女帮忙照看家务，其余人员一律辞退。日子一落千丈，什么事情都要亲自动手。好在美玉也是打拼出来的，这样的日子她能挺得住，特别是添了小孙女，一家人乐呵呵的。由于老爷子行善积德，在村里人缘非常好，有什么难处，村民们都会竭力相助，不计报酬。因此，留下的几亩好田，总有人替她耕作，庄稼长势良好。

全国解放了，农村都进行了土改，美玉家被划作中农，和一般农家没什么两样。然而，最让人放心不下的是，国梁再也没有音信。按理说，他是解放军的干部，应该回乡探亲，即使有了新的工作，也应该给家里捎个信。村里人都知道他是个不小的军官，但是政府没有予以认可。家里人不知道他的部队番号，不知道他工作的地址，通过政府部门查询也无结果。真是个无法解开的谜。时间久了，婆媳俩只当他已经不在人世，唯有把当下的日子过好就是了。

二婶的身世富有传奇色彩，扑朔迷离，老田一时还没理出头绪。他大体知道，在史家湾来说，张家父子也称得上风云人物。二婶丈夫国梁投笔从戎抗日救国，后来又参加解放军，现在杳无音讯。二婶与婆婆相依为命，艰难度日。他心里很不平静，老想着二婶到底是个啥样的人。

013 奇特三联姻

婉容模样长得俊俏，水蛇腰高翘臀，走起路来轻飘飘的，宛如清风拂柳，可算得上史家湾一枝花。她会捯饬爱打扮，招老年人喜欢，惹年轻人垂涎。她一出门，常有年轻小伙儿找个理由紧随其后，看着她那圆溜溜的屁股左右晃动，真想上前摸一把。走在她前面的，会时不时回头盯着她那高高又颤抖的胸部，哈喇子都要流出来了。

几年前一天后晌，婉容下地看庄稼长势，一个叫狗娃的小伙子跟在他后面。庄稼很高，到了没人的地方，狗娃急走几步，上前拍了一下婉容的屁股。还说："嫂子，你的屁股真软乎，真好看，摸下子真美。"婉容冷不防，猛一扭头，狗娃刚好顺势摸到她的胸。她情不自禁地"啊"了一声。

她没有生气，对着狗娃笑了笑，说："狗娃，长大了啊，想摸女人了啊，嫂子这里不是给你摸的，是给你国梁哥预备的。知道吧！"伸手打了狗娃一个耳巴子。"记住了吗?"狗娃"啊"了一声跑走了。

婉容回村后，立马找了均安叔，拉着均安叔一起到狗娃家。对着狗娃爹娘说："西川叔，今儿我把安叔一起叫来，对着恁大家说，我也不嫌丑了。后晌我下地时候，恁家狗娃跟在后面，到了蜀黍地那儿，我没防备，他上来动手动脚，前后摸我。我说，'狗娃，你是咋啦？疯啦？’顺势打了他一巴掌，他吓跑了。我也没生气，知道孩子是长大了，懂男女之事了。我说给恁知道，是让恁好好管管他，可不敢到外头惹麻烦。我也不会跟别人说这事，要是有合适的，我给他说门亲戚。这是遇着我了，要是遇着别的啥人，人家会告恁吃官司。安叔，您说是这个理吧？”

安叔说：“婉容是刀子嘴豆腐心。她说得对，孩子大了，这方面有点鲁莽，也不算啥大事。西川，批评他几句就行了，不要对孩子太凶了，那样会适得其反。都是大小伙子了，得给他留点面子。”停了一下，又说：“常言说，男大当婚么。婉容，你就操点心看有合适的，多给张罗张罗。他家有困难，不是吗？”

婉容说：“听大叔的，我记住您的话，把这事放在心上。”

狗娃爹娘连声道谢，把俩人送到大门外。

狗娃躲着不敢回村，直到天黑才悄悄推开家门。爹娘问他有没有那回事，狗娃吞吞吐吐，找理由为自己辩解。西川拿起一根木棍朝狗娃打去。娘急忙拦下，狠狠凶呱（教训）他一顿，方才罢休。

西川两口都是老实人，生了一个狗娃，还有个小妮子比狗娃小一岁。从前西川给人家当长工打短工，饥一顿饱一顿，日子过得十分艰难。解放后分得几亩坡地两间房，自己勤谨耕作，日子比以前好了不少。

有一天，婉容在会上碰见表姐聪敏，俩人拉扯闲话，就说起了狗娃那事。无巧不成书，表姐说她村里有户人家，闺女样子长得怪好，还没有找婆家。婉容就让表姐去试试。回来后，婉容把这事告诉了西川媳妇。西川两口千恩万谢，夸婉容大人有大量，是个大好人。

聪敏家在山脚下有个叫护驾窑的小村。相传，当年刘秀为了躲避王莽的追杀，慌不择路，就钻进路边一个窑洞。王莽赶到，看见窑洞口布满蜘蛛网，一个大蜘蛛趴在网上，就没进洞搜查，刘秀才躲过一劫。人们为了纪念刘秀在此窑藏身，把该窑洞叫作“护驾窑”，后来就有了“护驾窑”这个小村庄。

护驾窑有户人家姓刘，叫全书，有两男一女。男孩叫立志、立东，女孩叫冬梅。全书原本是个雇农，房没一间地没一垅。解放后，分得土地和房屋，总算是有了自己的家。

由于家贫，大儿子年过二十大几岁了，还没有成家，全书老两口为儿子的婚事愁眉不展。“有啥办法呢，怪自己忒穷了呗。”他两口经常唉声叹气。

村庄小，聪敏又是个热心人，各家各户没有她不熟悉的。这一天聪敏来找全书媳妇，问她想不想给冬梅说个婆家。

全书家说：“这事不好说，你看，俺家老大立志还没找下，就先给他妹子说婆家，像啥话？哪有大麦不熟小麦熟的道理？街坊邻居笑话死了。再说了，俺家闺女还小，长得也不丑，不着急说婆家。”

聪敏说：“婶子，前面那话说得通，说恁闺女还小就不对了，都十七八岁了还小？你不怕再过几年嫁不出去？别为了老大，把闺女也耽搁了。没听说么，女大不中留，留来留去留成仇。闺女大了不好找婆家，你不是不知道。”

“聪敏，你说这话也在理，可俺家老大的事咋办呢？难为死俺两口了。”全书家真的好难呀！

“叫我说，要是有合适的口，你不如先把大妹子的婚事办了，不能二误两耽。”聪敏说。

“那，你有合适的口？”全书婶子试探着问。

“俺表妹家在史家湾，她村里有个小伙子和恁家立志年龄差不多，今年二十一岁，我想跟大妹子怪合适哩。”

“那，他家啥情况？”

“也跟恁家差不多，他有个妹妹，今年也十七八岁了，他爹娘身子骨都怪扎实，都是老实人，一家人都勤谨会过日子。农村人么，只要不懒不怕出力，种庄稼打粮食，没有过不好的日子。你说是吧？要是冬梅嫁过去，他就弟兄一个，不就是冬梅来当这个家？这小日子美着哩，你就等着抱外孙吧！”说完，聪敏咯咯笑了几声。

“俺还得好好想想，得跟他爹和孩子们商量商量。你可先别跟外人说，我怕别人知道给冬梅说婆家，笑话俺家。”全书婶一脸正经。

“那是的，你放心，不能为这事叫恁脸上挂不住。我先走了，恁一家好好商量一下，过几天我再来听信儿。”

聪敏今儿去史家湾，路上遇上了发小、好姐妹惠芬。惠芬问她去史家湾做啥，她就把给狗娃冬梅说媒这事告诉了惠芬。惠芬若有所思，后来说：“你说，狗娃还有个妹子，也十七八岁了，是吧？”

“是呀，你还有啥说法？”聪敏说。

“俺皮屯村有一家，爹娘孩子都老实，都是庄稼人，有一男两女，男孩子也是二十来岁，还没找下（媳妇）。能不能把狗娃他妹子给他说说？”

聪敏说：“人都想往高处走。听婉容说，狗娃娘的意思，想给闺女找个好点的人家，日子过得不恁艰难。你说的这家日子也不会有多好。”

“这不都新社会了，有几亩地种着，只要下力气，日子总会好起来的。只要人本分就行，庄稼人么，能好到哪去，能赖到哪去？”惠芬说得很有道理。

“你说得没错，可人都看眼下么。有家底的，当然日子好些，像他们家不闹春荒就很好了。”聪敏知道两家虽然条件相当，但人都往高处走呀！

惠芬说：“两家差不多，要是这两头都能说成，那狗娃家就是双喜临门了。”

聪敏说：“狗娃的亲事还没一撇呢，妹妹急着找婆家，这也说不通呀！要不这样，你先回去问问恁村那家，对闺女儿子的亲事有啥打算，而后再往下说。”

惠芬回到婆家皮屯，第二天就找那家大人宝山。听惠芬给他儿子说媳妇，宝山两口子高兴得俩嘴都笑开了花。过了一会儿说：“他嫂子，不瞒你说，俺家穷，办不起聘礼呀！你也知道，刚解放没几年，才分这几亩地，一年忙到头，也就将就混个肚子饱，俺家没一点积攒呀！”

惠芬说：“叔，你跟婶子都是死脑筋，都不会找亲戚朋友借点，以后再还。娶个媳妇，哪能不做点难，不花俩钱的？要是不下聘礼，算啥亲戚？我看人家不会愿意。恁看着办吧！”

“那——”婶子还想说话，惠芬起身走了。

宝山老汉说：“这是好事，可咱没钱，真叫人作难呀！咱家这些亲戚也跟咱一样，穷得叮当响，哪有闲钱借给咱？”

喝罢汤，宝山老汉坐在院里一锅接一锅地吸着旱烟，烟雾弥漫着整个院子。老伴说：“别使劲吸烟了，把人都呛死了你也想不出个啥办法。睡吧！”

老两口躺在床上，辗转反侧无法入眠。孩他娘说：“他爹，要不这样。先把大妮子说个婆家，让她婆家给咱聘礼，咱再用这聘礼给儿子说亲戚。等咱儿子把婚事办了，再送咱闺女出门（出嫁）。”

宝山老汉说：“啊，对了，我咋没想起这一出哩，捧着金碗去要饭，真是猪脑子。中，就按你说的办吧！明儿你就跟他嫂子说，让她先给咱大妮子说个婆家。”老两口商定，一夜无话。

第二天，宝山婶子见了惠芬。说明来意后，惠芬一口答应，“咱家大妮子长得怪好看，说个婆家还用愁？这事包在我身上。”

惠芬马不停蹄来找聪敏，聪敏说：“这好办，俺护驾窑全书家老大立志怪合适，就把立志说给他家大妮子吧！”

惠芬说：“那，他家能拿得出聘礼吗？”

聪敏说：“他家能想出这办法，俺村全书家也能这样做。我先跟全书家说说，看人家愿意不？要是行，我就立马去史家湾，跟俺表妹说说。”

如聪敏所料，全书家一说就满口答应，高兴得像啥一样。聪敏又去见婉容，开门见山。婉容一想，这倒是个不错的办法，即刻去找西川。

婉容把三家换亲的意思详述一遍，最后说：“大叔，婶子，这早晚事情说到这儿了。咱史家湾闺女嫁到皮屯，皮屯闺女嫁到护驾窑，护驾窑闺女嫁到咱史家湾。俺们张罗了好几天，那两家都怪满意，就看恁家了。”

西川说：“他嫂子，真是难为恁们几个了。老说谢谢觉着怪生分，太外气。我不说了，就依你。你看这下一步？”

“照咱这里的风俗习惯，聘礼不管多少，总是得有。富人家拿得多显排场，穷人家就尽力而为，也算是一份心意。您说，是这个理吧？”

“他嫂子说得对，恁都操心操到这份上，还有啥说哩？”

婉容也没闲下来，她立刻来到均安家。“安叔在家吗？”

“啊，是婉容呀。你咋闲了？”均安说。

“我哪闲了，这两天都把腿跑断了。”婉容很有成就感。

“为啥事呀？累坏了吧？”大叔笑嘻嘻地问。

“唉，还不是为承当您那事。”婉容卖起关子来了。

“快说，到底咋了！”大叔急于知道为了啥。

“您不记得了？前些天在狗娃家，您叫我多为他操点心，说门亲戚。我答应了，就一定当回事儿。这不，成了！我来跟您说说，让您也高兴高兴。”接着她把经过添油加醋、极其夸张地说了一遍，最后说：“好人做到底。俺知道西川也拿不出像样聘礼，念起他是个老实人，从前种过俺家的地，帮衬过俺，这份礼俺替他拿。可让他知道了，面子上不好看，想让您出面，就说是您给他的贺礼。这样，他就不会不好意思，脸面上也光彩。大叔，我说的有道理吧！”

“婉容呀，话说到这儿，我算啥都明白了。在咱村，像你这样有情有义的人真不多呀！不过，这礼还是我来吧，你一个女人家不容易呀！你就别管了，这事交给我吧。”婉容还是拗不过大叔，下面的事由大叔来张罗，这样才符合他的性格。

聘礼由史家湾到护驾窑，再由护驾窑到皮屯村，最后又回到史家湾。三家先后把闺女送出门，又迎娶新媳妇，双喜临门，皆大欢喜。史家湾人都为婉容的为人赞赏有加。

这事似乎有些好笑。但那年月在那样的环境下，穷苦人家采用换亲的方式也是没办法的办法。把自家女儿当作筹码，换取人家女儿来做媳妇，也算是“等价交换”吧！至于将来家庭是否幸福美满，就看各家的运气了。

014 共同富裕路

上级认为合作化的进度太慢，于是乡里紧急召开会议，布置工作任务，提出进度要求。

乡里开完会，老田马不停蹄赶回史家湾。喝汤前他把小梁和小蔡叫过来，传达了会议精神，讨论了具体部署、方式方法、相应措施等事宜，决定喝罢汤马上召集全体村民开会。

均安是个热心人，乐于助人是他的天性。在先，上头有啥事，都是由他通知村民，今天也不例外。老田吩咐小梁，请大叔通知全体村民，喝罢汤到前码儿（街）开大会，每家至少一人，当家的务必参加。

“哐——，哐——”均安敲起了铜锣，“各家各户都听着，喝罢汤都到前码儿开会，每家至少一人，当家的一定要去啊！”喊完一遍，再敲一次铜锣，村东到村西，前码儿到后码儿。小梁跟在史大叔后面，凑上去也喊几声。

人差不多到齐了。开会前，老田对均安说：“大叔，你人熟，挨家挨户点个名。”

均安说：“中啊。”接着他对大家说：“各家来开会的人都是能拿事的，用小孩来凑数可不行。要是大人没来，趁早回去叫去。”

接着，均安开始点名。

点到巍山家，一个小孩奶声奶气地说：“俺娘病了，肚子疼，在床上睡着哩，叫我来开会，回去给她学学（传达，说说）。”

听到这儿，均安说：“谁过去看看？一个女人家怪可怜的。”来开会的都是男人，谁好意思去？这时，婉容说：“我去看看吧。”婉容到了巍山家门前，见秋雨也跟了过来。她说：“黑夜里，你跟来弄啥哩？不怕俺嫂子嘁你？”

“咋说哩，巍山兄弟临走前交代我一句话，要我照应他母子俩。谁叫俺俩有这层亲戚关系呢！”秋雨放心不下。

婉容秋雨俩人掀开竹帘，来到巍山家床前，巍山家说：“我没啥事，叫恁都操心了，就是女人那点事，不打紧的。开啥会恁回来跟我学学。恁都走吧，开会去吧。”俩人放心走了。

叫到满仓时，兴旺答应了。大家一阵哄笑，有人小声说：“傻蛋当家了？”

均安对着兴旺说：“叫你爹去！你狗屁都不懂，来开啥会？”

兴旺还不服气：“俺爹今儿黑有事，来不了，要我替他开会。”

有人小声说俏皮话：“哼，你爹正在家弄你媳妇呢。”

“刚好，你替你爹开会，你爹替你弄媳妇，两不耽搁。”

均安听见有人小声说俏皮话，马上制止：“胡球说啥呢！再胡说，看我不扇你。兴旺，快回去，叫你爹来开会，就说是工作队老田请他嘞。”

兴旺回到家，刚好看见他爹从自己屋里出来。他说："爹，工作队老田请你去开会，不去不好，快点去吧。"

"嗯，这就去。"满仓小声答应着，低着头从兴旺身边走过。

兴旺顺势走进他屋，见他媳妇睡在床上，就问："你咋了？才喝罢汤，这么早就睡了？"

"我今儿有些头疼，想早点睡。"秋菊搪塞着。

"这会儿还疼吗？"兴旺也学会关心老婆了。

"没啥事，这会儿不疼了。是爹给我掐了掐头，给掐好的。这会儿没事了。"秋菊真聪明，谎话还说得够圆范的。

均安继续点名，"梁满山！"

没人应声。

"大毛，去叫下你大伯。"均安说。

大毛飞快跑去，不一会儿，梁满山就来了。

"咋了？刚才我满村吆喝，你没听见？还要三请诸葛？"均安数落着满山。

因他德高望重，满山没敢犟嘴，小声嘟囔："今儿喝汤晚，刚放下碗。下回来早点。"

一张破旧的条桌上放着一盏马车灯，灯头透着红光，时不时跳几下，但它能抗风吹雨打。村民们自带小板凳随便找个地方坐下，有的人懒得带凳子，就随便找块石头砖头垫在屁股下面，或者坐在人家门前的石板上。对脾气的人凑在一起，咕咕哝哝说些闲话。昏暗的灯光下，分不清他们是谁，只听见他们发出叽叽喳喳的说笑声。

村民到齐之后，会议开始。

老田站在桌子旁边，灯光照在他的脸上、身上，好像一座铸就的铜像，稳健端庄。

看着黑乎乎的一片人影，他干咳两声开了腔："乡亲们，今晚把大家召集起来开个会，要传达党对农村的新政策。我到咱村有一段时间了，乡亲们的家庭状况我有一定的了解。解放后，农村实行了土地改革，按照政策，把地主富农的多余土地房屋分给了贫雇农，基本上做到了耕者有其田，总体上说，生活都好起来了。但是，我们还必须看到，不少人家的日子并不好过，他们缺这少那，地里打的粮食不够养活一家人。因此，就有人开始重新为别人家帮工，打短工，挣点粮食。不让乡亲们再吃苦是我们的责任，我们党要领导全体人民共同富裕。”

说到这里，他有意顿了一会儿。“乡亲们，咱们都街坊邻居的住着，远亲不如近邻呀，谁家有困难咱能看着不管吗？能看着他揭不开锅，忍饥挨饿，出去逃荒要饭？不能吧！”

他又停了下来。他是想调动乡亲们的情绪，激发大家的爱心、同情和包容之心。

“不能。”史均安说话了，“都是一个老祖宗，咱们能来到一个村里几十年，抬头不见低头见，那就是缘分。谁有啥难事，都得扶一把。”

“好！”老田接着说，“我们党的政策就是：互助合作，共同富裕。大家都知道这句话：团结就是力量。还有，众人添柴火焰高。作为农业合作化的第一步，就是根据自家的情况，三户五户自觉自愿地组织起来，各自发挥自己的长处，把咱村的庄稼种得更好，争取粮食大丰收，各家各户都不再饿肚子。”听到这儿，石头那颗悬着的心算是彻底放下了。

乡亲们开始在下面小声嘀咕议论，听不清他们在说些什么。

老田看到大家在议论，就知道乡亲们听懂了他的话。接着说：“我想举些例子给大家听，看是不是有道理。几家人在一起，这边有牛有车，那边有劳力的，就像用牛用车来换壮劳力。你用车帮他，他用人帮你。几家在一起要是没车没牛，几个人一起能拉犁耕田，也可以拉耧播种，还可以拉石磙碾麦打场，你们说是不是？人心齐，泰山移。”

“是自由结合，还是由谁安排？好是好，可要是出啥问题，由谁来解决？谁说了算？”大春有点耐不住了。

“是自愿的，还是非‘互助’不行？”满仓问了一个关键问题。

从感情上讲，梁满山挺难接受。他想：“俺的地都分给人家了，反过来要和人家互助合作，这算什么话？”

张银生小声对几个穷哥们说：“共产党总想着咱老百姓，老田的话没错，跟着走就是了。跟谁互助合作我都行，我不怕出力，我有使不完的力气。”

“就是的。”旁边一个年轻人附和着。

史金旺这时开了腔：“俺家穷，可俺有人，俺把几个孩子都使唤上，还不顶头牛？就怕人家嫌俺穷。”

男人们把烟袋锅装满烟叶，用火镰对火石打出火星，引着捻子，继而点着烟叶，吧嗒，吧嗒，抽几口，稍加停顿再抽几口，不时发出一阵咳声。一锅烟不过瘾再来一锅，星星之火在人群中闪烁，此起彼伏。浓烈的旱烟味儿在头顶上起伏飘动，游来游去，一旦钻进女人的鼻孔里，她们干咳几声，抱怨着：“呛死人了。”

这事，村民们都是头回听说，的确新鲜。他们七嘴八舌低声议论着，各人都有自己的小算盘，都站在自己的立场上琢磨事。

“乡亲们，听我说，今晚咱们不定谁和谁互助，只是先给大家宣传一下党的政策。现在，把能想到的问题都说出来，一起讨论，想办法解决。我相信，任何困难都难不倒咱们。”老田开导大家。

东头张二婶（婉容）是个大嗓门：“俺女人家，也不懂啥政策，政府说咋弄就咋弄。谁和俺互助，都不会让你吃亏，俺闺女小不会干什么，老婆婆身体硬朗，还能干些后勤啥的。俺不怕吃苦，不是俺吹，家里地里都能干。”说着，自己咯咯笑了几声，顺手指着边上的毛小子，说：“不信，俺敢跟你丢一跌（摔跤比赛）。”

“丢一跌，丢一跌！”有人起哄了。

“婶子，谁不知道你厉害？你都敢跟老母猪丢跌，我可不敢跟你丢。”

“滚你娘的，小鳖孙！”说得大家好一阵大笑。

“喂喂！现在是开会啊，别扯跟会无关的事。”老田说。

“张二婶，都知道你爱说爱笑，聪明能干，别老自夸么。有本事，别让人家为你耕种收割呀？”大春有点看不惯二婶那种张扬劲。

“有人愿意帮俺，管你屁事。俺有恩他有义，不行吗？这就是互助哩，你懂个屁。”大春说到了二婶痛处，但她毫不示弱，把大春顶了回去。

“说正事，别在那儿瞎扯淡。”史均安听不下去了。

“这样吧，今天的会就开到这儿，大家都回去想想。我还要给大家说件事，咱们苏联老大哥，人家那里农村都是集体农庄，都已经机械化了。拖拉机，双铧犁，耕地不用牛，点灯不用油，割麦不用手，麦往袋里流。大家都知道，刘村镇逢双是集，逢四有会。后天初四，县里在那里组织了一个物资交流大会，有适合当下咱们需要的农具，也有先进的农业机械。大家都去看看，开开眼界，你会看到咱们农业的光明前景。将来咱们不用出死力干活，地里还能多打粮食，大家都过上好日子。”老田要用事实教育群众，让他们看到集体农业的好处，走上共同富裕的道路。

会散了，人们都先后离开了。

银生他娘还没有歇息，坐在院子里等着银生回来。

吱扭一声，银生推开大门，进门后，回身把门闩插上。

“回来了？咋这晚呢？”老娘在树下坐着，身子蜷缩在一起，昏暗中银生没看清那黑影。

“娘，你咋还没歇呢？都这晚了。”

“开啥会，给娘说说。”老人家手里扶着拐杖，身子挺起来了。她好奇，她关注村里发生的事情。老田那次家访，使她心里亮堂了，总想村里要出啥大事。

“娘，上边有新的政策，要搞互助合作，几家互相帮助，互利互惠，把地种好了，多打粮食，过好日子。这可是件大事呢!”

“是呀，我就说么，工作队下来，准有好事。”

母子俩又说了一阵闲话，各自歇息。

心事重重的梁满山向家里缓缓走去。推开大门，看见老娘、媳妇和孩子们都坐在院子里。他有些奇怪，问道：“咋都还不睡呢？恁这是开家庭会议?”

老娘说：“工作队来咱村有些日子了，今儿叫你去开会，不知又要念什么经。俺们心里都不踏实，等你回来。到底是啥事?”

土改时，满山家曾被多次传召，最后划为地主，分走一部分土地。因此，老人家总是心有余悸，害怕再出啥事。

“娘，没啥事，不用害怕。把地分走才几年，这会儿又要搞啥互助组，又往一起合，真不知道共产党葫芦里卖的什么药。”

015 梁家开醋坊

第二天前晌，老田和小梁来到均安家。

坐下后，老田说：“大叔，我们还想向您多了解些情况。咱们这里解放没多久，天下还不太平。地主阶级人还在，心不死，有可能搞破坏，扰乱农业合作化运动。听说，咱村有家地主成分，能说说他家的事情吗?”

均安说：“咱村是有家地主成分，叫梁满山。他家那点事，三言两语说不清，要详细点儿说，那可有的说了。”

且说梁满山，他的发家过程全村人都知道，有关他的故事一说一大箩。

这人其实并不算坏，就是人缘差点。村里人都对他敬而远之，一般人都不想沾惹他。他性情孤僻，独来独往，从人身边走过，脸儿对脸儿都不会看你一眼，好像欠他二斗黑豆似的。他看不起人，以为全村人就他最聪明能干。

梁满山老爹持家时，节俭为本，一分钱都要掰成两半花。过年时，穿上一件没补丁的衣裳，就算是好的了。衣服脏了都舍不得洗，担心洗坏，拍打拍打继续穿。老人家起早贪黑，用心耕耘，庄稼的长势总比别人家的好。然而，他一辈子没吃过真正的白蒸馍，新麦子磨面，留下的麸皮很少，当然白面就不白了。蒸馍还要一层红薯面，一层白面，两层合成花卷，而且黑的总比白的厚，黑红薯面倒使白面更显白些。省吃俭用，日积月累，老人家积攒下一个比较殷实的家底。

在这样极其谨慎小心、抠抠索索的环境里，梁满山渐渐长大。由于家境对他的影响，他当然也视财如命，小里小气，总害怕别人沾他的光。他非常聪明，富有心计，防范意识相当强，占便宜他高兴，吃亏的事他绝对不会干。

史家湾这地方，沟崖很多，不好种庄稼，前辈们种下了许多柿子树。它耐旱，不需管理，嫁接后自然开花结果，到时摘收就是了。各家各户都有大小几棵树，每年的柿子都吃不完，到集上也卖不了几个钱，还不够搭功夫。做成柿饼，虽可长期存放，但又不能当饭吃。因此，吃一点，卖一点，时间长了，还是有一部分柿子烂掉。有心人家就把烂柿子堆积起来，让它充分发酵，做成了柿子醋。带有果味芳香的柿子醋能长期存放，够一家人吃大半年，就省了打醋钱。

精明的梁满山看到了商机。他开始从乡亲手里收购柿子，好坏一个价不挑不拣。村民把柿子卖给梁满山，省心又有钱拿，何乐而不为？就这样，他开起了果醋作坊。梁满山住在后码儿，院子周围有相当大的空间，他再圈起一道围墙，作为工作场地。忙时还雇了一个短工，帮他照看作坊。

老爷子身体欠佳，一年四季都病恹恹的。时年梁满山三十岁挂零，已经接过了治家之权。

“爹，你看这两年醋的产量不断增加，走街串巷叫卖，不是个长久之计。我想在刘村镇上租个门面，专卖咱家的醋。这会儿，街面上还没有卖醋的店面。街面地方，人们来来往往，一个月还有仨会，这样，咱们的销路就大了。只要咱的醋味道好，乡亲们喜欢，口口相传，还愁卖？”考虑多日之后，一天夜里，梁满山说出了自己的想法，跟老爷子商量。

老爷子深知儿子的秉性，知道他是个干事的人，而且说得很有道理，岂有不答应之理。“中，努力干吧！这条道儿准行，爹相信你一定能干好。”

“爹，还有一件事。今年柿子是大年，咱家那点钱恐怕不够用。您手里要是还有闲钱，就拿出来先用用。要是没有，我再想办法，您不用为难。”

“儿啊，爹手里是有几个压箱底钱，那是备灾荒之需。再者说，我和你娘都老了，看病吃药是常有的事，要是有个大病，不预备点后事之需咋中呢？”

“爹，我知道了。我想这样，你看行不？咱跟乡亲们说，先付六成的柿子钱，等醋卖出去，有钱了，加上利息一并给人家。”

“中，我就知道你会有办法的。乡亲们都很通情达理，都是一个村的住着，咱还能诓骗人家？要是那样，咱哪还有脸见人？”

“是的，咱赚钱，也不能亏着乡亲们，该咋样就咋样。可我怕人家不信咱。”梁满山底气不足。

“不怕，你可以私下找几个要好的人，按这个办法收柿子，要他们多多美言。但是，私下里多给点好处就行了。头一两个，可以按全价收也行。”

姜是老的辣，老爷子指点迷津，梁满山心领神会。他要大干一场了。

梁满山在刘村镇上找到了一间满意的铺面，东街靠近十字街口。铺面不大，坐北向南，临街为营业门面，后面有一小院和一间厦子房。前店开门卖醋，后院歇息仓储。在门头上悬挂了块“梁家醋坊”匾额，由当地的书法大家书写，黑底金字，光彩照人。街面上的老商号及来往路人都侧目相望，褒贬不一。

“梁家醋坊”开张了，梁满山掌管店铺。“笑脸相迎登门客，免费品尝让利多”，这是他的经营信条。他到城里买了上百个小玻璃瓶，灌满香醋，送给首次登门的客人。就这样，“梁家醋坊”的销路慢慢打开了，十里八乡都知道刘村有个“梁家醋坊”。他家的醋的确与众不同，果香加米香，酸在舌尖，甜在心里，就此，落下了抹不掉的印记。

秋高气爽，碧空云淡。寒霜初降，阵阵秋风使大地变得萧瑟。柿树的绿叶慢慢变黄随风飘落。红澄澄的柿子像红灯笼似的挂满树枝，沉甸甸的果实盈满枝头，在风中摆动着，像是招呼人们快来采摘。

梁满山开始实施收购计划了。

在村里，均安算是德高望重、最有影响力的人物了，只要把他搞定，其他就好办了。

一天晚上，梁满山来到均安家门口，还没等敲门，大黄狗就开始狂吠起来。

门内有人问道：“谁呀?”一面又对黄狗喝道：“大黄！回来!”黄狗止住了叫声。

梁满山大声说：“安叔！是我呀，满山。”

“啊，进来吧。狗不咬。”

“安叔，您喝罢汤了？”梁满山进门后，习惯地问一句。

“喝罢了。天凉了，又没啥活，喝汤早。”均安应承着。

“喝啥汤？今年您家庄稼不赖，该吃点好的了。”梁满山有意无意拍起马屁来。

“有啥赖不赖，跟往年也差不多。你家的醋味道好，今儿黑，绿豆面条多喝了一碗。”均安附和着。

“叔，自家的醋，只要您想吃，明儿我让孩子们再送两罐来。就是几口酸水么，不值啥。”

“满山，你做醋也不容易，也不是无本的生意，该是多少钱我给你，长年累月的，不能吃醋不掏钱。”

“叔，说到做醋的事了，我有个打算，想跟您商量一下。以前，我是走街串巷叫卖，这会儿，我在刘村镇开了个门面，名声都出去了，销量不断增加。今年的柿子是个大年，我想多收些柿子，再添置些家伙，多做些醋。可看一下家底，很难做到。我现在是骑虎难下。”说到这儿，梁满山停住，他想看看大叔的反应。

“满山，你是想问我借钱？俺家那点粮食，就是刚刚够吃。俺家人多，张口吃饭，伸手穿衣，样样都要花钱。虽然大人孩子有吃有喝，不饿肚子，不受饥寒，可也的确没啥多余的钱。大叔实在没有能力帮你。”

“叔，我没有借钱的意思。我想，我不能因为丰收了，收购柿子就压低价格，这样对不住大家。可我又没那么多钱，思来想去，我想这样，每斤还是三百块（旧币），我先付给二百，那一百我先欠着，到年底，我周转开了，我付一百一。乡亲们既帮了我忙，也不吃亏。你说，这办法能行吗？”

均安思索一下，说：“行，我看可以。我相信你。”

“叔，我知道你会信我，其他人未必信。虽然说咱们几辈人街坊邻居的住着，我要是赖账，光唾沫星都会把我淹死，但人家要是不信我，我也不能硬逼，逼也没用。”他知道自己平日没有维持下人，邻里关系疏远，没人愿意跟他多打交道。

“叔，我想让您从中做个保人，您是村上最有威望的人了，只要您肯为我作保，那就没什么问题了。当然，我也不能让您白作，您家的柿子四百块一斤，还管您家四季吃醋不花钱。”梁满山亮出了底牌。

“满山，是这样，既然你求到我了，那是你看得起我，这个忙我帮。你知道我的为人，你也不用给我特别照顾，我和其他人家一样。”最后，满山得到了一个十分满意的结果。

“那咋行？您有情我有义，我不能知恩不报。”梁满山三番五次表示谢意后，告辞回家。

016 醋香飘四方

收购柿子的事情，没有估计的那么顺利。梁满山孤傲清高、自命不凡的个性的确得罪了一些人。有均安担保，有人相信他，也有人不吃这一套。不给现钱，人家就是不给他柿子，宁可自己做醋、做柿饼。这不是不给均安面子，而是有意跟满山过不去。

“喂，满山，你到底能不能给现钱？”前码儿的富贵和儿子抬着一大筐柿子，来到梁满山家。

“富贵哥，你看墙上贴着告示，我先付你二百块钱，那一百块，到年底我付一百一给你。有均安大叔作保你怕啥。你说咋样？”

富贵想了一会儿，说：“你不知道我不识字？看在安叔的面子上，就按你说的，你可要说话算数。得把秤称好，别坑我啊！”他不太情愿。

“大哥，看你说话咋恁难听呢，我啥时候坑过你?”梁满山满脸堆笑，尽管对方的话有点伤自尊。

“五十二斤。富贵哥，你过来看。”

“我识秤，你别诓我。我在家称过，是五十五斤呀!”富贵斤斤计较，心想，付钱方面我都让你了，在秤上我得捞回来。

“富贵哥，大秤和小秤哪会完全一样?我这是一百五十斤的秤，难免有差数。”

“那咋就没多数呢?你分明是捣（忽悠，骗）俺。”富贵有点想发火。

“行了，就按你说的，五十五斤。兄弟我就吃点亏。”满山家的秤是大点，他心里有数。

“哎!你可别这么说，我没占你啥便宜。”富贵也挺较真、拿了钱和欠条，背着空筐子转身回家。

收购柿子，满山自己过秤，一般都会多算一两斤，面上做个好人，其实一点也不吃亏。

一天后晌，一辆牛车停在了满山后门口，车上装了几框柿子。几个五大三粗的大汉随车而来。

满山笑呵呵迎上前去，说：“恁几个都辛苦了，先坐下歇会儿吧。”

他顺手搬了几把小竹椅：“哪村的?”

“史家湾上边的，后庄的。咋?你不收俺村的柿子?”说话的是三十来岁的壮汉，贼眉鼠眼，胡子拉碴，一张嘴露出满口金牙。

“咋会呢?收，收。您先看看告示，请兄弟多多谅解。”梁满山看出对面几个不是好惹的，不敢怠慢。

“兄弟，都说你有钱，谁知你是拿着大家的钱做生意。”金牙汉子看见墙上的告示，有意讥讽满山。

“我也是小本买卖，全靠乡亲们帮衬。”满山放低姿态。

说话之间，称已过完。满山说："大哥，一共三百六十斤。我这儿就算好，给你付钱。"

"慢，事情还没说清楚呢！我在家称，是四百斤，咋到你这儿就只有三百六十斤？你不能在秤上占这么大的便宜么！另外，我要的是四百块一斤，全部现钱。"金牙汉子坐在椅子上，抽着烟，缓缓道来。

梁满山遇上了恶棍，他们是有备而来，有意找碴的。两个身强力壮的年轻人已经堵在大门口。

好汉不吃眼前亏，满山说："大哥，刚才过秤，您都看着哩，我收柿子都用这杆秤，哪敢占您便宜？小弟确实是小本买卖，眼下周转不开，您就抬抬手，让我过去吧！您报上尊姓大名，年底我一定如数奉还，外加一份厚礼。"

金牙汉子哪里肯依？他从椅子上起身走向满山，说："你说得好听，谁信呢？快拿钱来，要不然，哼！"

"那我身上没那么多钱，我到前院取些。"满山起身推开后院门，又反锁上。

说时迟那时快，他飞也似地奔向均安家。"大叔，您帮帮我。我今儿遇上土匪恶棍了，他们就在俺家后院，强逼收他柿子，四百块一斤，还多算四十斤。还要……"他上气不接下气。

均安说："你先去，稳住他，我马上就到。"

满山走后，均安叫来秋雨等五六个年轻人，很快赶到满山后院。

"呀！忙着呢，收了这么多柿子！"均安大叔若无其事地说。

满山怯生生地对金牙汉子说："这是俺村德高望重的均安大叔。"

"年轻人，哪村的？今年柿子丰收了吧，拉到俺村甩卖来了？"均安大叔笑着对金牙汉子说。扭头又对满山说："满山，人家大老远来了，可不能亏着人家呀！"

满山应承着："是，是。可这大哥要四百块一斤，还要付现钱。

明明三百六十斤，他要说四百斤。我亏大了。”

金牙汉子明知自己理亏，坐在一边闷声不吭。

“年轻人，是这样吗?”均安对金牙汉子问道。

“我没答应你三百块一斤呀！我是要四百块一斤。我在家称过，是四百斤，你一称就少了四十斤，你不是坑人嘛？不是欺负外村人嘛！大叔，您看谁不讲理?”金牙汉子越说越有理了。

“哎，我还以为是啥大事呢？这样，按三百八十斤算。俺村都是三百块一斤，要是给你四百块，以后的事，满山不好办。就按三百块结账付现钱吧!”

金牙汉子看到均安身后站着几个小伙子，形势不利，就趁坷台儿下驴。说：“我今儿吃大亏了，算我倒霉。给大叔一个面子，就这样办吧!”

梁满山也想息事宁人，一场祸事得以避免。

梁满山总算松了一口气，长嘘一声，说：“今儿咋遇上这个赖皮？真倒霉。”

转过来对均安大叔说：“叔，多亏您来救场，要不然事情可就闹大了。”又对几个年轻人说：“兄弟们，多谢了。以前俺有对不住的地方，就多见谅吧!”

说着话，从内衣口袋里拿出一包讨好人的纸烟，“来，抽烟，抽烟。”

“啊，黄金叶牌，是好烟，抽一根。”一个年轻人接过香烟，其他几人也都不客气了。

均安大叔说：“你不必外气了，一个村的，相互帮助是应该的，不能让外村人欺负咱。走了!”大伙儿都前后脚离开满山家。

边收柿子，边做醋，满山还要照看镇上的店铺。有时实在忙不过来，就请姨表弟忠良来帮忙。清澈的醋汁液从发酵罐中流出来，流满一桶又一桶，芳香的气味充满整个后院，又飘向四方。梁满山身置其间，他自豪，他得意，他沉醉于强烈的成就感之中，那香气似乎要把他浮起来，他想把香气罩住，不让它们跑掉，那香气就是钱呀！

梁家醋坊慢慢做大了，牌子越来越响，就连洛阳的商户也来他这里进货。梁满山有钱了，发家了。

他开始翻新老房子，加盖新房子。一座崭新的四合大院出现在史家湾。

后院的作坊也整修一新，酿醋的设施，醋缸，醋罐，运输车辆配备齐全。整修家园和置办土地哪样都不能少。接二连三，梁满山买下了本村的、邻村的大片土地，加上原有的，他现在已经有六七十亩了，也算得上富甲一方的土老财了。

生意场上，梁满山如鱼得水，拳脚大展。春风得意之时，他没有疏忽背后支持他的父母和妻子。他特地为父母找了一个名叫杏花的贴身丫鬟，端茶倒水，铺床叠被，洗脚捶背，日夜服侍老两口。

梁满山家祖宗积了德，妻子玉莹为他生下两男两女，到他这辈儿，人财两旺。玉莹性情贤淑，深明礼义，持家有方，勤俭干练。梁满山外出时，由她安排地里的农活。佃户们租地及来往账目，照看后院的作坊，事无巨细，太过操劳，为此，梁家又请了一个女佣人协理家事。

梁家靠勤劳致富，坚持节俭为持家之本，如今有钱了，老少也都没绫罗绸缎，穿金戴银，招摇显摆。

梁满山把大部分土地租给佃农，自种十来亩，满足自家吃粮，因此，地租只收现金，都用在醋坊生意上。

梁满山的醋坊忙在秋收以后，与农耕收获季节并不冲突。那个叫忠良的姨表弟，比满山小好几岁，在梁家断断续续也有几年了，农闲时做醋，农忙时耕种收割，两头不误。除了亲戚这层意思，他与满山实际上就是长工和东家的关系。

夜里头，大孩子自己都各自睡觉，最小的由佣人照看，满山两口相对自由些。今晚，满山吹熄了油灯，凑近孩儿她娘，摸摸妻子的脸，捋捋妻子的头发，亲切地说：“媳妇，你带着孩子操持家务，太辛苦了，看你都瘦了许多，我好心疼。”

听见这甜言蜜语，玉莹说：“咋啦？嘴上抹蜜了？又想啥好事哩？啥时候知道心疼我了？我就是你们家的一头牛。”

满山扑哧一笑，说：“我哪敢想啥好事，好事都在你的掌握之中哩。媳妇，我是说，忠良是咱表弟，为人老实，干活肯下力气，要让他吃饱，吃好。咱吃啥让他也吃啥，不做两样饭。要是面条，先给他盛一碗，捞稠的。”满山嘱咐着妻子。

“你都说了多少遍了，难道我错待人家了？放心吧，我懂这个理儿。”玉莹笑着顶了他几句。

“我知道你没有错待他，不是还有个佣人的吗？再有啊，天冷了，再给忠良做件新棉衣、新棉袍。人心都是肉长的，咱对他知冷知热，他才会和咱一心。这些年，要不是忠良帮忙，咱家的事会能这样顺？”

“你说的是，说实在的，我也挺感激他的。他从不提任何要求，叫干啥就干啥，话不多，实诚厚道。遇上这人不容易，是咱的运气。”玉莹说到这儿停了一下，接着又说，“他也老大不小了，咱姨操心着给他成家的事呢！咱都记着这事，碰见合适的说说看。一切费用咱管，不让姨娘操心。”

“媳妇说得对，我知道你是个明事理的人，咱都应记着这事。”夫妻二人心心相印，夫唱妇随。

说话间，头更的锣声已敲响，家家都闭户熄灯。明月悄悄在云中隐去，小小山村沉静下来，进入梦乡。偶尔有几声狗叫，想必是生疏的脚步声把它惊醒了。

017 饱暖思淫欲

满山是做生意的料，头脑活，也勤快，这些年干得有声有色，发家了。又盖房子又置地，还给老爹娘雇了个丫鬟杏花，又叫表弟来打长工。可接下来就有点头脑发热了，做出的事情让全村人瞠目。

梁满山他爹身体一直不好，三天两头看病吃药，简直就是个药罐子。多亏家境富裕，儿子孝顺，老头子勉强维持到六十二岁那年，咽了气。年轻时受苦受累，到老了，生活富足，子孙满堂，尽享天伦，在别人眼里，他这一辈子也值了。

聪明伶俐的杏花丫头，依然照顾着老太太的饮食起居，细致入微。她眼头活络，小嘴又甜，和颜悦色，微笑总挂在脸上，深得老太太信任和疼爱，老太太简直把她当成亲闺女。富家女该有的发卡首饰，手镯项圈，她都有。和主人一样，她四季衣裳年年换新。老太太的宠爱也滋生了杏花的虚荣心。转眼，小丫头长成了大姑娘，虽没出众丰姿，但她眉目清明，衣着得体，落落大方，仪容不俗，大有动人之处。

老爷子下世，梁满山精神上解脱了，他对自己放松了许多。俗话说，“饱暖思淫欲”，如今的满山起了新的念头。

杏花丫头正值青春妙龄，面如晓春桃花瓣，目似秋波总含情，就像挂在树上的红樱桃，令人垂涎。满山触碰不及，心里总是痒痒的，火烧火燎的。尽管丫头对他毕恭毕敬，一口一个“叔”地叫着，可他总想找机会把她抱在怀里。他想扩张自己的家庭，填房纳妾，子孙成群，大牲畜，高门楼，光宗耀祖，富甲一方。美好的人生规划表露了人性的贪婪。

一天后晌，小雨蒙蒙。老太太歇过午觉，杏花递过毛巾，沏好香茶，为她梳好凌乱的白发，一切按部就班。侍候老太太之后，杏花无事可做，脸对窗外，透过薄薄的窗纸，看着院里模糊的人影。

她慢慢站起身来，对老太太说：“奶奶，我想到院里转转，有事叫我。”

“中，你去吧，我没啥事。”

杏花百无聊赖，恍恍惚惚来到后院。忠良往地里送粪去了，只有满山一人在忙活着。

“叔，忙着呢。”杏花叫了一声。她低着头，抿着嘴，两眼含情脉脉，笑脸上隐隐一个酒窝。

“啊！杏花呀，你咋摸到这儿了。”满山一转身，看见杏花，恍如神妃仙子来到眼前，心里“咯噔”一下。“我在做醋呢，你想看呀？没事的，过来吧。”

杏花顺势走过去，站在他身边。

“杏花，其实吧，叔叔挺喜欢你哩，你要是有空儿，常过来看看叔，看我有多辛苦，来慰劳慰劳我。”

“我知道叔辛苦，一家人全靠你哩。你可别累着。”

杏花很会说话，几句体贴的话说得满山心里好舒服。他头有些发胀，热血上涌，放下工具，忍不住把两手伸向杏花的脸颊。“杏花，你人好，长得又好看，我真的挺喜欢你，我早就想……我还梦见你哩。来，来，让我亲你一下……”他喘着粗气，语无伦次，不由分说，已经把脸贴紧杏花的脸蛋儿。

丫头无力挣脱满山的手掌，“呜呜”几声反抗，便瘫倒在满山的怀里。满山淫欲膨胀，把杏花紧紧搂住，在杏花身上一阵抚摸。

满山松手了，杏花红着脸，神情紧张，喘着粗气，微微隆起的胸脯起起落落。她咕咕哝哝地说：“叔，你今儿是咋了？咋会这样哩？我好害怕。”

满山拨拉几下杏花的头发，再拉拉杏花的衣服，说：“不害怕，这家我说了算。过几天，我带你进城去，看看外面的花花世界。给你买好吃的，好衣服，要啥给买啥。只要你听话，我保证你以后有享不尽的荣华富贵。”

“嗯，我听叔的。就怕婶子知道了不依，奶奶也会骂我的。”杏花人小怕事，心有余悸。

“这事跟谁都不能说！打死都不能说！要是说了，我可保不了你。以后的事我会安排的，你先去吧。”梁满山威胁利诱，搞定了小丫头。

杏花回到老太太屋里，有点神不守舍。老太太觉得不对劲，问：“杏花，今儿后晌，你是咋的了，哪儿不舒服？是不是病了？”

“没事，奶奶。”

“那，是想恁娘了吧？啥时候想回去跟我说，买两斤果子点心带上，回去看看爹娘。”

“我是有点想俺娘，要不，明儿我回去一趟，赶黑儿我就回来。我知道你夜里离不了人。”

史家湾东南三四里路就是杏花家。

第二天，杏花回了趟家。她推开柴门，深情地喊了一声：“娘——，爹——，我回来了。”

二老从屋里出来，看见女儿，喜出望外。“杏儿，你咋这时候回来了，不过年过节的。”

“就是想你们了呗，老太太心眼好，叫我回来看看。”

她打开果子点心给爹娘吃，“吃吧，是老太太送的。她是个好人，知道疼人。”

说话间，小弟小妹都围了上来，姐姐长姐姐短地叫着，一家人好开心。“真好吃，姐姐真好。”小弟弟嚷嚷着。

吃罢晌午饭，杏花把娘叫到一旁，把昨天发生的事情一五一十诉说一遍。杏花一家都是老实人，没经历过啥事情，听到女儿说这事，不知该咋说。

想了半天，娘说："我们都没经过大户人家，可也听说一些大户人家的事情。老爷看上丫鬟，纳为妾室。有的正室夫人大度，也是无法，眼开眼闭，成就了。有的正室夫人刻薄，不依不饶，闹得鸡犬不宁，最后生米成熟饭，也只有认了。"

停了一会儿，接着说："我看你们东家会有这个念头。走着看吧！不过你可不能让别人知道。对东家夫人、老太太更要小心服侍，不可有什么闪失。他们对下人挺厚道，老太太也很疼你，咱可不干那些没良心的事。这事，我得跟你爹商量商量。你早点回去吧，别应（惦）记家里。多长个心眼，照顾好自己。"

"娘，你放心，女儿不傻，知道该咋应付他们。"话说到此，娘儿俩有点伤感，眼里都噙着泪花。多年下来，杏花在那样的环境里，磨炼得极为缜密心细。她似乎有了一个人生目标。

从那次以后，杏花多了个心眼，时刻都防备着东家，总是笑脸迎合，殷勤小心。虽苦口不言，心怒装笑脸。

这一天，她又在后院碰见东家，东家对她挤眉弄眼，她对东家也暗送秋波。

东家叫她过来，说："想不想到刘村镇上看看？要想去，就跟奶奶请个假，我带你去。"

"当然想去，就怕奶奶没人照顾，不方便。"杏花小声说。

"你先去说，她要是不准，我再去给你求情。去吧，宝贝儿。"梁满山轻浮起来。

杏花回到老太太身边，有点不好意思开口，迟疑了好大一会儿，说："奶奶，我很想叫叔叔带我去刘村看看，要要，我都长这么大了，还没去过呢。可你一个人在屋里，我还是不放心。没人侍候，怕不行。"杏花很会说话。

"中啊，你去吧，你叔有空吗？"老太太心想，闺女大了，想去看看外面世界，也在情理之中，只是怕收不住心。可她又觉得这孩子乖巧，跟自己贴心，多年都没提过啥要求，这点事，我不能驳她的面子。

临行前，梁满山对媳妇说："今儿我去刘村，得去铺子看看。杏花也想去，咱娘同意了，我带孩子到刘村见见世面。"

"去吧，去吧，娘那边有我呢。"媳妇嘴上说得痛快，心里犯起嘀咕。出于女人的敏感，她想，满山今儿是咋了？咋想把杏花带出去见见世面？他有啥歪主意？越想心里越发怵。就此打住，不敢再往下想了。哎，杏花还是个孩子，懂个啥，满山能咋样她，是自己多心了。她反过来安慰自己。

梁满山向来处事圆滑周全，可这次他没有考虑到媳妇的感受。他只想着，只要老太太同意就行了。其实，他应该叫杏花先和夫人打个招呼，请示一下。

杏花满山俩人走在田间小路上，有说有笑。杏花拿出了看家本领，绕着满山发嗲，撒娇。一会儿，拉住满山的胳膊，一会儿，又趴在满山的肩膀上。满山也很乐意让杏花在自己身上瞎折腾，心里美滋滋的。有时，趁势亲杏花一口，朝杏花屁股上拍一巴掌。杏花猜得出满山想些什么，她不但不能得罪东家，还得设法取悦东家，因为她不想放弃目前的所得，想用自己的智慧和大叔玩一把。一个豆蔻年华的姑娘，心智已经成熟，她对男性也有一种渴望与期待，与东家玩的同时，她想释放隐在心底的青春萌动。

"叔，今儿都要看点啥？你准备给我买点啥？"杏花娇滴滴地问满山。

"到时候就知道了。乖，来亲我一个。"经过试探，满山觉得这个要求不过分，杏花也不会反对。

"你先说打算给我买啥，再说别的。"

"女孩家，爱穿新衣裳，买块上等花布，让裁缝铺给你做一件新衣裳。中了吧?”

“中，你看着办吧。”她心里乐开了花，但还是把脸扭到一旁，没有满足满山的要求。满山不依不饶，拉住了杏花两只胳膊，眯起眼睛，把嘴伸到她脸上。杏花无法逃脱，第一次在男人嘴上亲了一口。她的心就要跳出来了，她兴奋，她惶恐，感到头晕，还有点恶心，这个男人的气味在她心里留下了清晰的印记。

刘村镇到了，从西门进去，顺着繁华的街道，从西街走到东街，又从南街走到北街。一街两行，店铺一家挨着一家，车水马龙，熙熙攘攘。初次逛街的杏花目不暇接。铁匠铺，中药铺，修车的，卖布的，豆腐坊，胡辣汤，羊肉杂羹，糕点果子，犁耧锄耙，笼头桑杈……看不完，数不尽。最后，来到一家洋布店，满山给杏花买了块称心的花布，当时就请人量体裁衣。逛累了，也饿了，俩人走进一家饭馆，每人一碗羊肉杂羹，再加两个油旋儿(烧饼)，香极了。杏花哪品尝过如此美味。

梁满山的梁家醋坊铺子在东街，这里是集市，有应季蔬果，锅碗瓢勺，风箱案板，日用杂货，老太太小媳妇是这里的主顾。

俩人走进店铺，伙计迎上前来：“掌柜来了。”

“来了，近来生意咋样？上次拉来的货还有多少？要不要再进点货?”刚问完，还没等伙计答话，他又介绍杏花，“这是家里老太太跟前的丫头，跟我出来转转。”

“暂时还不需要进货。嗯，多好个姑娘！老太太有福。”驻店伙计四十多岁，话不多，面相看，是个忠厚老实之人。

“那中啊。我到后面看看。”

满山领着杏花来到后院，推开房门。杏花随他一进屋，就猜到将要发生什么事情，她有思想准备。

房子不大，有张床，一条长凳，两把椅子，桌子上放着茶具和一个烧水壶，接待客人之用。

“坐吧，杏儿。”

杏花说声“中”就在那条长凳上坐下。

“过来，坐过来，坐到我身边来。”满山要杏花和他一起坐到床上。

“我就坐这儿吧。”杏花心里有数，不肯过去。

满山起身，先把屋门关上，再拉住杏花的胳膊，“你给我过来，小美人，我想死你了。”

杏花使劲挣扎，还是被满山按倒在床上。“叔，我还小，等我长大了好好侍候你。完全听你的，你说咋整都行。再说，今儿身子不方便。”

“大掌柜，有客人找，请你过来一下。”听到伙计呼唤，满山起身，走出房门，前去会客。

杏花被满山猥亵一番之后，一人坐在椅子上，思前想后，有点后怕，不知以后该如何对付这位“大叔”。

日出而作，日落而息，小乡村的人们沿袭着祖辈的劳作习惯和方式，周而复始，代代不息。一切都是那样的平静祥和，各家过着各家的日子。而梁满山家却是暗流涌动，要有大事发生。

018 丫鬟做偏房

满山与丫头在镇上逛街的事传到了史家湾，婆娘们又有话题了，把这事说得像《西厢记》一样。人心不足呀，那就是个无底洞呀！

梁满山心里有了杏花，一日不见都心里发慌。院子里见不到她，他就到老太太屋里，名义是向老娘请安，实际上是看看心上人。对待媳妇玉莹却冷漠了不少。玉莹身上的奶腥味他感到不适，屋里小孩的尿臊气让他憋气。跟玉莹说话少了，脾气也大了。

这些天来，媳妇玉莹也发现一些端倪。杏花比以前更喜欢打扮了，穿着满山送她的花夹袄，人前显摆。过去，她一心服侍老太太；现在，有事没事过来搭讪几句，阿谀奉承，表现殷勤，还常与丈夫说说笑笑，眉来眼去。她觉得这里头好像有啥事，可又没证据，心情烦躁，说不出口。

暮春花落尽，树影遮家门。纸是包不住火的，要想人不知，除非己莫为。玉莹不动声色，细心观察二人的一举一动。一天后晌，玉莹掀开门帘，刚好看见杏花蹑手蹑脚向后院走去。过了一会儿，她也走向后院，藏在后院门后，观察那里发生的一切。

“叔，想我了吧?”杏花轻声跟满山说。

“啊，杏花呀！正干活呢，没注意你来了。”他抬起头来，咧开嘴笑着，“咋不想呢？快想死我了。”

“我也好想你。叔，一天不见你，人家夜里都睡不安宁。”杏花娇滴滴地说着，扭动着身子，往满山身边凑。

满山拉过杏花，紧紧抱住：“要是每天夜里都抱着你睡，该多好!”

满山刚抱住杏花，夫人突然出现：“好亲热呀！吃起窝边草了！青草多鲜呀！小丫头变成狐狸精了，真不要脸呀!”说完，玉莹愤愤甩手而去。

梁满山一惊，双手立刻松开了杏花。但马上缓过神来，再次抱紧杏花，没完没了地亲吻。

“杏儿，你别害怕，有我呢。我就是想要你，她也没法。”

杏花推开他，说：“我害怕。这样偷偷摸摸的，啥时候是个头?外人总会知道的，这算啥呀?!”杏花开始顺杆往上爬了。

“杏儿，说正经的，你愿不愿意跟我过一辈子?”梁满山要计划下一步了。

“我……还没想好，恐怕不行。再说了，爹娘还不知道呢。还是早点断了吧，别让街坊邻居都知道了，我也没法做人了。”杏花玩起欲擒故纵来了。

“杏儿，你知道我有多喜欢你。我一定要明媒正娶你。明天你先回去跟爹娘说，他们要是同意，我就找媒人上门提亲。”满山急不可耐。

杏花没有搭理他，扭头跑走了，一根大辫子在腰上左右甩动，梁满山的心也跟着节奏“怦怦”直跳。

玉莹恼羞成怒，回到屋里，狠狠把门关上。她趴在被子上，欲哭无泪，心想，我玉莹跟着你受苦受累，支撑着这个家，如今家境好了，就把我忘了，没良心的家伙。看我咋收拾你！

过了一个时辰，玉莹的心平静了，三从四德的传统思想又占了上风。心想，既然满山他起了这个心，我一个妇道人家也阻拦不住，要是他迷了心窍铁了心，即使我闹得再凶，也不会达到目的。还不如顺水推舟，落个人情，保持家庭和睦。我依然掌控这个家，用软刀子杀人，神不知鬼不觉，岂不更好。

春夏之交，晚风习习，葡萄叶的沙沙声响落满院子。平时的清风朗月美感全没了，反倒增添了几分萧瑟。本该有的清爽舒适，此时此刻让人觉得有几分寒意，此寒意全在玉莹的心里。

梁满山和玉莹躺在床上，谁都没睡着。最后，沉闷的气氛还是被满山打破：“媳妇，今儿后晌你都看见了，我把心里话都对你说了吧。我想把咱梁家变成一个大家族，深宅大院，三进三出，子孙满堂，富甲一方。你已经生了四个孩子，太辛苦了。因此，我想收个偏房做小，多给我生几个娃娃。以前皇帝都三宫六院，为啥？不就是这点事吗？到那时，你就是咱家的‘皇后’，掌管‘后宫’，发号施令。偏房‘妃子’，丫鬟侍女，婆子奶妈，当然都听你一人遣派。”

没等满山把话说完，玉莹抢白他：“你想得怪美呀，还敢拿皇上作比，胆子不小啊。哼！”

“好媳妇，我这不是和你商量么，我是为咱家的发展打算呐！”

玉莹说：“别说得好听，我还不知道你心里咋想的？嫌我老了，想吃嫩草呗。猫要吃腥，狗要吃屎，天性呀！”

这一下，说到满山心里了，他偷着乐呢：“是，是，是我没出息，地瓜皮（下贱）。我要是心里老想着她，把生意上的事耽误了，对咱也没啥好处，不是吗？”

“不说了，睡觉吧。这事以后慢慢再说，我还没想好呢。”夫人提出“休会”，不想再理他。

“媳妇，别这样。你有啥话只管说出来。”满山乞求玉莹。

“好个没良心的东西，我跟你辛苦操劳半辈子，支撑着这个家。这会儿有钱了，心里装的尽是钱，还有年轻姑娘，装不下我了，嫌我老了，要吃新鲜的，想把我甩到茅坑里。我死了算了，呜呜……”说着说着，玉莹大声哭起来了。

“媳妇，别，别。我心里始终有你，一辈子都忘不了咱们一起过的苦日子。我到啥时候都不会嫌你老不管你。你再想想，在外面生意场上混，有个小妾，也算是装脸面。你就成全我吧！事成后，家里的事你说一不二。”在那种社会里，梁满山似乎不无道理，其实也不算太出格。

“既然说到这儿了，我也不想再委屈你了。不过我想提几个条件，行不行？”玉莹早就心里有数了，有钱人家男人纳妾是再正常不过的事情。她只是不想让别人分享丈夫的爱，发发牢骚而已。满山要是来硬的，她也没啥办法，还不如顺势而为，显得大度。

“中啊，你尽管说。”

“对你要约法三章：一、要主次分明，我是正室，她是偏房。杏花必须听我使唤，你不能护着她。眼下，她主要侍候咱娘，此外，还要跟佣人一起烧火做饭。二、家务开销账目全部由我掌管，杏花不得插手过问。首饰穿戴她不能跟我一样，只能比我少。当然，我也不会亏待他，让别人笑话。三、一月只能跟她同房一次。就这三件事，看你吧。”

“好媳妇，前两件没问题，现在也是这样做的。一月一次太少了，至少三次吧。我还指望她多给我生几个娃呢。”满山恳求着，有点像做生意，讨价还价。

“不行，最多两次，多了免谈。”

满山无奈，很委屈地说：“行吧，两次就两次，就按你说的。”双方达成了共识。

第二天，梁满山把杏花叫到后院，告诉她，老大同意接纳她。条件是杏花做小，听从老大。其他没有多说，问杏花愿意不。

杏花预料最终就是这个结果，也是她追求的目标。可她还是有意抬高自己，扭扭捏捏，不肯马上答应：“那咋行？我知道婶子能干，而我年轻呀，啥事都难不倒我，我一学就会，不能啥事都听她的。再说，她也有干不动的时候。我要跟她一样，平起平坐。要不就算了，我回俺娘家，找个人嫁了就是。”杏花蹙眉旁视，不看满山。

“哎呀，小宝贝，你这话说得掉了地啊，那咋能一样呢？啥事都得有个规矩么，没规矩不能成方圆。你没看唱戏里头，皇后和妃子能一样吗？家里边长幼尊卑得有个次序么。这以后，除了你婶，嗯，不对，应该是你‘姐’，家务事那就是你说了算，你是一人之下呀。懂吗，我的好乖乖？”

“叔，哎，我得改口叫你‘山子’了。怪别扭的，要不，叫你大哥吧。这样，既然我跟了你，就不会叫你作难，女人谁不心疼自己的男人么？”

“好，真是我的好宝贝。那……”

满山还没把话说完，杏花接过来说：“你去跟恁娘说明，我回去跟俺爹娘说明。你去找个媒人去俺家提亲。”

“对，对，那是自然。还有……”

“我和你娘很有感情，别人侍候我不放心，今后，还由我来照顾她老人家。我是个有良心的人。”

“是的，是的，玉莹和我也都是这样想的。”

“俺家穷，陪不起啥嫁妆，你们别笑话。爹娘老实，成亲后，你还得多帮衬俺家，接济俺家。俺之所以愿意嫁给你，也是为俺那个家。”话说到这儿，杏花心里有点酸楚，眼泪差点掉下来。

杏花最后的几句真心话，使梁满山动了恻隐之心。忽然，他觉得面前站着的不是他要娶的二房太太，倒像是一只受伤的小鸟，怪可怜的。他要给她疗伤，要保护她，不让她再受伤害。

“乖，别难过，一切有我呢。嫁妆我会置办好送过去，也会让你爹娘弟妹过上好日子。你放心就是了。”

杏花回到娘家，告诉了事情的前前后后。二老知道女儿用心良苦，但又怕孩子涉世不深，上当受骗，心里总是不踏实。然而，女儿心事已定，他们也只好顺着女儿的意思办了。

爹说：“哎，我和你娘知道，你要这样办，是为了咱这个家。谁叫你爹没本事呢。我再嘱咐你几句。大房和东家是糟糠夫妻，那个家少说也有大房的一半。啥时候咱都不和人家争。多干活少说话，侍候好老太太。你不要像在娘家一样，好逞强，要学会容忍，不要怕吃亏。过日子跟飘树叶一样，稠得很。有啥委屈，回来跟娘说说，别老憋在心里。爹娘也不知道该说啥好，日子是你自己过，你掂量着吧。”

“爹娘的意思我明白，您的话女儿记下了，恁都放心吧。只要二老好，啥难女儿都不怕。”杏花告别双亲，就要走上一条新的生活道路。

这一天，满山来到均安家。一进门，满山就笑呵呵地说：“安叔，先抽根烟。是刚从城里捎回来的河南名烟，金钟牌。味道真是好，你尝尝。”

均安有点纳闷，心想，又不逢年过节啥的，今儿满山是咋的了？“满山，今儿日头从西边出来了？遇到啥好事了吧？”均安一边接烟，一边吃惊地问满山。

满山说：“安叔，我今儿来就是要跟您说说俺家的事。”

“啥事，媳妇跟你闹别扭了？你只管说，我能帮上忙就帮你。”

满山说：“是这样，俺家那丫头杏花，家里穷，缺吃少穿的。在俺家，俺娘把她当亲闺女一样，她对俺娘也细心周到。她为了她爹娘弟妹，就想跟我做二房，这样照顾她家也名正言顺。俺那老大也无话可说，杏花的爹娘也同意这门亲事。安叔，您是咱村最受尊敬的长辈，我今儿来，就提提这事，想听听您的意见。”

“好啊，满山，做醋生意发了家，想法也多了。咱村你是头一个呀！中，中，是好事。可你要记住，不能亏待人家闺女。也别只顾跟小媳妇黏糊，疏远了老大家。记住，要喜新不厌旧才对。”

满山说：“有您老叔这句话，我心里就踏实了。到时候，来喝喜酒。嘿嘿，我走了。”看他那样子，心里一定会比蜜还甜，笑着告别均安。

送走满山，均安在想：这人哪，穷的时候想着能吃顿饱饭就很好了。等有了钱，把日子过得好一点也没错。可人心不足，得寸进尺，贪念就是填不满的坑。皇上有佳丽三千，这满山也想三妻四妾，满山是掉到醋缸里了，能不能爬上来还真不好说。

没过多久，梁满山要娶丫鬟的消息不胫而走，小山村议论纷纷，像炸开了锅。

满山按当地的风俗习惯，该拜的神满山都拜了，该走的程序一样都不少。媒婆提亲，下聘礼，掐八字，择吉日。最后，杏花坐着花轿进了梁家门。

迎娶当日，礼乐齐鸣，鞭炮震天，宴请宾客，款待乡邻。小山村沸腾了，这是村里第一家娶二房的，多数人说梁满山有本事，发家了。也有人吃不到葡萄说葡萄酸："看把他烧的！有俩钱就烧球得不行了。"

其实，那年头，对于满山来说，杏花只不过是他显示身份的资本，是他手中的玩物，是他满足淫欲的工具。而杏花想着，满山可以满足她的虚荣心，可以改善她娘家的生活境况。作为条件，她把自己的身体和青春年华献给了满山。从此，除了老太太外，她又多了一个要服侍的男人。从本质上讲，那就是封建家庭里一场以物易物的交易。

几天过去，史家湾又恢复了平静。梁满山家慢慢适应新的生活格局，大人孩子由感觉别扭到习以为常。杏花改了口，称老太太为娘，称梁满山为掌柜，称玉莹为大姐。杏花八面玲珑，察言观色，不违"娘娘"圣意。玉莹宽宏为怀，运筹帷幄，稳坐"后宫"尊位。一家人相安无事，和睦度日。

正是：醋坊生意赚大钱，满山如愿得新欢。

从满山的往事来看，没有什么恶迹，他也是靠勤劳致富的。老田心里平复了许多，很大程度上降低了对满山的阶级成见。对阶级斗争和感情生活，老田还算分得清。

019 乱世刀客狂

今儿是初四，乡亲们都响应工作队的号召，三五成群去刘村赶会，要看看老田说的那些新鲜玩意儿到底有多好。史秋雨和老田、小梁一起走着，东拉西扯闲聊。麦田绿油油的，长势喜人。旭日初照，薄雾升腾。在清新的晨曦中，老田不由得哼起了山东小调，显得很轻松、很自信。

路边不远处，有一妇女，一块黑蓝色的头巾遮着大半个脸，她从小篮子里取出纸钱、金银元宝，点了香，燃着纸钱。一个七八岁的男孩，跪在一个新坟前，磕头上香。接着就是“爹呀——，爹呀——”阵阵号哭，悲悲切切。

史秋雨顺着哭声看去，原来是周巍山媳妇带着孩子给她男人上坟。

“哎，人死如灯灭，转眼可一年多了。孤儿寡母，想想也怪可怜的。”秋雨顺口说了一句。

“你是说上坟的？这个人你认识？是咱村的？我好像没见过。”老田有点奇怪。

“是咱村的。这会儿住娘家时候多，回到咱村也很少出门。她男人是前年被镇压的，就是在刘村开公审大会后枪毙的。他家的事一言半语说不清，想知道吗？”史秋雨颇有同情之心。

“那，你就说说吧。我也想多了解一些村里的事。”

“中，那就听我慢慢跟你说。”史秋雨和周巍山沾点远亲，就一路道出了巍山短暂而罪恶的人生。

周巍山的爷爷是个勤俭持家的人，起早贪黑，省吃俭用，日子慢慢富裕起来，车马农具一应俱全，上好耕地有五十多亩。爷爷本想多子多福，但时运不济，连生三个女儿之后，才得一子，取名宝丰。原想继续生下去，还会是儿子，然而，命运再次捉弄了他，又生了两个女儿。因此，宝丰独根独苗，娇惯纵容，集百般宠爱于一身，在姊妹之中如众星捧月，蛮横偏执的个性逐渐形成。小时候，不思学问闲苟且，纨绔风流度日月。长大后，结交狐朋狗友，聚众赌博成性，生活奢侈腐化，斗鸡耍猴遛马。

“有好汉没好妻，赖汉娶个花蒂蒂。”一个名叫春燕的邻村姑娘，貌美如花，举止大方，两道如烟眉，一双含情目。宝丰仗着家境富足，娶春燕为妻。两年后，生了巍山。但宝丰恶习不改，花天酒地赌博成瘾，一个殷实的家业被他挥霍殆尽。

巍山逐渐长大成人，宝丰给他娶了媳妇。喜事过了是丧事，没过多久，宝丰和妻子先后下世，只留下几亩地和一处中等的宅院。家庭的变化和父亲的秉性在巍山身上留下了深深的印记。他玩世不恭，打架斗殴是家常便饭。

解放前那些年，整个中国战乱不断，土匪强盗横行，百姓苦不堪言。巍山是个不消停的主，哪能安分守已？家里的事情他不管不问，把几亩薄地丢给媳妇照看着，游走四方，结交地痞，欺男霸女，巧取豪夺。街坊问他媳妇，巍山在外头都是干啥哩，他媳妇说在西边跑生意。再问她，赚了很多钱吧，她有苦难言，搪塞几句。

一次在刘村会上，秋雨看见巍山留着长胡子（也许是化妆）在牲口市场溜达。巍山发现一匹不错的马，就过去跟马夫说，这匹马借我骑几天。马夫对这突如其来的不速之客和莫名其妙的无理要求吓呆了，低声下气地说：“大哥，这马不是俺的，俺是替东家看牲口的。俺可做不了主，等会儿东家来了给他说吧。”巍山哪里肯依，上去就是一个耳刮子，把马夫打趴在地下，顺势飞身上马，扬长而去。马夫哭天无泪，四周的人也都目瞪口呆。别看他拿长胡子作掩护，秋雨还是能认出他，因为他们太熟悉了，烧成灰也能认出来。秋雨躲在人后，巍山没有看见他。

这一带有句俗话，叫“山里响马平地贼，山沟出的是土匪”。这儿都把土匪叫作“刀客（当地读音 kai）”，杀人越货是他们常干的事。巍山还未忘记老婆孩子，偷也好抢也罢，过一段时间，他都会偷偷给她娘儿俩送点东西，娘儿俩倒是有吃有喝。

有一次，听说城里的票号被抢了，秋雨猜想就是巍山他们干的。因为沾着点亲戚关系，秋雨把巍山叫到家，劝他走正道。巍山说：“哥，这事是俺们几个干的。我们虽然不是杀富济贫的好汉，但也不想叫他们活得恁舒坦，咱得从富人那里弄点钱花花。这年头，活着干，死了算。今日有酒今日醉，哪管明日喝凉水。人活一世，草木一秋，也就是那么回事。”巍山说完，把头深深地埋在两腿之间。秋雨说：“你也老大不小了，还有老婆孩子，别在外面瞎折腾了。就在家，把你那几亩地种好，也会有吃有喝，安安稳稳过日子，多好哩。”巍山说：“哥呀，你不知道，这里的事没那么简单，覆水难收呀！人在江湖，身不由己。不干，死路一条；干，一条死路。活一天算一天吧！”看来他也是骑虎难下。

秋雨拿出旱烟袋，装了一锅烟，点着后猛吸了几口。“唉，说起他的事，几天几夜都说不完。”

秋雨停了下来。老田说：“想必他也有些无奈，在那样的社会环境里，好人也会变成坏人。环境会改变人的。”

秋雨继续说道：“下面这事，是听别人说的，不知真假。我也没机会找巍山证实。说的人多了，大家都认为是真的。”

有一后晌，一支零散的队伍往山上移动着，大约有一二十人，看样子是国军溃败下来的队伍。个个虽然身着军装，但都相当破旧。他们相当疲惫，步履蹒跚，有的甚至一瘸一拐，像是受了伤。

巍山一伙刀客的老三发现之后，很快向巍山报告了情况。“大哥，有一伙当兵的，大约二十来个人，军装破旧，稀里哗啦，好像是打了败仗的散兵，趁天黑把他们收拾了，得十几把枪，咱们的力量可就大多了。你看中不?”巍山一听喜出望外，千年难逢的好机会岂能错过，“好，太好了，通知弟兄们，火速赶到我这里。”老三转身离开，巍山又叫住他，“告诉大家，除了平时带的家伙外，再带一把剪刀。”

黄昏时分，这支被打散了的队伍，实在饥饿难忍，困倦之极，在山边窑沟村边停下了。大部分人就地休息，状况好一点的，进村里讨些吃的。村里大人孩子看到这些军人都怕得要命，家家上门，户户熄灯。也有些好心人见他们可怜，拿点吃的给他们。夜渐深沉，月黑风高，残月悬在西边天际。奔波一天终于逃离了死亡线的士兵们，个个都瘫倒在路边，呼呼酣睡。

巍山一伙有十来个人，悄悄摸到熟睡的士兵身边，仔细一看，有的士兵依然把背带背在肩上，抱着枪睡觉。刀客就用剪刀剪断枪上的背带，慢慢把枪从士兵的胳膊下抽走。有的头枕着枪，刀客就轻轻把他的头抬起，抽出枪后，再用一块砖头垫在头下。他们准备充分，动作灵巧，先拿到枪的刀客站在四周警戒。就在这时，有的士兵被惊醒了，想要拿枪反抗，岂知枪已在他人手里。上去夺枪的士兵，却被这伙手疾眼快的刀客击倒在地。

为首的一个或许是排长吧，跪在刀客面前求饶："大哥，您就放我们一马吧，我们一时失利，吃了败仗。我们的部队要在前面集结，重整旗鼓，与共军决战。感谢您的不杀之恩，把枪还给我们，让我们回归部队，好吗?"

"俺们不认识你们是啥共军国军的。我说，老兄啊，俺也没打算杀你们，就是想借抢耍耍。你们要是没法回去，就不回去呗。跟我们一起干吧，中不中?"巍山笑着说。

这时候，士兵们都醒了，站在那里，不知所措。刀客们把他们团团围住，命令他们蹲下，抱住头，往下看。吃了败仗，士兵们本来就窝了一肚子火，半夜三更又受这份窝囊气，如何能咽得下?士兵们没有蹲下，而奋力向前，朝着刀客门猛扑过去。由于靠得太近，拿着枪的刀客门也施展不开，而且枪都锁上了保险。巍山见势不妙，大喊一声"撤!"刀客们熟悉地形，拔腿四处逃窜。

困顿不堪的士兵们哪能追得上刀客，只好由人家跑掉了。失去了枪支的士兵无可奈何，面面相觑。最后，还是那个排长模样的说："弟兄们，咱们现在是走投无路了，要是这样回部队，没有好日子过。我想，咱们就散了吧！各自回家，不再当兵了。你们看如何?"

"我早就不想当兵了。战场上败下来，又遇上土匪，九死一生，逃过一劫，也算咱们命大，命不该绝。听排长的，各自回家吧。上面也怪不着，咱找不到部队嘛。""行，行。"士兵们答应着，声音低沉，懊恼沮丧。

"趁现在更深夜静，每人去敲开一户人家，找一身差不多的衣裳换上，马上离开这里。我们就此别过，我对不住大家了。都多保重，回家孝敬二老，和老婆孩子好好过日子。再见了，弟兄们!"排长吩咐大家，略带伤感，拱手惜别。

"好厉害呀，这伙刀客。都把国军的队伍给劫了。"老田听完秋雨讲述，有些吃惊，也有些怀疑故事的真实性。

020 夜半枪声起

一路上，秋雨除了抽烟，话就没断。接着又向老田讲起满山遭劫的事情。

"老田，还有件大事，或许你还不知道。"秋雨说。

"那你就说来听听。"好奇之心人皆有之，再者说，老田也想多了解一些民情。

秋雨又点燃一锅旱烟，猛吸几口，才娓娓道来。

梁满山家在史家湾算是富户了，可人缘不好。他是个守财奴，财聚人散，也理所当然。

常言道，树大招风。刀客们早就盯上他家了。只因为巍山不好意思"兔吃窝边草"，才没动他家。梁满山要是识时务，也该打点一下巍山，以求人财平安。

话说回来，适逢乱世，梁满山也不是没有防备，他买了两把手枪，一把自己带着，一把交给他表弟忠良。俩人空闲时就到野地里练习射击。时至今日，枪法也算过得去，起码不至于打枪脱靶。

只打那次夺枪得逞之后，巍山一伙威势大增，他们更加有恃无恐，打家劫舍，无恶不作。弟兄们不想再小打小闹，总想大干一场。他们三番五次鼓动巍山，要抢劫梁满山家，发点大财。

刀客老二说："大哥，梁满山可是块肥肉，他娶二房时，给女家送多少好东西！他家金银珠宝一准不少。放到嘴边的肉咱不吃，那不是犯傻么?"

老三说："就是的，不干，便宜他了。你抹不下脸面，俺们干。你看咋样，大哥?"

巍山说："恁一定要干，那就干吧。不过，咱们先说好，我不参加，抢来的好东西恁们分吧，我啥也不要。我还要放出风声，到西安宝鸡去一趟。你确定日子后，提前告诉我。"

老二说："那可不行，你要是不在，俺们没主心骨，心里不踏实。哪一回不是你领着弟兄们干？再说了，你最熟悉他家的情况。咱们不是有福同享，有难同当嘛。"

众弟兄七嘴八舌，议论纷纷，总之一句话，大哥巍山必须参加这次行动。巍山是个仗义之人，万事义当先。他不能辜负大伙的期待，于是商定日子，要对梁家下手了。

残月乌云，疾风阵阵。夜深人静，刀客们在巍山的带领下，来到梁满山家后门外。搭起人梯，巍山等四个人越墙跳进后院。按照巍山的部署，其余人在不同的地方张目接应。

四个人尽管小心翼翼，放轻脚步，但还是惊醒了在后院睡觉的忠良。忠良朦朦胧胧，揉了一把惺忪的睡眼，他没有点灯，对外喊了一声："哥呀，这么晚了，还有啥事?"见没人答应，就以为是风刮倒什么东西了。天挺冷的，他也懒得起来到外面看个究竟。

刀客们知道后院没有什么货色，轻轻摸到通向前院的角门，拨开门闩，来到前院。三个刀客分别来到老太太住的上房屋，梁满山大老婆的正室，小老婆的偏房的门前。

梁家的大黄狗在大门楼下睡觉，听到动静，“汪汪”一叫，一个刀客扔去一块带毒药的肉，狗吃后，再也不叫，永远睡过去了。正在爱妾房中睡觉的梁满山，被狗叫声从梦中惊醒。他立刻警觉起来，猛然坐起身，伸着脖子仔细听了一会儿。狗不叫了，他以为没事了，就钻进暖暖和和的被窝，搂住杏花继续他的美梦。

刚躺下一会儿，满山听见有拨动门闩的声音。这时候，他觉得事态严重，今晚是遇上盗贼了。杏花这时候也醒了，吓得蹝着身子，问：“咋了？啥事呀？半夜三更的。”满山悄声说：“你别动，别说话，好像有刀客了。”

梁满山立刻从枕头下摸出手枪，“哗哗”拉开枪栓，子弹上膛。慢慢走到门后，耳朵贴在门上，判断抢匪的位置。“你娘的屁！老子不是好惹的！”他扣动枪机，“砰砰”从门缝打出两枪。门外“哎呀”一声，一刀客受伤倒地。

梁满山点破窗户纸往外看，影影绰绰有四个人影，他没敢冲出去与他们打斗。心想，把他们赶走就是了，从窗口又胡乱射了几枪。

刀客虽然没人再被射中，但这突如其来的枪声，还是把他们吓得不轻。巍山压低嗓音喊道：“不好！咱在明处，他有枪，快撤！”他掩护撤退，对着屋里连打几枪，其他刀客马上架起伤者直奔后院。

玉莹和孩子们也被枪声惊醒，顿时吓得肌肤战栗，毛发倒竖。她急中生智，把四个孩子藏到床下，再用被子挡好，自己蜷缩在靠窗口的桌子底下。

在后院屋里的忠良听到枪声，先是一惊，后来又听到杂乱的脚步声，知道事情不好，出大事了。他透过门缝看见院里人影窜动，知道这是遭遇刀客了。但他不敢出去，马上从枕头下摸出手枪，子弹上膛，对着窗外就是几枪。对于突如其来的枪声，刀客们猝不及防，顿时乱成一团，漫无目标地乱放几枪，慌忙打开后门逃了出去。

前后院很快都静了下来，梁满山试探着打开屋门，走了出去。先后叫开老娘和媳妇的屋门，一家人惊魂未定。满山给大家壮胆，说："几个小毛贼，也没沾上啥便宜，有一个被我撂倒了，看这地上还有血迹呢。娘，没吓着你吧。别担心，有我呢，回去安心睡觉吧。玉莹，你也回去睡吧，孩子们都没事吧。记着把门上好，我到后院看看忠良。"

就在这时，忠良已经来到前院。"哥，你和大家都好着哩。好，我放心了。我在后院听见动静，就知道大事不好，马上掏出手枪，对着窗外就是几枪。那些刀客没防备，胡乱打了几枪就跑掉了。"

"好，好，你也没事就好，我正要去看你哩。去把后门上好，都睡去吧，没事了。"

梁家老小忐忑不安，各自回屋，但是惊恐一时难平，一夜未眠。真可谓：刀客不仁，打家劫舍枪声起。窝边草丰，贪吃兔儿被弹击。

第二天一早，刀客抢劫梁家的消息不胫而走。东隔墙儿（邻居）说，我听到房顶上的脚步声，吓了一大跳，刀客从俺家房顶下到满山家的，又从他家跑到俺家房顶上跑走的。西隔墙儿说，俺听到"砰砰"响了好几枪，不知道打住人没有。刀客门都会飞檐走壁，可厉害了，说来就来，说走就走，来无影去无踪，神着呢！也有的说，满山这回可破财了，活该！邻居们都一个劲地吹嘘刀客的厉害，却没人关注梁满山家的状况。梁家人伤着没有，东西被抢没有，他们都不在意，没人表示同情。说不定，还会有人抿着嘴笑呢。

均安大叔距离满山家不远，夜里也听到一些动静。一大早人们议论纷纷，才知道满山家昨晚出事了。他跟大伙说："都别在这儿看笑话了！一个村上的，都没一点善心？人家遭难，都不知道安慰一下？他以往虽说有对不住乡亲的，可他还是咱一个村上的。刀客这是欺负咱村呀！还说混账话。”说完，他迈开大步向满山家走去。

梁满山一夜未眠，加上受惊，脸色铁青。他强装笑脸对大叔说：“安叔，您过来了，坐吧。”

均安问道：“昨夜受惊了？家人伤着没有？东西丢的多吗？”

“叔，放心吧，我多少也有些防备。刀客被俺打跑了，大人孩子毫发未损，啥东西都没丢，就是受点惊吓。”梁满山已经缓过神来了，豪情满满。

均安叔说：“那就好，以后要是有啥事，只管跟我说，能帮多少是多少。你歇着吧，我走了。”

满山把大叔送出门外。看见几个人围在一起说笑，就主动走了过去，说：“让大家挂念了。昨夜，老天爷保佑，俺家没啥事，人没伤，东西没丢。就受点惊吓，小事情。”说完，双手抱拳，示意感谢。

回到家里，老太太把他叫到跟前，说：“山子，你和谁结怨了？外面有仇人？”满山说没有，叫老人家放心。玉莹和杏花两房太太也规劝他，在外不可张扬，夹起尾巴做人，和邻里乡亲拉近关系，钱是身外之物，不要看得太重。满山低头思过，或许这就是报应吧。

梁满山吃了这次亏，有所悔悟，做事比以前低调了许多，见人也多了几分笑脸。与此同时，他暗地里给巍山媳妇送去粮食衣物，对租地耕种的农户也多些体恤，少要些租金，对有病有灾的人家也多些宽限。他想行善积德，以敬上苍，为全家祈福，保佑安康。

秋雨说着话，不知不觉刘村镇就到了。“老田，你看，我走一路说一路，我这人是有点唠叨，你别见怪。到镇上了，我不说了，你要还想听，回家再跟你说。”

老田说：“你说得真好，对我工作很有帮助，以后还要多听听。不过，这些事你咋都恁清楚呢？”

秋雨说："有些是道听途说，有些是开审判大会时政府说的。巍山在俺这一带作恶真是不少啊！枪毙他一点都不亏，就是撇下孤儿寡母怪可怜的。唉——"最后他长叹一声。

021 村民大开眼

刘村镇，街面上人来人往，熙熙攘攘，各种各样的叫卖声此起彼伏。耍猴的，卖药的，拔牙的，剃头的，时下行当应有尽有。虽然人员混杂，但秩序井然，没有欺行霸市，没有寻衅闹事。来赶会的人，目的各不相同，对于农具展，有人好奇看热闹，有人思索看门道。

由于老田的说服动员，今天史家湾来赶会的人不少。老田一抬头，迎面走来了张二婶："二婶，你也来了。都看到什么了？好看不好看？"老田连忙跟二婶打招呼。

"老田，你咋恁外气呢。上次不是说好，叫我大嫂么？以后不许再叫我'婶'。"说完扑哧一笑。

老田说："嗨，你看我这记性，我忘了，以后改口，叫你'嫂子'，这中了吧？"

二婶拉住老田："许多东西我看不懂，你跟我一块儿走走，给我说说。行吗？"二婶拽住老田的衣袖，不由分说往前走去。

"你说说，这是啥？咋用的？"二婶指着前面的一件农具问老田。

"这叫双铧犁。你看那不是两个犁面么，因此叫双铧犁。一趟就翻两垄地，快了一倍。"老田给她讲解。

"那家伙都是铁的，怪沉（重）哩，两头牛恐怕也拉不动。还不如原先的，犁面还能活动，两面都能翻（地）。"二婶还挺懂的。

"还有三铧犁、四铧犁呢，人或牲口拉不动，用拖拉机带，可快了。”他指着前面的人群说，“走，到那边一看，你就明白了。”

他俩透过人堆往里面看，只见一台好大的机器绕着圈奔跑，后面带着双铧犁，演示拖拉机如何耕地。

“哦！是这样，真能呀！它一天能犁几亩地？要吃啥哩，劲恁大！”二婶从未见过这场面，太神奇了！

“那天开会，我不是说‘耕地不用牛’么。今儿你看见了吧。它不吃麸子不吃草，只喝油。跟咱吃的油不一样，以后你就明白了。”

俩人正说着，均安大叔和他的几个儿子一起走过来了。老田急忙上前打招呼：“大叔，您来了。哟，几个兄弟也来了，都看到什么了?”

大叔说：“看到拖拉机犁地，拉车。还有那边用机器抽水浇地，真神了，比老水车快的太多了。真不错，好。”庄稼老把式今儿算是开眼了。

老田和均安大叔说话这功夫，二婶看见了邻居，走过去从后面轻轻拍了那人一下，那人猛一回头：“嗨，是你呀！死鬼货，吓我一跳。早上，我还想去叫你，跟你一块来赶会，又一想，说不定你会跟老田一块来。”

景盛他娘话里有话，二婶有点挂不住了，马上脸红了，一直红到脖子。“你这是啥话，我咋会跟人家走，人家是下乡干部。我跟大春嫂子一块来的。以后，可别胡说八道，满嘴喷粪。水生哥咋没来?”

“他只会闷着头子干活，不爱凑热闹。你那点事瞒不住我，我就等着看好呢。走，到那头看看。”景盛他娘拉住二婶走了。

卖胡辣汤的大棚下，摊主大声叫卖：“新鲜的胡辣汤，豆腐粉条加丸子，又香又辣，大嫂，来碗尝尝?”她俩走过汤棚子，看见一老一少吃得有滋有味。老的把馍泡在碗里，喂着小孩吃。

“哎，那不是满仓媳妇雪雁么，带着假孙子喝胡辣汤呢。”景盛他娘悄声对二婶说。

“啊，是的，咱去招呼一下吧。”二婶饶有兴趣，想看看热闹。

“别，别去了。”

景盛他娘没拦得住，二婶就到雪雁后面了。“哟，婶子你也来赶会了？胡辣汤啥样？味道好不？”没等雪雁搭腔，二婶又说：“咦——，这不是恁家大孙子么，都长这么大了，整天也不见他出来耍。真好，长得多俊呀，可比他爹帅气多了。大叔没跟你一起来？”

雪雁也习惯别人阴阳怪气的话了，不管别人说什么，她都把孩子当作亲孙子待。“他爷去牲口市儿了，我带他来喝碗胡辣汤。这孩子腼腆，不爱说话。”

二婶弯下身子，轻轻摸一下小孩脑袋，说：“好喝吧？乖，慢慢喝。”转脸对雪雁说：“婶子，你慢用，俺到那边再看看。”

雪雁清楚，张二婶爱看别人笑话，幸灾乐祸，看热闹不嫌事大。没再理她，嘴里嘟囔一句：“一个风骚寡妇，还说别人尿多。”

二婶和景盛娘一起往东走去，闲拉着家常。

“嫂子，前一阵儿，我想给咱景盛说宗媒，可见到女家人，你猜怎么着？人家不想往咱坡上找（婆家），嫌咱坡上苦，想给闺女在下头街面上找。这样，好久我都不好意思跟你说。”

“他婶子，做亲戚本来就是你情我愿的事，这有啥？俺也不急，孩子还小。叫你操心了。”

石头和张银生走过来了。“哎！俩嫂子，说啥哩，恁热闹。”银生打断了俩人说话。

二婶抢白银生一句，“俺说啥，关你屁事！给你说个媳妇，要不要？”

“可是要，只怕你说不来。你要说不来，就把你自己嫁给我，我也要。”银生开起了二婶的玩笑，其他几人也都笑了。

石头说：“其实，银生说的也对，你俩凑到一块也怪般配的。需要的话，我来保媒。”石头还挺认真的。

“滚一边儿去，俩龟孙鳖儿子。你也不撒泡尿照照你那脸，癞蛤蟆想吃天鹅肉。哼！”伸手就朝银生脸上扇巴掌。银生眼快，用胳膊来当，二婶的指尖扫了一下银生的胳膊。

“哟，哟，打得好疼呀！打是亲骂是爱，对吧，嫂子。”银生厚着脸皮，说完就笑着跑走了。

银生和石头来到抽水机这里。锅拖机（应该叫柴油机，人们根据机器响声，起名叫“锅拖机”）带动抽水泵，清水不停朝外流。

俩人哪见过这新鲜玩意儿，目瞪口呆，十分震惊。石头说：“机器真厉害，要顶多少人呀！不管是人推还是马拉水车，哪样都比不上这个快。”

银生说：“真新鲜，在哪儿弄来这玩意儿？不知在咱坡上能用不？咱坡上的井可比这儿深多了。”

“那咋不行？会推磨就会推碾。只是咱坡上还没有打井浇地。”

“咦，真多人呀。都看啥哩？”秀萍自言自语。

小蔡说：“我来看看。”她边说边朝人群里挤，“跟我来吧，大嫂。”刚挤到前面就看见石头和银生他俩。

“哎，恁都来了。”小蔡跟石头和银生打招呼。

“是的，俺们都看了一会儿了。你一个人？”银生问。

小蔡说：“我跟秀萍大嫂来的，刚到。”银生看见秀萍，急忙上前搭讪，说：“嫂子，你来了，都看到什么了？”

“我和小蔡刚走到这儿，真热闹啊！”秀萍搭话。

“嫂子，你过来，从这儿看得清。机器把水从井里抽上来，可快了。”

秀萍挤到前面，银生给她让出位置。“咦——，真好，咋恁能哩？”

看了一会儿，他们几个走到拖拉机示范现场。犁地、耙地、拉庄稼、打场，能干好多种农活。大伙惊奇不已，大开眼界了。

史金旺和史太平老哥俩来到一间屋外，机器轰轰作响，俩人对脸说话都听不太清。

屋门口来了好多人，有人叫着："屋里可亮堂了，可比咱家的油灯亮多了。"也有人说："那是电灯，棉油灯咋能和它比？"

太平和金旺挤到门前，探头往屋里瞧瞧。有人拉动开关，电灯一灭一亮。看了一会儿他俩抽身出来，站在人群之外，百思不得其解。

金旺说："好奇怪呀，就两根线和外面机器连着，屋里灯就那么亮。这就是电灯？一根绳子一拉，就点着了，再一拉，灯就吹灭了。"

太平说："人家说，点灯不用油。啥时候咱们也能用上电灯？"

俩人说着话，看见梁满山过来："哎哟，大山子，你也来看景致了？你走南闯北的，啥没见过，还稀罕这些东西？"金旺对梁满山打趣。

梁满山见识要比他们多得多，他当然也很得意，说："这些东西很多我也没见过，也来长长见识。电灯早都有了，城里早就用上电灯了。咱们乡下太落后了。那些农具还真先进，那价钱恐怕咱们掏不起。"

太平也说："好是好，买不起，还不是跟墙上那画一样。"

银生说："我想，政府总会给咱想办法呢，走着看吧。"

后晌，赶会的人逐渐离去，刘村镇慢慢变得空荡沉寂。在回家的小路上，春风撩起人们的衣衫，也拨动了那根多年未动的心弦，落日把余晖涂抹在他们脸上，一抹彩光把他们的身影渐渐拉长。

看罢农机展会的村民们思索着，想象着，讨论着。他们眼界大开，对未来美好幸福的生活充满憧憬，希望这一天能早点到来。眼下他们并不知道追求幸福生活的路是宽广平坦，还是艰辛坎坷。其实，人类对美好生活的追求一刻都没有停止过，一直在为此而奋斗，他们一直在探索着向前走。这是一条看不到终点的跑道。

022 秀萍辛酸泪

那天赶会回村的路上，秀萍心里高兴。那么多新鲜玩意儿，让这位很少出村的农家妇女长见识了。

她平时话不多，今儿个却欢声笑语，和小蔡聊个没完：“小蔡呀，嫂子我今儿可开眼了，要是不跟你来，可要后悔一辈子呢。”

小蔡说：“大嫂，当初你还不相信呢。我没诓骗你吧?”

秀萍说：“不是我不相信，是因为继勇那件布衫还没做好，眼看天就热了。我想赶紧做出来，地里一忙就没空了。”

“大嫂，我有件事想问问你，可总是张不开口，不知道该不该问。”

“看你这孩子，你在俺家住了这些天了，还不知道大嫂是个啥样的人？你一口一个大嫂地叫着，我都把你当小妹妹看待了，跟一家人一样。有啥事只管说，只管问。”秀萍话语亲切感人。

“只见你带着继勇，咋不见大哥呢?”小蔡细声细语，恐怕有啥不妥。

“哎，说来话长。我本不愿提起往事，既然你问起孩儿他爹，我就把憋在心里多年的话都告诉你吧。”秀萍打开了话匣子。

秀萍娘家南寨沟，土地贫瘠，靠天吃饭。十几亩山坡地，养活不了一家人。媒婆提亲，将她嫁给了张俊杰。年景虽说不算太好，但还是比在娘家的日子好过一些。

秀萍为人勤快，寡言少语，从不惹事。她笑脸迎丈夫，俯首敬公婆，送春迎夏过日子，两耳不闻他家事。她多干少说，深得公婆的喜爱，五邻四舍，对她也都赞不绝口，在史家湾是出了名的好媳妇。

一年后，秀萍生下继勇，全家高兴。可就在孩子周岁之际，一场大祸降临了。当时，国共内战，史家湾这里是国民党的天下，乡政府摊派到村里五名民工，村里抽签，俊杰不幸中签。妻儿老小难舍难离，但又无可奈何。到部队后，民工们都做后勤服务，有担水做饭的，有抬担架救伤兵的，有挖防御工事的。

俊杰走后，独守空房的秀萍日夜思念丈夫。从秋到冬，从春到夏，惦记着丈夫是否吃饱穿暖，祈祷着丈夫人身安全。她常常站在村头的大路口，望着路的尽头，但愿能看到丈夫回家的身影。尽管一次次失望，但她还是一次次来到村头。

她起早贪黑，艰难度日，维持着一家生活。二老思儿心切，一病不起，病情日渐沉重，一天不如一天。秀萍到处求医抓药，花去家中仅有的积蓄。老人家也烧香拜佛，祈求神灵保护，但愿有生之年能再见儿子一面。

一个风雨交加的夜晚，一阵急促的敲门声把秀萍惊醒。她想会不会是孩子他爹回来了，抱着侥幸的心情，向大门跑去。“开门，快开门，我是俊杰。”门外人压低声音，上气不接下气。

秀萍喜出望外，急忙把门打开。“快，快进来，是他爹回来了?”秀萍半信半疑。

浑身湿漉漉的俊杰，见门开了，两腿一软，一头栽进秀萍怀里。秀萍连忙拉住，扶着俊杰慢慢朝屋里走去。

俊杰坐在床沿上。油灯照亮了小小的房间，也照在俊杰的身上。他瘦得皮包骨头，两眼深陷，胡子拉碴，头发像茅草窝，乱作一团。

秀萍说：“你这是咋的了？怎么弄成这样?”

俊杰说：“别提了，一言难尽。先给我弄口水喝，有啥吃的，给我拿点儿。”

“中，中，等一下。”秀萍起身去灶火（厨房）拿了一个蜀黍面红薯面掺合在一起的蒸馍，还舀了一碗冷水。

俊杰狼吞虎咽吃着馍，秀萍说：“看把你饿成啥了，你慢点吃，别噎着，喝口水吧。”顺手把水碗递过去。

俊杰喝了口冷水，继续吃馍。两个馍吃完了，俊杰才停下来，慢慢把头抬起，说：“孩他娘，我这是死里逃生呀！”话刚说出口，两行泪珠扑簌簌落了下来。

秀萍看见丈夫如此狼狈，心都碎了，知道他在外面遭了大罪，上前把他搂在怀里，心痛得“呜呜”哭了起来。“勇他爹，能活着回来就好，我怕这辈子都再见不到你了。回来就好，回来就好。”她一边哭一边安慰俊杰。

俊杰这时如释重负，身子一下子瘫倒在床上。“唉——，我可回家了。”他呻吟着，慢慢闭上了眼睛，昏睡过去了。

媳妇来到灶火，烧了盆热水，为熟睡的俊杰洗了脸和手脚，脱去破烂衣裤，盖好被子。

第二天早上，继勇看见一个生人睡在床上，大为吃惊。“娘，他是谁?”

“他是你爹，昨夜刚回来，别惊动他，让他好好睡一觉。”

秀萍来到公婆门前，叫了一声：“娘，都起来没有?”

屋里应声：“起来了，都起来了。有啥事?”

“嗨，那我进来了。”秀萍掀开门帘进到屋里。悄声说，“爹，娘，昨夜里俊杰回来了，太晚了，我不想惊动您老。他也太累了，这会儿还睡着呢。”

没等媳妇把话说完，老两口急匆匆来到俊杰屋里。他们被眼前的儿子惊呆了，“这哪是我的儿呀！我的儿咋会变成这样？是谁把他折磨成这样？老天爷呀！”老两口欲哭无泪，压低声音嘟哝着。

“让他睡吧，别叫他，啥时候睡醒了再说。唉——”老人家回到自己屋里，儿媳向他们叙说了昨夜的事情。

看见儿子回家，老两口总算把心放下了，他们的病情也好了一半。交代儿媳，先做点面条给他吃，别吃太硬太凉的东西，也别让他吃得太饱，缓几天，再给他做些好吃的补补。烧一盆热水，等他醒来，在屋里好好洗洗，祛祛晦气。儿媳一一答应照办。

如全家人的期盼，直到第二天后晌，俊杰才醒来。他慢慢睁开眼，环顾四周，不敢相信这是在自己家里，睡在自己床上，怀疑自己在梦境之中。他摇摇头，掐一掐自己的肚皮，才知道这不是梦。他想翻身起床，发现全身疼痛，像散了架似的。他那一身烂衣服丢哪儿了？还有衣服换吗？他不知道。

他朝着门外喊：“继勇他娘！”

秀萍听见俊杰叫她，马上进屋：“唉，你可醒了，睡了快一天一夜了。我给你拿衣服，你先穿上，吃点饭后，我再给你烧盆热水，好好洗洗，驱走身上的晦气，换上新衣服，再去见爹娘。”

俊杰说：“我现在就去看爹娘，在外头，我没一天不想他们，也不知道他们身体咋样。”

“别着急，你这样去，还不把老人吓出病来。瞧你这样，跟鬼似的，吓死人了。”秀萍情真意切，劝住俊杰。

秀萍做了一碗面条给俊杰端到屋里，他吃了个半饱，然后开始洗澡。

一切收拾停当，俊杰来到爹娘屋里。他叫了声爹娘，就跪倒在二老面前。

老娘泣不成声：“孩子呀，你可算回来了，快把娘想死了。”她摸了一把俊杰的头，“看把我儿折磨成啥样了，心疼死我了。”

老人家“呜呜”哭出声来：“娘以为再见不到你了，托老天爷的福，让我再见你一面，就是明儿走，我也能合眼了。”说着，老娘把俊杰拉了起来。

俊杰说："看娘说的，我这不是好好的？您都别再为我操心了。"接着，俊杰讲述了他在外面的不堪经历。

为了不让老人家过于为自己担忧，他避重就轻。他们村上五人首先被带到县里，国军长官根据各人的身高体格分配工作。五个人从此离散，没再见过面，谁都不知道谁在什么地方。

俊杰第一份工作是在一个连里当伙夫。每日里，担水劈柴，烧火做饭，如遇军务吃紧，还必须把饭送到前方。经过一段时间的磨炼，俊杰被派到前线，抬担架，救伤员，送弹药，挖战壕。子弹常常在头顶上呼啸而过，满身是血的伤员哭爹喊娘，惨不忍睹。悲惨的场面天天上演，他的心慢慢变得麻木了，僵死了，对于死亡不再恐惧。他绝望了，也许某一天自己也会死在战场，无法再见到妻儿父老。叹之又叹呀！

在最近一次战斗中，他们的那个连队吃了败战，全连覆没。俊杰这才有机会逃离。他死里逃生，日夜兼程，一路乞讨，总算回到了阔别两年之久的家乡。

俊杰询问了爹娘的病情，之后说："儿子不孝，不能在跟前侍奉，让二老受苦了。今后，我孝敬二老寸步不离。"

第二天，秀萍请来村里的剃头匠人。俊杰剃去了长发胡须，显得精神好了许多。尽管消瘦，但年轻人的俊朗又出现在他的脸上。村里人问起外面的事情，俊杰也不愿意多言，搪塞几句，应付过去。

两位老人心情是好多了，但是疾病依然缠身，缺医少药的偏僻乡村也只有听天由命。一年不到，二老先后过世，俊杰遭受了丧失双亲的悲痛。

在那战局尚不明朗的时期，刘村镇一带像翻烧饼一样，谁家来了谁做主。

最后一次，解放军占领了这一带，秋毫不犯，安抚百姓，讲解时下国内形势，描绘新中国的美好远景。做好了基础工作，开始动员村民支援前线，为打倒旧社会解放全中国多做贡献，有钱出钱，有力出力，征用车辆牲口运送物资。俊杰有了以前经历，自告奋勇，愿为解放军出力。

“他爹，你又要上前线了，这会儿又没人逼你，你是何必呢？撇下俺娘俩，你放心呀？枪子儿没长眼，你要是有个好歹，叫俺娘俩可咋活呀！”

“勇他娘，我有上次的经验，不用怕。解放军办事为咱老百姓，我为他们运送物资，支援前线，多打胜仗，把国民党都消灭光，咱们这里早点解放，再不要像以前那样，让国民党再打回来。”

一天晚上，俊杰亲了继勇的脸蛋儿，再与媳妇拥抱许久，依依不舍离家出村，踏上支前的征途。

一个月后，俊杰被人用担架送回村里。他浑身是伤，身上缠满了绷带，已经不省人事。听护送的人说，敌人从飞机上撂炸弹，俊杰不幸中弹受伤，军医已为他做了手术，开了口服药。来人把药交给秀萍，交代如何服用。

秀萍不懂俊杰伤情，只见他高烧不退，病情一天比一天沉重，常常陷入昏迷状态。清醒时，俊杰拉住秀萍跟孩子的手，眼泪巴巴，断断续续地说：“你要把孩子……拉扯……长大。”

村上人帮忙请来乡间老中医，然而，都没有清创消炎药剂。用些传统的草药，不能解燃眉之急。半个多月后，俊杰闭上双眼，咽下最后一口气，告别了他心爱的妻儿，无缘看到即将到来的新世界。秀萍悲痛欲绝，眼泪流干。

俊杰走后，当地政府送来一点抚恤金，了结此事。秀萍带着幼子，步步艰辛，忙完地里忙家里，生活简单而贫寒，她把一切希望都寄托在继勇身上。她没在人前掉眼泪，性格变得异常坚强。

小蔡用心听着大嫂的讲述，眼眶几次湿润。她觉得俊杰两口都是非常可爱的人，他们品德高尚，为祖国的解放事业做出了宝贵的贡献。大嫂忠厚实在，为人和善，吃苦耐劳，不计较个人得失，默默承受着生活的压力，不给政府增添麻烦。多好的人呀！

小蔡说："大嫂，你也真够作难的，太不容易了！"

秀萍说："人的命天注定，这都是命呀！那都过去了。我能吃苦，孩子很快就长大了，日子会好起来的。我要对得住继勇他爹，把继勇拉扯大，教他好成色，以后有本事干大事，为张家争光，为他爹争气。对他爹我也算有个交代。"她自信又乐观。

"现在，政府要把农民组织起来，几家一组，互帮互助，克服困难。你说好不好？"小蔡很聪明，循循善诱，把话题引到互助组上。

"那当然好，人多力量大，就是不知道咋样互助。你们工作队有办法吗？俺总是想，政府到底是为老百姓好，你们说啥都中，俺跟着你们。"秀萍对互助组饶有兴趣，最重要的是她相信政府。

不知不觉，二人已经来到村头。

023 成立互助组

成立互助组是老田他们的工作目标。到每家每户去做说服工作，工作量太大，不如重点突破，事半功倍。为此，老田想到了史均安大叔。只要他能带头，就会一呼百应，互助组很快就能成立起来。

这日黄昏，工作队仨人一起来到均安大叔家。

"大叔，喝罢汤了？我来跟您商量点事，这会儿方便吧？"老田和均安大叔已经很熟了，推开大门，来到院里，大声喊话。

"哟，是老田呀。你先坐，我去拿烟袋。你也喝罢了？"大叔说着，都在当院坐下，聊了起来。

“你是无事不登三宝殿呀，有啥事只管说，只要我能办到。”他边说边把旱烟袋递过来，“老田，你先来一袋(烟)?”

“不，大叔，这旱烟我吸不动，本来我也没啥烟瘾，您自己吸吧。”老田婉拒了大叔的旱烟，接着说，“那天会上，您都看了很先进的农具，有啥想法?”

“东西不赖，恐怕咱用不来，那么重那么大的家伙，咱也买不起呀！叫我说，好看不好用，或许将来一哪天用得上。”均安大叔很客观。

“大叔说得没错，现时的确无法用，但将来，大伙儿组织起来，力量就大了，生产发展了，有粮有钱了，咱就能买得起，也用得起。您说对吗?”老田把话引入主题。

“那要等到猴年马月，我这辈子恐怕是见不着了。”大叔没有奢望。

“路要一步一步走，根据政府的政策，咱们可以先成立互助组，再成立初级合作社、高级合作社，像苏联老大哥那样。您那天看到的机器都是从苏联运来的。咱现在就是向人家学习。”

在屋里听到老田和老父亲的谈话，三个儿子都很有兴趣，陆续出来，坐在父亲后面。父在前，子不言。他们都遵循这一古训，细心听父亲和老田如何说。

大叔低头沉思，揣摩着这里面的深浅。过了好一会儿，他才说：“咱先别说合作社，你先说说这互助组咋个互助法。我来听听。”

老田说：“政府是希望互相帮助，共同富裕，不希望一个农民兄弟受冻挨饿。因此，最好是条件好的和条件差的一起互助合作，也可以叫作富帮穷吧，当然也不能让富家吃大亏。真要是吃点亏，也希望肚量大点，就算是行善积德吧！叔说是不是？还有一点，是自愿结合，不强迫。大家结合在一起，心里不能有疙瘩。那样也搞不好合作。”

“你说得都对，我做事一向宽宏大量，从不斤斤计较。对别人好也是对自己好。”大叔能想得开。

“爹，咱家啥都不缺，有俺弟兄三个，咱家用不着与别人合作互助。那样，咱家只会吃亏。”老三克礼听到这里，急忙插嘴。对老爹的乐于助人他早就有意见。

“你这臭小子，哪儿轮着你说话了！搞互助不能光想着占别人便宜，不能光为自己考虑，得互相帮助。再者说了，人家有难处，你帮了人家，等到你有难处，人家也会帮你。‘雁过留声，人过留名。’一个人的名誉比什么都重要。我这一辈子不做对不住人的事，我相信因果报应。”

“爹说得对，和困难户合作，咱不怕吃亏，平时咱不是也老帮人家嘛。出点力，累不死，做些善事，心里也高兴。”老大克勤为人脾气像他爹。

“说得真好。那——，你们愿意和谁家合作?”老田问大叔。

“和哪家都行。你就根据咱村的情况安排吧，我们都赞成。”

“那我就安排了，谢谢大叔对我工作的支持。我走了。”老田起身告辞。

“以后常来啊。”大叔把老田他们仨送到大门外。

时间还早，小蔡说：“我看张二婶那人挺活泛的，听听她咋说。”

老田说：“黑天最好别去，影响不好，明儿再去吧。只要均安大叔有这个态度，事情就好办了。今儿晚上咱都好好想，看看谁和谁互助比较好，咱们心里有数，先拿出个方案，再去做工作。”

第二天，为加快进度，把互助组早点成立起来，他们三人分头行动。

老田来到二婶家门前，推门进去，看见二婶正在教女儿认字。

“大嫂，在忙啥呢？小丫头多好看多聪明呀!”老田改叫“大嫂”了。

二婶一抬头看见老田，兴致在心里油然而生。说来也奇怪，只要一想起或看见老田，她都会像触电一样，心跳加快，全身发热。今天老田再次到访，让她喜出望外。

“哟，老田呀，你咋想起来到俺这儿来了？你吃了没有？你想吃啥，嫂子给你做。”她摸不着头脑，不知老田为何而来。

“大嫂，你不用麻烦了，我吃过饭了。”老田说，“今儿来你这儿，就是想跟你说说话，看你家有啥困难。”

“唉，俺家有啥困难，不是明摆着哩。就是缺人呗，缺一个身强力壮的男人。有个大男人，俺就啥也不用愁了。”她一语双关，看看老田有何反应。接着，她把孩子支走，“去奶奶那儿玩吧，我跟叔叔说会儿话。”

二婶的身世和非同一般的风韵举止，给老田留下深刻的印象。老田也早就察觉到二婶的心思，她的眉目传情，撩动了老田那颗封闭已久的心。但是以现在的身份，他无法对二婶表达。

“嫂子，我知道恁家缺少劳力，种地的确困难。我想了很久，准备解决恁家困难，可不知对不对你的口味。”老田把话引入正题。

“那，你说说，啥办法？啥法能解决我没有男人的问题。”二婶把话说得太直白。

“嫂子，我知道你的心思、你的困难。现在首先解决你缺少劳力种地困难的事，好不好？至于……男人，以后……”老田有点说不出口。

“以后咋样？我就是想找个可靠有本事的男人，老天爷都管不着，怕啥？以后要是没合适的，就把你拉到俺家。”二婶口无遮拦。

“嫂子，我哪敢来恁家，你还不拿棍子打断我的腿？”老田也放开了，好像是欲擒故纵。

“我既然把你拉到俺家，就会好好待你。让你搂着俺睡觉，给俺顶门事。”二婶低着头，流露出娇柔的表情，越说越出格。

“嫂子，那都是将来的事，咱别开玩笑了。”

没等老田把话说完，二婶抢过话来：“谁给你开玩笑了，我是当真的。”

老田说：“今儿先说成立互助组的事。我想，均安大叔家条件相当好，有劳力有农具，你们两家再加上村边上水生家，水生原先也种过恁家的地，人也不错，你跟他媳妇也对脾气。你要是没意见，我就去跟他们两家说。”

“中，你想的怪周到。”她满口应承，再小声加了一句，“你就跟俺男人似的。”她还是把老田当作自己的“标的”男人。

老田走后，二婶捂着脸闷坐在马扎上，对自己的话挺后悔的。心想：“我也太不矜持了，咋能说出恁不顾脸面的话呢？人家肯定会笑话我。嗨，说都说了，管他呢，反正这也不犯法。我就是喜欢他么，有啥办法？”

过了好一阵子，二婶起身到婆婆美玉屋里，把自己心思告诉了老人家。婆婆说：“婉容，我的乖孩子，国梁到现在还无音信，说不定已经不在人世。你还年轻，咱家不能耽误你一辈子。只要你看得上，娘我不拦你。娘上岁数了，真到那时，有我一碗饭吃就行。老田那人是挺好哩。只是不能操之过急，水到渠成为好。”

“娘，到啥时候，您都是俺娘，我会养活您一辈子。”有了婆婆一番话，婉容的心平静了许多。

根据老田的安排，小蔡来到张银生家。

“银生大哥在家吗？”小蔡朝院子里喊话。

“谁呀？在家哩，进来吧。”银生答应着，起身往大门走去。

小蔡推门进家：“银生大哥好，我是小蔡，今儿来看看你和大娘。”

“好好，小蔡呀，挺忙吧？”银生看见工作队员再次到访，有点受宠若惊，不知所措。

“大哥，不忙。上次我们来恁家，谈过互助合作的事，你忘了没?”小蔡直截了当。

“哪会忘了？只是不知道工作队是啥安排。准备让俺和谁互助?要是有计划，就早点告诉俺。”银生的态度积极，急不可耐。

“是有个考虑，我说说，你看行不。你和秀萍大嫂，还有军属周嫂玉环家，行不行?”小蔡和盘托出。

银生心想：“秀萍实在，能吃苦，肯下力，好合作，正合我意，再说我也总想和她亲近。至于周嫂，性子太强，又是军属，稍有闪失，恐怕担待不起。”

停了好一会儿，银生低声自言自语：“好是好，就怕周嫂遇事不好商量。人家是军属，出点事，不好担待。”

“大哥，你放心，周嫂个性是强点，但她讲理。她那性格还不是家庭社会环境造成的？她家老大去当兵，在政府照顾帮助下，几亩地种得也不赖。老二也长成大小伙子了，能干些农活了。我相信你们三家一定会团结一道把地种好，多打粮食。”

银生也很理解周嫂，知道她不易。同意与她家互助合作。

李玉环家住在村中间，丈夫姓周，中年人多称呼她“周嫂”。小蔡没有停下脚步，即刻来到周嫂家。

“大嫂，您好吧，我是小蔡。”小蔡随着老田也称呼周嫂。

周嫂笑脸相迎：“知道，知道。小蔡你也好吧，看恁天天怪忙哩。”

“也不忙，就怕工作没做好。其实，早就该来恁家，跟您聊聊，帮您解决点困难。来晚了，您不怪俺吧?”

“看这小妹子，咋说这话，你是为全村人忙，我咋会怪你呢!”周嫂很客气。

“嫂子，文理参军有些日子了，您肯定想他了吧。现在在哪里?

人都说，他是当空军，有一次飞机从咱村顶上飞过，就是他开着飞机去朝鲜打仗，抗美援朝，保家卫国。是不是?”小蔡赞赏文理的英雄气概。

“文理没来信，不知道他在哪里。听说，仗都打完了，把美国鬼子打跑了。他也该回来了。”

“家里只有文荣帮您，里里外外都得您忙活，够操劳的。有啥困难您只管说，我们帮您解决。”

“我知道政府对俺很照顾，俺知足了，也没啥大事情。话说回来，要是俺那死老头子活着，地里的活哪用我去干。”小蔡还没提，周嫂却说起已故丈夫。

她接着说：“他爹周志强为人正直，对人讲义气，为朋友啥都不顾。解放前几年，有一次赶会，碰见一个朋友摆摊卖胡辣汤，他坐下来要了一碗。没喝几口，就看见一群痞子走过来。这群人找碴说汤不辣，胡椒太少，还说汤里有虫子，不由分辩，就把汤碗摔在地上，还破口大骂。摊主朋友紧忙赔不是，但他们哪里肯饶，看样子是要砸场子。就在这紧急时刻，他爹气不过，从凳子上跳起来，大喊：‘你们几个想干什么！为什么来这里撒野?’说着朝痞子挥出两拳，痞子们毫无防备，两个被打趴在地上。其他几个哪能服气，马上围过来，像雨点般的拳头猛砸他爹。他爹前后挨打，没法还手，他使劲挣脱，跳到外边，操起凳子朝痞子打去，正好打在一个痞子头上，痞子应声倒下，一下子就不省人事。他爹见大事不好，拔腿跑脱。

“他爹上气不接下气跑回家来，把事情的经过说了一遍。这可咋办呀？这下可闯下大祸了！在家里肯定不能待了，赶紧跑吧。我给他拿了几件衣服，再拿几个馍，叫他到外面躲躲。

“他爹没有走远，常常夜里回家探听消息。谁知道，县里保安队早就盯上了。终于一天夜里被抓走了。我变卖土地房屋，也没能救出他爹。最后，以过失打死人罪判了十年徒刑。服刑四年，就病死在牢中，撇下俺母子三人。那年大儿文理十三岁，小儿文荣十岁。”

“哎，大哥是打抱不平呀。都过去了，日子就会越来越好的。”小蔡看大嫂有点伤心，安慰几句。

“不说了，人老了，爱唠叨。说说你今儿有啥事?”

小蔡说：“政府为了解决一些农户的困难，让大家走上共同富裕的道路，提倡互相帮助。我们考虑恁家情况，想把银生、张嫂秀萍和恁家组成一个互助组，中不中?”

周婶想了一会儿，说：“政府一直为俺着想，叫俺说啥好呢。中。俺家文荣也十几岁了，有把子力气，不会让人家为难。再说，这两家人都不错。俺愿意。”

小蔡得到满意的答复，心里可高兴了，快步回去向老田汇报。

对于成立互助组，太平虽没有当面强烈反对，但依然心存疑虑。太平和金旺两家有那种特殊关系，但他对金旺那一家人实在没有好感。

一天他碰到大春，问大春：“老弟，你看这互助组能中吗?”

大春说：“我看难弄，吃亏的还是咱们这些人。像金旺那号人，跟谁谁倒霉。”

太平说：“我真是不想搞啥互助组。要不然，咱都不参加，你说，中不中?”太平想结伙反对，来个法不责众。

大春说：“我也不想互助，但恐怕胳膊拧不过大腿。真烦心。”

“就是烦心，这几天我吃不好睡不着，心里就像猫抓似的。这可咋办呀?”

大春说：“走着看吧。前码儿那几家也都不想参加，有啥法呢?”俩人心里反对，又没妙计好使。

这几天，工作队加大了对中农的工作，向他们再三讲解党的政策，说明互助组的好处，要把眼光放远些，一起走社会主义光明大道。后来他们都抱着试试看的态度同意参加互助组。他们也没有错，瞻前顾后也不是没有道理。要打破千百年来的传统谈何容易，列宁曾说："最严重的问题是教育农民，最可怕的势力是习惯势力。"

工作队把太平和金旺两家放在一个组里，如果把梁满山也加进来，应该没啥困难。梁满山土改时被分走大部分土地和财产，但瘦死的骆驼比马大。政府的政策他心里很清楚，必须夹住尾巴做人。

小梁这天早早来找梁满山。把来意说明后，满山二话没说，满口答应："小老弟，我是地主成分，只要人家不嫌弃，我还有啥说的。"

小梁说："虽说一个'梁'字掰不开，但阶级立场不一样，我还得说你几句。你是靠辛勤劳动致富的，以前没做过啥恶事。如今你更要好好做人，拥护党的政策。只要跟着党的政策走，我们也是欢迎的。"

小梁马上去找太平和金旺。由于前期做了工作，两家也都没意见。

老田还想把石头、大春、秋雨和周巍山家组合在一起。大春和石头两家本来走得就近，一说就通。秋雨条件也相当优越，与这两家也没啥过节，对于这样的结合，没有意见。老田担心大家不愿意接受周巍山家，谁知几家都有一颗同情之心。虽然周巍山作恶多端，但她媳妇和孩子无过，生活艰难，大家都愿意伸手帮一把。周巍山媳妇的顾虑也被打消了，很高兴大家能接纳她。

周满仓以为自己有劳力、有农具，什么都不缺，和别人互助，只能是他助别人，不会别人助他，只能吃亏，没有便宜可占，打心眼里抗拒这项政策。所以，他决心单干，置身于农业合作化之外。他理直气壮地说，政府的政策不强求，我就是不愿意参加，能把我怎么着！

老田从群众口中也了解到满仓的为人，大家都不愿意沾惹他，没人愿意与他合作。老田亲自征询满仓的意见，他表现得有些傲慢，态度相当坚决。老田心想，那你就单干吧，缺你一人合作化照样进行。

老田工作扎实细致，群众基本都被动员起来了，互助的意向也都明确了。他决定召开全村大会，宣布成立互助组，在农业合作化的道路上迈出第一步。

“哐——，哐——”这一次，均安委派石头敲起了铜锣，通知村民开会。

“各家各户都听着，喝罢汤——，到前码儿开会，每家至少一人，当家的一定要去啊！”石头从东头吆喝到西头，从前码儿吆喝到后码儿，走了两遍，相信各家各户都听到了。

桌上的马车灯还是那么亮，先到的村民七嘴八舌谈天说地，一股股浓烟在人们头顶上飘散，咳嗽声此起彼伏。风清月明，小山村安静而祥和。朴实敦厚的乡亲们怀揣梦想，期待着富裕的新生活。

“乡亲们，上次开会后，许多人都去刘村会上参观了农资展览，相信大家都觉得新东西好，应该走苏联老大哥的路子，早日过上‘耕地不用牛，点灯不用油’的好生活。那第一步就是先成立互助组，解决眼下的困难。我们工作队进村有一段时间了，也去各位大叔大婶、大哥大嫂家里了解了情况，认为咱们史家湾的老百姓思想觉悟高，心地善良，勤劳朴实，大家愿意互帮互助，团结一致，共同致富。

“本着自愿结合，强弱搭配的原则，今天，我在这里宣布一下互助组的组成情况。当然这也不是一成不变的。

第一组：均安家、婉容家、水生家；

第二组：太平家、金旺家、梁满山家；

第三组：银生家、秀萍家、军属周婶家；

第四组：石头家、大春家、秋雨家、周巍山家；

第五组：……

乡亲们，互助组成立了。希望大家今后互谅互让，有商有量，心往一处想，把庄稼种好，多打粮食，过上好日子。比比看哪个组庄稼种得好。我们工作队还不走，有啥难处找我们。大伙儿还有啥说的没有？”

均安大叔站起来说：“要感谢共产党心里装着咱老百姓。工作队进村，忙前忙后都是为咱们呀，咱们可不能辜负人家。”

散会了，各回各家。新的农村组织形式建立了，老百姓以不同的心态迎接它。有人忐忑不安，有人拍手叫好；怕吃亏的有，怕拖累别人遭嫌弃的也有。怀疑和希望并存，担忧和观望同在。

024 它在风中笑

四月天，太阳的光照越来越强烈，冬季的寒气被它逐渐驱散，人们开始脱去棉衣，穿上没有棉絮的双层夹袄。

又到了栽种红薯的季节。

第一互助组的均安大叔作为组长，对大家的事情时刻都挂在心上。他把水生和二婶叫到家里，说：“往年的红薯苗都是我自己育自己用，不够的话，再去集上买点，多了到集上卖掉。今年成立了互助组，我想咱们一起育苗，一起栽种，这样省事得多。你们看，行吧？”

二婶婉容年年都为红薯苗作难，集上买吧，嫌贵，还怕种苗不好；自己育苗吧，没经验，又怕弄不好，因此每年都是用村里人剩下的红薯苗。大叔的提议，对她来说，再合适不过了，她举双手赞成：“可是中！这下就帮了俺大忙了，俺可不发愁了。”

水生是个老实人，话不多，相信大叔的为人和经验，也认为是个好办法：“大叔，咱俩想到一块了，就在恁家后院育秧吧，您经验多。您就说每家兑多少红薯吧。”

“那中，红薯就不用兑了，俺家也够吃的，俺今年多育些，够你们用就是了。先说说你们今年打算种几亩红薯？”

两家都报了数量，并且挑选上等红薯，送到均安大叔家。

均安带着三个儿子开始在自家后院垒砌育秧池子，池子几乎比去年大了一倍。先在地上挖出四道一尺深半尺宽的小沟，成“井”字状。再用砖头盖在沟上，并留出间隙。而后打起围栏约二尺高，围栏上预留排水孔。育秧池修好后，往里边装牛粪加碎麦草，约半池，开始把红薯直立插入，相互间隔二指。而后，用牛粪将池子填满并洒水，再用草帘盖在上面。夜里，烧柴供暖，保持池温。白天有阳光时，掀起草帘，洒水三次。

邻居们发现今年均安大叔的育苗池子大了一倍，究其缘由，才知道是互助组共同育秧，大家纷纷效仿。只有那周满仓冷眼旁观，风言风语，吃不到葡萄说葡萄酸。

红薯秧苗从粪土中露出了头，长势喜人。到了长出五六片叶后，就开始从池中拔秧，往地里栽种。

栽种红薯，先用锄头在地上刨个坑，放进秧苗，往坑里浇半瓢水，把根按入泥土中，露出梗叶，用周边的土围上，拍打几下。

第一互助组起步较早，因此，他们最先开始栽种。均安提议先给二婶家栽，自家放到最后。小伙子们挑水，年纪大的刨坑，小孩子分放秧苗，女人们蹲在地上填坑围苗。分工明确，流程顺畅，效果相当好。各家不分彼此，齐心协力，有说有笑，还有人来几句豫剧“红娘”。均安大叔家几个小伙儿担起水桶，快步流星，二婶不再为挑水犯难。二婶也是有心人，下工后，烙了油馍送过来，犒劳兄弟。

红薯栽种在村里全面展开，大小矛盾也随之而来。工作队员参加房东一组劳动，看看互助组会遇到什么问题。

全村那三四口井，深浅差不多，人畜生活用水没有问题，但遇到种红薯这种情况，不停从井里打水，那就有些吃紧了。前晌每次都能打满一桶水，到了后晌就打不满了，晚上就只能打半桶水了。

为了早点把红薯栽上，人们争先恐后，水桶在井台上排队，一直排到街上。等的时间久了，难免失去耐心，发些牢骚。有空人排队占位的，有拿个凳子占位的，有一家几口人都来占位的，各出奇招，都想早打水多打水。打水的矛盾相当突出。

工作队老田来到井台上，希望大家互相谦让，不要为打水争吵，伤了和气。他规定每家只能一个人或两个桶排队，在队伍里不能排两次。

太平所在的第二组，决定每家都分两次栽种，先栽一半。

晚上，金旺一家人坐在院子里，大儿子铁柱说：“爹，咱家栽的少，出工人不少，咱可是吃亏了。”

金旺说：“别瞎说了，在一块儿种地，互帮互助，不能各家都一样，不能啥都计较。你可不能在外面胡说。”

太平一家也有想法。媳妇说：“金旺家精着呢，给他家栽时，往坑里倒水多，轮到别家倒水就少。”

太平说：“别计较小事，水多少，只要苗能活就行了，长得好坏还要看以后经管。累了，早点歇吧。别瞎琢磨。”接着又说：“往年栽红薯，你知道有多累。今年三家在一起，人手多，银柱也能搭把手，好多了。别不知足。”

梁满山一家闷声不响，跟着大家走就是了。其实，他根本不想搞什么互助。

石头这人爱说笑，眼头活，干活时候就他话多：“大春哥，去年栽红薯，嫂子跟你怄气，不给你做饭，还是我给你端去的饭，你才没饿肚子。今年互助组多好，她要再跟你怄气，全组都帮你。”

“滚一边去，怄气又不是为栽红薯，哪壶不开提哪壶。”大春怼呛他。

“大春，今年这红薯苗都是你的，俺都是掏钱买的，要是秋季红薯结得不多，长得不好，可要找你算账哩。”史秋雨虽然是句玩笑话，但也包含着某种意味。

“秋雨哥，这个你放心，我是用俺家留下最好的红薯做种子，不会有啥事。要是你把它经管不好，就不能怨我了。再者说，你去集上买秧子，谁还包你红薯能产多少？你也真能开玩笑。”大春种地是行家里手，心里有数。

“大春，一句笑话，一句笑话。”史秋雨说完哈哈笑了几声。

“他叔们，都过来喝口水吧，歇歇脚。”巍山媳妇提前在家烧了罐开水，还放了几片竹叶。

天气虽然不是很热，但担水的男人们还是鬓角冒汗，爬坡的时候上气不接下气。到田头有口水喝，也挺惬意的。他们都觉得巍山媳妇心细，善解人意，会体贴人。

巍山媳妇长得算不上一等一，但也一脸秀气，为人和气，惹人待见，特别是那干活的利索劲，深得大伙的称赞。巍山活着时候，人们都说，放着这（么）好的媳妇，不在家好好过，到外头胡混啥哩！

眼看红日平西，种红薯的人们纷纷收工。晚霞把余晖毫不吝啬地洒在田间地头，也映红了巍山媳妇的脸，她低着头用双手扒拉着秧苗周边泥土，栽好最后几棵红薯。搭在她额前的几缕黑发，被风吹得有些凌乱，汗津津的脖颈上显出几道浅浅的皱纹。两条腿都麻了，她站起身来，活动活动双腿，拍拍手上的泥土，伸伸腰，长嘘一声。

秋雨就在她身旁，看她那副劳累的样子，动了恻隐之心，说道："弟妹呀，看把你累的。天也快黑了，自己别做饭了，今晚就在俺家吃点，自家人，甭外气。"秋雨想起巍山和他撇下的这个女人，心情有些沉重。

"不了，大哥，孩子还在家等着哩。"巍山媳妇笑笑。她知道两家的亲戚关系，但从不打扰人家，她是个有志气的女人。

秋雨对巍山媳妇早有好感。要兑现对巍山的临终承诺不假，但还有一种怜香惜玉的情结，他可怜同情巍山媳妇，同时更想抱在怀里给她温暖。

担水的人都走了，还有一行红薯秧要填土。秋雨放下水桶，弯下腰蹲在地上和巍山媳妇一起干，俩人几乎头碰头。巍山家说："大哥，你快回去吧，这没多少活，一会儿就完了，你先走吧。"

秋雨说："没事的，我帮你快点干完，你也好早点回去给孩子烧汤。孩子在家该饿了。"

三下五去二，很快就干完了。巍山家站起来笑了笑，说："大哥，你对俺这（么）好，叫我咋说哩？我拿啥报答你哩？"

秋雨说："我这是应承巍山兄弟的嘱托，他把你托付给我，我得尽心么。"嘴里说着，身子慢慢向巍山家移动。忽然他把身边女人抱住，不由分说，紧紧搂在怀里。巍山家用力挣脱，"哼哼啊啊"小声叫着，在秋雨怀里挣扎，但无济于事，只好随他便了。秋雨一阵疯狂过后，慢慢放开怀里的女人，嘴里喃喃地说："巍山家，往后家里有啥事跟我说，有我呢。"旷野里死一般的寂静，彼此能听到对方急促的呼吸声，但别人谁也不知道刚刚发生的事情。

俩人在回家的路上，谁都没再说一句话。巍山家在前，秋雨在后，俩人相离好几十步，各人都想着心事。爱说事的人，看到秋雨这么晚还跟在巍山家后面，而没有早早回家，感到有些蹊跷。

夜里，巍山家蒙着被子哭了一场，悔不该嫁给这个土匪刀客，但父母之命又怎能违抗？只能说自己的命不好，活该受这份罪。而秋雨哥的那样子又让她害怕，不敢往远处想，不知道以后还会出啥事。

秋雨除了兴奋一阵子，也有些后怕，这事要是抖搂出去，哪还有脸见人。其实，他对女人轻贱（轻浮）的毛病全村人都知道，连附近村上的人也有耳闻，一般人都没当回事。

晚上，大春回到家里，闷闷不乐。他是个粗中有细的人，总觉得秋雨后晌的话不对劲，话里有话。心想，为了大家的秧苗，我起早贪黑，给苗床洒水、加温、通风，生怕秧苗长不好。我又没多要你钱，得了便宜还卖乖。几家栽种同样的秧苗，我也没挑没拣，到头来，你还有意见了。什么东西？

媳妇见他不高兴，问他咋回事。他把憋在心里的话都说了出来。媳妇劝他："这叫作说者无心，听者有意。一句笑话，何必当真。几家刚合到一起，心里闹别扭，不值过。哪会每一句话都合咱心意？算了，算了，别生气了。早点睡，明儿还要栽红薯呢。"

太阳照在西山坡上，春种的一天又开始了。趁着井水上升，大家都早起打水栽红薯。周满仓决心单干，但在互助组面前，他就显得势单力薄。他无力与人争水，眼睁睁地看着自己落后于人。一家人窝着一肚子火又没地方发泄。

这天前晌，满仓家老二兴盛刚送完一次水，返回路上，看见金旺家老大铁柱担着水走来，他故意用空桶朝铁柱撞去。铁柱猝不及防，摇晃几下，差点摔倒。

以前两家就不对劲，满仓家仗着人多势众，常常找碴。这几天为栽红薯，他们憋了一肚子的火，今儿碰了个照面，正好在这儿出出气。铁柱也不是好惹的，哪能吃你这一套？他放下水桶，抡起钩担（带长钩的扁担）朝兴盛打去。

兴盛原以为铁柱放下水桶要和他说道说道，没想到他今儿如此凶猛。他还没反应过来，铁柱已经打到眼前，他下意识地躲了一下，钩担“嗖”的一声从耳边掠过，打在他肩膀上。兴盛也把空桶放下，刚要抡起钩担，谁知铁柱提起水桶朝他泼过来，兴盛差点被水击倒，他从头到脚被水浇得像落汤鸡。铁柱又把水桶砸向兴盛，打在兴盛脊背上。兴盛抹拉一把脸，擦去眼前淋水，拉开架势要与铁柱拼个你死我活。

俩人这时都手操钩担，叮铃咣当打在一起，嘴里不停地叫骂。“兴盛，你狗日的，平日我都让着你，你得寸进尺。种庄稼时间，你还找碴欺负人，算什么东西！今儿我决不饶你。”

“你个要饭花子，反了你了，敢欺负到老子头上了。”兴盛自恃家境优越，蔑视他人。

他们俩的“战斗”惊动了满仓一家和太平互助组正在栽红薯的人们，两个“阵营”都围拢上来，有人拉架，有人劝解。有的诡异一笑，有的静看热闹。互助组的人马占优势，满仓家没占到便宜，吃了个哑巴亏。

张银生大显身手了，育的秧苗长得很好，黑黝黝的，显得壮实。为了照顾军属，他决定先给周嫂家栽种，最后栽自家的。周嫂玉环说：“别这样，红薯苗一茬一茬地拔，咱们也一茬一茬地栽，咱们每家都先栽点，大家都一样。”

秀萍说：“嫂子，你就别推辞了。大侄子在抗美援朝，保家卫国，俺们理应为恁家做点啥。先给恁家栽，俺们心里高兴、踏实。”

“周嫂，你就把心放到肚里吧。啥事情都论清楚，还有啥人情味？先栽恁家的，别争了，让别人笑话。”银生说。

山沟里的井都相当深，而红薯地都在山坡上，把一担水从井里打上来，再挑到地里，绝非易事，一般男人都感到吃力。银生是这个互助组的头号劳力，周嫂家文荣帮着银生，经过两天的努力，才把周嫂家的红薯栽完。两天过后，再拔出一些红薯秧，继续给秀萍家栽秧了。秀萍家儿子张继勇年纪仅十一二岁，看着大人们忙前忙后很辛苦，也挑起一副水桶。大人们看他年纪太小，正长身体，害怕把腰使坏，竭力阻止他，但他不听。他每次挑两个半桶水，总算有所作为，显示了一下男子汉的气概。三家人为了赶季节，起早贪黑，银生的确累得够呛，但他心里舒坦，乐呵呵的，笑声不断。天赐良机，他有更多时间接触秀萍，这正是他心中所愿么。

秀萍知道银生是个好人，虽然长相差点，但人品很好。秀萍和银生在一个组里，银生处处为她操心，疼爱有加，她心存感激。这天，秀萍蒸了笼红薯面花卷馍。晌午时候，她带着继勇和一篮花卷来到银生家。

银生还在灶火里做饭，老娘在树下为他缝制衣裳。大娘眼花，那时也没眼镜，但硬是有一针没一针地把两块衣片连在一起。

“大娘，您在做衣裳呀？”

大娘先是一惊，抬起头看见秀萍挎着篮子进门，急忙招呼：“他大嫂秀萍啊，快进来。看，继勇又长高了不少。多俊朗的小伙子，不愁找媳妇。”

秀萍难得来银生家，今日母子俩来探访，着实让她意想不到，顿时觉得院里有了生气，好像沉静池水之中投进一块石子，激起水花展开涟漪。

“银生！快出来，秀萍来了。”

听到老娘呼喊，银生急忙从灶火里出来，“哟，是嫂子呀。今儿你咋闲了?”看见秀萍，银生有点不好意思，脸上略带一丝牵强的笑容。

“坐，坐，继勇这孩子将来有出息。”银生搬了两个小凳子，让母子俩坐下。

“大娘，银生这几天为栽红薯，真是出了大力了，累坏了。俺娘俩也没啥好东西，今儿蒸了笼花卷，想给他叔贴补贴补，您可别嫌赖。”秀萍把篮子递了过去。

“男人家，出点力怕啥，累不着。这回俺收下，下回可别这样了。”大娘接住馍篮。

银生说:“嫂子，我就多挑几担水，算个啥?你也真是的，叫我咋说你好呢。”银生客气是真，抱怨是假。

“大娘，您眼都花成啥了，还能认上针（穿针引线）吗?还能给他叔做衣裳?”秀萍心疼大娘。

“没法呀，好赖是件衣裳，穿着不露肉就行了。”大娘也很无奈。

秀萍一把拿过衣片，说:“大娘，您也别作难了，这没几针活，我拿回去，很快就做好了。”

秀萍起身，拉上继勇就走。

“这，这……”银生母子俩喃喃几句，乐在心里。

朝霞如常照在史家湾的山坡上。几天后，红薯苗都已成活，慢慢长出新叶，在微风中摇曳着，似乎在点头微笑，回报人们的辛劳。

025 送水惹是非

那天，秀萍从银生家出来，三步并作两步回到家中。她怕有人看见她去过银生家，更怕别人知道她把银生的衣裳拿回家来缝。她心事缜密，性格内向，不想让村里人风言风语，坏了她的名声。

栽完红薯，收麦前地里没啥活，继勇上学去了，她一个人在家里，拿起银生的衣裳，一针一线缝起来。

多少年没有给男人做过衣裳，今天拿起它来，一股酸痛的寒流在她心里回荡着。凝视的眼神里出现了亡夫俊杰，他站在远处，呆呆地看着她做针线活。他依然瘦弱，沉默不语，也不问秀萍给谁做衣裳的。秀萍要走过去，但好像若即若离。秀萍心里想，他在那边"饭菜是否可口，银两够花不够，衣裳烂了谁补，雨天是否屋漏？"嘱咐他，"酷夏要防暑，严冬别受冻。"继勇他爹俊杰始终一言不发，微笑着，渐渐升腾，远去……

大门吱扭一响，打断了秀萍的思绪。

继勇放学回来，看见娘泪汪汪的："娘，你咋了？咋哭了？"

"没，没，刚才迷住眼了。放学了？我这就给你做饭去。"秀萍放下手中的针线活，起身进了灶火。

吃罢晌午饭，继勇上学去了，小蔡也到乡里开会了。银生他娘挎了一个篮子来到秀萍家。

"谁在家呢？家里有人吗？"大娘一进门，高声打招呼。

"谁呀？就来了。哟，是大娘呀，快坐吧。"秀萍连忙搬了一把小竹椅，扶住大娘坐下。

"勇他娘，去年冬天，山里他舅送来一袋子核桃，银生老也想不起来吃，还有好多。我想着拿来给继勇吃，听说这东西对脑子有好处。"大娘把篮子递给秀萍。

"大娘，您还老惦记着继勇，叫我咋说好呢。等他长大了，一定要孝敬您。您身子还好吧？"秀萍接过篮子，把核桃倒进一个小框里。

"我没病没灾的，一年到头也没头疼脑热过，好着呢。"大娘牙齿掉了几颗，吐字不太清楚，但声音洪亮，底气很足。

“大娘，您家是哪年迁到史家湾的?”秀萍与大娘唠起了家常。

“唉，说来话长。俺家原来在下头，靠近河滩，有十来亩地。三年两头涨河，只能收一季麦子，秋季的蜀黍、红薯、棉花都靠不住，反正能收一点是一点。不管咋样，粮食还够一家人吃，大人孩子平平安安过日子。

“那年秋季，一天夜里，五雷闪电，咔咔嚓嚓，像是要把房子掀翻似的，雨下得真叫大，一夜没停。第二天早起，雨势还没减小。一看，哎呀，家里街上，到处是水，路也被淹了。俺村地势低，水流不出去。

“男人们都到河堤上查看水情。哎呀，不得了啦，不但庄稼淹没了，水都快要漫过河堤了。这下子，人都慌了神了，都赶紧回家收拾东西，准备逃难。

“我先让银生穿好衣裳，而后收拾东西。银生他爹去爷爷房里，叫他们打起精神，穿戴好，准备外逃。谁知他爷爷有病躺在床上，无论如何不肯起来，说，出去也是死在路上，还不如死在自己家里，哪儿也不去。

“银生爹让俺娘俩先走，怕晚了来不及。他还在力劝老人家一起走。水火无情，洪水漫过大堤，不到一袋烟的工夫就灌进村里，都是土坯房，那会经得住大水?我和银生回头看着家家房子都倒在水里，他爹和老人家都没能逃出来。大水过后，我和银生回去看过，找不见路，看不见家，村庄成为平地，人都不知道被水冲到哪里，埋到哪里去了。

“俺娘俩一路要饭，又遇上跑日本（逃避日本鬼子），千辛万苦，来到史家湾。村里人对俺都很不错，帮俺渡过难关。解放后，还分给俺土地，日子算是有过头了，一天比一天好了。”

说到这儿，大娘停了下来，干枯的眼睛眨巴几下，欲哭无泪。

“大娘，您和银生死里逃生，真不容易。好在银生能干又孝顺，日子苦点，可您心里舒坦，看您身体多扎实。往后，日子慢慢会好哩。您眼神不好，以后这些针线活，您就别作难了，交给我吧。”秀萍宽慰大娘。

“中，中。唉，该咋说呢，那可要给你添麻烦了。”大娘笑着答道。接着又说：“咱都成立了互助组，往后地里的活，有银生呢。男人家出点力不算啥，芝麻大的事。”

当她看见秀萍针线筐里的衣裳时，又说：“这件衣裳他也不着急穿，你也甭紧着赶，照看好继勇是正事。我走了。”

“大娘，您不再坐会儿？过两天衣裳做好，我给送过去。”说着，秀萍把大娘送到门外。

大娘走后，秀萍的心久久无法平静。心想，与大娘极少来往，今儿送来一篮核桃，这是因为我给她送蒸馍了，还是因为我帮忙缝衣裳了？唉，大娘和自己一样也都命苦，她这大半生也怪可怜人的。

惺惺相惜，两家人的心贴近了一步，大娘的一席话让秀萍心里暖暖的。

大娘回到家里，看见银生没啥事干，就说：“银生，咱村这井恁深，绞桶水也怪难哩，你得空就去给秀萍家挑两担水呗。她家孩子小，没有大气力。”

“娘，你说得没错。我也想过帮帮她娘俩，就怕别人说闲话，寡妇门前是非多，唾沫星子淹死人呀。”银生有顾虑。

“人么，谁用不着谁了？咱是一个互助组的，不是你帮我，我帮你吗？咱走得正，行得端，身正不怕影子斜。人长千只手，难捂众人口。只要咱不做亏心事，有啥怕的！”

在娘的鼓动下，银生挑起水桶来到井台上。农村一般习惯早上或傍晚绞水，其他时间是让井水复位。这会儿不是打水时间，井台上没人。

银生迅速系好水桶，放入井口，双手扶住辘轳，把握水桶下降速度，直至水桶到达井底。银生轻松地绞着辘轳，绞一圈，“吱哇”响一声，井绳在辘轳上盘绕了两层半，水桶才到达井口。他一手握好辘轳把，一手把水桶拉到井台上。把水倒入另一水桶后，再绞第二桶水。

银生把水挑到秀萍家，秀萍吃了一惊，心想，我也没叫你给俺挑水呀。“哎，有继勇帮我，我能绞水。再说缸里还有水呢，以后别再挑水了，叫别人看见多不好。”但也不能让人家把水再挑回去吧。说着，她掀起缸盖，银生把水倒进缸里。银生又挑了一担把水缸盛满。

“坐那墩儿上歇会儿吧。面也该发了，我就去蒸发糕，你尝尝，再给大娘带点回去。”秀萍心存感激，想用发糕慰劳。

“不了，我自己也要挑担水，我回去了。”银生哪会肯坐，他挑起空桶就往外走，生怕有人看见。

他把水桶放到井台上，长出一口气，如释重负。他慢悠悠为自己绞了担水，迈着匀实的步子把水挑回家。

“我让你给秀萍家挑水，你咋把水挑回来了，人家不要？”大娘很诧异。

银生说：“才不是哩，我先给她挑了两担，顺便又绞了一担咱自己用。”大娘这才放下心来。

继勇后晌放学回家，看见娘还在低头缝衣裳，身边有一筐核桃，问娘：“哪来的这些核桃？你买的？”

娘没抬头，继续做她的活：“村头张奶奶送来的。想吃，就自己砸着吃吧。”

继勇想了一下，说：“啊，就是那天咱给送馍的那家奶奶？”

“嗯，就是的。”她放下手里活，站起身来，“好了，我看面发得差不多了，这就蒸发糕给你吃。今儿老师都给教点啥？”

继勇说：“乘法口诀啥的，我都会背了。”继勇迫不及待找来锤头，一连砸了好几个，拿给娘吃。“嗯，真香，你吃吧。别砸到手上。”秀萍尝了一个，对继勇说。

就在银生给秀萍家担水的时候，景盛他娘恰好从娘家回来，走到门口。她左手拉着景盛妹，右手提一个紫红色长篮，篮子上搭着块白布，不知篮里是啥好东西。她站在门口，两眼盯着银生把水挑进秀萍家。

景盛娘总爱把别家的事当谈资，还大声嚷嚷，唯恐天下不乱。秀萍秀外慧中，虽然没什么文化，但有一般农妇不具备的涵养。多年寡居，她变得越加做事谨慎，为人谦和。之前因为孩子们打架，两家弄得面和心不合，加上两个女人秉性迥异，两家来往甚少。

银生未娶，秀萍寡居，男的为女的做事情，这里就有很大的想象空间。景盛娘多嘴多舌，翻弄是非是她的强项。这件事经过她的演绎，很快就成为村里的热门话题。这一天，她碰见了二婶。

“二婶，看看人家，互助都互助到家里了，担水劈柴，中耕锄草，白天忙地里，夜晚忙家里。你说，会不会在床上忙活？”景盛娘添油加醋，对着二婶手舞足蹈，唾沫星乱飞。

“别瞎说，秀萍为人谨慎，不会有这种事。”她的话连好朋友二婶也不信。

“真的，前天后晌，我从娘家回来，刚要进门，就看见银生挑了担水给秀萍家送去。我等了好久好久，没见他出来。你说，他们能干点啥事？”

“关你屁事，你也着急了不是？你在那儿等啥哩？银生身强力壮，你眼红了？也想让银生给你送点水？”二婶说话很隐晦，骂人不吐脏字。

“死鬼货，不是咱俩好，我才不给你说呢。你也跟田队长多拉拉关系么，我着急喝你的喜酒呢。我不信，你不想让老田给你送水。”景盛娘又把话题引到二婶身上。

“滚一边儿去，狗嘴里吐不出象牙来。”二婶红脸了，扭头就走，不再搭理景盛娘。

村里的流言蜚语，秀萍和银生全然不知，他们依然平静地度过每一天。银生的衣裳做好后，秀萍带着继勇来到银生家。

银生下地干活去了，大娘一人在家。

秀萍把衣裳交给大娘，说：“大娘，我的针线活不好，您多担待。”

大娘说：“好，好，再说也比我做得好。”

秀萍又说：“银生帮俺干这干那，您不怪他吧？”

“我咋会怪他？咱在一个互助组里，他多照护恁娘俩是应该的嘛。”

“大娘，村里人多嘴杂，有人爱嚼舌头，我怕人家说闲话。”秀萍道出了多日的苦衷。

“咱又没偷谁抢谁，怕啥哩。咱们两家好，也不犯法。他们爱说啥，就让他们说去。他们要是造谣生事，咱就去告他，工作队还在这儿，请他们为咱做主。”大娘理直气壮，为秀萍壮胆。

“大娘真好，我听您的。”秀萍心里也想开了，挺舒坦的。又跟大娘拉一会儿家常，嘱咐大娘注意身体，便起身告辞。

银生助人乐善好施，秀萍感激心情复杂。

026 把爱藏心头

二婶婉容那天听了景盛娘的话以后，心里像翻江倒海一样。

自己寡居多年，身边没个男人，吃了多少苦，做了多少难，有谁知道？白天里，嘻嘻哈哈，以外表的爽朗掩盖内心的空虚。到了夜晚，那种孤寂常常使她无法安眠，幻想着哪一天国梁回到她身边。尽管当年国梁与她离多聚少，恩爱缠绵如牛郎织女，但夫妻之间的柔情蜜意难以忘怀，国梁对她来说是一种精神寄托。而今，一切成为幻影，艰辛的生活煎熬着她，只有小月韵能给她带来一些快乐。

自从工作队进村，她的心一直没有平静过。看见老田这个帅气大方的军人，不由得想起自己的丈夫国梁，她常常在心里把他俩做比较。她多么希望老田能替代国梁，走到她身边，和她一起挑起生活的重担，让她把肩膀靠在他身上，让她那一直紧绷的心放松一下。

老田也不是木头人，只是他无法打开自己的感情世界。婉容对他说的话，面上是开玩笑，实际上已经不加掩饰地表白了爱慕之情。老田也喜欢婉容的美貌风韵和开朗性格。那种成熟的少妇之美强烈地吸引着他，无法把她从记忆中抹去。夜深人静的时候，婉容的形象常常出现在他脑海里，思想上引起阵阵骚动。

组织纪律是老田无法逾越的障碍。再者说，他在自己工作的村子里与一个寡妇谈情说爱，老百姓会如何看？会说他巧借手中权力勾引民妇，会说生活作风有问题，会说他乱搞男女关系。他怎么能承受这样的社会压力？他不能违反组织纪律，不然，会被开除出党，丧失前程。

他思前想后，理智和感情在脑海中打架，互有胜负，心中烦闷不知该如何排解。他变得闷闷不乐，少言寡语，刚进村时那股热情不见了。小梁和小蔡看在眼里，蒙在鼓里，猜不透领导的心事。

乡里的李乡长和老田是老乡，俩人是一个部队下来的，一起参军，一起打仗，是生死之交。平日里俩人无话不谈，之间没有秘密。

今天，老田来找李乡长，把心中烦闷吐出来，请老乡给他支支招。

李乡长听完老田的话以后，一时不知该如何解劝。沉思了好久才说：“伟民，按理说，这是你的私事，我不该多参言。既然你把我看作可以交心的朋友，那我就说两句，供你参考。你一人在外，为党工作，出生入死，到了这般年纪还是单身，我非常理解你对她的感情。但是，如果你们的事情公开了，那就是违反纪律的事，会造成很坏的影响，组织上是不会容忍的。你愿意就此丧失你的前程？丧失了好前程，人家还会跟你走吗？如果这个女人是真心爱你，那就让她再等几年，等你将来离开史家湾，调到外乡时，再成就你们的美好姻缘。我在乡里，只要有机会，会马上帮你调离，也说不定很快就有机会。现阶段一定要注意保密，不能向任何人透露半点风声。你看，这样好不好？”

听了老乡一段话，老田顿开茅塞，心里豁然开朗。他感谢老乡的开导和指教：“老李，还是你有办法，我咋就没想到这一层呢？我一定把工作和感情分得清清楚楚，很好完成乡里下达的各项任务。我走了。”

婉容这几天也是心神不宁的。一天夜晚，她来到婆婆屋里。“娘，前些日子我跟你说起过老田，看样子，他对我也有点意思。话里话外，眉目眼神可以看出他也喜欢我，只是依他现在的身份不好吐口。我想，找个机会跟他谈谈，把话说开。他要是没这份心，我就死心了，不再为他伤神了。您说行不？”

娘说：“孩子，娘知道你心里苦，是俺张家对不住你。现在是新社会了，婚姻自由，你咋说都行，娘不拦你。但你一定要小心谨慎，别让邻居耻笑咱，也别让田队长为难。”

婉容说：“娘，我不怨张家，这都是命，命该如此。您的话我记住了，我会小心哩。”

互助组成立后，栽红薯的全过程顺畅有序，大家都能互谅互让，村民们基本反映满意，至于私底下一点意见不合，也很正常。为了把互助组办得更好，生产效率更高，老田他们继续走访农户，设法解决他们的实际困难。

今儿后晌，老田没带小梁，独自来到二婶婉容家。老田今儿是公私兼顾，他要向婉容表白自己的爱慕之心。

“老田呀，你咋有功夫来了？坐屋里吧。”二婶顺手掀开帘子，请老田进屋。

老田有心理准备，知道在院子里说话，外人有可能听见。他说：“进屋里，大娘不会怪罪吧。”

“快进来吧，没事的。”婉容催促老田。

“你们组里几家能和睦相处吗？一起做活，都有啥意见?”老田把工作放到前面。

“几家相处得都怪好，没啥意见。我也知道人家都是在帮我，我也没忘别人的情意，烙几个油馍送过去，犒劳犒劳。”

“合得来就好，真要是有啥意见，提出来都好商量，困难总是可以解决的。”老田又讲起大道理来。

“哎呀，我说老田，除了讲些大道理，就没啥别的要说了？开口闭口大道理，耳朵都听出茧子了。”婉容笑着抱怨老田，她想让他说点与个人问题有关的话。

“那我就不讲大道理了，你想听啥?”老田知道婉容是咋想的。

婉容憋了好一阵儿，突然大声说：“我想让你说，你喜欢我！中不中?”

说完，她不好意思地低下了头。这张薄纸终于被婉容捅破。

老田的心率突然加快，似乎心要跳出来了，他无法抵御这爱的攻击，满脸通红，一时不知说啥好。

“大嫂，今儿我叫你婉容吧。”没等婉容搭话，他就接着说，“婉容，我是喜欢你。从那天晚上，我第一眼见到你，就喜欢上你了。这些天来，没有一天不想念你。”

听到想要的答案，婉容兴奋异常，奋不顾身扑到老田身上，死死抱住老田，喃喃地说：“我就知道你喜欢我，那你为啥还老躲着我?”

老田这时难以控制自己的感情，无法做到坐怀不乱，他把婉容抱在怀里，紧紧地抱在怀里……

过了好一阵子，俩人的情绪稍稍平定，老田说："我早就知道你喜欢我，但是我不能流露一点情绪。要是这事让别人知道了，我还能在这儿工作吗？这是违犯纪律的事，要受处分的。可能被开除，甚至会坐牢。我想想都怕。"

"那，今儿你咋敢来我屋里，咋敢跟我说真话？你就不怕了？"

"我今儿就是想向你挑明，我是真喜欢你。但是也想告诉你，这事千万要保密，把咱们的爱情暂时存放在心里。对任何人都不能说，包括你家老太太。你必须做到这一点，要不然，就害死我了，对你也不好。"

停了一下，他又接着说："只要你同意，我会努力想办法调离史家湾，调到很远的地方，咱们在那里安家。你说呢？或者我想法调回老家也行。"

老田有他的苦衷，婉容也不会为难老田，老田有这份心，她已经满足了。

"好吧，一切都听你安排。我保证不对任何人说这事，你放一百个心吧。今晚我能做个美梦了。"说完，她扑哧笑了一声。

老田不敢久留，掀开帘子走了。婉容感到了老田臂膀的力量，听到了老田的咚咚心跳，看清了老田浓密的黑发、炯炯的眼神和眉宇之间的深情。一阵热吻为她留下了深深的印记。婉容像吃了蜂蜜似的，心里甭提多甜美了。

027 选个好村长

解放前，国民党统治下的乡村，建立联保制度，村里的头头一般都是上级指定，称谓"保长"。

新中国成立后，由乡政府主导，农村基层组织有序地建立起来。大部分村里都指派了村长，个别村没来得及，就由原保长暂时继续张罗村里的事情，承接村长之职。只要他人缘好，又没恶迹，百姓也认可。个别小村人口不多，没有村长，村民们会推举一个公正贤达的主事人，有点啥事，一般都是乡里来人传达、通知。史家湾就是这样的村，现在还没村长。

史家湾民风朴实淳厚，工作队进驻以来，工作进展顺利，老田他们和村民们结下了深厚的情意。在乡里汇报工作时，老田特别提出史家湾要有一个村长，带领大家走社会主义的康庄大道。乡长同意他的意见，由他负责在村里选拔村长，并且要求老田根据村民的表现，发展党员，建立并扩大农村的党组织。

这天，老田把小梁和小蔡叫到一起，商量选村长的事。大家不约而同地认为，史均安就是最合适的人选。他为人公正厚道，乐于助人，品行端正，人缘好有威望，全村老少都拥戴他。

喝罢汤，老田来到均安大叔家。

一阵寒暄之后，老田坐下来，对大叔说："大叔啊，我们进村有一段时间了，您给俺们帮了不少忙，我们几个打心眼里感激您。同时我们也看到，您在全村人心中的威望。您的为人处世，真是有口皆碑啊！现在，互助组都成立了，村里的工作走上了正轨，但也仅仅是开了个头，往后还要带领大家走社会主义康庄大道，因此工作还很繁重。人家村里都有个带头人，都有个村长，咱村到现在还没有。我们不可能长期驻村，说不定哪天上级一个通知，我们就得离开。我们认为您非常合适担任村长，有您带领大家，史家湾肯定会兴旺发达，老百姓的日子会越来越好。"

均安大叔听到这里，哈哈一笑，说："田队长，这些天恁也辛苦了，为俺村的事忙里忙外，俺也没帮上啥忙。'村长'这差事就别让我干了，不是我不愿意为大家办事，是因为我年纪大了，心有余而力不足呀。我给你推荐个人，你看行不？村头的张银生，他年轻有活力，不怕吃苦，为人厚道和气，人缘也很好，我信得过他。”

停了一会儿，老田说：“银生我考虑过。这人是挺好，心眼好肯帮人，不怕吃亏。就是有一点，他是个外来户，在村里总是没底气，挺不起腰杆来，胆子小，怕惹事得罪人，总觉得低人一等似的。我也怕群众不服。要不这样，您当村长，让他做你的助手，把事情交给他去做，您在后面做后盾，出啥事您顶着。这样，慢慢他就会壮起胆子来。只要公心多些，私心少些，人心是秤，大家最终会拥护他的。大叔，您看呢?”

“老田同志，你这样高看我，我很感激。其实只要是村里的事，对大家有好处的事，当不当村长，我都会帮忙，都会当作自己的事来弄。今儿，你突然提村长这事，是个大事，我得跟孩子们商量一下。”大叔没有即刻应承下来。

“好好，是得商量一下。那我先走了，明天晚上喝罢汤我再来。”老田起身告辞。

老田走后，均安大叔把老伴和儿子们都叫出来，听听他们的意见。

老伴首先说：“这是个出力不讨好的事，别沾惹为好，把咱一家的日子过好就行了。你也是上岁数的人了，操不起那心，受不了那累，省口气暖暖肚子吧。”

老三克礼说：“我看，这事还非得俺爹干不行。不是我吹，除了俺爹，咱村没人能压得住这阵脚。俺爹要干的话，我替他跑腿。”

老二克俭说：“照理说，这也是件好事。咱家祖祖辈辈还没有啥人当过官，好赖村长也算个小官吧。人家让咱干，是看得起咱。硬是不干，就是不支持老田的工作，他就很没面子，对上边也不好交代。爹的身体还扎实（结实健康），干干看呗。”

克礼又说：“爹干村长，咱全家都有面子，村里人都得高看咱，光宗耀祖哩。大哥，你说说，能干不能?”

老大克勤沉稳持重，像老爹的性格。他说：“这个事得这样看，要是说只为咱家，咱家缺啥?啥都不缺，咱们不能干，爹也该享享清福了。要是说到全村人的事，领着大家都能过上好日子，咱村就得有个带头人。”

克俭说：“大哥说得对，老三你别光想着什么‘咱家有面子，光宗耀祖’，那可是很操心很受累的差事，不是打渣子的（开玩笑的）。”

克勤说：“咱爹心里有佛，心肠好，做好事，行善积德一辈子。其实吧，这也是一件积德的事。这事还是让爹好好想想，自己拿主意，不管爹做啥决定，咱都要支持。”

“对对，爹自己拿主意。无论干不干，俺们都支持。”弟兄们都同意老大的意见。

家庭会议就这样结束了，没有结论，但似乎又有了结论。均安大叔陷入了沉思。

第二天黄昏时分，老田再次来到均安大叔家。

他给大叔点了一锅烟，大叔深深吸了一口，说：“田队长，工作队在村里住了些日子，对村里的事情也摸透了，谁家大人孩子都是啥品行，你都一清二楚。咱史家湾不大，人还算厚道，真正爱惹事的不多，解放前出了个刀客周巍山，把咱一个村的名声都弄坏了。现在，共产党来了，老百姓安居乐业，眼看着日子一天天好起来了。要说俺家，要人有人，要地有地，牲口农具都不缺，往后我只管享清福了。我再想想，人不能太自私，只管自家，不管乡亲们。为人不能忘本，共产党为咱打天下，让咱为村里干点啥，咱就推脱，那不是我史均安的为人之道。我知道你看得起我，我答应当这个村长。”

均安大叔的一番话让老田十分感动：“大叔说得太好了，我就知道您会答应的。我相信乡亲们都会拥护您。只要有您，史家湾的工作一定会搞好，会走在全乡的前头。这样，我去和银生谈谈，让他多帮帮您，不能把您累着。您就在前面站着，发句话，具体事情让他去张罗。您说，这样行吧？”

老田的一片诚心、热情和周到的安排，使均安大叔心悦诚服。他把三个儿子都叫出来，说：“田队长今儿在这儿，我已经应承下来了，你们以后可不能扯我后腿。”

老田也说：“兄弟们，希望今后都要支持大叔的工作，支持他也是为村里做贡献。”

三弟兄都笑了，“一定，一定，村上的事就是俺爹的事，也是俺们的事。队长你就放心吧！”

老田又再次夸赞了均安一家人，高高兴兴地离开史家。

老田完成了一件大事，很有成就感，长出一口气，觉得满足与骄傲。他马上找来银生。银生开始还是有些打怵，在老田的鼓励下，他接受了这项工作。

第二天，老田叫上银生一起来到均安家，三个人坐在一起，把事情都说开了。银生表示积极支持大叔的工作，大叔也表态要为银生撑腰，让银生大胆往前闯，有啥事他来担着。

事情在下面商定好了，决定明儿晚上召开村民大会，请大家选举村长。

这两天，村里已经传出风声，要选村长了。大家基本上认为均安大叔最有可能。

在村民大会上，老田说：“乡亲们，根据今后的工作需要，咱们村应该有个村长来为大家办事，这个人必须为人公道，热心肠，助人为乐，愿意为大家操心受累。大家都提提，看谁行？”

大家都小声议论着。石头抢先说：“均安大叔最合适，他在咱村里，谁不敬佩？谁的威望有他高？十里八乡都知道他德高望重，不是他还能是谁？”

他这么一说，大伙儿都齐声嚷嚷：“就是他了！俺们都支持他!”

老田很高兴看到这样的场面，不用他提名候选人。他站起来说：“哎呀！好，真是众望所归呀！我认为大家说得对，同意大家的意见。那史均安就是咱史家湾的村长了，明儿我就去乡里上报。咱们鼓掌吧!”

“哗啦啦”一阵掌声后，老田继续说：“乡亲们，我再多说两句。大叔年纪在那儿摆着呢，常言道，年龄不饶人。我提议，让张银生协助大叔，银生年轻，多替大叔跑跑腿，大家觉着咋样?”

“中，中，银生也是好样的。”大家七嘴八舌，同意银生协助均安大叔。

老田提议要均安大叔讲话。均安说：“老少爷们，我史均安何德何能？当这个村长，这都是大家的信任。我愿意为大家操点心，也希望大家多帮衬，众人捧柴火焰高，一起努力把咱村的事弄好，不能让外村人看咱的笑话。我就说这两句。”

“好，好!”在一片欢笑声中，会议结束了。

二婶婉容坐不住了，她既希望又害怕老田撤离，心情很复杂。

她大胆地走到老田面前，问道：“老田呀，你们工作队要走了，是不是?”

老田对着大伙儿大声说：“乡亲们，放心吧！我们不离开史家湾，我们尽最大努力为老百姓解决困难。”

这话既是说给婉容听，也是对大家的一个承诺。说完之后，他对着婉容笑了笑。

村民们各自回家。走在路上，周嫂想，大春在村里正直有人缘，不怕出力肯帮人，要是他能当上村长该多好，就是当均安叔的下手也中啊。

028 她心很孤独

周嫂玉环的丈夫周志强为人豪爽，仗义疏财，因为打架致人毙命，被判入狱，染病而亡。这些往事，周嫂久久不能释怀。

周志强家境原本富足，两处宅院并连，耕牛农具应有尽有。因为一场命案，让他家道中落。不然，他家也不能评为贫农。

志强走后，里里外外的事都压在周嫂肩上，她总是以怀疑的眼光观察眼前发生的一切，把自己包裹得严严实实，拒人于千里之外。她常常想起志强，想把一肚子的苦水倒给志强，想在他面前大哭一场。

志强去世三年后，玉环的哀痛伤感才渐渐平复。她拉扯着两个孩子，艰难度日，承受着来自各方的生活压力。家境的变化，使得玉环的性格也有所改变。她变得执拗，好强，以坚强的外表掩盖着柔弱的心。别人对她的怜悯和帮助，她基本上不予接受。唯一的例外就是史大春。

史大春，肩宽腰圆，身高五尺有余，力大如牛，是史家湾村出了名的壮汉。大春办事说话仗义，没人敢在他身上打歪主意，他也从来不会欺负别人。平时他的话语不多，声音瓮声瓮气，说话顶真，有一是一，媳妇儿子都不敢跟他犟嘴。

大春的体格秉性有几分像周志强，年龄也相近，周嫂总能在大春身上找到志强的影子。因此，她就把大春当作她的精神寄托。别人说话她不听，大春的话她确信不疑。别人的帮助她不接受，大春的帮助她从不拒绝。年年割麦收秋，大春干完自家的活，就马上过来帮忙。冬天烧煤要到远处煤矿上去拉，大春鸡叫头遍起床，摸黑儿赶着自己的牛车出发。一路风寒雪飞，把煤拉回来，送到周嫂家里时，已是一更天了。

大春对周嫂的帮助，完全出于同情和骨子里的义气，没有任何非分之想。但这非亲非故的帮助，却滋润着周嫂的心。这期间，大春伸出的援助之手，投来的真诚无邪的眼神，使她无法逃避。似乎是志强又站在她身边，她心里敞亮了许多，生活的勇气和希望不知不觉复活了。

一个深秋的后晌，周嫂看到大春一个人蹲在门前，就冲他喊：“大春，在那儿弄啥哩？没啥事吧？你过来，我有话跟你说。”

大春走过来，周嫂顺手推开西院的破门，俩人都走了进去。

这是一个基本废弃的院落。原先这院子是给伙计（长工）住的，门开得大，可以进出牛车，牲口农具都在这院。早年为救志强，周嫂把好房子家具都卖了，只剩下两间卖不掉的透风漏雨的老旧房子，平时没人来。

大春说：“志强嫂，有啥事？看你悄悄密密的样子。”

周嫂虽然没有马上回答他，脸上泛起红晕。过了一会儿，说：“大春，嫂子有好多话想对你说，可又不知从哪儿说起。你常常帮我，给我干那么多活，我欠你的情这一辈子都还不完。”

停了一下，又说：“唉，你太像志强了，恍惚中我觉得你就是志强。白天想你多了，夜里会梦见志强回到了我身边。嫂子求你当一回志强，陪陪我，好不好？”她知道不可能得到大春，仅仅是想分享他。

大春摸不着头脑，不知道周嫂到底是啥意思：“嫂子，你有啥活只管叫我，你把我当作志强哥也行，只要我能抽开身，随叫随到。”

“那，你跟我来。”说着话，周嫂连拉带扯把大春带到旁边的草屋里。

进到屋里，周嫂迫不及待地搂住大春的脖子，使劲在大春脸上亲。她断断续续地说：“大春，我想让你陪陪我。都是过来人了，还不知道我想要啥？我想要你，要你的身子，你知道吗？”

“别，别这样，嫂子，我不能对不住志强哥。快松开。”大春用力推着周嫂，周嫂哪肯松手，一下子失去平衡，俩人跌倒在草垛上。一个软绵绵的身段在大春身上揉搓，大春无法脱身，只能任其为所欲为。

周嫂的手慢慢松开了，大春站立起来，拍拍身上的柴草，说：“嫂子，我帮你，是看你可怜，可没有其他坏想法。你也不用想着报答我，我是在行善积德。”

“大春，你先别走，给我拍打一下后脊背上的草。嫂子想你念你，夜里都睡不着，我难受，我想要你那个……你就不可怜我了？这上头（方面）的事，你也得帮我才行。你走吧，可你要记住嫂子的话。”

周嫂虽然没有完全如愿，但还是朝前走了一步。久旱逢甘露，给她那颗浮躁的心带来一丝安宁。

冬季农闲，村里人把打麻将当作消磨时光的好办法，但是打得大了就是赌博。周嫂家里支着一张麻将桌，闲来无事，常常约来五邻四舍玩上一会儿。

周嫂打着大春的主意，隔三岔五约大春过来玩一次。大春是个实在人，心眼没那么多，打麻将也是输多赢少。反正打得都不大，一场输赢也就三两万（旧币）。

周嫂之所以常叫大春过来玩牌，是把大春当作影子丈夫，虽然不能得到他，但有他在自己身边，还是挺开心的。每当大春输了钱，周嫂就借给他。时间长了，大春欠下二十多万块钱，周嫂也不要他还钱。周嫂聪明，牌技很高，她能把借给大春的钱，从别人那里赢回来。

一天晚上，打牌直到三更后，大春又输了不少。“曲尽人散”以后，大春对周嫂说：“嫂子，真对不住，借你这么多钱，我一时还不了，我回家张不开口向媳妇要钱。我以后慢慢还你，行吧?”

周嫂笑着说：“大春呀，你真是个榆木疙瘩。你能来我这里玩玩，我真是高兴，感谢你还来不及呢，咋会要你的钱?”

“那多不好，愿赌服输，欠账还钱，是天经地义的事，我咋能耍赖?”大春有些难为情。

“大春，嫂子我想求你件事，不知行不行?”周嫂试探大春。

“你说吧，想叫我给你干啥?”大春说。

“你看，今儿天也晚了，恐怕你家门也上住了。今晚就在我这里睡吧，给我暖暖房，我不会去打扰你。”周嫂说出了心里话，她想让一个男人睡在这里，给家里添些生气与活力。

“外人知道了不好，嫂子，我还是回去吧。”说完，大春掀开门帘，朝大门走去。

“哎，大门咋锁了?”他折回来，“嫂子，你咋把大门锁了? 我咋回去?”他要周嫂开门。

“能不锁吗? 大半夜的，有贼进来咋办? 进来吧，再暖和一会儿，我给你开门。”

大春回到屋里，周嫂继续说：“这么晚了，你家门也都上锁了。大冷天，叫你媳妇起来开门，也不怕冻着她? 她能不怼呛你? 弄不好，半夜三更你俩再吵一架，图啥哩? 就在这儿歇一晚，我还想跟你说说话。怕啥哩，我也不会吃了你。”

大春想想也是，索性就在这儿歇一晚吧。

周嫂连忙收拾好外屋的一张床，厚厚的被褥松软的枕头一应俱全。

大春即刻躺下，和衣而睡。周嫂还想和他再说会儿话，但是大春摸住枕头就打呼噜，周嫂只能坐在床边，静静地看着这个憨厚的庄稼汉进入甜美的梦乡。她爬下去轻轻亲吻了大春，但又害怕把他惊醒。她也和衣躺下，拉开被子盖在身上，睡在他身边，与他同床共枕，听着久违的男人的鼾声。

第二天一早，大春回家，媳妇抱怨说："打牌，耍一会儿就行了，哪能耍一夜。"

大春明知理亏，没有答话，吃了点饭，继续睡觉。

日复一日，年复一年。大春和周嫂这种亲密关系引起了村人的议论，说些难听的话。

一天，志强本家兄弟见到周嫂，悄悄说："嫂子，你知不知道人家背地里都说你啥话？"

"啥话？啥话我都能顶得住，不怕。无非是说大春跟我好，再难听点，就是说我骚呗，说我把大春拉到我屋跟我睡觉。"

"人家都说得可难听了，你都不怕人家戳你脊梁骨？"

"他们想咋说就咋说，我就是喜欢大春，咋啦？不行吗？想戳脊梁骨就戳呗，只要他们不怕指头疼。"周嫂理直气壮，满不在乎。

"嫂子，做啥事不能不顾及名声，你还是注意点好。"那兄弟说完扭头走了。

"哼，多管闲事。我爱咋着就咋着，谁也别想管我。"周嫂怒气冲冲，决心我行我素。

石头和大春两家住得近，走得也近，两家女人串门拉家常是常有的事。

今儿，石头媳妇过来，纳鞋底，拉家常。"嫂子，大春哥跟周嫂都睡到一个被窝里了，你也不管管。他还跟你睡吗？"

大春媳妇说："我才不管他跟谁睡呢。说到底，他是我的男人，我的男人我知道，别人说啥咱管不着。"

"你真是'宰相肚里能撑船'呀，我看你跟周嫂还挺对劲的。你心里就不腻歪？"

"我心里很踏实。周嫂是个苦命人，不容易。大春帮她我没意见，与人方便自己方便。至于说那种事，有也罢，没也罢，我不在乎，不是还有人娶小老婆的么。大春很顾这个家，很在乎我跟孩子们，我心里清楚。”三从四德在她身上有很深的烙印，心里的苦涩不说罢了。

“嫂子真是个好人，啥事都能想得开。我可没你那个肚量。”

“男人么，不能逼得太紧，要能收能放，及时提醒他就好了。”大春媳妇大字不识几个，但她会做人。

从秋到冬，从春到夏，周嫂把那种奇妙的念想埋在心里，藏在枕头之下。她和大春常来常往，从不避讳村里人，两家人也都相安无事。有时，调皮的爷们开几句玩笑，他们也都一笑了之。俩孩子都长大了，对大春进进出出他娘屋，也习以为常，毫不介意，甚至都把大春当作继父了。那年周文理参军，周嫂就多次找大春商议，大春也当作是自己的事，在村里乡里忙前忙后，为文理披红戴花，扶上高头大马在村里转了一圈，荣耀一番。最后，他亲自把文理送到县里。

029 新麦多喜人

五黄六月，烈日炎炎。杏儿像小麦一样由绿变黄，散发出浓郁的甜香。这是收获的季节，充满希望的季节，人们怀着急切的心情，期盼这一天的到来。

俗话说，蚕老一时，麦熟一晌。时不我待，村里开始忙活起来，夏收夏种即将全面展开。

“哐——，哐——”银生按村长均安的指示，敲锣通知村民开会。“喝罢汤，都到前码儿开会了！各组组长必须到会啊！”

村民们陆续到场，差不多到齐了，银生大声说：“老少爷们，今儿晚上是咱村选出村长后第一次大会，下面就请村长均安大叔讲话!”

均安大叔站起来说：“大家都知道，这麦收就是三五天的事了。往年都是一家一户割麦打场，自己管自己。有些家人手少，眼看着麦子熟了，就是收不到家，赶上老天爷下雨，麦子在地里场里生芽、发霉，一家人一年的生计都完蛋了。青黄不接时，只好外出讨饭，丢死人了。往后，咱村不能再有人出去要饭，大家选我当村长，我就要负起这个责任。今年一定让麦子颗粒归仓，谁家的麦子都不能受损失。我保证，在俺组里，俺家的麦子放到最后割，最后打。哪怕俺家的麦子不收，也要保全大家麦子。”

“哗——”一阵掌声。

“好，咱们没有选错人，人心齐，泰山移。今年丰产丰收，大家过好日子。”田伟民也来到会场，高声赞扬村长均安大叔。

“大叔为人就是好，心里装着大家。”“就是的，他家祖传的好家风，为人厚道。”“俺那悬着的心可算放下了，这些天还一直揪心呢。”巍山媳妇也小声和旁边的娘们议论着。

“大家先别给我鼓掌，这季麦子收完后，大家满意了再说。我先安排一下：各组长看你们组里的麦子多少，在咱村边上选一片地，耖一块打麦场，你们组里各家分摊场地的损失。组长和各户到地里看一看，看各家的麦子成熟情况，把割麦的顺序排一排。大家都要互谅互让，不要争先恐后。真要遇到天气情况，就是不睡觉，也要把麦子收到家。咱们全村齐心协力，哪个组先割完，可以帮助没割完的。就这吧，散会!”

第二天，各互助组都选好了场地，有的就在老地方，有几家合并的，有把老地方扩大面积的。

史秋雨心眼特别小，啥事只能沾光，不能吃亏。这不，几家人选定了他的一块地作麦场，他也同意，就是觉得大家给他补偿的太少。

那天，他正在耖场，大春挑了担水过来，要在压过的场地上洒些水，再进行第二遍碾压。巍山家也来场地帮忙洒水，捡石子坷垃。史秋雨说：“今年，你们可都省心了，我又是出地，又是出人出牲口。每家只给我二升麦，明年用你家的地。”

大春说：“你可真是的，你要早说，就不用你家这块地。要是用俺家的地，我一个麦籽都不要。”

秋雨听大春这么说，显得自己太没出息，笑嘻嘻地说：“我这人爱说笑话，你别当真，明年还用俺家的，啥都不要。”

大春走后，巍山家说：“秋雨哥，劳烦你了，我还没给你麦子哩，心里觉着怪不得劲（不好意思）哩。俺家这早晚真是没麦，等新麦下来再给你，中不中？”

秋雨说：“弟妹呀，你咋恁憨哩，我会要你的麦？照护你是我的本分。以后别说这话了。”说着话，秋雨把牲口和石磙慢慢往巍山家身边赶，巍山家没注意，秋雨趁势在巍山家身上摸了几把，还若无其事地吆喝了几声牲口“驾——驾——”后来又低声说：“弟妹，你就是耐看，越看越想跟你那个了。你愿不愿意？”巍山家没有吱声，离开秋雨远了点，低着头捡石子。过了一阵子，觉得石子捡得差不多了，说：“秋雨哥，我该回去了，你慢慢干吧。”秋雨还想说啥，人已走远了。

银生这个组，人力物力比较弱，麦子也较少，需用场地也就小一些。他们选了周嫂家的一块地做打麦场。地面平整以后，以银生为主，周嫂家的文荣、秀萍家的继勇三个人拉起石磙碾压，洒水，再碾压，一块平整光滑的打麦场很快也耖好了。

梁满山家底子厚，土改时只是把多余土地和后院分给别人，其他还是照旧。他是个生意人，种地不在行，农忙时他还是请人帮忙。

他这一组，用他家的地他没意见，但是耖场这活他不干。太平对他说：“满山，这活不是你干的，就把你家的牲口犁耙啥的用用，我来耖场。俺们每家给你二升麦子。”

梁满山是个聪明人，他哪里肯要这点东西，连忙说：“太平，你就别外气了，大家搁伙计，咱能干那种事？”

打麦场都耖好了，有人到集上买来新镰刀，各家各户都把镰刀磨得快快的，为收麦做好充分准备。

这天，巍山家到自家地里看看麦子几时能割，偏巧碰见秋雨。秋雨说：“弟妹，你家麦子大后天就该割了，你回去把镰刀磨好，啥都准备好，有啥难处跟哥吭一声。”

巍山家说：“哥，知道了，你就别操心了。”一边说，一边往地另一头走，想看看那头的麦子咋样，也有意躲避秋雨。

秋雨也跟了过来，走到麦地中间时，秋雨要抱人家，人家不肯，快走了几步。秋雨又撵了上去，用力把巍山家按倒在地。一番蹂躏之后，秋雨说：“弟妹，你真好，你心善会疼人，比俺家那个强。我哪天都想你。”

巍山家说：“哥，你真的不能再这样了，你要再这样，我就去告诉嫂子。你快走吧，别让人看见了。”

秋雨“嘿嘿”一笑，说：“你说吧，我才不怕呢，只要你不嫌丑不嫌丢人。”说完匆匆离开。巍山家坐在麦地里哭了半天，心想，这可咋办呢？

均安一组最先开镰。

清晨麦田里有潮气，麦秆会比较柔韧，麦粒也不易掉落。这天鸡叫头遍，均安叫醒三个儿子，拿起镰刀和磨刀石，朝水生家地块走去。

他们来到麦地，水生和婉容都已经开镰了。

婉容说，“大叔，我今天跑到您前面了，您别怪我。”说完笑了笑。

均安大叔说："还是你年轻呀，我这老头子不中用了。"

"不，您老当益壮，全村人都靠您哩。"婉容挺会说话。

"水生，你过来。"均安大叔叫水生，"咱们先割着，到半晌吃清早饭时，我回去套车，往场里拉麦，你们接着割。这样，你们割着，我拉着，不会耽误事。今儿天好，麦拉到场里后，叫你媳妇回去，把麦子摊开，多翻晒几回，后半晌就可以打第一场麦，咱不能耽搁。要趁着好天气，尽量往前赶，你说是不？"

"大叔，您想得太周到了，一切听你安排。"水生十分满意。

按着大叔的安排，麦收工作有条不紊地进行着。日落之前，水生的麦子是割完了，但是拉不完，放在地里，明天再拉也好。

后半晌水生套上牲口开始碾场（牛拉石磙在铺好的麦子上转圈碾压，使麦子脱粒），有经验的男人们都到场里，把麦秆收拢堆垛，把麦粒集中并开始扬场，利用自然风除去麦糠。

收第一场麦子，水生可高兴了，笑得合不拢嘴，媳妇帮着他扛起麦子布袋，往家里走去。

铁柱看见了，说："水生叔，新麦子打下来了，今年打了多少？"

村里人都不想让别人知道自家收成，水生随口答了一句："没多少，还没打完呢。"

铁柱开句玩笑："明儿去你家吃白蒸馍，中不中？"

"可是中，管你饱。"

好家伙，水生今年是史家湾头一份，第一个把新麦扛到家里。有人羡慕，羡慕互助组的好处多；有人嫉妒，嫉妒别人能有好生活。

第二天，女人们开始为婉容家割麦子，男人们集中把水生的麦子拉到场里，摊开晾晒，继续打场。一天下来，水生家的活已经接近尾声。婉容家种麦少，几个女人一天也割完了。趁着太阳下山，麦秆返潮，几个男人硬是把麦子全部拉到场里。

第三天，天气依然晴朗，太阳早早爬上山坡，把阳光洒向麦田和打麦场上。装满希望的史家湾，又开始了新的一天。

今天开始给二婶婉容打场（麦子上场碾压到麦粒装进布袋的全过程），史家弟兄和水生也都在场上，有翻晒麦子的，有赶着牲口碾场的，有收拾麦秸的。

婉容提前到集上买了斤白糖和一包茶叶，今天早早烧好一大罐开水，放入茶叶和白糖。她把茶水和一摞小碗提到麦场边，招呼大家："我也没啥慰劳大家的，烧了罐糖茶水，谁渴了就过来喝吧。大家都受累了。"

"大嫂还真有心，放那儿吧，俺们渴了就去喝。"

说话功夫，老田来到打麦场："嫂子，忙着呢？今年麦子收成咋样？"

婉容扭头一看是老田，可高兴了："呀，你咋来了？"

"我来看看你呀，看能不能给你帮点忙。你说，我能给你干点啥。"老田笑嘻嘻地跟婉容说。

"俺哪敢让你大队长帮忙呀。"接着凑近老田低声说，"你不怕别人说闲话？"

"我们工作队员都到各互助组劳动了，割麦打场，能干点啥就干点啥，要和老百姓打成一片么。今儿我来村长这组里看看，你们不欢迎？"

"欢迎，欢迎。看俺咋干，你就跟着干吧，这都是些力气活，随便干吧。"大家七嘴八舌，也希望向老田多了解点外面的事。

"队长，俺今儿烧了罐白糖茶水，碰巧你来了，渴了就过来喝。你轻易不干农活，别干得太猛，看把你累着了。"婉容挺会体贴人哩。

前半晌，日头还不是很毒，婉容的麦子全都摊晒在场上，虽然稍微厚了点，但比摊两次省事，用人多翻几次就行了。快到晌午，气温越来越高，时不时吹过一阵热风，这正是人们期待的干热天气。

大太阳底下，老田和大家一样戴着草帽，拿着桑木杈一遍又一遍地翻着麦子，汗水从头上顺着脸淌。他顾不上擦汗，任凭汗水流经脖子浸湿衬衫。

婉容看着大家汗如雨下，心里很是感动。她大声招呼："都过来歇会儿，喝口茶吧!"

"没事，翻完这遍就过来!"

婉容走到老田面前，递过去一条手巾，说："看把你热的，衣裳都湿透了。给你，擦把汗吧，快过来喝口水。"

"没关系，夏天哪会不热的，不热咋打场呢?"老田说完，撩起衣角擦汗。

当着这么多人，他不好意思用婉容的手巾。婉容不由分说，要用自己的手巾为老田擦去头上的汗。

这一幕被均安叔家老三看见了，他对着婉容喊："嫂子，我也出了很多汗，没带手巾，你也过来给我擦擦汗呗。"

婉容扭头笑着说："你个小屁孩儿，可有啥想法了？过来！嫂子好好给你擦擦。要是有水，嫂子给你洗个澡都成。"又说："好好干，嫂子记着你的好处，过两天闲了，嫂子给你说个媳妇要不要?"

"咋会不要哩！嫂子，可不能哄我呵。"

"那好，你的媳妇包在我身上。过来，先喝口水，歇会儿吧。"

打麦场上欢声笑语。

后半晌套了两幅碾子。"啪，啪!"碾场人不停地在空中打着响鞭，偶尔抽打一下牲口屁股，以加快碾子速度。打场很顺利，日落西山黄昏时，扬场结束。饱满的麦粒装进了婉容的布袋里，麦场上也都收拾利索了，几个小伙儿把麦子扛回婉容家。

分别时，婉容对老田说："今儿累了吧，等会儿过来喝汤吧。"

老田说："不用了，你也累了一天，收拾一下早点歇着吧。"

史家湾麦收全面展开，银生一组力量有些单薄，几家人都没有牲口车辆，只能抽空用一下别人的车，割下来的麦子大部分靠肩挑人拉往场里运。好在几家麦子不多，全组男女老少都尽力而为，都能啥就干啥，他们像蚂蚁搬家一样，把麦子一点点运到场里。他们商定先把麦子割完，运到场里后，再分开打场。赶上天气帮忙，今天开始先打周嫂家的麦子。

前晌麦子翻晒两次，吃罢晌午饭，银生又将麦子翻一遍。接着，他叫上文荣与继勇，把石磙碾子滚到场边。拾掇一番后，三人把碾子拉进场里，绑上三根麻绳，银生在中间，掌握行走方向路线，另两人在两边用力就行。开始两圈，大家配合并不默契，不是你碰我，就是我踩你，几圈下来就顺溜了。

秀萍看见银生大汗淋漓，呼哧呼哧喘大气，很是心疼。她不由得走上前去，拉住继勇肩上那根绳，加把力气。

银生看见了，说："嫂子，你一边歇着吧，俺们几个能行。你去提罐凉水给俺们喝吧。"

周嫂在场边说："我先准备了罐开水，用井水冰过的。要是渴了，就歇一会儿，来喝口凉开水。"

银生说："也好，碾了两三遍了，麦子也该翻了。咱们停会儿，喝口水再翻。"

几个人过来喝了几口水，喘了口气，摘下头上的草帽扇扇风。

"小伙子，累不累？"银生问继勇和文荣。

"不累，就是累也得干。"

"累点怕啥？俺们不怕吃苦，有的是力气。"

"中，好样的。那咱们趁天好，抓紧干吧。"仨人又拉起石磙，在场上打转碾麦。

火红的太阳已西沉，三家的全部人马都来到麦场上，手拿桑杈抖擞着麦秆，收集麦秆下面的麦粒。

恰好西风微起，正是扬场的好时机。但是扬场需要点技巧，不是人人都会的。除了自己，银生又请来两名老把式大春和太平。两人用木锨把麦子撒向空中，让麦粒均匀散开并与风向大约成直角，以便麦糠被风吹走。另一人用大扫把在麦粒上来回扫动，麦余子（带着糠的麦粒）被赶到一边。这样，就可以收到比较干净的麦粒了。

仨人配合默契，扬了两遍，完美收工。把麦子扛回周嫂家自然是大春的事了。文荣也要扛，大春不让，他说："你还小，别把腰弄坏了，一辈子的事，划不来。我跑两趟就中了，你快跟你娘回家腾地方放麦子。"

互助合作进行得很顺利，但还是有一件不愉快的事情在另一个麦场上发生了。

今天，史秋雨的麦子要上场了。他一大早就来到麦场，看见大春的麦垛比他的大，心里犯嘀咕："我和他种地一样多，麦子长势也不差上下，他的麦垛咋能比我的大呢？会不会拉麦子的时候，把我的麦子放到他家那儿啦？是大春偷了我的？不会吧，大春不是那种人呀！"他百思不得其解，但总觉得这里面有问题。

大春、石头都到场了，开始摊晒麦子。

秋雨家的麦子一场打不完，要分两次。秋雨心里越想越别扭，对大家也没个好脸色，还抱怨没有把麦子摊匀实，嘴里嘟嘟囔囔。大春和石头都觉得不对劲，有点摸不着头脑。

石头眼头活，肚里藏不住话。他过来问秋雨："秋雨哥，今儿给你打场，你咋不高兴呢？跟嫂子怄气了？"

"我没跟谁生气，跟我自己生气呢。"秋雨说。

"那是为啥？有啥想不开的？能跟我说说不？"石头试探着。

秋雨好大一会儿没出声，实在憋不住了才说："我就弄不明白了，我和大春种一样多的地，麦子长得不比他家差，为啥收的麦子就不如他家多呢？你看看他的麦垛，再看看我的。"

石头没多想，就说："你家麦种可能与他家的不一样。他的麦秆高，你的麦秆低，麦穗大小一样，麦垛就比你的大么。要不然就是，你家堆得结实，他家堆得虚呗。”

“你说的都不对，麦种子是一样的，一样堆法。我想问你，前天你和大春拉俺家的麦子，是不是堆错地方了？”秋雨对自己的猜想没有把握，悄悄小声说，“你说吧，哥不怪你。”

石头一听这话，火冒三丈，厉声厉色地说：“你这算什么话！你咋能这样想，你把俺都当成贼了？俺有那么下作吗？史家湾谁不知道我的为人。”

石头气冲冲地来到大春面前，说：“春哥，秋雨看着你家的麦垛大，不服气，认为是咱把他的麦子放错地方了。你说，哪有这种人？”

大春本来就觉得秋雨心眼多，小气鬼。他从来也没有受过这样的窝囊气，他撂下桑杈，满脸怒气来到秋雨跟前，“咚”，当胸就是一拳：“秋雨，今儿你把话说清楚，天地良心，你真敢诬赖好人呐，咱找村长和工作队评评理。我可不能背这坏名声。”

大春力大如牛，不分二三拉上秋雨就走。

秋雨哪是他的对手，无奈地甩着胳膊：“你松开，松开我。没这事就算了，我也是瞎猜哩，别这样么。”

说来也巧，均安村长正好过来，要借大春的牛用用。见此状况，忙问：“咋回事？拉拉扯扯像啥话，大忙天，不抓紧割麦打场，你们这是弄啥哩？”

大春怒气未消：“叫他说，他还算个大男人吗？”

秋雨自觉理亏，说了软话：“没事了，是误会，误会。”

大春说：“他无缘无故说，他的麦垛比我的小，是我把他的麦子放到我的麦垛上了。安叔你说，像话吗？”

均安说：“秋雨，这就是你的不对了，大春的为人你还信不过？他是那种人吗？别瞎想了。嫌麦垛小，明年再勤快点，多上点粪。

好了，好了，都干活去吧！”

“跟这种人没法搁伙计，打完这场麦，咱也别互助了，散了吧！”大春松开秋雨往场里走，实在气不过，一路小声嘟囔着。

“哎，大春，我想借你家牛拉几车麦，有空吗？”

“在后院拴着呢，你自己去牵吧，振中他娘在家呢。”

麦收接近尾声，这时候的天气不很稳定，时而强风吹袭，时而阵雨掠过。史家湾的老百姓没明没夜地赶时间，收获了麦子带给他们的喜悦。风雨的不期而至，也为他们夏种创造了条件，打完场后，趁地里墒情好，立刻扛起锄头在麦茬地里点种蜀黍。这些都是零打碎敲的农活，自家安排自家的。

030 消夏大鼓书

夏季的收成不赖，老天也没为难大伙儿。麦子装进布袋，村民也把那颗喜悦的心装进了肚里。

夏收夏种完了，农民放慢了生活的节奏。白天，妇女们准备家人鞋袜和秋冬衣裳；男人们晾晒一下新麦，防霉变虫咬。到了晚上，男女老少都端着大碗蹲在门口，几家人凑在一起，一边喝汤，一边吹牛聊天。男人有男人的趣闻，女人有女人的话题，小孩们偶尔插嘴，话不对题，而被大人训斥一句。这就是他们最休闲、最放松的时刻。

刘村镇上有个大鼓书说唱艺人，听说是县参议（或许是文艺界代表），名叫张慧书，享誉十里八乡，农闲季节，邀约不断。

村长史均安召集条件较好的几家开个小会，就请张慧书一事征求大家意见。这几家中有秋雨、大春、银生、太平、满山、满仓等。一听说要请张慧书来村里说书，大家都双手赞成。最后商定时间暂定半个月，每家出四万块钱，均安自己出六万块，共三十万块。每家管饭两天，均安家管饭三天。书场设在村头打麦场。消息传开，大人孩子无不欢欣雀跃。

今天是说书第一天，村民们都早早吃过晚饭，搬着马扎、竹椅来到打麦场听说书。上了年纪的老大娘，手拄拐杖，由子孙们搀扶着，挪动小脚缓缓而来。小媳妇把娃娃搂在怀里，轻轻而有节奏地拍着娃的后背，宝宝噙着母亲的乳头慢慢入睡。

秀萍在儿子的陪伴下也到场了，看见了银生娘，就走过小声说："大娘，您也来了？"

大娘看见秀萍，打心眼里高兴，说："呀，是秀萍呀，你咋也来这（么）晚？"

秀萍说："今后晌去地里剔蜀黍苗，回来有点晚。天黑路也不平，您咋来的？路上可得小心呀。"

"是银生陪我来的。地里活就叫银生去么，以后别那么晚了。银生去前面招呼说书的了。"

二婶婉容和景盛娘凑到一块儿，又说又笑，叽叽喳喳，若入无人之境，全然不顾他人感受。

孩子们追逐打闹，像过年一样兴高采烈。

还是那盏马车灯闪着亮光，一张八仙桌摆在听书人群前面，茶壶茶碗一应俱全。一个三条腿支架用线绳相连，一面小鼓就放在支架的线绳上，支架下面放着鼓槌。说书人张慧书端坐在桌子后面，他把一块惊堂木从口袋里掏出，放在桌面上，手中的芭蕉扇来回晃动着。拉弦子的是个女的，传说是他干闺女，坐在桌子一侧。

张慧书站起来了，高高的个子，圆圆的脸，五十岁的样子，一头长发有些稀拉。昏暗的灯光由下而上照射着他的脸，尽管不很清晰，但仍能看出，他五官端正大方。

张慧书向一旁的均安大叔问道："村长，人到得差不多了吧？现在开始好不好?”

均安站起来说：“中，差不多了，不等了，开始吧。”接着，均安又转向村民说：“乡亲们，我们把咱县里的说书名家张先生请来，为大家说书，希望不要大声喧哗，安静听书。尤其是孩子们不要打闹！好，大家鼓掌，欢迎张先生！”哗啦啦一阵掌声。

张慧书面向听众，大声介绍自己：“我叫张慧书，刘村人，以说书为生。十五岁学艺，师从贝天章。一生走南闯北，风雨兼程，吃百家饭，喝千家汤。新中国成立了，我作为文艺界代表，参加县议政大会。很高兴受史家湾之邀，来这里为乡亲们说几段大鼓书。乡亲们都来捧场，我十分感谢。这就开始吧。”均安村长带头，乡亲们热烈鼓掌。孩子们这时候也安静下来。

桌子一侧的助手开拉琴弦，启奏过门。说书人左手拿着半月铜板，右手拿着小鼓锤，半月铜板高举至耳边，“叮铃叮，叮铃叮”，节奏明快清脆，小鼓锤打在鼓面上，“咚，咚咚，咚咚”，鼓点如雨，扣人心弦。过门完后，说书人开唱了：

“史家湾乡亲听我言，今晚咱说说《水浒传》。不知您想听哪一段，叫我说，您先听一段，花和尚大闹五台山。”

“呐格里格楞——”和着弦子伴奏，“咚，咚咚”敲几下大鼓，继续唱：

“鲁提辖逃难躲灾入代州，恩人相救喜相酬。打坐参禅求解脱，粗茶淡饭度春秋，他年正果尘缘满，好向弥陀国里游。”

“咚咚。”

“皈依三宝心中起，五戒之律要牢记。法名智深鲁提辖，我行我素全不理。嗯啊——”

落板之时总要带“嗯啊”很长的拖音。接着说书人放下鼓槌，开始念白：

“话说鲁提辖为躲避官府追杀，随赵员外来到五台山，接受剃度和赐名。众僧见他形容丑恶，貌相凶顽，恐久后累及山门。智真长老对众僧说：‘此人上应天星，心地刚直，久后必得清净，正果非凡。’……”

念白一大段，讲解前因后果之后，接着再唱：

“那智深久静想走动，信步来到半山亭。坐在鹅项懒凳上，酒肉馋虫闹得凶。”

“咚咚”敲了两下大鼓。

“放眼瞧见挑担汉，缓缓而来到跟前。那汉子亭下稍休息，智深闻到香酒气。智深说：‘桶里好酒真是香，我肚里酒虫挠痒痒，卖我几碗解解馋，感谢大哥好心肠。’那汉子说：‘大哥大哥言语狂，哪有和尚酒穿肠，我要把酒卖给你，长老知道我遭殃。’”

“咚咚”，两声鼓后再唱：

“要知这酒卖没卖，稍等片刻，再听端详。嗯啊——”

说书人放下鼓槌和半月板，喝了几口茶水，坐下休息。

每到关键时刻，总是要停下来吊吊听众的胃口。这是说书人的技巧，张慧书当然谙熟此道。

人们开始议论：“人家说的就是好，声音也好听。”

“听说拉弦子的是他干闺女，我看不像。”

“也说是他徒弟。兴许白天是徒弟，夜晚是那个。”

“书是说得不赖，小娘们也长得俊俏，说不定就是他的那个。”

“啥‘这个’‘那个’的，再瞎说，就不让听了，闭上你那臭嘴。”银生听见有人瞎说胡侃，连忙制止。

接着他来到娘跟前，说：“娘，热不热？好听吧？”

“好听，好听。”

扭头看见秀萍，连忙说：“大嫂也来了，天怪热哩，你带扇子没有？在这儿能听得清楚吗？”

秀萍说：“不热，村外有风，怪凉快哩。在这儿能听见，啥听清听不清的，俺也不懂，俺来就是凑个热闹，松散一下。你只顾到前面听书，把大娘一个人搁到这儿，也放心?”

银生说：“村里的事，得有人招呼呀。均安叔上年纪了，我怕有闪失。这会儿我不过去了，陪着娘。”

银生把凳子搬过来，坐在秀萍和娘中间。秀萍与他肩并肩，昏暗中银生慢慢向秀萍靠近，再靠近，几乎要贴在一起了，俩人都能听到对方的呼吸声。秀萍似乎并不介意银生向她靠近，继续“专心听书”。

其实，两颗孤独的心已经走到了一起。秀萍的头不自觉地慢慢靠在银生肩上，她好像是听累了，暂借这个宽厚的肩膀歇息一下。银生一只手悄悄从秀萍背后伸过去，搂住了她的腰，另一只长满老茧的手慢慢抬起，轻轻落在秀萍匀净的脸上，把脸上的秀发理向后方。粗糙的手掌在秀萍脸上轻轻抚摸，好像是为她挠痒痒，秀萍感到无比舒适。她的心脏快要蹦出来了，她喘着粗气，脸上火辣滚烫，一汪泪水流了下来，滴在银生的肩上。银生的那只手慢慢离开秀萍脸颊，滑落在脖颈上……

大娘看出些苗头，故意把脸扭开。

“……鲁智深山门耍酒疯呀，众僧个个都惊恐，无奈禀告长老知，长老急忙随前行。要知咋治酒疯子，明晚再听中不中? 嗯啊——”

“咚!”

第一场说书结束了，人们提起自己的椅子马扎各自回家。

银生走到台前，照护说书人，帮忙收拾东西。他和均安大叔都非常满意，再三夸赞张先生。

秀萍扶着银生娘，深一脚浅一脚走回家去。大娘说：“他嫂子，虽说我听不懂，可人家那声调就是好听。天气热，大家伙儿都出来凉快凉快，听听说书，真好。村长为大家办了件好事，你说是不是?”

秀萍接住话茬，说：“可不是么，村长总想着大家。这里也有恁家银生的功劳呢。”

“嗯嗯，他能为大家出点力，我高兴。”

第二天，邻村知道了张慧书在史家湾开场说书，很多人都来听书。史家湾人相当友善，来者不拒，一个偌大的打麦场，快坐满了。史家湾的男女老少近水楼台，占了前面位置，外村人只能在外围就座了。

头一天，秋雨找了半天也没找见巍山家，断定她没来听书。今儿他又在场上寻找，却发现他家小孩在人堆里，一下子心生邪念，快步离开书场。刚好巍山家大门没关严，他就趁势推门进去，小声叫道：“弟妹，弟妹，你没去听说书，在家吧?”

巍山家听见是秋雨的声音，愣了一下，说：“在，大哥，黑天你来俺家算咋回事，没事也会叫人说出点事来。你快走吧，有啥明儿再说。”巍山家显得很不耐烦。她也知道秋雨要来干啥，马上进屋，刚要关门，被秋雨用身子挡住。秋雨推开屋门，就把巍山家按在床上。

秋雨说：“大哥今儿就是有事，不说你也明白。快来吧!”夏天穿衣单薄，秋雨很容易就强暴了巍山家。得到满足后，他赤条条四脚拉叉躺在床上，喘着粗气。巍山家蜷缩着身子，靠在墙边“呜呜”直哭。过了一会儿秋雨起身穿衣，往外走时，撂了一句：“别哭了，我这是替巍山呵护你么，有啥不好?我先走了，有空再来，你等着。”

巍山家性格懦弱，善良，胆小怕事。她想对丈夫忠贞不渝，恪守妇道人家的底线，最后还是被丈夫信任的人冲破。她既感到羞愧又害怕事情传出去丢人，只好“哑巴吃黄连”。因为在这封闭的小山村，她一个弱女子想不出好办法应对这丈夫的生前好友。

“咚，咚咚。”又一场说书开演了。

“上回书说到，鲁智深把五台山闹得天翻地覆，终日不宁。”

张先生开唱：

“这智深闹腾五台山，智真禅师心里烦，带他来到相国寺，对师弟智清说，无论如何你要帮我渡难关。智清禅师难推却，但又怕智深他把毛病犯。”

……

“咚咚”，说书人再唱道：

“长老得计心欢喜呀，把智深叫到禅堂前，对他说，‘酸枣门外菜园子，由你管营可喜欢？’那智深嫌小又无奈，答应上任到菜园。一群地痞围着看呀，他们想，换个混蛋来管俺，先叫你在粪坑里边洗把脸。到底何人掉到粪坑里，稍歇一会儿咱再谈。嗯啊——”

说书人喘口气，听书人乱哄哄地议论起来。

大春和石头俩人坐在一起，周嫂由儿子文荣陪着也在旁边。周嫂拍拍大春肩膀：“哎，这书说得真好听，你猜鲁智深会不会被人家撂进粪坑？”

大春说：“你真傻，这都看不出来。这就是吊你胃口哩，鲁智深咋能叫撂进粪坑？”

周嫂说：“我想也是。哎呀，我的腰咋一下子好疼呀，快过来给我揉揉。”

大春说：“文荣快给你娘捶捶。”

周婶说：“他孩子家，咋会这个！你来给我揉揉，死鬼。快，啊呀，疼死我了。”

他们俩经常搂搂抱抱，推推打打，别人见多不怪。大春无奈给她又揉又捶，折腾了一阵子，才安静下来。

周嫂说：“可能是这凳子太低了，不得劲，一扭腰，岔住气了。

文荣，回家给娘搬个高凳子来。”

文荣去了，周嫂乘机靠近大春，双手搂住了大春的腰，把头扎进大春的怀里，黑暗中享受一下情人短暂的温存。

忽然，周嫂站起来，说：“死鬼，这儿人多，太热。你过来。”大春跟着周嫂起身，朝麦秸堆垛后面走去。

石头当然知道是咋回事，他一声不吭，静静地坐在那儿听书。

文荣搬着高凳回来了，问石头：“哎，俺娘呢？”

石头说：“你娘嫌这儿人多，太热，跟你大春叔到外边凉快凉快，活动活动她那腰。”农村孩子成熟晚，不明就里。

一段书说完后，他俩才回来。文荣对他娘说：“去哪儿凉快了？看你身上咋这么多麦秸？我给你打打。”

石头听见，头也不回，继续听书，只是把嘴撇一下，黑暗中谁也没看见。

只听见说书人继续唱：

“张三要抱智深左腿，未到跟前，就被智深一脚踢翻，跌落在粪坑里。李四手快，死抱智深右腿，智深抓住他的脑袋往左一拧，提起来扔进粪坑。俩人在粪坑里哇哇大叫，伙伴们赶紧捞起他们，用水冲洗。这就叫，脚尖起猛虎心惊，拳落时蛟龙丧胆。”

“咚咚，咚咚。”

“众痞子个个吓破胆，跪在地上求恕宽，应承好好把活干，孝敬智深如神仙。嗯啊——”

工作队的老田他们也都来了，只是没在一起，各自和对脾气的村民一块儿听书。因为他们都不是本乡人，对这种文艺形式未必能完全接受。

……

“咚咚。”

“忽听屋外老鸹叫，抬头看，杨树顶上有个老鸹巢。都知道，老鸹叫声不吉利，心想赶它快飞跑，可杨树太高够不着哇。”

“咚咚。”

“这个说，搬个梯子上树去，拆掉鸟窝万事了。那个说，高高梯子用不着，我爬到树顶去捣巢。”

“咚咚。”

“智深来到二门外，瞧罢大树哈哈笑。你看他，左手向下握树根，右手胸前搂树腰。脚蹬腰挺树根起，树倒鸟飞齐叫好……智深身有千斤力，名扬天下大宋朝。这本是智深倒拔杨柳一段书，祝您晚安睡个好觉。”

“咚咚，咚咚咚。”

书完人散，老田走在人群后面。一转眼看见二婶婉容在身边，他不由地叫了声：“大嫂，你也来了！好听吗?”

其实婉容早就看见老田了，她紧跟老田身后，想跟他说说话：“好听，不愧是名人，这书说得就是好。你家乡也有说书的吧?”

“有，不过俺老家说书叫山东快书，也很好听。”

婉容见边上没有本村人，悄悄拉住了老田的手，靠在老田身上，说：“啥时候领我到你老家去，听听山东快书?”

老田摸了一把婉容的脸，“将来有机会，我一定领你去听。”老田深情地说。老田答应过婉容，为了避嫌，他离开史家湾以后，才可以和她恋爱结婚。婉容就等这一天呢！

大鼓书连说十五晚，村民们过足了瘾，对老村长赞不绝口。

031 发展党组织

互助组改变了农村面貌。全新的社会形态，有效地阻止了新的土地兼并，以及贫富差距的扩大。

“支部要建在连上”是共产党的传统，发展党组织是一项要务。在农村互助组组建进程中，刘村乡党支部注意考察各村的积极分子，史家湾的均安大叔就是其中之一。

立秋后，在一个月朗星稀、风清气爽的晚上，老田来到均安大叔家。

俩人坐下以后，老田说：“大叔，自打成立互助组以来，您为咱村的事，多操心了。乡政府的同志们都说咱村的工作做得好。乡长说，最近要开一个评比会议，评出咱乡的先进村和先进个人。我正在写材料上报乡政府，争取咱村和您本人都能评上先进。”

均安说：“我也没干多少事，既然叫我当村长，我总得对得住大家。反正不怕吃亏，把自家的事放后一点，大家的事放前一点，就能把事干好，大家才能服你。”

“大叔说得太好了，您这是‘先人后己’呀。您有这样的思想，不怕事情办不好。就说这会儿吧，忙天过了，请来说书的，让大家听听书消遣一下。这事干得漂亮，说明您心里装着史家湾的父老乡亲。”

均安说：“旧社会那会儿，村里的保长只为政府征粮派差抓壮丁。各家各户苦不堪言，稍有抗命，就抓你坐大牢。共产党来了，想方设法叫俺过好日子，大伙儿心里舒坦，啥事也都好办得多。”

“是呀，咱共产党就是全心全意为人民服务的，所以才得到群众的拥护，才能打败国民党，建立新中国。这就是人们常说的‘得人心者得天下’呀。”

“嗯，对了，我想问一句，你是共产党吗？要是不方便说的话，就别说了。”均安问。

老田嘿嘿一笑：“这有啥不方便说的？我是共产党员。咱刘村乡有党支部，共产党就是通过这一个个基层组织，领导全国人民，建设新中国的。”

"我看着你就像共产党员，为人厚道，办事公道。不因贫穷而嫌弃，不因富有而攀附，关心全村每一个人。对于那些贫困户，缺劳力的更是多加关照，连最爱挑刺的也都说你是个好人。说你好，就是说共产党好么。"

老田轻轻摇摇头："您也太夸我了，我只是尽我的职责而已。工作上还有许多不足，您也常给我提个醒。"

均安说："田同志，像你这样的好人，上哪找去？人心是杆秤呀！"

"我牢记党的教导，努力做一个纯粹的人，一个有益于人民的人。共产党做事不是为个人，而是为人民。老百姓的利益始终要放在第一位。"老田用朴实的语言、农民能听得懂的话，潜移默化地提高均安的思想认识，使他向一个共产党员的标准靠近。

"你说得都对，真要都做到，没那么容易。"均安说。

"是不容易，所以说，要用共产党员的标准时时刻刻要求自己，检讨自己。对了，坚持；不对，马上就改。时候不早了，您早点歇着吧，改日咱再聊。"老田起身告辞。

老田走后，均安觉得有些怪。他不明白，老田今儿咋净说些与工作无关的话，叫他摸不着边。

夜里，他对老伴说："老田今儿净说共产党咋好咋好，还夸我，不知道他想弄啥哩。"

老伴说："弄啥哩，想让你跟着他好好干呗。睡吧，想那些做啥哩，咱也没做坏事。"

"嗯，睡觉，啥也不想。"

这天后半晌，突然有人在大喊："失火了！东头麦秸垛失火了！快去救火呀！失火了！……"

听到喊声，均安立刻冲到门外，回头又连声喊叫在家的儿子，把水缸里的水倒到桶里盆里，快去救火。

他先去看了现场，然后到街上边敲锣边喊："东头麦秸垛着火了，大家赶紧去救火！”“把家缸里的水都倒出来，赶紧去救火，这会儿刮东风，不能让火烧到村里呀！快！快呀！……”

听到均安的喊声，男女老少都出来了。端盆的，提桶的，自家有啥就用啥，快速奔向火场，你来我往，一片慌乱。

现场大呼小叫，人声鼎沸。均安村长这时已经赶到，他奋不顾身，在离火源最近的地方指挥扑救。他不停地接过水桶，把水泼到火势最旺的地方。与此同时，他指示银生等年轻小伙儿，快去拿镢头，刨土压盖火苗。

大约一个小时，火被扑灭，没有发生“火烧连营”的可怕局面。

经查，是本村的几个小孩瞎胡闹惹了事。

他们抓了几个麻雀，从麦秸垛上扯下一些麦秸，点着火烧麻雀，吃野味。烧麻雀没吃成，却招来一场大火。要不是扑救及时，火趁风势烧到村里，那后果不堪设想呀！

火被扑灭后，均安回到家里。脸被烟熏黑了，眉毛被火燎着了，浑身上下没一块干净地儿，湿漉漉脏兮兮。

老伴埋怨说：“你都多大了，还跟年轻人一样往前扑，不要这条老命了？”

晚上，村里开大会，狠狠批评了惹事小孩的家长，教育大家吸取教训，避免再有这事发生。

开完会回到家，均安觉得浑身发冷。他对老伴说：“他娘，我觉着不得劲。身上发冷，还想打战，会不会是冻着了（感冒了）？”

老伴伸手摸摸均安顶脑盖（前额），说：“哎呀，发烧了，头咋恁热哩？一准是后晌救火时出汗着风了，快回屋躺着。”

均安回屋躺下，老伴把被子给他盖上，捂得严严实实：“躺着别动，我去给你打俩生鸡蛋喝喝，出出汗就好了。以后可别再去逞能了。”

老伴去灶火拿了个碗，把鸡蛋打在碗里，再加两勺红糖，拿筷子用力打蛋，直到蛋液起泡。老伴把均安扶起坐好，均安喝完鸡蛋后睡下了。老伴再用被子把他捂好。

前半夜，老伴多次询问均安出汗没有。直到三更天，均安出透了汗，老两口才放心入睡，直到天亮。

第二天清早，孩子们都来问安。看到老爹面色不好，都很心疼，劝说爹爹以后要多注意自己的身体，别太要强了。

均安大叔奋力救火的事，在全乡传开了，乡长特来村里慰问。加上老田之前上报的材料，乡里会上，史均安被评为全乡先进个人，史家湾被评为先进村。

又一个风清月明的晚上，老田来看望均安大叔身体状况。

一番客套之后，老田说："大叔，经过这段时间的考察，组织上认为您的为人和思想品质都很优秀。我们愿意把您作为发展对象，您愿意加入共产党吗?"

这么一问，均安很吃惊。他不知道入党是咋回事，啥样的人才可以入党。他也没想过要加入共产党。"入党是咋回事？我知道共产党都是好人，可我这条件咋能行？不行慢慢再说吧。"

老田说："您太谦虚了，互助组搞得很好，村里的人对您评价可高了，乡领导很赞赏。"

老田讲了一些有关党的知识后，起身告辞，说："时候不早了，我走了，你歇着吧。"

老伴和孩子们知道了这事，都心存疑虑。

"咱是老农民，一辈子种地，跟土坷垃打交道，不图当官发财。入了党，村里人该有啥想法了。"

"入党干啥？咱做事对得起村里乡亲，对得起良心，就行了么。"

"我也不懂啥子党不党的。叫我说，咱别去招惹外面的事了，安安稳稳过咱的日子就行了。"老伴说得很实在。

老大克勤最心疼爹，啥事都不跟爹拗劲。听完七嘴八舌，最后他说：“其实，老田说得也有道理，咱爹思想觉悟高，爹，您自己决定吧。”

老田把均安作为入党积极分子来培养，抽空就和他聊天，讲解入党的意义，说明共产党是无产阶级的先锋队，要为真理而斗争，为解放普天下劳苦大众而斗争。为进一步提高他的思想认识，请他参加乡里举办的积极分子学习班，听党课，了解党纲党章，树立为共产主义事业奋斗终生的伟大理想。

一个老农民，没念过什么书，小时候跟着小叔认那几个字，对这些大道理很难理解，听来听去，不知所云。均安就知道，好好为村里人办事，一辈子做好事，不做坏事。吃苦在前，享受在后。

终于有一天，均安大叔在乡公所的会议室里，面对党旗，举起右手，握紧拳头宣誓：“我志愿加入中国共产党，拥护党的纲领，遵守党的章程……永不叛党。”

淳朴的均安大叔，光荣地加入了中国共产党。

032 暗流冲根基

周满仓是个很要强的人。

对于互助组的事，他哪里会服气？且耿耿于怀。他心想，不参加互助组才自由哩，自家的庄稼想咋种就咋种，自己说了算。自家劳力多，农具全，不求人。日子殷实，过得比谁都不差。哼，互助组都是穷棒子的新花样，长不了。不下力气，还想过好日子，做梦去吧！

到了知天命年纪的满仓，家里有些积蓄。四个儿子相继结婚，十几口人的大家庭，在村上算是大户了。由于他秉性孤傲，加上那些丑事，很少有人愿意和他来往。相反，有人把他的故事添油加醋演绎一番，作为茶余饭后的谈资。

周满仓在家里说一不二，全家人必须唯命是从。封建家长式的管理，让儿子和媳妇没有丝毫空间，每花一分钱都要跟他开口。逢年过节，给媳妇们添置衣物、回娘家探亲等一切事项均须他老两口批准。几个儿子都是五尺高的小伙子，街谈巷议难听的话总会传到他们耳朵里。为此他们感到羞耻，在村里有点抬不起头，说话办事总不硬气，似乎低人一等。只有痴呆的大儿子兴旺一天到晚乐呵呵的。

周满仓对老大媳妇秋菊疼爱有加，那是自然的事。如今几个媳妇都过门了，周满仓和秋菊来往相当克制，十分避讳，但也没完全改邪归正。秋菊很会做人，从不以大欺小，或依仗和老公公的特殊关系颐指气使，啥事都让着弟媳们，妯娌们相处还挺融洽。弟媳们琢磨着那些事都是老头子的错，秋菊是无辜的，是值得同情的，怨老头子缺德。再者说，只要秋菊为人好，不仗势欺人，事不关己，高高挂起，家丑不可外扬。

虽然兴盛是老二，但他在家中已处于老大的地位，满仓也拿他做家族的继承人，大小事情都要与他商议，人称周家二掌柜。兴盛也争气，有担当，出头露面都是兴盛。为他爹的事，他曾与金旺家干过几次仗，街坊邻居对他都有所忌惮。在家里，他是个孝顺孩子，处处维护老爹的威信和颜面。在利益面前，他总是先人后己，对于老大的天生缺陷，他也宽容和照顾。老二媳妇桂英过门后一年就身怀六甲，产下一女婴。桂英对丈夫的做法并不理解，常常为了自己的利益与兴盛争得面红耳赤。桂英认为老公公偏向老大，私情未了。

深秋的一天后晌，乌云笼罩，冷风阵阵，零星的细雨飘落在桐树叶上，积少成多，由小变大，最后滴落在院子的黄土地上。雨点的湿迹不断地扩大，继而整个院子都湿润起来，并且散发出一种特有的泥土芬芳。

兴盛和桂英在自己的屋里逗着女儿玩，时而传出爽朗的笑声。桂英是个快言快语、心里藏不住事的人，看着这阴雨天气，她有话说了："这死鬼天气，咱孩子就这两件衣服，尿湿了，晒不干，来不及换，穿在孩子身上湿嗒嗒的，你不心疼？你就不会跟爹娘说说，给咱孩子多做两件？"

兴盛说："你再勤快点，多照看着让孩子尿尿，尿裤就少了么。将就着过吧，别太挑剔。"

桂英听他这么一说，就来气了："白天黑夜我的心都操在孩子身上了，我还不勤快吗？我是挑剔吗？我是心疼孩子，她是我身上掉下来的肉，你不心疼我心疼。"

兴盛说："我咋不心疼孩子？这么一大家子人，处处都要花钱，不当家不知柴米贵。咱不能让爹娘为难。"

桂英说："爹娘咋恁舍得在老大家身上花钱呢？我也不是瞎子，我看得一清二楚，只不过我宽宏大量，不说就是了。可也不能太偏心了！"

兴盛说："这话说得就不对了，老大不是傻么，你跟他比啥？爹娘对他偏一点也应该。要不这样，大嫂早离婚改嫁了。咱就别再说啥了，大嫂能守着大哥算是够可以了。"

"啊，你也偏向她了。我知道大嫂嘴甜，把你们爷俩都拿住了。咱爹那点事……"

桂英话没说完，兴盛就火了："你越说越不像话了。再胡说，看我不扇你耳巴子！"

"我就说了，又咋了！全村谁不戳你们爷们脊梁骨。要想人不知，除非己莫为。"桂英越说越兴奋，她似乎要把这张纸捅破。

"你娘那屁，三天不打，上房揭瓦。不识好歹的东西！"说话不及，"啪"的一巴掌打了过来，正打在桂英脸上，打得很结实。

桂英在男人面前没有还手之力，捂着脸趴在床上号啕大哭，小孩也吓得哇哇直叫。桂英抱起孩子，使劲朝她屁股上打了一巴掌：“哭，哭，叫你哭！跟你爹好好哭去吧！”顺手把孩子塞到兴盛怀里，起身冲出屋门。

兴盛抱着孩子赶出门外，喊道：“你往哪去？你给我回来！”

桂英恼羞成怒，大声骂道：“你算啥鳖孙男人，不照管媳妇孩子，就知道打人，胳膊肘往外拐。我不跟你过了，我要去找个疼我的男人！”

兴盛的大男子主义越发膨胀起来，他放下孩子就冲着桂英来了：“你想翻天了！你这欠打的东西，你敢出这个家门，看我不打断你的腿！”

动静越来越大，兄弟妯娌都出来了，好说好劝，总算平息下来。

老三媳妇香玉把二嫂拉到自己屋里，说了几句暖心话，桂英的气慢慢也消了。

“二嫂，别跟二哥怄气了，他也不容易。老头子年龄大了，往后啥事都靠二哥了。”

桂英说：“你也知道你二哥出力了？可是俺得到一点好处没有？老头子才不老呢，老了还有那种精气神？他心里只有老大家。天凉了，孩子衣裳尿湿了不够换，让你二哥跟咱婆婆说说，多给孩子做件衣裳，他就跟我发火，还打我。我冤不冤？”

香玉说：“别说那些掉底话了（拿不上台面的话）。公公跟大嫂那事是不对，于理不通，可咱小辈们也管不着。家丑不可外扬么！好在大嫂为人不坏，不仗势欺人，啥事都让着咱，不爱争竞。”

桂英说：“你二哥知道心疼我才行，要不然，我还要跟他大闹。再不然，就分家，分开过。”

香玉说：“咦——，嫂子，快别瞎说了，这要是让老头子听见就坏了。”

桂英说：“我才不怕呢！这个家早晚都要分的。我走了，你也多想想。”

对这种封建大家庭的压抑生活，兴国两口子同样感到厌恶。他们也渴望自由，渴望一个属于自己的家，但他们只能把想法压在心底。因为家规严被认为是治家有方，老一辈在世时，兄弟之间谁闹分家，就会受到舆论的谴责，被称为败家子、不肖子孙。这种理念在这一代人的心中根深蒂固，无法动摇。

这天夜里，香玉对兴国说：“二嫂跟二哥闹大了，二嫂想分家，说，老头子总偏向老大家，在一起过不成。二哥在咱家出力最大，还没说话的份儿，一丁点东西也没多给，嫌吃亏，不自由。”

兴国说：“女人家就是小心眼儿。一大家子哪会恁平均，十个指头还不一样长呢。都是爹的儿子，每个都连着他的心。多少照顾一点老大家，也未尝不可。咱们不要争。”

香玉说：“你说得好听。弟兄几个，就你软蛋，人家都不把你当回事，明里暗里欺负你，你还装大方呢！”

兴国说：“我咋软蛋了？谁敢欺负咱！我是顾全大局。为鸡毛蒜皮点小事争来争去，有啥意思？这日还过不过了？”停了一下，又说：“真要是分开过，你再看你男人的本事，我向你保证，咱的日子比谁都不差。”

香玉一听笑了，说：“哎呀，这才是我的好男人！以前吧，我总担心你没本事，离不开老伙里（大家庭）。有你刚才这句话，我放心多了。过来，睡觉吧。”小两口儿躺在温暖的被窝里，逗乐嬉闹，折腾了好一阵子，才安静下来。

那边余怒未消，这厢说笑嬉闹。各有各的心事，满仓郁闷心焦。

消息不胫而走，桂英娘家很快知道了。桂英娘心疼女儿，恼怒之余，给外孙女做了三条裤子一件上衣。

由于家境优裕，桂英娘四十岁好儿，依然细皮嫩肉，毫无沧桑之容。一大早，桂英娘收拾打扮一番，油亮的黑发纹丝不乱，发网紧束的大发髻搭在脑后，一个银簪闪着亮光。深蓝布衫和黑色裤子合身得体，裤脚用黑色绑腿带缠裹，小尖脚穿着一双新黑鞋，显眼的白袜就像一朵白莲花，是一双名副其实的三寸金莲。

她把新蒸的花卷放在篮子下面，两层白布垫好，再放上小孩的衣裳。

兴冲冲出门时，桂英爹说："我送送你吧，挎着一大篮东西，好几里路呢。"

"不用了，我能走得动。"

桂英爹说："到她婆家，别多说话，惹气生。"

"知道了。"桂英娘答着话出了大门，要去看女儿了。

对于娘的到来，桂英感到意外。恰好小妮子睡着了，桂英娘看着小孩红扑扑的小脸蛋，甭提多开心了。桂英拉着娘的手问这问那，桂英得知爹爹身体康健，弟弟学习进步后，脸上露出一丝笑容。当看见篮里的花卷馍和小孩衣裳时，她掉泪了，心里说，还是亲娘疼女儿呀。

娘说："闺女，娘知道你受委屈，在婆家不比在娘家，啥事都不方便自由，能忍就忍着点，别耍性子，叫兴盛作难。"

又说："小妮子缺啥，你婆婆不给，就跟娘说，娘给做。孩子正吃奶，一个人吃饭俩人消化，给你带些馍，汤饭跟不上就先垫垫饥。别把你身体饿出啥毛病。"

话到这儿，触动了桂英的伤心处，她不由得呜呜哭出声来。

娘连忙说："咋啦？看把俺闺女委屈的，我跟你婆子说理去。"

桂英连忙拉住娘，说："娘先坐。我没受啥委屈，我这是想娘，看见娘来，高兴得哭了。"

"别哄娘了，前些日子那事都传到娘耳朵里了，要是兴盛在这儿，我要狠狠数落他一顿。"

说着说着，兴盛打外边回来了。进屋看见丈母娘，他有些吃惊："娘，您来了。老远的路，累着了吧。"

桂英娘说："娘不累，走这点路不算啥。兴盛，你也坐，娘有话说。”

停了一下又说：“听说，前些日子你俩生气了？我就桂英这一个闺女，从小娇惯，有点脾气，争强好胜。她这会儿带着孩子，黑夜白天操劳，你也要搭把手。别惹气，弄不好气得奶水回绝了，看小妮子吃啥。”

兴盛低头不语，半天才说：“娘，您教训得对，是我不好，我不该动手打桂英。我以后一定改。这些日子，我也在想，桂英是太受委屈了，我想办法跟俺爹娘说。”

桂英娘说：“兴盛，娘我知道你是个明事理的人。以后好好过日子吧，别火气太大。娘也该走了，我过去跟你娘打个招呼就走。”

兴盛和桂英都站起来拉住娘，兴盛说：“都快晌午，该吃饭了，走啥走的？我去跟娘说一声，多做点饭，烙个油膜，炒个白菜。”

桂英娘只是客气，她知道该留下来吃罢饭再走，只想试探一下亲家。

这时候，桂英娘已经走到门外，高叫一声：“亲家母，在屋里吧!？还没顾上去看你，后晌还有事，我该回去了。你别出来了。”

其实，兴盛娘早就听见桂英娘来了。她心里憋着对桂英的怨气和猜忌，不想出来与亲家母见面。此时，她无可奈何，在屋里应声：“亲家母，都快晌午了，咋不吃饭就走哩？是嫌俺家的饭赖吧。”

桂英娘听她话里有话，回敬了一句：“亲家母咋这样说哩？谁不知道恁家富有，粮食吃不完都喂牲口哩。在村里，恁家的饭数一数二，俺恐怕吃不起呀。”

话不投机半句多，桂英娘甩开兴盛愤然走出周家大门。

兴盛紧跟其后，一直把丈母娘送到村头，说：“娘，您别生气，您慢走，路上小心。我就不送了。”

桂英娘回头说：“我能不生气吗？有恁娘那样说话的吗？我也不是来恁家要饭的。”

一路上，她越想越生气，这个死老婆子，自己不想待客，还说出那种酸话，真不是东西！我闺女的日子可真不好过呀。

送衣食，桂英娘心疼闺女；多猜忌，周家婆不近情理。

兴盛回到家后，对娘说：“娘，您咋那样说话呢？以后亲戚见面多不好看。到吃饭时候了，应该让人家吃过饭再走么。她是俺丈母娘，常惦记着俺。今儿又给小妮子做了几件衣裳，还带了一篮子花卷。”

听到这儿，兴盛娘来气了：“你是说，恁娘不如恁丈母娘，让恁都忍饥挨饿了，让恁小妮子受委屈了。你真是娶了媳妇忘了娘的混蛋！忘恩负义的王八羔子！你给我滚。想分开过，早点说话。滚！”

兴盛讨了个没趣，解释说：“娘，您别生气，我不是那意思。娘的恩情一辈子我也报不完。我是说，桂花她娘不赖，心眼好，心里一直挂念着俺们。”

“你走吧，走得远远的，我就当没你这个儿子。她好我不好，你去跟她过吧。哎呀——，我命真苦呀，我的娘呀。哎呀——，养了个不孝的儿呀——”说着说着，扯着嗓子哭了起来。

这下子弄得兴盛不知所措，没想到老太太来这一手：“娘，娘，您别哭呀，我也没说啥。中，中，是我不好，都是我的错，我给您赔不是。”

听到老太太的哭声，老三、老四都急忙过来，你一言我一语劝说老太太别为小事气坏身体。

老太太刚止住哭声，老头子满仓进门了。他向老太太问明前因后果，沉思良久。性格多疑的满仓觉得这事不简单，认为亲家今儿来看闺女，不怀好意，定是来教唆女儿女婿，挑拨离间。长堤溃于蚁穴，人无远虑，必有近忧，往后要处处经心才是。

033 泪干烛光息

经过这件事，桂英的心凉透了。

她对这个封建家庭感到厌恶，听到公公婆婆说话，她想呕吐；看到他们走过，她唯恐避之不及。她觉得像是坐牢，她郁郁寡欢，只有小女儿能让她开心一点。不过她的奶水越来越少，不够孩子吃了。她幻想逃离这个沉闷的家，到一片属于自己的天地里，深深呼吸，大声歌唱，呼唤着兴盛，在田野上奔跑。

这样的生活环境，儿子们从小到大似乎也习惯了。虽然内心不满，为了维护大家庭的团结和睦，他们只能忍气吞声。媳妇们却越来越难以忍受，她们在自家男人面前抱怨、发火、使性子。

一开始，两口子只是在屋里小声争吵，接着吵声变骂声，低声变高音。儿子们为了保住面子，大打出手，从屋里打到屋外，鬼哭狼嚎，乱作一团。这样的事情三天两头发生，家无宁日。

一天前晌，桂英把香玉叫到自己屋里，压低声音说："老三家，咱们光这样忍着不行呀，这日子啥时候是个头？干脆咱都回娘家去，看他能咋的。"

香玉说："中，那对婆子咋说哩？我得想想。"

"不用想，就说恁娘身体不得劲（生病了），想娘了，要回娘家看看。"

香玉说："行，我再跟老四家通通气。"

香玉起身要走，桂英说："明儿我就走，后天是你，大后天是老四家。记住！"

香玉掀开帘子，一只脚刚踏过门槛，看见小姑子桂花在门外偷听。桂花吓了一跳，假装迷了眼睛，低头揉眼。

“哟，桂花学会溜墙根了，谁教你的？是不是咱娘要你来偷听的？你都听到啥了？”

桂花手没离开眼睛，低着头说：“谁偷听了！我眯眼了，刚走到这儿。你别诬赖好人。”

香玉说：“偷听也不怕。没做亏心事，不怕鬼敲门。跟娘说去吧。”

听到院里有动静，老太太掀开帘子，说：“咋了？谁又惹事了，还嫌家里不闹腾？桂花，你回来！”

桂花回到娘屋里，小声说：“娘，我走到二嫂屋那儿，听见她们好像是说她娘家咋的，她们声儿很小，听不清。”

“这俩妖精，不知又玩啥花样。你多留点神。”老太太说。

桂花十六七岁了，是老太太的贴心小棉袄，也是她的耳目和触角。媳妇们都对小姑子很有意见，希望她早点嫁出去。

这天前晌，桂英来到婆婆屋里，说：“娘，听说小妮子她外爷这些日子老吃不下饭，我想回去看看。中不中？”

老太太吊着脸，心犯嘀咕，说：“去就去吧，这家也快盛不下你了。”

桂英为了不节外生枝，能顺利成行，没接婆婆的话茬：“那，我就不去街里买点心了，蒸点馍带上，你看中不中？”

老太太说：“随你便吧，恁娘家还缺吃的？”

桂英没再理会婆婆。心想，这是礼数呀，回娘家能空着手？空手回娘家，别人不笑话？哪儿见过这样的糊涂婆婆。

其实，老太太啥不懂？她只是对桂英不满。

第二天，兴盛抱着小妮儿，桂英挎着篮子，高高兴兴走出史家湾。一路上，桂英一肚子话像打开闸门似的，向兴盛倾诉。

到了桂英娘家村头，兴盛说：“我就送到这儿了，你自己回吧。”

“哎，这是咋了？哪有到家门口不去家的？你怕啥嘛。”

兴盛说：“今儿我的确没打算去见二老。你看我穿这一身（衣裳），村上人看见会笑话。再者说，我没脸面见老人，见了没话说。过两天我来接你。”

桂英知道兴盛爱面子，就没再勉强，独自一人回家了。

老三、老四家如法炮制，就这三五天工夫，三个媳妇都回娘家了，就剩老大家兴旺媳妇秋菊了。婆婆这时想起桂花那天说的话，看来他们是合着伙跟我闹别扭。

这天夜里，婆婆对公公说：“看到没有，三个媳妇合伙跟咱过不去，是要咱们难堪呀。你说，该咋办？”

满仓挺沉得住气，慢悠悠地说：“走就走呗，看他们能飞上天？甭理他们，过不了几天，自己就回来了。”

一日三餐，本来是媳妇们轮流值班。这会儿，只有秋菊一人为全家做饭，吃了上顿，就得准备下顿。一大锅面，一笼蒸馍，很快就吃完了。五男三女，都是大人，还加个小孩子，吃起来真吓人呀。这不，才磨了四升麦又吃完了。

柴米油盐都是婆婆经管，今儿又要磨面了。按照原先的做法，兴旺推磨，老太太罗面。

没有农活，别人都闲逛去了，秋菊待在屋里纳鞋底。老猫吃腥，满仓恶习难改，抓住机会，掀开帘子溜进秋菊屋里……

老太太睁眼闭眼，心知肚明。她不但不管老头子，反而怪自己是童养媳，比满仓大几岁，显老了，就任由满仓乱伦胡来。

在娘家，桂英对爹娘诉说了自己的委屈和婆家的丑事，下决心要分家过日子。兴盛多次来接桂英回去，她百般推脱，同时也把心里话对丈夫说个一清二白。她还暗地里联络两个弟媳，让她们都常住娘家。

三个媳妇常住娘家的事在村里传开了，闲话笑话可多了。闲下来的村民三五成堆聚在一起，凭着自己的“才智”，演绎着周家的故事。

“这下子，满仓方便了，天天在老大家屋里，老太太叫都叫不出来。”

“满仓想要三宫六院，把三个媳妇都吓跑了。听邻居说，老四媳妇大骂老头子想占她便宜。”

“三个媳妇都噘满仓不要脸，老不死。如今住在娘家不回来，这事不简单，很可能是躲避满仓。”

“噘啥哩，最后还不是都被满仓治服了，在家里谁敢放个屁。”

“怪不得这些日子满仓走路没精神，看样子身子被掏空了。”

“不会的，满仓本事大着呢，人家天天吃大补丸呢。”

“儿子们都干啥去了，没人敢造满仓的反？”

“你真糊涂，戏里头有皇子跟皇上争妃子的吗？皇子敢吗？那可是欺君之罪呀！要割顶脑（杀头）哩。”

“哈哈！哈哈！”一阵狂笑。他们捕风捉影，凭着想象任意编造，极力抹黑满仓一家，真是把周家的事当戏看了。

十天半月过去了，不见媳妇们有动静；一个月过去了，儿子们多次催请，仍然没一个回来。

这下，老两口急了，知道事情闹大了。饭菜入口如同嚼蜡，卧榻之上辗转反侧。着急上火，心跳加快。

满仓对老伴说：“他们这是跟咱较劲呀，这个家我也不想管了，交给老二吧。村头那片空地上再盖两间房子，咱们搬出去住，图个清静。儿大不由娘，随他们便吧，眼不见心不烦。你说呢？”

“我没啥主意，一切都听你的，你说咋样都行。”

一天后晌，满仓把三个儿子叫到屋里，问道：“媳妇们都常住娘家了，看来他们是商量着跟我过不去呀，不想要这个家了？他们到底想干啥？你们都说说，到底为啥？以后该咋办？”

半天没吭一声，气氛异常严肃、沉闷。

满仓又说：“看来，我是老了，领（导）不了这个家了。这样吧，这个家以后由老二领，行不行？”

兴盛马上说：“爹，您不老，这个家还是得您来领，还得您当家。我哪有那本事？俺们弟兄那儿做得不对，您只管教训。俺都听您的。”

老三、老四都附和着：“是，是，我们都听您的。”

满仓说：“这些天来，恁都和媳妇们合伙跟我和你娘闹，恁都听媳妇的，媳妇比爹娘亲呀。都嫌我管得严，不自由。那是想把这个家弄散呀！俺俩老了，但还不糊涂。恁的心思俺们知道，恁都说说，往后到底咋办恁才满意？别不吭声，说吧，爹不怪恁。”

停了一会儿，老四开腔了：“爹，我说两句。要是不对，您可别生气。您老是说俺们向着媳妇，不听您话，这可是冤枉俺们了。咱家里啥事不都是您说了算，俺们谁敢犯犟？可现在是新社会了，您也得换换老脑筋了。媳妇们是外姓人，跟儿子不一样。得多给人家点自由，要听听人家的想法，要……”

老四还要说下去，老头子火了：“王八蛋，轮着你教训我了？听听这是啥话，这不是向着媳妇说话吗？”

老二兴盛见势不妙，连忙说：“爹，爹，您先别生气。老四不会说话，别跟他一般见识。”回头对老四说：“你缺心眼呀？咋跟爹说话呢？这里哪轮着你说话了？”

老四不吭声了，兴盛接着说：“爹，俺们小一辈没当过家，不知柴米贵，想不到您的难处。爹，您有钱就是让子孙们花，就是让子孙们享福的么，是不是，爹？爹手里要是有钱不舍得花，那就是考虑长远的家业，为子孙们置地盖房，发家致富，让子孙后代享更大的福。因此，咱们都不要多想了，有爹给咱谋划，叫咱享福还不好？”

听话听音儿，锣鼓听声儿。兴盛既肯定了老爹的不易，又发了牢骚。难道我们就是坐享其成，吃现成饭吗？

满仓听得出来兴盛的意思，但兴盛面上句句在理，不好发火。他就来个顺水推舟，说："爹天天在为恁打算呀。恁都长大了，娶妻生子是自然的事，人口多了，这房子还住得下吗？咱那十几亩地能养活更多的人口吗？地多了，农具牲口够用吗？地能种得过来吗？这些我不为恁操心行吗？恁光想着爹有钱怕恁花，这些恁都想过没有？天上不会掉馅饼，没那便宜的事。恁都年纪轻轻，都要打起精神跟爹一起好好干才行。"

老三兴国说："爹，我说两句中不中？"

"说吧，说吧，有话就说，有屁就放。"

"爹，我要说的不对，您别发火，身体要紧。眼下这政策，我看不会让您置办家业的，没地给您买。您说，您整天为俺操心，为俺置办家业，俺可不敢享那清福，俺都不是小孩子了，都有主见，各人有各人的想法干法，俺们各自操心自己的事，好不好？您这几个儿子，除了老大以外，哪个是瞎瓜菜（窝囊废）？您年纪大了，是该享清福的时候了。"

满仓越听越不对劲，他气得涨红了脸，但还是忍住了，没发火，只是说："中，中中，说的怪好哩。今儿恁算是都把心里话吐出来了，恁是要夺权呀！不说了，啥都不说了，我是咸吃萝卜淡操心，我养了一群白——眼——狼——呀！……"只听他语速越来越慢，上气不接下气，最后语不成句，歪倒在椅子上。

老太太见不对劲，立马过来扶住满仓，大声呼喊："他爹，你这是咋了？别吓唬我呀！快醒醒！快醒醒！快……"

儿子们也都围上来，慢慢把爹平放在床上，大声呼喊"爹，爹——"有的掐人中，有的抚胸口，有的按摩双手双腿，顷刻之间乱了套。

兴盛紧急安排："你们先看着爹，我去刘村请大夫。老三，你去套个车，往刘村路上走，我接到医生回来时，请医生上车赶路。

快！”说完二人飞奔而去。

医生来了，使用农村传统疗法，满仓总算保住了性命，但落下了嘴歪眼斜、半身不遂的后遗症。

三个媳妇知道公爹得病之后，都赶回来了。一日三餐，尽其所能满足老头子的需求。端茶倒水最殷勤的还是老大家秋菊。秋菊常想，一旦这座靠山倒了，这日子该咋过呀？要是老头子去了，弟兄几个管不管她？要是不管，日子就难熬了。

满仓的病情日益沉重，对身后的事考虑再三，和老伴商量后，决定在自家后院再盖几间房，为他们弟兄将来分家做准备。

这一天，他把四个儿子都叫过来，语重心长地说：“孩子们，恁爹恐怕没有多少日子了。最让我放心不下的是老大，恁三个都要答应我，我走后，恁都要善待老大，不管一起过，还是分开过，都要多照应点。今儿恁都表个态。”

老大说：“爹，你会上哪去？我会照应自己，不用你操心。”

都知道老大说话不着调，没人搭理他。

老二说：“爹，您会慢慢好起来的。不用担心，俺们都会照顾好大哥的。”老三、老四紧接着都说愿意照顾大哥。

满仓说：“有恁这句话，我就放心了，可以闭上眼走了。在我走以前，还有件事要办。我把这些年的积蓄都拿出来，在后院再盖几间房，将来恁弟兄几个分家时，每家都有个做饭的地方。孩子大了，也都有挪动的地方。剩下来几个钱还放到你娘这儿，将来给恁妹子做嫁妆。钱交与老二，由他经管，老三、老四鼎力相助，中不中？别的，我就没啥应记的事了。恁还有啥问题没有？要有啥，早点说出来，趁我还在世。”

老爹一番话，说得弟兄们心绪翻腾，泪湿衣襟，个个泣不成声，表示愿意遵循老爹的训教，请爹爹放心。这一刻，他们终于明白了父母的心。

弟兄几个商定，爹在世时，绝不提分家之事，就是爹不在了，还要团结在二哥周围，维持一个大家庭的和睦，不让外人看笑话。

秋冬农闲，天干少雨，正是盖房的季节，弟兄几个就按爹的意思，说干就干。买木料，打土坯，订砖瓦，三下五除二，一月之内，万事俱备，只等选个吉日开工了。

老二夜里做了不好的梦，在西墙上写道："夜梦不祥，写在西墙，太阳一照，化为吉祥。"后来，有事没事大家都对着西墙默念几遍，以避邪魔。

只打老子病倒以来，孩子们理解了爹娘的苦衷，齐心协力把房子盖了起来。家里少了几分吵闹，多了一丝安宁。满仓如愿以偿，脸上有了笑容。但是，他的心情并没宽松许多，依然怨天尤人，忧心忡忡，对以前发生的事并未释然。

三个女人一台戏，这天婉容、景盛娘、金旺家碰到一块儿了。

"听说老满仓病得可不轻呀，可能挺不过年。"婉容说。

金旺家接着说："活该，谁让他没完没了吃嫩草。吃多了，拉稀呗，再好的身体也不行。"

"你咋啥都知道呢，你都看见了？别光往那事上想。"景盛娘说。

"那你说是为啥？"

"听说前些日子，三个媳妇都回娘家，都跟她老两口闹别扭，气得生了病。"婉容说。

"媳妇们还不是为了躲公公。有人说，老四夜里出去打牌，媳妇一人在屋里，夜深了，满仓偷偷摸进去，碰巧老四回来，跟他爹大干了一仗。"金旺家满嘴"跑火车"。

"瞎说啥呢，你这张嘴呀，啥故事都编得出来。听说是媳妇们嫌管得太严，想分家。事情就慢慢闹大了。"景盛娘说。

婉容说："满仓也怪可怜的，有一个傻儿子。要分家吧，还怕傻儿子受症（受罪）。话说回来，孩子大了，该放手就要放手，该省点心了。”

冬去春来，冰雪消融。满仓心里的冰霜仍无法解冻，心结仍没打开。不知是对以后的日子担忧，还是对儿子们离心离德耿耿于怀，他的身体每况愈下，久病不起。年过春开，满仓安详地走了。出殡那天，村上人都来为他送行，表达对逝者的尊重和哀思。

花入春土化作泥，烛泪流干烛光息。村人背后大不敬，满仓一生多孤寂。

034 秋前再整合

前晌立了秋，后晌把扇丢。秋风阵阵，一阵凉似一阵。树叶由绿变黄，变红，随风飘落下来。蜀黍叶子慢慢变得干枯，下垂，在黍杆上有气无力地随风摇摆，发出凄凉的沙沙响声。这些都在告诉人们，秋收的季节到了。虽然说，秋收不像麦收那样急促，但那些要一年两季的农田，必须尽早耕作出来，准备播种小麦。

史家湾的互助组成立以来，解决了部分农民的困难，但随之而来也产生了一些矛盾。有人把不满埋在心里，有人把抱怨挂在嘴上，各家有各家的看法。说到底，都是不合自己的心意，觉着自己吃亏了，别人占了便宜。

大春与秋雨之间的别扭全村人都知道，还有些明里暗里化解不开的个人恩怨和情结。出于人的本性，谁能不在意自己的利害得失？

人常说，无事生非。这一阵子村里人总是对秋雨和巍山家风言风语，小道消息、风流故事不绝于耳。狗剩媳妇经常说话夹枪带棒的，走到巍山家门前就“呸呸”吐几口唾沫。再骂上几句：“骚狐狸，不要脸。”听得巍山家的心像针扎一样难受。

一天刚喝罢汤，巍山家来找均安。还没说话先哭了起来，她不要和秋雨一个互助组，随便和谁都行。问其原因，她就是不说。均安说："你要不说出个一二三，那就不能换。"

巍山家最后说："安叔，我跟您明说吧，秋雨人品不好，对俺老是动手动脚，占俺便宜。一些事我说不出口，嫌丢人。狗剩媳妇隔三岔五对着俺家门噘俺，话里话外说俺咋的咋的。今儿，话说到这儿，我想求您老叔帮帮我，一个是把我分到别的一组，二个您要管管他，别再叫俺不消停，俺是为了守住巍山家这门香火，对得住巍山家祖宗，要不然俺早就走（改嫁）了。我不多说了，算是俺求您了。中吧？"

均安听到这儿，大骂秋雨不是个东西，一定要为巍山家做主。

第二天晚上，大春来到村长均安家："安叔，您喝了没有？"

"刚喝罢。你今儿咋闲了，有啥事？"

大春是个老实人，干活办事实在，拙嘴笨舌，开门见山："有件事，我想了好多天，今儿想跟您说说。"

"有啥事只管说，跟大叔别掖着藏着。"均安说。

"我不想跟秋雨搁伙计了。那人太不地道，心眼小的跟针鼻儿一样。今年麦场上的事您都看见了，还有好多事情，说出来叫人笑话。"

"人各有长短，啥事多往好处想想。你跟别人搁伙计就没有别扭了？啥事都会让你满意了？"均安劝说着。

"跟谁都比跟他强，反正我是不跟他搁伙计了。您要是不同意。那我就单干。"大春语气很坚决，看来他是铁了心。

听他这么一说，均安说："你这个想法，我才听到。你跟秋雨就恁大仇气？你得叫我想想。那你想跟谁搁伙计？"他想息事宁人。

大春说："我想跟银生那一组。他们这组劳力农具都少，我多干点，心里舒坦，不会有恁多是非。"

"中，你还得等一下，我要跟人家商量商量。"听大春说出想法，均安也想到了，或许是他想帮军属周婶，这样也好。开始也是为了避嫌才没把他们放到一组。

均安征求银生意见，银生也是求之不得，一说就行。

事情在小山村里很快传开了，像炸了锅一样，人们议论纷纷。重新组合的想法在村里蔓延开来。

石头是大春的好邻居、好朋友。大春到哪儿，石头肯定要跟到哪儿。一见大春要与秋雨分手，到银生组里去，他也坚决跟进。

周满仓此时后院起火，生气病倒，里外事情交由老二兴盛掌管。兴盛是个年轻人，没有什么感情包袱，在村里觉得很孤立，他也提出要加入互助组。除了金旺家，和谁搁伙计都行。

太平和金旺两家，因为银柱翻弄闲话，大事没有，小事不断，心存芥蒂。两家也都觉得别扭。

这天晚上，均安叫来银生和工作队老田一起商量，看如何处理这些事情。

老田说："这不是什么原则问题。从自愿结合出发，做一些调整没啥不好，咱们不要违背村民的意愿。从另一方面说明，我们原来的组合，有点像拉郎配。不符合实际情况的，咱就改。"

银生说："老田说得有道理。咱办啥事都是为大家好，叫大家满意。既然大家有这个意思，咱就费点神，重新安排一下。大叔，您说对不?"

均安说："咱们都想到一块儿了。在原来的基础上把个别有意见的调整一下吧。我也想了个方案，提出来，你们看有啥问题没有。"

"中，中，您先说说。"

"大春、石头就跟银生你们一组，共五户。秋雨嘴碎，事儿多，我不怕，跟我一组，加上金旺家，共五户。兴盛家，周巍山家，还有太平和满山，这个组四户。其他组没有意见，就不动了。你们看看，还有什么不合适的地方?"

老田和银生都觉得均安大叔考虑得很周全，照顾到了各个方面。

“你们要是同意的话，下来就要征求各家各户的意见。有意见的话，咱们再修改。还有一点，只要不是解不开的疙瘩，就按照这个方案，世上没有十全十美的。”均安说。

均安私底下找秋雨谈了话，狠狠骂了他一顿。叫他和组里人好好相处，改掉小心眼儿的毛病。同时警告他，要是再犯那毛病跟女人轻贱，对巍山家做出格的事，就把他告到县里，叫他蹲几年监狱。秋雨害怕了，低头认错，答应痛改前非，不再骚扰巍山家。

大家按照大叔的想法，分头去做工作。各家对这个方案都比较满意，事情就定下来了。然后马上开大会宣布方案，督促大家抓紧做好秋收准备。

秋雨回到家里，媳妇正在屋里点着油灯，坐在床头上纳鞋底。

秋雨跟媳妇说：“这下，大春、周嫂可尿到一个壶里了。大春闷骚，周嫂厉害，俩人绑到一块儿，还不把银生吃了？”

媳妇说：“人家俩的事，碍着你啥了？就是睡到一起，两家合一家，你也管不着。一天到晚爱管闲事，说闲话。你也改一改。”

“咦——，你敢教训起我来了。咋了，我就是看着不顺眼，还不许我说几句？以后少在我面前逞能。”

媳妇不服气：“你就是小心眼，老婆儿嘴，见不得人家好。人家不愿跟你搁伙计，还不就是讨厌你这毛病。”

“你越说越不像话了，是我不愿意跟他搁伙计！闭上你那臭嘴！”说到秋雨痛处，他真的生气了。

“嗨！说到你痛处了，你就恼了。你想跟巍山家过你就去吧，我不拉你。不知道村里人把你说成啥了，你还逞能哩。她在地里干点活，看把你心疼哩！你占人家便宜，以为我不知道？我早看出来了。这下，巍山家分到另一组，你不高兴，在家里跟我怄气，算啥狗屁本事？”媳妇把憋在心的话都倒了出来。

“滚你娘的，成精了你。三天不打，上房揭瓦。给你个好脸儿，就不知道姓啥叫啥了。”说着，一巴掌扇过来，把媳妇打倒在床上。

媳妇没有防备，对这突如其来的一掌打蒙了。她醒来后，操起锥子就朝秋雨扎去。秋雨也来不及躲，锥子把他胳膊划了一道。秋雨闪在一旁，气得两眼瞪得像牛眼。

“好哇，你——”秋雨一时说不上话来。

“现在是新社会了，人人平等。我忍你一辈子了，以后不能老欺负我。”说着说着，媳妇放声哭了起来。

儿子在隔壁屋里，听到爹娘这边动静越来越大，走到院子里：“爹，娘，恁们为啥呀？吵得恁大声。别吵了，一会儿工作队回来听见多不好。”

听到儿子在院里说话，两口也不好意思了，慢慢气消了。为别人家的事闹得鸡犬不宁，不值得。要是再让老田他们听到像啥话？

金旺家加入了均安一组，婉容与金旺媳妇娘家沾亲带故，俩人到一起总有说不完的话。这下可好了，在一个互助组，说话的机会可多了。景盛娘、金旺家、婉容三个女人一台戏，这会儿就开戏了。

“满仓咋也想起来入互助组了？看来是当不了孩子们的家。”

“他家老二兴盛精明，能把事情看透，再不加入要吃亏哩。”婉容说。

金旺家又说：“巍山家和秋雨也分开了。都说是秋雨老缠着人家小寡妇，占人家便宜，小寡妇都告到村长那儿了，不要跟秋雨一个组。”

“你又来说闲话了。到俺这组里，可要管住你那嘴，别听风是雨，无风也起浪，无事生非。”景盛娘警告金旺家。

“就是的，咱三家在一个组里，都勤快点，别搬弄是非，让别人看笑话。”婉容说完后，各自回家。

巍山家与秋雨不在一个组里，思想压力小了许多。她想：“这都是均安大叔的安排，村长可以为俺顶门事。要是能把孩子认到他大儿子克勤跟前，认克勤为孩子的干爹，以后谁还敢欺负俺。”拿定主意，这天，她走进大叔家门。

“大叔，俺今儿来，是想求您一件事。我这是厚着脸皮来的，不知您肯不肯答应?”巍山家坐在小墩上低着头很难为情。

“巍山家，我不是那小气人，你也别觉着有啥不得劲的。你尽管说。”

“大叔，俺一个寡妇人家，在村里吃亏受欺，连孩子也跟着倒霉。俺们母子俩在村里……”她说不下去了，低着头，心酸的眼泪扑簌簌滴落在地面上。

“巍山家，你慢慢说，我会尽力帮你。你这一哭，我心里也怪难受哩。别哭了。”均安的确很同情巍山家的处境。

“我想……”巍山家也怕大叔为难，不答应，吞吞吐吐不好意思。

“快说吧，别叫我猜。你不说，叫我咋帮你?”

“大叔，那我可说了。”她顿了一下，“恁一家都是好人，我很敬重。我想把孩子认到恁家老大克勤哥跟前，给克勤哥当干儿子，让孩子也学好成色。就怕恁家嫌弃俺。”说完，他抬头看了一眼大叔。

“巍山家，你想多了。俺不会嫌弃，这是件好事。我又多了一个孙子。”大叔笑笑说。其实，均安心里明白，巍山家是怕还会有啥人欺负她，是出于无奈来寻求保护，想找个靠山。这个女人真够可怜的!

“那，克勤哥会同意吗?”巍山家还是有点担心。

“他的家我来当，你不用担心。这事就这么说定了，咱们选个好日子操办一下，让全村人都知道。”一番话说得巍山家心里乐开了花，带着一副笑脸离开均安家。

认干亲仪式上，银生、小梁、大春、婉容等人前来道贺，添几份喜庆。

小孩当着大家的面，给克勤磕了头，又高叫一声："爹!"又给均安磕头叫"爷"。礼毕后，给孩子封红包，请客吃饭热闹一番。

巍山家对克勤说："大哥，我把他托付给你了。你这干爹就跟亲爹一样，往后哪里不对就说他，多教教他学好成色，别的啥我都不说了。"

克勤把孩子拉到跟前，摸摸孩子的头，说："你放心，我会把他当亲儿子看，跟俺那孩子一样。"又对孩儿说："乖，听娘的话，好好读书，啊。"

认干亲的事村里人都知道了。以后再没人敢在巍山家门前寻衅滋事，往她身上泼脏水。均安叔真的为她顶起了门事。

035 金秋收获多

常言说，"一伏三场雨，薄地也收田"。今年雨水应时，庄稼长势都很好，可望有一个好收成。

秋庄稼种类多，成熟时间早晚不一。

今天一大早，银生一组开始收秀萍家的蜀黍。女人们挎起篮子，在前面掰蜀黍棒，男人们在后面把黍杆砍倒。半大的小孩在黍杆中间窜来窜去，把能够得着的棒子掰下来，放进娘的篮子里。他们活蹦乱跳，比赛看谁掰的棒子大。

互助组调整后，他们这一组力量加强了许多。一晌功夫，就把秀萍家的全部收完。大春赶着自己的牛车，把蜀黍棒送到秀萍家院子里。在银生的协调下，各家各户能下地的都下地，不能下地的在自家院里把蜀黍棒绑扎晾晒。全部收完后再翻耕土地，准备播种小麦。

均安一组添了秋雨和金旺两家，干起活来可就热闹了。正经话不多，调皮话满天飞，不拣地方场合，也不管粗俗脏臭（其实也不知道什么是粗俗），想起来就说。

今天在婉容家地里收蜀黍。秋雨开腔了："他二婶，今年你的蜀黍棒又粗又长，有啥好办法？别保守，教教俺呗。"秋雨想开婉容的玩笑。

婉容平时就不待见秋雨，这会儿也没好话："也没啥好办法。你忘了，我叫你别在家里拉屎，想拉屎就往地里跑，把屎都拉到俺地里。你那屎比猪粪都壮，拉到俺地里，蜀黍棒能不长大?"婉容几句话把大家都逗笑了。

有人问秋雨："二婶给你啥好东西吃了，你把屎拉到她地里？是热乎乎的'白蒸馍'吧。臭屎换蒸馍，多划算呀。"

"哈哈，你们别跟着她编排我了，给她上粪的人有的是。她那'白蒸馍'哪舍得给我吃呀，想吃也吃不着呀。"大家又是一阵大笑。

"你的功劳可大了。带几个棒子给你媳妇看看，尝尝鲜。就说这蜀黍棒是用你的屎种出来的。"婉容刀子一样的嘴把秋雨打蔫了。

又有人问婉容："你到底给秋雨吃啥好东西了？他这么给你使劲。"

"哪有啥，跟在我后面吃香屁呗。你想吃，明年你也往俺地里拉屎。"

"秋雨，你敢在'关公面前耍大刀'，这下，你服了吧。"有人戏弄他。

均安大叔怕他们越说越离谱，最后惹恼了吵架，影响组里团结，说："越说越不像话了，省点力气抓紧干活吧!"这下大伙儿才都闭嘴了。

婉容家人少地也少，半天工夫就解决问题。老太太在家，看着满院子黄澄澄的蜀黍棒，高兴得不知该说啥，嘴里不停地念叨："真好，真好，我老婆子还没见过这样好的玉蜀黍，穗大粒饱。”

人多力量大，人力农具牲口合理安排调度，生产效率有所提高，显示了互助组的优越性。

水生今年种了二亩谷子，长势很好，沉甸甸的谷穗耷拉下来，把谷秆压弯了腰。谷秆要比麦秆粗壮，割谷子要费劲得多。组里的男人全部拿起镰刀割谷子，女人们在后面把割下的谷子一捆捆扎好。谷子运到场上，女人们用刀把谷穗割下，谷子秆放在另一处，分开晾晒，方便以后碾压脱粒。一切进展顺利，谷子进了家门，水生家很快就能享用香喷喷、黄灿灿的小米粥了。

秋阳平西，黄昏降临，土地上升腾的潮气和秋庄稼散发的醇香混合在一起，飘过来，飘过去，沁人心脾。憨厚的农民不知道这里有多少负离子，他们对此气息习以为常。

均安大叔一天的劳累化解在泥土的清香之中，他吸着旱烟，慢悠悠走在回村的小路上。山村停息了白日的喧闹，迎来了傍晚的平静。

秋收季节拖拉的时间相当长。收黄豆，摘棉花，最后出红薯。各家地块大小不一，播种时间有早有晚，没法达成一致，只有谁家什么庄稼熟了就收什么，全员出动，颗粒归仓。

今儿后晌，银生带领组里妇女来给周婶摘棉花。组里能下得了地的女人都来了，其实总共也只有四个妇女。每人都用自家的床单叠成兜状，系在腰里，放进摘下的棉花，最后把棉花收到大笼筐里。

下地的路上，石头媳妇小声问大春媳妇：“春嫂子，你难得下地，今儿是咋了？是春哥逼你来的吧？”

“来摘棉花，是我想来，跟大伙儿说说笑笑，高兴，比闷在家里好过。要是那死鬼逼我，我还不来呢。”

“哼，你是怕春哥来跟周嫂亲热吧？我还不知道你那心事。”

“滚一边儿去！他俩走得近，我又不是不知道。让他们亲热呗，我也不少啥。夜里还不是跟我睡？再说了，他个子太高，弯不了腰，摘棉花也不是男人们干的活。”

俩人正说着，秀萍和周嫂赶上来了。周嫂说：“看恁俩走得怪快哩，把俺这主家都撇到后头了。”

“嫂子，恁家是军属呀，给恁干活可得下点劲儿。得让俺那大侄子在部队安心不是?”石头媳妇专拣好听的说。

“啥军属不军属的，孩子当兵那是为国家，为咱老百姓。这些日子恁大家可没少帮我。就不是军属，恁也会帮我的，是不是?”周嫂也是个懂道理的人。

“嫂子说得没错，就拿咱两家的关系来说，不是军属，俺不也是帮着你？只要你吭一声，俺大春跑得比兔子还快。起五更搭黄昏，俺没说过一句啥赖话。嫂子，我说得不过吧?”

“那可是的，振中娘说得一点都不错。这些年，多亏大春兄弟帮忙。俺也不客气，就把他当作俺家的一口人了，啥事都依靠他。嘴上说感谢，那就太生分了，太外气了。我只能说，下辈子给他当牛做马。”周嫂说着说着，动了感情，怪激动的。

石头媳妇接过话茬：“下辈子当牛做马那咋行？叫我看，当他媳妇，侍候他一辈子，哈哈。”

“当他媳妇有啥关系？遇着这样的好人不容易。振中他娘，你别生气啊，说句笑话。”周嫂打了个圆场。

“你说的是下辈子的事，又不是这会儿，我生啥气？这会儿你不要占住他不放就行。嘿嘿!”

“看他婶子说的，这会儿我能干那种事？我不能做对不起恁家的事。”

深秋的风有点干燥，吹在身上顿觉清爽。它带走了高温，带走了汗水，带来了成熟的果实。开放的棉桃，吐出洁白的棉绒，笑脸迎接采摘的人们。蓝天下飘动的白云，恰似这地里盛开的棉朵。

每人两行，左右采摘。今天是摘第二茬，这一茬完了，棉桃就所剩无几了。适逢棉花的盛开期，没多大一会儿，腰间包袱兜儿就塞满了棉花。棉田里，从这头到那头，一个来回要倒腾几次。周嫂的棉花大丰收啊！

秀萍说：“周嫂，今年棉花长得真好，有啥打算？”

周嫂说：“也没啥打算。自己用点儿，到集上换俩钱，再留一点儿，来年备用。”

秀萍说：“依我说，这些花你用不完，收拾起来，等侄子回来给他多做几床新铺盖，迎接新媳妇进门。”

周嫂说：“说的也是，可不知道啥时候才能回来。本来就要回来了，最近又来信说，工作忙，离不开，过些日子再说。”

秀萍沉默了，这使她想起死去多年的丈夫。她理解部队打仗身不由己，真希望大侄子能早日返乡，在老娘跟前尽尽孝道。

片刻沉默之后，秀萍说：“嫂子，你也别太操心了。外头的事情，咱也弄不清，听人家安排吧。你把东西准备好，等着孩子回来就是了。”

“谁说不是呢，听天由命吧。”周嫂显得很无奈。

俩人语重心长聊了好久，银生走过来了：“都说啥呢？恁亲热。”

周嫂看了看秀萍，对银生说：“也没说啥，就是看你不小了，合计着给你说个媳妇。你看咋样？嘿嘿。”

秀萍没想到周嫂用这话回敬银生，脸颊刷的一下红了，一直红到脖子那儿。

平时周嫂也老开银生的玩笑，因此银生并不在意，就是觉得秀萍在跟前有点尴尬。

“喂，嫂子，你就知道欺负老实人，光会拿我寻开心。”银生假装一副生气的样子。

“好吧，那我就不给你绕弯子了，早点给我身边这个大妹子领回家吧。”周嫂一本正经地说。

秀萍更没想到周嫂把火烧到她身上，一时不知所措，红着脸对周婶说：“这个玩笑可开不得，让外人知道笑话死了。”

银生也说：“嫂子，别胡说了。”

周嫂说：“男婚女嫁，合理合法，谁说闲话就去告他。别怕别怕，越是怕，狼来吓。恁俩的事大家都看在眼里，叫我说，还是早点把事情定下来为好。”

周嫂总算把话挑明了，薄薄的窗户纸就这样在不经意中被戳破了。仨人都无话可说了。

银生把话岔开，说：“今儿天不早了，该收工了。都过来，把棉花收集到一块儿吧。”棉花集中后，几个人抬回周嫂家。

清空照明月，大地露霜花。几次寒霜过后，红薯秧子先后都蔫了。初升的太阳把霜花照得亮晶晶的，与枯萎的红薯秧子形成极大的反差。

该出红薯了。太平和几家商议后，决定先给周巍山家出，她家地不多，又是孤儿寡母的，优先是应该的。

今天一早，太平叫上组里的男人们，扛着三刺耙子或镢头来到巍山家的地块儿。

用镰刀先把红薯秧子割去，秧根周围的情况就都显露出来了。哪儿地下长红薯，地面必有裂缝，要离开裂缝下家伙，否则就会伤及红薯。这是农家总结的经验。

看准地方，一镢头下去，向上微微一撬，用手提起秧根，一串大小不一的红薯就出土了。多则四五个，少则一两个，很少只有一个的，每颗都有三四斤。女人们则跟在后面收集出土的红薯。

“满山，你回去吧，把你家的牲口套上车，把红薯拉回去。”太平看着地里出红薯的进度，觉得该套车了。

“中啊，我这就回去。可装车卸车得有人搭把手。要不，巍山家也回去吧，看看红薯往哪儿卸。”满山说。

太平说：“也是的，巍山家，你也回去吧，地里的活你放心，有我呢。红薯这东西说起来也娇气，把皮弄破了，就不好放，容易坏。要不，兴国媳妇香玉，你也回去，给你巍山嫂搭把手。我怕她一人忙不过来。”

她们都答应着，随满山回村了。

使镢头耙子的男人都十分小心地刨着红薯，争取不损伤一块红薯。兴盛凑过来跟太平说：“老哥，这回你可少生气了。跟那不算人的家伙搁伙计，不生气才怪呢。”

太平说：“我也是一时糊涂，心想有银柱这层关系，不好意思。谁知这孩子会从中翻弄是非。”

兴盛说：“来，歇会儿吧，吸袋烟。”

俩人都停下了家伙，蹲在地上，拿出旱烟袋，装满烟叶，吱溜哈达抽起来。

“老哥，不是我挑事，那家人压根儿就不地道，心眼就不正。这回你和他分开，以后少不了找碴，不信走着瞧。”

“我也想到这一层了。再看看吧，没有过不去的坎儿。”太平说。

“那当然了。你家今年种了多少红薯？”

“种了差不多二亩，吃不完。晒点红薯干儿，再做点粉，漏些粉条换俩钱。你家人多，种了几亩？”太平说。

“三亩多点。每年收的也不少，刚过完年，就差不多吃完了。俺家那红薯窖不好，每年都坏好多。”兴盛说。

“你家红薯多，窖要是不够大，就容易发热，变坏。你把原窖的周围统统挖去一层，把它加深扩大。不行就再打一个新窖。”太平为兴盛出主意。

“好，我今年试试。俺家的红薯最后出，我先抓紧把窖修整一下。”

收获的季节总是令人兴奋的。人们的汗水变成了果实，希望变成了现实。看着谷子、蜀黍、红薯、黄豆进了自家的粮囤，拥有它，享用它，一家老小的生活有了保障，心底里那叫踏实，那叫舒坦！

大地像一块调色板，千变万化。史家湾植被丰富，品类繁多，在秋风秋雨毫不吝啬的装扮下，色彩斑斓，赏心悦目。沟边的柿子树最为抢眼，肥厚硕大的叶子黄如金，红似霞，恰似数不清的五彩灯笼挂在树上。这时的小山村简直就是一副色泽浓烈的油画。

灿烂的笑容流露在大人孩子的脸上，到处洋溢着红红火火的气氛，大家都为这丰收的年景感到高兴。

036 英魂归故里

中秋节过后，天气一天凉似一天。

秋收完了，该种冬小麦。节气不等人，农时误不得。地多留旱地（只种一季）的人家，早早就把地收拾出来，应时种上小麦。种两季的，就更要抓紧收拾秋地，为播种小麦做好各种准备。

互助组调整之后，各家都比较满意，农耕进展相当顺利，没闹什么别扭。

今天要为金旺家耩地（播种）。金旺带着麦种早早来到地头，均安扛着耧子（播种农具）牵着牛也来了。俩小伙子也把石磙子拉到地头。

耩地是个技术性的农活，需要老把式，一亩地下多少种子，全凭他来掌握。农家耩地的耧子有三条中空的腿，脚上带有小小的铁犁铧。随着耧子向前移动，犁铧开出土沟，深浅由老把式掌握着。种子在耧上面的料斗中，通过一个可调的小耧嘴漏到三个空腿中，再通过耧脚底部的漏孔播进土壤里。带有三个像算盘珠子的石碾子紧跟其后，压实土沟，保墒保种，以利种子发芽。

均安大叔摆好耩麦耧，把麦种倒入料斗里，调好耧嘴。金旺赶着牲口往前行，均安双手开始摇动耩麦耧，根据牲口的行进速度，熟练地变换着摇动的节奏，以保证播种均匀。

耩地的耧往前走着，时不时就翻出一个大坷垃，使耧子跳动一下，有时竟把一条腿撬离地面。

均安说："金旺呀，你这地收拾得不咋样啊，那么大的坷垃都不打碎，那咋行？你没看见，我们犁地以后，还要反反复复耙几次，横耙，竖耙，斜耙，为的啥？就是为了好耩地，麦子长得好，明年多打粮。像你这地，种子播不好，能有好收成吗？"

金旺说："我不会种庄稼，人也懒，以后要跟大叔多学学。"金旺不好意思。

均安说："你这个习气可要改一改，咱农家靠什么？就是靠脚下这片儿地呀。你不好好对它，它也不会对你好。"均安耐心开导金旺。

说话功夫，秋雨也牵着牲口扛着耧来到地头。他看见麦种放在地头，高声叫道："金旺哥，一亩地耩多少？"

金旺问大叔："一亩耩多少？"

"告诉他，二升。"

金旺高声回答秋雨："大叔说，二升。"

秋雨嘴碎，但他心细，干这种活，他拿手。铁柱牵牲口在前，秋雨摇耧在后，配合还算默契。

秋雨同样感到了大坷垃太多，耩地虽然没停，但影响播种质量。他对铁柱说："铁柱，你家这地是咋弄的？这么多大坷垃，麦子能长好吗？看恁家明年吃啥！”

铁柱说：“不说你也知道，俺爹他就不会种地，今年还算好多了。等我长大了，一定会把地拾掇好，多打粮食。”

将就对付着把金旺几亩地耩完，收拾好农具，牵着牲口，都各自回家。就在回村的小路上，两个陌生的中年男子走了过来。

“这位大叔，前面是史家湾吗?”那人问道。

“是呀，你们往哪儿去？俺就是史家湾的。”均安说。

“俺们也要到史家湾，想跟您打听个人。”

“你说吧，谁？村里没有我不认识的。”均安说。

“我想问一下，工作队的老田是不是在恁村?”那人说。

“没错，是在俺村。这不，就住在他家。”均安指了一下身后的秋雨，又说，“秋雨，人家要打听老田呢，你领他们回去吧。”

“中，中。”秋雨答应着又对来人说，“恁都是从哪儿来的？老田住在俺家，我领恁去找他。”

“那太好了，就麻烦你了。”来人说。

到了秋雨家，老田正在写报告，看见来人连忙起身。

来人自我介绍说：“你就是老田吧？我是县里武装部的。我姓袁，叫我老袁吧。这位是你们乡里管民兵的干事，叫——”

没等他说完，老田说：“这个，我们认识，叫魏和平，就是不太熟悉。”接着说：“老袁呀！早就听说你这人了，县武装部长，难得有机会认识你。你坐，你坐。”

老田放下手头工作，热情地招呼袁部长，顺手拿了两把小椅子，让老袁他们坐下。

“袁部长，你今天咋有空下乡了？有啥新任务？要招兵吗?”老田询问老袁来意。

“老田，我不是来招兵的，是要告诉你一个不幸的消息。”老袁低声说。

他沉默了一小会儿，接着说："咱们村有个志愿军战士叫周文理吧？他是志愿军空军地勤人员。朝鲜停战以后，本来安排他第三批复员回国，时间定在今年元旦前后。可不幸的是，最近一次外出巡逻时，他误中地雷。就在感觉脚下异常的一刹那，他猛力推开身后的战士，'有情况，快趴下！'结果他自己严重受伤，身后同志毫发无损。战地医院尽全力抢救，但最后因伤势过重，壮烈牺牲了。按政策，遗体就地安葬。今天，我把文理同志的遗物带来了。"

老袁稍微停顿，咽了口唾沫，接着说："周文理是个好同志，英雄战士。战时，为我空军做好各种地勤服务，修跑道，装弹药，维护飞机，样样冲在前，曾多次荣立军功。这次，上级又为他追记三等功。"

"啊，这样啊！对这事县领导有何指示？如何做好善后事宜?"

"今儿我来，就是要跟你商量这事。按照政策，由县政府发放抚恤金，门头挂光荣匾，免收各种税赋，比如不交公粮啥的。村里帮助耕种田地，由乡政府督办。另外，文理父亲早亡，孤儿寡母的，我又向县里申请增加抚恤金一倍。县领导也同意了。"

老袁指了一下乡里来的同志："你们乡里研究，咋样做好善后事情。"

老魏说："周文理是俺乡里的人，英雄出在俺乡，为俺乡增了光，是俺全乡的光荣。俺再增加一倍抚恤金。可话说回来，抚恤金再多，也不敌一个鲜活的生命。我保证，每月我都会派人来慰问周嫂一次，缺什么添什么，把政府的关怀和温暖送到英雄母亲的心里。"

事情说定以后，老田把村长均安大叔叫过来说明情况。

均安说："请领导放心，地里的农活，俺全包了。文理是俺村的英雄，是俺村的光荣，有俺吃的，就不会缺文理家的。"

"好，好。有村长您这句话，我就放心了。"袁部长说。

这天后晌，大家都来到均安家，小蔡去请来周嫂。

周嫂没见过这么多人要跟她谈话，心里“咚咚”直跳，好像要跳出来似的。她紧张，她莫名，但直觉告诉她，要有大事发生。她的心似乎在被挤压，有点透不过气来。

大家坐定之后，袁部长说：“大嫂，事到如今，我不得不把一个不幸的消息告诉您。周文理同志在朝鲜执行任务中，不幸被地雷炸伤，抢救无效，牺牲了。已经在当地安葬，我今天把他的遗物都带来了。我们知道，大嫂您虽然思子心切，但还能大义当先，会化悲痛为力量……”

老袁像做报告似的，周嫂听不下去了，说：“袁部长，我没恁高的觉悟，我只想要我儿子，你们政府要赔我一个儿子。”

她泣不成声，哇哇地哭个不停。“我的儿呀，前些天还说快回来了，咋就突然走了呢？你爹死得早，我就指望你回来照顾我呀！我这后半辈子可咋活呀！呜呜——”

噩耗传来，好像晴天霹雳，五雷轰顶。周嫂遭到了致命的打击，她的希望破灭了，她对美好生活的向往终止了。她号啕大哭，声嘶力竭。她崩溃了，她必须哭出来，哭出内心的伤痛，没有人能阻止她的情感宣泄。

“老天爷呀，你咋不睁眼看看我这苦命的人哪？哎呀，我的儿呀！……”

虽然说周嫂是个坚强的女人，但眼前她对悲痛的宣泄都在情理之中。大家都沉默无言。

过了好一阵子，均安站起来走了几步。他很同情周嫂的命运，一个女人家，年纪轻轻就没了丈夫，如今大儿子也走了，真够命苦的。

他慢慢来到周嫂跟前，轻声说：“文理他娘，你听我说几句，中吧？”

周嫂哭声小了，慢慢安静下来。

“文理他娘，孩子在部队可是个好样的，多次立功受奖，他是咱村、咱乡、咱县的骄傲。这次也是掩护同志牺牲的。他是英雄，部队又再次通报表扬，给他记功。咱村有这样的英雄，全村人都脸上有光。”均安少许停顿，接着说，“俺们和你一样，都为失去这样的好小伙感到可惜和痛心，对咱来说，是无法挽回的好大损失。话说回来，人死不能复生，身体要紧，还得节哀顺变，是不是？往后，有俺吃的就不会缺你的，你放心。”

大叔的几句话似乎打动了周婶，她不再高声号啕，但仍抽泣不止。

老田说：“大嫂，我来咱村好长一段时间了。您为人仗义，性子坚强，把儿子送去抗美援朝，是个好样的，我十分敬重您。说心里话，我还指望文理回来领着大伙儿建设新农村呢。老天不长眼呀，有啥办法？我知道，您有坚强的秉性，一定会挺过这道坎儿。我不说外气话了，县乡领导都很重视，提了个抚恤方案，今儿想跟您商量一下，好吧？”

周嫂说：“唉，这两天老有黑老鸹在树上叫唤，我总觉着要有啥事。真是的。”

老田把研究的方案全部呈现给周嫂，乡里、村里都表态照顾周嫂。周嫂也是个大度之人，没再提任何额外要求。

最后，均安说：“这是件大事，我要组织村里人为文理办一场体面的葬礼，让村里人都来祭拜英雄，咱不能愧对英雄。”

魏和平也说：“我同意。到时候，乡领导也来。”

消息不胫而走，犹如晴天霹雳，小小史家湾人人神情凝重。五邻四舍都来看望周嫂，安慰她，开导她，平复她的悲伤。

请风水先生看好一块墓地，为文理修建了衣冠冢。在均安的主持下，史家湾为文理举办了隆重的葬礼，搭灵棚，供香火，吹鼓手鸣奏哀乐。出殡那天，全村人都来为他送行。

村民们又主动捐募，要为文理修建一个纪念碑亭。梁满山知道这事后，马上提议所有费用由他承担，他觉得做生意多亏全村人的帮衬，自己要为村里做点好事，为英雄尽点心意，也借此机会表现一番。但村里人谁不要尽心？他的好意被婉拒。

很快就在村头接近大路口，修建了一个碑亭。碑高丈余，碑文由当地书法家、前清秀才题写。正面题写“战斗英雄周文理名垂千古”，后面则叙写了周文理的生平和英雄事迹。

碑亭落成典礼庄重肃穆，县、乡主要领导都来参加。同时，在周家大门头悬挂两块匾额，“英雄之家”和“光荣烈属”。

过路碑亭的人都会停下脚步，投来一束敬仰的目光。

每年农历十月初一，史家湾的乡亲们都会在大小路口烧纸上香，为逝去的亲人送去“银两和衣物”，使他们在另外一个世界里免受饥寒之苦。当地有这样一句俗话，“十月一，烧寒衣”。

今年的十月一，细雨蒙蒙，周嫂怀着极为复杂的心情，为丈夫和儿子烧纸上香。她蹲坐在地上，两眼噙着泪花，久久不肯离去，直到文荣过来，把她搀扶回家。

秋风飒飒雨纷纷，且把寒衣寄故人。英灵不受冬雪苦，来年阳春现浮云。

037 情倾小炉匠

北风不断吹袭，干枯的树叶离开母体，飘落四方，干巴巴的树枝在疾风中摇晃着，发出呼哨般的叫声。小山村里，沉寂代替了往日的喧闹，冬天的寒冷把人们驱赶到房舍之中。日已过午，大片的浮云遮住了阳光，太阳洒向山村的一点温暖已被大风吹得一干二净。

一个小炉匠走进了史家湾。

“钉锅——箍漏锅！谁家锅漏了，补锅了——”小炉匠高声吆喝着。

水生媳妇听到喊声，从门缝里往外一瞧，是真的，箍漏锅的来了。近来她家锅漏水，时不时滴一滴，挺烦人的。

水生媳妇端着锅走到小炉匠跟前，看见面前这位小伙子，白净净的脸带着微笑，似乎还怯生生的。

水生媳妇说：“这锅总往外滴水，俺也不知是哪的毛病，你看能修不能？”小炉匠抬头一看，是一个整齐端庄的中年女人，说话声音也怪好听。他的脸一下子红了，不知为什么，他顿时感到有点不自在。

小炉匠拿起锅，对着天空看了好久。“大婶，这锅有个小沙眼。平时饭堵着，你看不见，一旦烧水，沙眼就弄开了，就往下滴水了。我给您补一补吧。”

水生媳妇看着小伙子挺细心，说的也有道理，很有些好感，说：“那，要多少钱？”

“大婶，算您两千块（旧币1000块=1角）吧，在恁村算是开张头一个。您先不用给钱，我给您补好，您拿回去做饭烧水试试，好用，再给钱。”

“中，中。我看你也是个实在人，我把锅放这儿了，等会儿我来拿。”水生媳妇说完，扭头回家去了。

小炉匠这就打开所有的家伙，小风箱、小炉子、小坩埚、小铁砧、小铁锤、金刚钻等等。炭火生着了，拉起风箱，蓝色的火焰呼呼地往上蹿。

他找准沙眼位置后，用金刚钻把沙眼扩大，清理周边污垢，然后穿进一根粗细合适的铜丝，再用小锤头敲打铜丝，使其延展，堵塞沙眼。为了万无一失，他在小炉子上把沙眼处加热烧红，而后，再用小锤子敲打一遍，保证沙眼堵得死。

秀萍打这儿经过，看见匠人正用心补锅，就问："老乡，俺家有口锅裂了一道缝，能修好吗?"

匠人也没抬头，说："拿来看看吧，只要缝不太大都能修。"秀萍赶紧去拿锅。

秀萍把锅拿来了，小炉匠也把手头的活儿干完了。他接下锅看了一会儿，说："这锅裂缝有点大，而且比较长，还拐了个弯儿，得打三个卡子。修好后，您多做几次小米粥、糊涂饭。您看行不?"

秀萍说："那要多少钱?"

匠人说："一个卡子两千块，一共六千块钱。"他见秀萍有点犹豫，又说："放心吧，不会多要，我也不是只来这一次，以后日子长着呢。"

秀萍说："行吧，你可要把活做好，别没用两天就又漏了。你弄吧，我一会儿再来。"

小炉匠先在关键地方分别钻了三个孔，剪了六块铜钱大小的铜片，中心冲孔。用一块黑布团粘些油根腻涂在缝隙处，两块铜片放在孔的两面，用铁丝穿住，小锤子敲打铁丝双面，慢慢把铜片紧固在锅上面。全部做好以后，再涂几次油根腻，并在炉子上加热，反复多次，大铁锅擦得油光发亮。

小炉匠是外乡人，姓董，二十大几岁。他子承父业，学得这门手艺，每年冬春农闲季节，都要挑上工具，游走四方。他父亲已年老体衰，这些年渐渐淡出了乡亲们的视线。

小董连着接了几个类似的活，大家对小炉匠的手艺和谦和的态度赞许有加。

眼看就要日落黄昏，梁满山家走出一个少妇，不用说，就是老二杏花。她手里端着一口大锅，来到小董面前："老乡，俺这锅底有个小窟窿，你看能补不能?"

小董看见杏花，体态丰盈，满面笑容，心一惊，从头到脚一股暖流穿过。他接过锅看了看：“恁家人口不少吧？这么一口大锅。恁这窟窿可不小呀，这锅要打个补丁才行。”

旁边看热闹的人“哄”的一下都笑了，小董也不知大家为啥笑。杏花的脸一下子涨得通红。小董恍然大悟，连忙改口说：“啊，怪我不会说话，该死，该死，对不住了。”

杏花看着眼前这个年轻俊朗的小伙子，几分羡慕，几分爱怜，还有几分妒忌，说：“我不怪你，人说错话也是常事，我知道你没长那坏心眼。那，你说要多少钱？”

小董说：“这个很难补，就给五千块钱吧。”杏花也没说二话。小董又说：“我要把手头这些活干完，才能给你补，会晚一些。”

“你就干吧，俺不怕晚。一会儿我再来。”杏花说完扭头回家了。

天慢慢黑了下来，修好的锅都各自拿走了，人也都陆续散去。杏花慢慢走来，小董正在忙着给她补锅。小炉子的火光映红了年轻人的脸，看着他散发出的青春活力，杏花心里一阵骚动。

“呀，还在忙活着呢？天都快黑了，都该喝汤了。这么晚，叫俺咋说好呢？”杏花说。

“没事的，俺做这种生意，经常这样，起早贪黑的，不怕。你这锅一会儿就好。”小董拉起风箱，火苗一高一低。

“你等一下，我去给你舀碗面条。”杏花似乎有点心疼小董，心想，忙了一后晌，应该饿了吧。

“不用了，大妹子，我不饿。我得抓紧把活干完，多谢了。”

杏花回去很快捞了一碗面条端来，说：“吃吧，吃完再干。”小董放下活，说：“你太客气了。要不，收你四千吧。”

杏花蹲下来，看着小董吃面，说：“那咋行，我还掏五千块，这碗面是俺的情分，是可怜你，你不必在意。刚才你叫我大妹子，你多大了？”

小董说："我二十四了，觉着比你大。"

杏花说："你错了，我比你大两岁，叫我大姐吧。"

小董说："就凭你这片好心，我认你这个大姐。谢谢你，大姐。我姓董，叫我小董吧。"

杏花说："你是哪村的？离俺这儿多远？"

小董说："俺家在东乡，九仙庄的，离这儿有十多里路。要不，咋来这么晚。"小董狼吞虎咽，很快吃完，把碗递给杏花，再表感谢，接着干活。

天黑了，光线越来越不好，凭着炉子的火焰照明，显然不够。小炉匠心急手也笨了，看来这活是干不好了。他停下家伙，准备收摊儿，打算明天再干。

杏花来了，见他要收摊儿，问道："锅弄好了？黑天也没挡住你干活，真行！"

小董说："哪儿呀，天黑了，看不清，老是敲不到点子上，只好明儿再干了。你先把锅拿回去，明儿我还来，你排第一个，中不中？"

"要不然，我去拿盏灯来给你照着？"杏花说。

"大姐，实在不好干，要是好干我会不干？天不早了，我赶紧回去吧，俺爹还在家等着我哩。"小董很为难。

杏花说："要不这样，今黑儿你就别回去了，俺家后院有的是地方。以前是表弟住着，现今没人住，你就住那儿吧。"

小董说："那咋行，俺爹惦记着俺，要不回去，怕他应记（担心）。"

杏花说："怕啥哩，又不是三岁小孩儿。这是新社会，没有刀客强盗，害怕丢了不成？以前要是晚了，你就没在外歇过夜？"

听杏花这么一说，小董心想也是，有些犹豫了。

杏花见他犹豫，又说："来回少跑二十多里路，得空歇歇脚，明儿好干活，多挣俩钱。不好吗，兄弟?”

小董对杏花的盛情难以再推辞，就答应了。可又一想，她能当家吗？便问：“你们家人多，你能当家吗？你家掌柜愿意吗?”

杏花说：“放心吧，要是不当家，我敢往家里领一个大小伙儿?你收拾家伙吧，我也回家给你准备铺盖，过会儿就来叫你。”

杏花走后，小董心里美滋滋的，天上下来个“仙女”照护他，管吃又管住，是不是交桃花运了?

杏花回家，把情况对满山说了。满山没有反对，但心里并不十分乐意，心想，杏花为啥对一个补锅的如此上心?

小董来到梁家后院安歇。杏花来到床前，说：“你看这被子薄不薄，夜里会不会冷？枕头够不够高？还需要啥，你只管说。”

小董说：“已经很好了，谢谢大姐关照。”

“不用谢，大姐愿意。有你这个兄弟，是我的福气。”

小董坐在床沿，环顾四周。杏花向她慢慢靠近，突然，杏花一把抱住小董的头，紧紧搂在怀里，搂得很紧。小董被这突如其来的爱抚弄得不知所措，有点喘不过气来。但他并没拒绝、挣脱，相反，很是享受，享受平生第一次女人的亲吻和气息。

一阵爱抚之后，杏花说：“小老弟，记住大姐，我喜欢你。”说完，随即转身离开。

累了一天的小炉匠，钻进柔软舒适的被窝里，回忆在大姐怀里的感觉，头脑发胀，幻想连连。渐渐的，有节奏的鼾声响了起来，断断续续。

杏花躺在床上，想着自己的心事。嫁给满山也这么多年了，还没个小孩儿，心里没着没落的。加上满山对她越发冷淡，心里更加烦闷，翻来覆去睡不着。也许是后院那个年轻小伙走进了她的心，搅得她心神不宁、焦躁不安。

第二天一大早，小董就起床，蹑手蹑脚，拿着扫帚从前到后把院子扫了一遍，挑上担子走出梁家。在梁家不远处摆好摊位，生着炉子，先把杏花的锅补好。

“咦，你家不是在九仙庄吗？这么早可又来了？不会昨夜没走吧？住哪了？住俺村小学了？”婉容早上起来到井上打水，看见小炉匠这么早就忙着干活，不可思议，连着问了一大堆问题。

小董是个聪明人，害怕惹是非，装着没听见，低头不语，只管干活。

金旺家走出大门，看见小炉匠，也觉得奇怪。她想：“昨夜晚，最后一个是杏花送来的锅，难道是活没干完，杏花收留他住下的？不会吧，满山在家呢，他会愿意？”又一想：“八九不离十，你看这口大锅还是满山家的。早听说满山已经不待见杏花了，看来杏花是另有打算了。反正政府也不准娶俩媳妇，人家要走，他也拦不住。”金旺家真是咸吃萝卜淡操心。

杏花也起了个大早，她心里惦记着小董呢。谁知小董更早，已经走了，走之前还把院子扫了一遍，真是个懂事的好小伙儿。

杏花来到小董面前，说：“谁叫你起那么早，累了就多睡会儿呗。我去做饭去，饭好了，我给你端一碗来。”小董抬头笑笑，没说什么，继续干活。

一大早，出来的人越来越多，都为小炉匠的勤快伸大拇指，也有说调皮话的。身在异乡，怎好多论？干活挣钱，随人家说啥吧。

杏花把一碗热腾腾的红薯饭端到小董面前：“吃碗热饭吧，天气冷，暖暖身子。俺这锅好了吧？”

“锅补好了，做饭小心点，别叫勺子碰那补丁，还可以用一阵子。你提走吧，不收你钱。”

杏花撂下五千块，说：“这是你的辛苦钱，我不能不给。管你吃住，是姐的情分，记住姐就行了。”说完，提起锅快步离开。

小炉匠吃完杏花的红薯饭，又接了两个活。他感到人们的眼神有些异样，赶紧收拾家伙，离开这是非之地。

杏花的话，让不远处的金旺家听见了。这就有戏了，什么杏花认亲了，姐弟传情了，小炉匠夜宿杏花屋了，杏花吃偏食了，等等，一时间纷纷扬扬，成了史家湾的一大新闻。然而，杏花却一无所知。

038 货郎走四方

秋冬交替时节，农田里彻底没活可做了。

女人们可闲不下来，他们都忙着纺花织布，纳鞋底，做新衣。一家人的衣食全靠她们了。

勤谨的男人背个粪筐到路上会上捡粪，或者去地里树下搂一些树叶，回家烧火做饭。懒一点的男人，无所事事，游手好闲，几个人堆坐在一个背风的地方，晒太阳聊大天。这就是他们的农闲生活。

秋雨是个勤快人，一年到头手不闲。这不，他又从城里进货回来了，一进村就与二婶婉容打了个照面。

婉容说："他大叔，又去进货了？这回都是进点啥货？"

"啊，他二婶呀。你想要的，这回我都进货了，自己村上的，还能不帮着？等我歇一歇，明儿你过来拿。"秋雨笑着说。

"那可是好，他大叔还真有心，你准能发大财。"

第二天，秋雨把村上人要的东西都留在家里，由媳妇负责分给大家，收个成本价。秋雨挑起货郎担子满怀希望上路了，先近后远，见村就进，一个村挨着一个村地游走叫卖。

今儿先到了前庄，手举拨浪鼓，转动手柄，发出清脆的响声，"咚咚，咚咚咚！"并高声吆喝："大针小针绣花线，粗细洋线洋瓷碗，鸡蛋鸡子换咸盐。快来看，快来看，过了这村没这店！"

村头上一个柴门里出来一个老太太，拄着拐杖，颤颤巍巍："他大叔，我听见你说有洋瓷碗，先问问多少钱一个？有多大？给我看看。”

秋雨笑着上前，大声对老人家说：“三千五，中号的，给您看看。”

老人家说：“俺那小孙子，吃饭也不老实，端着碗到处跑，他都打坏几个碗了。听说洋瓷碗打不烂，掉地上也不怕，是不是？”

秋雨说：“是的，这是中号的，给小孙子用着正好。”

老人家拿起碗左看右看，光溜溜的，还很轻，爱不释手，但是觉得价钱有些贵。

秋雨看出老人家的心事，说：“大娘，今儿在恁村，开张头一个，我给您便宜点，图个吉利。三千三吧，这叫‘三人一心，力能断金’，好兆头！”

三言两语，说得老人家心里高兴，从内衣口袋里掏出了打卷的零钱。“这碗我买了，你真会做生意，嘴真甜。能发大财。”

老人家接过碗，高高兴兴走了。秋雨对着她的后背说：“谢谢您，大娘，长命百岁。”

时候不大，走来一个中年妇女：“货郎兄弟，俺想称二斤盐，叫我看看你这盐好不好。”

秋雨连忙打开箱盖，“大嫂，你看吧，白花花的上等盐，这两年我就不卖老土盐了。”

大嫂左手抓起一把盐，右手捏了一个大盐粒，用舌头舔了舔：“嗯，中，还怪咸的。”又说，“我没现钱，用鸡蛋咋换哩？”

秋雨说：“用鸡蛋换也行，咱这儿兴这个。一斤鸡蛋换半斤盐。”

大嫂说：“能不能多换点？天冷了，鸡子都不太下蛋了。”

秋雨说：“大嫂，你看，我进一回城也不容易，大老远从城里拉回来这点盐。我还得把你这鸡蛋拿去卖掉，路上要是打几个我就亏了，实在不容易呀。你就照顾一下兄弟吧！”

经他这么一说，大嫂心软了，不再讨价。

生意做开了，大姑娘小媳妇来了好几个，把货担儿围住了。有要绣花线的，有要绣花针的，有要铁勺锅铲的，有要纳鞋底线绳的。有拿钱买的，有用鸡或鸡蛋换的。热卖一阵之后，秋雨收了摊子，担起担子向另一个村庄走去。

秋雨抬腿来到后庄，照样摇着拨浪鼓大声吆喝：“大针小针绣花线，粗细洋线洋瓷碗……”

他带的都是应时物品，村人争先恐后前来问价购买，以物易物。

突然，人群里出现一个大汉，歪戴帽子斜瞪眼，张嘴露出大金牙，手里掂着一只公鸡，冲着秋雨说：“哎，用鸡换点盐。咋换哩？”

秋雨说：“和别人一样，一斤盐换二斤鸡。鸡子太瘦我不要，因为我得把鸡往城里卖，太瘦了卖不出去。”他瞅瞅来者有点面熟。

“那你先摸摸我这鸡瘦不瘦，你要不要。”

秋雨接过鸡一掂，好轻；再一摸鸡脯，干巴巴的没肉。说：“大哥，我没法收你这鸡。太瘦了，我卖不出去，对不住了。”

那人把秋雨上下打量一番，而后说：“你是史家湾的吧？我看着你有点面熟。”

秋雨说：“是史家湾的，俺做这生意好几年了，实在没办法，大哥，多包涵。”秋雨这时想起来了，他是大金牙，心里直发毛。

大金牙说：“多包涵？说得美！你这是刁难我，还记得那年在梁满山家的事吗？那时候就整治我，这会儿又跟我过不去。那是在恁村，这是在俺村，你还想不想要你这担子了？”

说话不及，大金牙上来揪住秋雨的领口，“你换不换？说！”

秋雨被这突如其来的事态吓得两腿发软，难以招架。心想，好汉不吃眼前亏，给他换吧。说：“大哥，你别这样，给你换就是了。”

大金牙松开了秋雨，说：“一斤换一斤，一两都不能少！”

“中，中，算你厉害，我怕你了。”换完后，秋雨急忙收拾，打道回府。

一旁的人都对大金牙撇撇嘴，摇摇头。有的小声说：“啥玩意，欺负人家外村的，一个货郎担咋惹着你了。真不是个东西!”

还没走出村，一个小伙子叫住秋雨：“等一下，大哥!”

小伙子对秋雨说：“这是俺村的二赖子，乡政府都叫他几次了，还关了几天呢。别怕，以后你再来，先到我那儿，俺住在那边第二家。”他指了指自家门。

“谢谢你，好兄弟。还是好人多，我知道了。”

一路上，秋雨回忆着多少年前的事。是他，就是他，镶着金牙，满脸胡子。他娘的，真倒霉，一场虚惊。今儿咋遇上这王八蛋了?

秋雨只顾忙着生意，连吃饭都忘了，这会儿觉得肚子饿了。从口袋里掏出带的烧饼，一边吃一边行，一边寻思着刚刚发生的事情，不知不觉来到沙沟河边。

清澈的河水穿过大大小小的鹅卵石流向远方，砂石把水流净化，清水泛起小小的浪花。潺潺的水声清脆悦耳，把秋雨恼怒的心情冲淡了许多。他放下挑担，走到水边，双手捧起河水喝了几口。空旷的河沟里有几只小鸟飞过，叽叽喳喳地叫着，好像是对秋雨说：“别生气了，快做生意吧，恭喜发财。”

秋雨的心情好了许多，他看天色尚早，兴冲冲地走向陈家沟。

刚一进村，就看见有个卖油郎。他手里的小木槌敲打着中空梆子，发出清脆而浑厚的声音，“棒！棒棒!”很有乐感，那种原始美妙的韵律如今难以寻觅。“棉油，豆油，芝麻油！买油，换油，找六九!”

“哟，六九呀！你也串到这儿啦?”秋雨和六九是老熟人了，他们游走四方，经常碰到，各做各的生意。

卖油郎生在冬末春初“六九”天，娘就给他起名“六九”。他榨油卖油，诚信实在，童叟无欺，在这一带声誉很好。

“啊，是秋雨大哥呀！生意好吧？家里都好吧?”六九很和气。

“好，好，都好。今天才刚出来。秋季收成不错，可能今年的生意会好些。”秋雨同时也摇动手中拨浪鼓，招揽生意。

拨浪鼓，梆子声，在陈家沟回荡着。老乡们各有各的需求，换油的，换盐的，都形成了规矩，不讨价还价，和气生财。

一个中年汉子走过来，对秋雨说：“老哥，今儿你带洋火（火柴）了没有？”

秋雨说：“带了，你老弟说的，我都记着哩。这回进城，跑了几个地方，才找到洋火。你还要啥，下回进城给你带。”

“你老哥真有心，下回给我带几包纸烟呗。听说城里人都吸洋烟，不吸旱烟了。今年收成好，俺也想尝尝新鲜。”

“那咋不中哩？我记下了。你事事都走到前头，是个赶时髦的人呀！”

中年人买了洋火，又称了些盐，高高兴兴回家了。

六九到前道街吆喝几声，敲敲梆子，做了几单生意，看看天已不早，准备回家了。

他挑着担子走过来，对秋雨说：“秋雨大哥，你还在忙呢。天不早了，我先走了，回去问全家好啊。”

秋雨正在给别人称盐，听到六九说话，抬起头来说：“好兄弟，你先走，路上小心。问大娘好。说不定哪天咱们又见面了。”

俩人道别后，秋雨也无心再做了，收好货担，走出陈家沟。

一路上，他估算着今儿卖了多少货，挣了多少钱。还想着今后咋样把生意做大，要像满山那样，在刘村镇开个杂货店，也不用这么辛苦，风里雨里，走街串巷，冷不防再遇上像大金牙那样的人。

039 汝愿终以偿

秋雨回到家里，喝汤时候，跟老田谈起今天的遭遇，最后对老田说："对这种坏人，政府可要好好管管。"

老田安慰几句："天下还不太平，地痞作恶时有发生，政府会再加大力度打击这些邪恶势力。眼下，你自己多防备些就是了。"

天气慢慢一天比一天冷，秋雨也歇业了。

冬季里，连下了几场雪。清晨日出，把阳光洒满银色的田野，空气清新而冰凉。小路失去了清晰的印迹，行人留下的深浅不一的脚印已经非常模糊，厚厚的积雪泛起晃眼的白光。

今年冬天冷得出奇，房上地上的积雪还没化完，紧接着又是一场。家有地窨子的，都转到地下过冬，针线活拿到地下去做，孩子们也在地下玩耍，地面上静悄悄的。

"麦盖三层被，枕着蒸馍睡。"瑞雪兆丰年，雪水保证麦田有足够的墒情，麦根分蘖多，来年多打粮。农民靠天吃饭，家家盼望来年麦子有个好收成。

这一天，李乡长把老田叫到乡里，当面告诉他县委县政府的决定，要调他到临近诸河乡当乡长。把调令亲自交到他手中后，说了些勉励的话。

老田说："感谢县领导的培养和信任，我一定努力做出新的成绩，不辜负领导的期望。同时，我还想说，老李，要感谢你这个老战友。没有你的关照，这一天不知啥时候才能到来。"

老李说："客气话就不说了。我还得问你，你现在和婉容关系如何？有啥变化没有？"

老田说："没啥变化，我努力克制自己，没敢再进一步，怕影响不好。看得出，她也没变，心还挺热。"又说："我答应她，等我有机会调到外乡，就托人来提亲，和她结婚。她是一直等着我呢。"

老李说："要是这样，咱们说话要算数。下面的事由我出面替老乡安排，更加顺理成章，你看好吗？"

老田说："那再好不过了。"

老李说："你先回去吧，跟村里有关人打个招呼，把工作向小梁交代一下，由他接替你。三天之内，到诸河乡报到。"

老田面带笑容回到史家湾，马上叫来小梁和小蔡。"小梁，小蔡，刚才李乡长传达了县上的决定，调我到诸河乡任乡长。"

老田的话还没说完，俩年轻人就鼓掌："祝贺田队长高升，恭喜恭喜。其实吧，也是我们的光荣，说明咱村的工作做得好。"

老田接着说："领导要求我三天之内报到，把这里的工作交由小梁负责。"

小梁说："不行，不行。我还太年轻，经验和能力还差得远，还需要再锻炼锻炼。"

老田说："别推辞了，经验是慢慢积累的，要多向乡亲们学习请教。我相信你会很出色地完成任务，不要辜负上级的信任。小蔡留下，继续配合小梁，你俩要团结，互帮互学，有啥困难多问问均安大叔。下来，我把工作再和你交接一下。"

老田接着来到均安大叔家。

进屋后，他把调任的通知向老村长报告了。均安说："老田呀，先靠火盆烤烤火，暖和一下。你为俺村老少爷们多操心了，为了大家都能过上好日子，起早贪黑，俺农民心里有杆秤，你是个好人，史家湾人不会忘记你。诸河村离这儿不远，有空多回来看看。你在那里安心工作，这边的事有小梁和小蔡，我会跟他们一起把史家湾的事情办得妥妥当当，走在全乡的前面。"

老村长一席话，使老田很感动。他说："的确，这些日子与乡亲们相处得不错，是乡亲们的支持，才把工作开展得如此顺利。我今后不管走到哪儿，都记着乡亲们对我的好，永远不会忘记。"

他又和均安大叔讨论了村里当下的工作，并展望将来农业合作化的发展道路。

老田和银生在街上不期而遇。他告诉银生自己要调到诸河乡，希望他一如既往协助村长，把史家湾的事办得更好，让乡亲们过上好日子。

老田走街串巷，一家接一家道别。

日久见人心，处久见真情。他进过各家的院，吃过各家的饭，和乡亲们结下了深厚的感情，人人亲切地呼唤他老田，都把他当作自家人，有啥心里话都会向他倾诉。此刻，他难舍难离，心里七上八下的，外人哪知其中味？

最后，他来到婉容家。一对秘密恋人的眼光碰到一起，是惊是喜？其实，这一刻的到来，是他们期盼已久的。

婉容让老田进屋，她说："今年天真冷，冻死人了。快进来。"

坐下之后，老田说："婉容，我今天要告诉你一个好消息，县里调我到诸河乡当乡长。咱俩的事好办了。"

婉容激动得一时说不出话来，两颗泪珠在她眼眶里打了好几转，慢慢落下，滴在棉袄上。

她擦了一把泪水，说："是真的吗？我没听错吧？"

老田说："是真的，李乡长特地把我叫到乡里，把调令交到我手上。你看，这是调令。还答应为咱们的婚事张罗。"

婉容瞄了一眼老田的调令，说："我信了，我信了。我不看。"

婉容的脸红了，焕发出青春少女般的光泽，她心跳加快，感情的烈火在胸中燃烧，一颗炽热的心向上翻腾，似乎要从喉咙跳出来，胸脯起伏明显加大，她快要窒息了。

她难以控制自己，一把搂住老田，趴在他宽厚坚实的肩膀上。俩人都不说话，静静地依偎着，拥抱着，享受着这久违的甜蜜。

老田慢慢松开双手，正视着婉容，说："容，咱俩的事我都想好了。你不用操心，由李乡长出面安排更合情理，该走的路数都不会少，让咱们排排场场把婚结了。有一点，你必须做好大娘的工作，让她老人家放心。"

婉容说："我婆婆是个开明人，她以前也让我找个合适的。你估计咱们的事啥时候能办？我也有个准备。"

老田说："这要看李乡长了，我想他会尽力的。不是年前就是年后，尽量快些，但也不能太着急，以免出啥娄子。"

"我都听你的。有一点，我得再说一次。结婚后，我还住在这里，哪也不去，继续照顾这个家，照顾婆婆孩子。你同意吗？"

老田说："当然了，你还住在这里。再说了，我也没房子给你住呀。你放心吧，结婚后，这儿就是我的家，咱们一起照顾这个家。"

老田来老太太屋里打招呼："大娘，过一两天，我就要离开史家湾了。我调到诸河乡了，您多保重。"

大娘说："咋，你要走了？还回来吧？"

"回来，回来。一定常回来看您。"

"啊，你走吧。"大娘掀着棉布门帘，望着老田的背影，许久才返身回屋。"多好一个小伙子！嗯——"嘴里喃喃地说。

李乡长与诸河乡沟通，给老田安排了一间民房。老田走马上任，开始了新的工作。一段时间后，他的婚事提上了议事日程。

首先他向上级汇报了个人问题。县领导对老田的婚事很支持，认为这象征着妇女解放，是个很好的活教材。妇女冲破封建枷锁，争取自由，是好样的。

今儿李乡长来史家湾，找到均安大叔。

"大叔，是这么回事。老田在咱村工作期间，与婉容相识，彼此相爱，但因为工作原因，把感情压在心底。现在老田已经调离，是该成全他们的时候了。您说呢？"李乡长开门见山。

均安说："这是件好事呀。婉容寡居多年，丈夫一直也没消息，总不能这样熬一辈子吧。他们的事，我也稍有耳闻，不过我知道老田总以工作为重，不徇私情，这会儿也该是捅破窗户纸的时候了。我为他们高兴，祝福他们！"

“大叔，有您这句话我就放心了。那，村里人不会说三道四吧?”

“俺这村好心的人多，没有很不着调的人。有啥话，我担着，不用怕。”大叔很自信。

“既然如此，今儿，我就算是个媒人，来您这儿提亲了。您看好不好?”李乡长说。

“我看这样，先叫婉容过来，你跟她说明情况，看婉容有啥意见，再决定下一步如何走。要没啥问题，我领你去见老太太，亲自向她提亲。咱们不能输礼数。你说呢?”

“好，好，您说得有道理，听您安排。”李乡长说。

婉容到了均安大叔家，看见一个陌生人，心里怦怦直跳，不知是凶是吉。听说李乡长是来提亲的，她才绽开笑脸，与他们讨论婚姻大事。

“多谢李乡长从中周旋，成全俺们的婚事。我觉着，要先跟俺婆婆商量一下。尽管她以前也曾催我再找一个，可是事到临头，还需要正式地跟老人家打个招呼，再走下一步。”

李乡长觉得婉容考虑得很周全，礼数需要做到位。就等她和老太太商量以后，再进行下一步吧。

回到家，婉容走进老太太屋里，说:“娘，我想跟您说个事。”

“你说吧，我听着呢。”老太太说。

“以前，我曾跟您提起过，我和老田都有那点意思，但因为他在咱村工作，不好挑明。这会儿，他调到诸河乡有一段时间了，俺们想大大方方谈婚论嫁。您看可以吧?”

“好孩子，娘知道你的心事，你应该走这一步。娘不糊涂，该咋办就咋办吧。”老太太很平静。

她真心愿意婉容再婚，但是真的事到眼前，内心还是有些伤感。她不由得想起自己的儿子，到如今还不知身在何方，是死是活。

“娘，您就是俺的亲娘，这儿就是俺娘家。可能这一两天，乡里李乡长会来当面向您提亲。您同意吗?”

“同意，同意。我咋会不同意呢？这是件好事。”老太太说。

“娘，您放心。我永远不离开您，我会照护您一辈子。结婚后，我还住在这儿，哪也不去。”

婆媳俩相依为命多年，感情深厚，情同母女。这时，婉容情不自禁热泪盈眶，抱住老太太，久久不愿离开。

老田要娶婉容的事，很快在史家湾传开来了。有人叫好，有人同情，也有人挖苦讽刺，说调皮话。

“这二婶，整天张罗着给别人说媳妇，说着说着，给自己说个男人。”

“这叫作‘肥水不流外人田’，懂不懂？遇上好的，自己先拾回家。”

“我早就看着不对劲，想着他俩会有点事。今儿算是露馅了。”

“管恁啥事？人家没给狗娃说媳妇？二婶一个女人家，孝顺婆婆，照顾小女，家里地里，多不容易呀。人家合理合法，别说那没意思的活了。”

“就是的，老田人心眼好，又能干，跟二婶很般配。老天有眼，好人有好报。”

事情进展得很顺利，遵循史家湾的风俗习惯，李乡长置办了一份聘礼，作为媒人来到婉容家。大娘笑脸相迎，应允了这门亲事。

紧接着老田、婉容二人到民政所登记。诸河乡的那间临时住房，稍加收拾作为新房。

婉容婆婆像嫁闺女那样，为婉容做了新铺盖、新枕头等，把自己手上的玉镯取下来，戴在婉容手上。出身大户人家的老太太，拿出一些老爷留下的珍藏，交与婉蓉。老人家的心思很清楚，就是要婉容睹物思人，永远记着张家，记着国梁。

很多人送来贺礼。有的是与婉容交好，有的是给老田面子。景盛娘送了一块花布，均安婶子送了几斤棉花，满山家底子厚，悄悄送了十万（旧币）块钱。因为婉容编派过满仓老婆，因此，人家盼着她早点离开史家湾。

银生平时爱跟婉容开玩笑，斗嘴，有几分亲近。他也是个有心人，特意到镇上买了一面大镜子送来："嫂子，送你一面镜子，好好照着镜子收拾打扮，叫老田心里高兴，好好伺候你。"

婉容说："我知道大兄弟有这份心意，谁叫你破费！叫我说啥好呢，真是的。"

银生说："嫂子，可怜一下老弟呗。别光顾你自己，给我也说一个呗。"

婉容说："还用我说么？那不是现成的。恁俩的事还能瞒得过我这火眼金睛？我就等着喝你的喜酒呢。"

银生没想到婉容也知道他们的事，连忙说："别瞎说了，我有啥事？"

银生不好意思了，说完扭头就走。

一个晴朗的冬日，太阳爬上了山坡，地上积雪反射着刺眼的光，两辆搭着席棚的马车从诸河出发，直奔史家湾而来。

棚子前面用一朵大红花妆点，两侧贴着大大的双喜字，红花帘布遮住席棚的前后两端，马车里坐着接新娘的诸河村人。老田骑着高头大马，披戴红花，走在马车前面。

到史家湾村头时，迎亲乐队奏起欢快的迎亲曲子。均安大叔主持嫁女仪式，他命人燃放鞭炮。听到动静，看热闹的排了一街两行。

到了婉容家门口，老田下马，一切按部就班，行完各种礼仪。最后，两个年长妇人搀扶着婉容，慢慢走出家门，坐上迎亲的马车。

日也念，夜也想，何时嫁情郎？地未老，天未荒，汝愿终以偿。

老田翻身上马，依然走在马车前面，慢慢离开史家湾。他面带笑容，向送亲的乡亲们频频作揖致谢。

三天后，婉容返回史家湾，依然如旧，生活平实，简单幸福。一天工作结束之后，老田就回史家湾。新婚夫妇，百般恩爱，欢声笑语，美满和睦。老太太也备受关爱，心里踏实了许多。

040 农业合作社

早春二月，沟边开满了迎春花，柔弱的枝条随微风摇曳，黄色的花瓣十分耀眼。麦苗开始返青，大地已经苏醒。

经过一个冬天的孕育，农村的一场大变革就要展开。

上级批评农业合作化像小脚女人，走得太慢。基层干部闻风而动，加快了工作步伐。乡里组织各村工作队员学习合作化的方针、政策、方法和步骤，要求立刻对农民进行宣传教育，打破传统的小农经济观念，进行社会主义公有制改造，成立农业合作社，进一步解放生产力。

均安和全乡的村长们都到乡里开会，学习上级指示精神，领会农业合作社的优越性，以及成立合作社的方法步骤。村长们似懂非懂，不懂也装懂，在以后实践中看吧。上面叫咱咋干就咋干，新社会是要咱们过上好日子。这是他们的基本信念。

小梁、小蔡与均安村长研究本村的合作社事宜。首先要成立一个工作小组，由均安任组长，吸收银生、大春、太平为小组成员，负责登记各家的农具、牲畜、土地等，并共同评估、定价。小梁、小蔡协助联络乡政府，解释成立合作社过程中的政策性问题。

村民大会开始了。均安开始传达乡里的指示精神。根据他的理解，讲述合作社的好处，希望大家都能够跟着党，走社会主义光明大道，共同富裕，有吃有喝，电灯电话，楼上楼下，点灯不用油，耕地不用牛，齐心协力建设一个美好的社会主义新农村。

接着，均安宣布了工作小组名单，又说明具体办法：把每家每户的牲口、农具、土地都作价入股，每季按照股份的多少，分得一部分粮食；每个人下地干活，都记工分，每季按工分多少分粮。这两项加起来，就是每家应得的粮食。土地、农具、牲口作价要公平合理，先由领导小组成员评估，公之于众，大家提意见，进行调整，再最后确定。男人出工，每人每天记十分，妇女每天记八分，特别重的农活，每人每天另加三分。这样做，种地打场就不分哪家先哪家后，谁家多谁家少。大家都出力挣工分，凭工分分粮，多劳多得。对困难户、孤寡老人和没有劳动力的人家，合作社给以特别照顾，不会让一个人饿肚子。

村民们还是头一次听说这事，绝大多数理解不了。随大流跟风走，是一般人的想法。让大家发表意见，谁也说不出啥来，只是在底下小声咕哝。有牲口、农具的人家，只怕被低估了它们的价格。

其实，村民们的家底，大家都很清楚。工作小组两天就登记好了，张榜公布，没人提出异议。下一步，工作小组开始讨论评估定价所有生产资料。比如：一头标准牛（青壮年，健壮）50 万（旧币），以此类推，根据各家牛的状况，评价 40 万、30 万不等。一张铧犁 10 万，一个耙 10 万，一副耧 20 万。土地分为三等，一等好地每亩 60 万，二等 40 万，三等 20 万。

农具有新有旧，土地有肥有薄，牲口有大小老幼，情况千差万别，要十分合理地定价绝非易事。好在工作组成员没有太多私心，花了几天几夜功夫，总算有个初步方案。

方案公布后，史家湾沸腾了。评估相对较高的无话可说；认为低估了的，大骂不公，纷纷找村长论理；没啥东西的人家，在一旁看热闹；有些爱挑事的，故意夸大其词，刁难村长和其他组员。

工作组根据村民意见，修正方案，二次张榜。这回意见少多了，但仍有人认为把他家低估了，强烈要求更改。工作组又一次微调，做出最后方案。

打满仓有病后，就由兴盛当家。那时他主动加入互助组，在互助组里也能够与他人很好相处。现在，爹不在了，他老人家一手置办的家业，家里所有的生产资料要划归合作社，成为公有，自己没了支配权，他感到特别不爽。另外，一家人只能在合作社的统一安排下，耕种收割，下地干活，他没有办法再管理这个家，一个大家庭就会无形中分解。他郁闷，愤懑，茶饭难咽，寝食难安。他像走进了一个黑胡同，看不清路在何方。

这天天刚黑，一家人早早喝了汤。兴盛把弟兄们叫到院子里，共同商议是否加入合作社的问题。老大由秋菊代替。

他开门见山："几天来，我心里像猫抓一样，心神不宁，整夜睡不着。这合作社咱家入不入？我拿不定主意。今儿，把恁都叫来，看看恁都有啥想法。"

这一回，秋菊先说话了："恁大哥是个啥样的人，不用我说了，俺这一家子全靠三位弟弟帮衬。要是入了社，他也不会挣工分，叫俺咋活？叫我说，还是别入社了，咱家单独干。"说话间，眼泪扑簌簌掉了下来。

老三兴国说："我觉得他们低估了咱家东西，有意坑咱家。咱还是自己干好了，不然太吃亏。再者说，咱爹的心愿就是咱弟兄们一起过。弟兄握紧拳，面前没困难。他老人家没走几天，咱就分开，也太对不住他在天之灵了。"

老四兴家说："叫我看，这是大势到这儿了，形势比人强，拗得了一时，拗不过一世。要不入社，不知道以后人家会咋整治（为难、穿小鞋）咱呢？说心里话，我也不想入社，可是又能撑多久呢？还不如现在就入，不落人后，面子上也好看不是？"

兴盛说："老四说得也有道理。可要是入了社，咱这家就自行散伙了，我心里过不去这道坎儿。"

兴家说：“我心里也难受，有啥法呢？眼前只有两条路，要么入社，要么单干。我想，无论走哪条路，爹都不会怨咱，爹是个明白人。咱不是对爹不孝，是世事到这儿了。只要咱自家好好安排一下，也不是不行。”

老四年轻几岁，接触新人新事多，脑子没那么死板，愿意随大流，跟着形势走。

兴国说：“听老四这么一说，我也觉得怪没法（无奈）的。二哥你看着办吧，咱家还是你当家。”

兴盛沉默了一会儿说：“大嫂，无论事情走到哪一步，只要有俺兄弟几个在，就不会叫恁一家忍饥挨饿，你放一百个心。我再和老村长商量一下，看能不能再多给咱估算点。今儿这事先不定，过两天看看形势有啥变化。我再到邻近村上打听打听，看别村是咋办的。跟太平哥通通气，他在工作小组里头，听说他也不愿意入社。就这吧，都回屋歇着吧。”

第二天，兴盛来到均安大叔家。他有点不好意思地说：“大叔，俺家的农具啥的最多，东西也都不差，您说是吧？”

均安“嗯”了一声，兴盛继续说：“和别家相比，俺那些东西评的有些低吧？”

均安说：“大侄子，你已经来过两回了。我和组里的人也讨论过不止一回，考虑到你家的具体情况，已经上调了估价，要是再往高处提，恐怕别人又会来找。我把一碗水尽量端平，不让一家吃亏，也不能让一家占便宜。话又说回来，这事很难做到分毫不差。比如说，评一张犁，一人说是八成新，一人说是七成新，很难拿捏呀，你说是不是？因此，我只能凭着我这份良心对待了。大侄子，你也考虑一下大叔的难处，支持一下大叔，中不中？”

话到这儿，兴盛又能说啥呢？他只好没趣地离开了。

回到家，兴盛告知大家最后的结果，征求大家的意见。老三的意见是等等看，老四则偏向现在就入社。最后，兴盛决定再等等，不到最后关头，不加入合作社。

乡政府组织了宣传队，扭秧歌、说快板、搭台唱戏，大力宣传农业合作社的优越性，声势浩大，对小农经济的习惯势力形成了猛烈的冲击。

兴盛还是没能抗住猛烈的宣传攻势，他到最后一天，向老村长表示同意加入合作社。

大多数农户对加入合作社持积极态度，还有部分农户心存疑虑，意见最多的是对评估不满意的人，但他们还是相信党和政府，相信合作社会比互助组更加优越，日子会更美好。

三月底四月初，整个刘村乡实现了农业合作化。村子小的，一个村就是一个合作社，或者俩村合组一个合作社；再大一些的村，可能分为两个合作社。总之，全乡农民都加入了农业合作社，走上了社会主义的康庄大道。

史家湾农业合作社分成两个生产队。一队大春任队长，二队兴盛任队长。均安任社长，银生任副社长。

把周嫂的空院子稍加整理就作为合作社的办公室，摆了一张桌子，一盏带玻璃罩的油灯。挂牌那天，鞭炮鼓乐齐鸣，男女老少都来庆贺。均安宣布，史家湾合作社成立了。

一队的牲口由石头负责喂养，二队的牲口由水生负责喂养，草料各家分摊，喂养人每天记 6 个工分。大件农具归生产队所有，队里保管。小件农具也没作价，则归自己所有，自己保管。

史家湾的麦田里出现了新的景象。一队人马，少则七八人，多则十几人，一字排开，齐头并进，在说笑中，用锄头给麦地除草松土。心情轻松，你追我赶，一块麦地很快就锄完了。

生产队派人在地块的边缘，寻找原地界石头，把石头刨除，白灰分撒，彻底抹除小块土地的印记，变小块为大田，为将来农机耕作打基础。

秋雨又有说道了。他每天都会去看自家的牛，看看吃草多少，喝水多少，加不加料，是不是干活太累，有没有掉膘。

这一天，他对均安说：“安叔，我看恁家的牛都挺好，俺家的牛不太想吃草，膘也掉了不少。真叫我心疼。”

均安说：“牲口都是一个人喂的，他还能偏向哪头牛？就你心多。”

秋雨说：“要不，还让我自己喂吧，让俺那牛少干点重活。”

均安说：“你呀，一天净瞎琢磨，都像你这样，合作社不散了？把心放到肚里吧，该干啥干啥去。”

兴盛的家也自然分开了，四个弟兄都自立门户，原有资产估值平均一家一份入社，并且商定，谁挣工分是谁的。老太太和秋菊在一个锅里吃饭，秋菊照顾老太太生活。分得粮食每家一份供给老太太，小妹挣工分归老太太。这样，傻哥哥和老太太都有所照顾，大家都没意见。

均安村长看在兴盛家四弟兄在村里有分量，就让兴盛当队长，提高他的荣誉感和积极性，兴盛心存感激。他认为，均安村长是大人不记小人过，他决心要把队里的事情干好。当了队长，他也感到几分光彩，父亲以前留下的阴影大大淡化了。

合作社成立，进一步解放了生产力，农民的生产积极性得到了充分释放。一时间，大干社会主义的热潮在广大农村一浪高过一浪。一股冲动，一种按捺不住的激情，像火山一样迸发出来。一种新的社会形态在这片古老广袤的土地上诞生了。

041 各尽所能乎

“各尽所能，按劳分配”，是社会主义的分配原则。这一原则似乎已经考虑到人的自然属性。出一份力，拿一份报酬，合情合理的，每个人都应该做得到。但事情并非如此简单，时间一长，人的自私天性就暴露了。

生产队安排种十几亩春蜀黍，要给地里施加底肥。牛车不够用，靠人挑担往地里送。为了公平起见，每人每天送二十担肥，记十分。男女老少一样，凭工记分。

均安俩儿子上阵，每人一副担子，箩头（筐）里装满农家肥，大步流星，呼呼有风，前半晌就送了十二担。

金旺很少干这种活，怕出力是他的秉性。他今儿也来挑粪，第一担，箩头装得还比较满，他已吃不消，只是勉强送到地里；第二担，第三担，越装越少，一担顶半担。

周婶儿子文荣年轻稚嫩，扁担在两个肩膀上换来换去，步子不稳，左右摇摆。但他不愿落于人后，半天下来，两个肩膀通红通红。

周婶看见，心疼死了，说："孩子，后晌歇歇吧，你还小，别把腰给压坏了，那可是一辈子的事。"

"没事，娘，过两天就好了。"

秋雨善做小生意，会精打细算。这年头，乡里村里越管越严，他只能偷着做点，得把农活放在心上。挑担这活对他来说，算不得什么，因为他挑着货郎担走街串巷早已习惯，但那是为自己。今儿挑粪是给集体干，挑的多了自己吃亏，他斤斤计较，就把箩头装出虚头，瞒天过海。

秀萍和婉容俩人抬着两筐粪，显得有些吃力，但她俩都是吃过苦的人，这点活能干得动，说说笑笑就到地里了。

兴盛挑着粪赶上了秀萍她们，说："俩大嫂，看把你俩累的，歇歇吧。送完这一次，也该回去做饭了。"

婉容说："大兄弟，当了队长了，知道关心社员了！"

"那是的，心疼的人在那儿哩。"说完，拿手指指地里的银生。

秀萍不以为然，说："有个好队长，今年多打粮。加油干！"

地块越来越远，老实人挨着粪堆向前走，往远处倒。偷懒的人，就近倒掉。这样，近处粪多，远处粪少，厚薄不均。再后来，只有由队长站在地头，指定倒粪地点。

庄稼一枝花，全靠粪当家，这是一句家喻户晓的大实话。从前各家各户都会积攒农家肥，让自己的土地有更好的肥力。现在入社了，队里把每家的农家肥按"方"记分，但是有人往粪中掺加过多的土，以土充肥。这件事无法评估，难以杜绝，只有凭自己的良心了。无奈之下，合作社正副社长加上两个生产队长，就对农家肥评级，分三级，每级相差三分：一级每方十分，二级七分，三级四分。

晚上，合作社召开全体社员大会。

均安说："近几天咱们村发生了一些问题，我必须拿出来说说。挑粪往地里送，箩头装不满，不凭良心，一担只能顶别人半担。到了地里，就差几步，不往远处倒，地这头粪多，那头粪少，甚至没粪。这样庄稼能长好、长匀实？为了多挣几分，使劲往粪里加土，你当俺都看不出来，俺都没长眼？干这事的人都好好想想，你对得住谁？哄来哄去，哄的是自己。庄稼长不好，来年咱吃啥？你一个人投机取巧，大家跟着你倒霉。你良心叫狗吃了？"

均安越说越来气："谁以后再捣蛋，不凭良心干活，偷奸耍滑，就把他踢出去！史家湾不要这种人！"

会场上鸦雀无声，老社长的话句句在理，震撼着尚未泯灭的良心。

均安从来没想过会有这些事情，他以为大家都有一颗善良诚实的心，都会把生产队的事当作自己的事。他显然对人性自私的一面估计不足。

栽红薯季节到了，两个生产队各用一口井。年轻力壮的都负责挑水，妇女和年老体弱者在地里刨坑、浇水、放苗、填土、压实。

担水要有技巧，会挑水的，他的步伐与扁担的上下跳动节奏一致。不会挑的，步伐与扁担不协调，水会从桶里溅出。满满一桶水等走到地里，可能只剩半桶了。有经验的人在水上面放几片树叶或麦草，能避免水溅出。但个别人故意让水溅出，以减轻重量。投机取巧、少劳多得之心是一种潜意识。一人不规矩，就有效仿者。

社长、队长商议后，规定每担水必须栽种五十棵，但这并不能解决问题，每个坑里少浇水，照样能对付过去。

巍山媳妇要天天下地挣工分，不然，拿什么分粮食养活娘俩？她烧火做饭，补补连连，忙了地里忙家里，一双原本纤细的手上长满了老茧，面部粗糙而憔悴，宽大不合身的夹袄打着补丁。她才三十来岁，却已有四十多岁的面容。她蹲在地上，把红薯秧按进泥土里，再填埋压实秧苗周边泥土。一颗接一颗，头也不抬，清早到晌午，两手不停地扒拉着泥土。她想，以前犁地、锄地、上粪、播种、收割、打场样样都得自己操心，求人帮忙。这会儿只管出力干活就是了，别的事情由社长、队长操心，思想压力没有了，干活也不感觉累了。

太阳升到了头顶，她栽好最后一棵薯苗，起身回家，给孩子做饭。春天容易犯困，又到了晌午，人自然会懒洋洋的。

秋雨挑着空桶慢悠悠地在前面走着，巍山媳妇赶了上来，打个招呼：“秋雨哥，你还不快回家吃饭？嫂子把饭做好等着你哩。”

“咦，弟妹呀。干了半天活了，怪累吧？还得赶回去给孩子做饭。看把你紧张哩！大哥看着怪心疼哩。”

说着话，巍山媳妇走到了前面，回头说：“俺干惯了，不累。入社了，少操多少心呀！”

这几年，明里暗里秋雨给巍山家帮了不少忙，为这事，媳妇没少给他脸色看。只从均安上次教训过后，秋雨良心发现，幡然悔悟，不过对巍山家娘俩还是牵肠挂肚的。

兴盛弟兄几个分了家。从前都是兴盛罩着全家，现在只能各顾各了。虽然兴盛当了队长，但他对社员们必须一视同仁。不然，村里人不答应。

今儿后晌，兴国、兴家都来挑水栽红薯。

兴家没干过啥重活，挑着水走这么远的路，他是第一次。从村里到地头他歇了三次。真够难为他的，一担水到地里，只剩两半桶了。为了不让别人有意见，挑十担兴盛给他记九分。对此，其他人并不愿意。谁让人家是亲兄弟哩！

大春人高马大，在史家湾是第一号大力士。他挑一担水，不费吹灰之力，只见他大步流星走在路上，嘴里哼着曲剧《寇准背靴》："寇平仲，暗跟踪，郡主跑得一溜风。我年老，她年轻，她路熟，我路生，高高低低路不平……靴子底厚又板硬，踢踢踏踏有响声……"

他撵上石头："快点呗，你比老牛走得还慢。没吃饭呀？"

石头知道大春赶上来了，也没回头，说："大春哥，兄弟身单力薄，咋能和你比？俺挑两担，你挑三担，你也不累得慌？"

"我不累，十担水挑完拉倒，可以早点歇着，也干点家里事。"大春说。

石头说："你是队长哩，也不多干点？互助组那会儿，给你家栽红薯，你可不止挑十担水呀。"

"那不是一回事。这会儿，我要是挑多了，多记工分，不知道别人会说啥呢？"大春放慢了脚步，和石头说说笑笑来到地头。

银柱过继到太平家以后，生活大大改善，今年十四五岁，都长成半大小伙儿了。他不爱学习，不进校门，太平千方百计教他干些农活，但是他好吃懒做，无所用心。

太平今儿后晌把银柱带到地里，手把手教他刨坑："你看着，锄头到土里一大半，往上一提，把土带到后边。你看，你看。"

太平连着做了好几个示范，问银柱："明白不明白？你试试吧。"

银柱接过锄把，心不在焉地随意下锄，左一个，右一个，深一个，浅一个，歪歪扭扭，不成样子。

太平只得把坑填平重新刨坑。这样，反反复复一个下午，银柱没能刨一个像样的坑，把太平鼻子都气歪了。骂了他好几次，毫无效果。

喝罢汤，老两口把银柱叫来，太平说："银柱，你也不小了，要用心学干农活。现在都入社了，以后都要凭工分吃饭，我跟你娘慢慢老了，还靠你养活哩。你说是不是？"

银柱后晌挨了骂，这会儿正没好气，说："我笨么，学不会。我也养活不了恁！"

太平媳妇说："看你这孩子，咋跟你爹说话哩？俺管你吃喝穿戴，老了，你不该照护俺？咋这样没良心呢？"

银柱听说这话，一下子就毛了，他说："是恁要我过继的，不想要我，我这会儿就走，社里也不会叫我饿死。"

老两口气得大眼瞪小眼，十分无奈。太平说："孩子，你就是不养活俺俩，可你自己也要成家立业。你连农活都不会干，往后生活靠谁呀？俺这是为你好。"

银柱又顶了一句："往后生活不用恁操心，有政府哩。我都不怕，你怕啥？"

真是个不成器的孩子，老两口无话可说。

银柱过继以来，太平两口没少呵护调教他，可始终没能暖热他的心。银柱三天两头到亲娘那儿，亲情就无法有效转移过来。两个格格不入的家庭，两种格格不入的思维方式，难以融合。

最后，老两口只好把银柱归还给金旺。回到了原来状态，太平也觉得轻松一些。

满山二房杏花也到地里刨坑，栽红薯。在梁家，她原本只伺候老太太，农活很少干。可当下世事由不得她，她不下地说不过去。

风刮日晒，脸皮由红润变黑黄，手上起了茧子，脚上新鞋沾满泥土。天黑回到家，早早回屋歇息，老太太的事她能推脱就推脱。满山看她劳累，也不好说什么。

这天，杏花下工回家就抱怨："累死我了，你也不心疼。一天到晚，就是围着你那醋坊转。"

满山说："反正农活我也不在行，我不做醋咋行？就凭那几个工分能养活咱这一家子？咱做醋卖钱，可以到集上买粮吃。你或老大去地里干点活，应付一下。咱家没人下地，没法交代。说不定哪天不让咱做醋，咋办？你没想想这道理？"

见满山说得有道理，杏花不再言语。

满山又说："娘年纪大了，越来越需要人照护，你就多辛苦一些吧。"

杏花说："大姐也能抽空照护一下，别把啥事都靠在我身上。"

满山说："我跟她说了，她也没啥意见。你跟咱娘感情深，就多担待一些。为了这个家，相互都让着点，行吧？给我点面子。"

杏花低头无语，她默默承受着生活带给的一切。

042 有情成眷属

天气一天比一天暖和，年轻人脱去了厚重的棉衣，常常撸起袖子，亮出被冬天捂白了的肌肤。去年收成好，家家户户都不缺吃，红薯的淀粉和糖分提供了很好的营养，每个人好像都胖了一圈，大人孩子的脸色都是红扑扑的，显得生机盎然，活力四射。

这一年多来，银生在均安村长的带领下，进步很快。他对均安大叔非常敬重，大叔的高贵品质令他钦佩，大叔的言传身教使他受益匪浅。银生心地善良，心胸开阔，办事公道，不徇私情，他热心村里的事情，敢于担当，一天到晚不着家。老娘常常把饭做好，坐在院里等他回来。他在村民中的威信越来越高，大家都信服他，没再把他看作外乡人。

银生现在是副社长了，尽管很忙也没忘秀萍母子，反而更加关爱，把她家的力气活全包了。见多不怪，背后也没人再说三道四了。

今儿，他来到大叔家，商量今年哪块地种啥早秋，各种多少。

最后，大叔问银生："银生，你也老大不小了，家里该有个女人操持，你娘老眼昏花，也需要有人照护，你有啥想法，跟大叔说说，我支持你。"

大叔提起这事，银生觉得怪不好意思的。他脸红了，低下头说："大叔，我没本事，要长相没长相，要家底没家底，事情不好办呀。"

大叔说："跟我别不好意思了，你的事情咱村谁不知道呀？到现在还跟我藏猫虎（捉迷藏），你呀，真是个老实人！"

银生说："大叔，既然您都知道了，我就跟您直说了吧。我跟秀萍都没啥意见，也很想早点合到一块儿，相互都好照护。可就是害怕村里人老脑筋，说三道四，叫俺俩下不来台。我现在还干着副社长，不能为自己的事叫全村人戳脊梁骨吧。大叔，您给我想想办法。"

"这事你不用怕，你俩结婚合情合理合法。咱村人都很善良的，不会说啥。加上你俩为人好，名誉也不赖，大家都可怜你们，都认为是件好事，应该成全。再退一步说，有人说啥难听话，我顶着，你就放心吧。"

"那，我就拜托您了，有您撑腰，我就不怕了。在咱这儿，讲究明媒正娶，您就当俺们的媒人，好不好？"

"这还有啥说的？你先回去跟你娘和秀萍打个招呼，你们再合计合计，而后，来和我说一声。我再根据你们的意思办。"

银生在大叔这儿吃了个定心丸，乐滋滋的。他把与秀萍结婚的事提上了议事日程。

这天夜里，银生掀开门帘，看见老娘坐在床沿上，两只小脚换上了单鞋，踩在一个小马扎上，紧紧凑在昏暗的煤油灯下，凭着感觉纳鞋底。

透过油灯的光亮，老娘花白的头发和满脸的皱纹清晰可见，银生仿佛今天才发现娘是如此苍老。他不知道娘心里想些什么，他一惊，打了个寒战。

“娘，天黑了，你眼不好，看不清，别干啥了，早点歇着吧。”银生心疼娘。

“你脚上的鞋底都快磨透了，鞋帮子也烂了，我可不想让你露脚指头站在人面前，让人家笑话。”大娘知道银生是村里的干部了，得体面些。她是个好强要面子的老太太。

“娘，没事的，没人会笑话。今儿，我要跟娘说件要紧的事，你一定会高兴。”银生要跟他娘商量与秀萍结婚的事。

“那你说吧，娘听着呢。”

“我要跟秀萍结婚，最近就办，你看好不好？秀萍那人你也知根知底，为人不赖。婚后，由她操持家里的事，你也该享享福了。”

大娘虽然早有这想法，但听到银生突然说起，真是又惊又喜。

“那可是好！我早就盼着这一天呢。”

停了一下，又说：“你才当上副社长，不怕村里人说啥话？”

大娘很高兴，也很担心。

“不会有啥事。今儿，均安大叔主动提起这事，催我早点结婚。他说，村里人都不错，不会有啥事。真有啥事，大叔他会出面顶着，给咱撑腰。他还答应做俺的媒人哩。”

“这可太好了，有你大叔照护，我放一百个心。娘知道了，你说咋办就咋办吧。只是娘手里没钱，不能给你置办啥东西，娘这心里怪不好受哩。”

“娘，你别这么说，娘这一辈子太不容易了。娘辛苦一辈子了，往后，我一定孝顺你，叫你过上好日子。你对俺有啥要求，我过去跟秀萍说。”

“好孩子，娘没啥要求，我会好好维护这个家，把继勇当作自己的亲孙子。秀萍是个好人，明事理，我放心。”

“我还没跟秀萍提这事呢，明儿我过去跟她商量一下。你别再操啥心了，一切有俺们呢。你歇着吧，别纳鞋底了。”

第二天，银生来到秀萍家，眉开眼笑，乐呵呵的不知从何说起。

秀萍说：“你这是咋的了？光笑不说话。”

银生说：“我说不出口，要是说了，你可别不高兴，别恼我。”

“行，快说吧，我不恼你。”

银生怯生生地说：“咱俩结婚吧。”

秀萍没有思想准备，感到有些突然，说：“这会儿你咋猛然说这事？我没有思想准备，太突然了。再说，你不怕村里人笑话咱？”

银生说：“咱俩都好了这么长时间了，这事，早晚我会提出来的。咋还没思想准备？我不信。”

秀萍低下头，沉默了一会儿，说：“看着你怪老实，还怪会狡辩哩。俺啥都没准备，好歹是件大事，也不能太急促吧。”

“那你先答应咱们结婚，然后再准备，再安排。均安叔答应给咱当媒人，他会按照咱这儿的老规式（风俗习惯）办。”

“啊，有均安叔出面，啥事都好办。”秀萍放心了许多。

“你要是同意，明儿，均安叔就过来提亲。”

“银生，你先别急。这事我同意，可继勇都那么大了，我总得跟他通通气吧。我知道他是个懂事的孩子，但越是这样，越要尊重他，对吧？”

银生说：“啊，你说得对，我咋把这茬儿给忘记了？应该，应该。不过，你放心，不管咱俩将来有没有孩子，我都会把继勇当作自己的亲儿子。俺娘也挺喜欢继勇，经常夸他，说这孩子长相品行哪都好。俺娘也会很疼继勇的。”

秀萍说：“这个我放心，我是怕孩子一下子转不过来这个弯儿，感情上接受不了。其实，他也知道你和大娘对他好，亲他，喜欢他。大娘也是个苦命人，心肠好，我明白。你尽管放心，大娘以后就是我亲娘，啥事都听大娘的。”

银生说：“秀萍呀，你真好。俺娘说了，你过门后，一切都交给你管，她也不想多操心了。她是看中你的人品，信得过你。”

银生接着说：“那这样吧，你先跟继勇通通气，过两天我再来，咱们再商量。”

银生起身，稍微犹豫了一下，一把把秀萍抱在怀里。秀萍也紧紧搂住银生的脖子，趴在他肩上……

这一晚上，秀萍翻来覆去睡不着，思前想后：我该咋对继勇说？他会是啥态度？继勇要是不同意该咋办？他会不会发脾气？唉，继勇要是坚决不同意，那我就听他的，这婚也不结了。常言说，“夫死从子”嘛。真要是结婚了，如何与大娘相处？孝敬公婆是做儿媳的本分，还照以前那样做。

想着，想着，想到了去世多年的丈夫张俊杰。她心里对俊杰说：“俊杰，你能体谅我吗？能明白我的心吗？银生他心眼好，对我和咱孩子都好，我嫁给他，你同意吗？”

她朦朦胧胧闭着眼，沉入梦境。她看见俊杰慢慢来到床前，对她笑眯眯的，点了几下头。他还是那么清瘦，那么单薄，秀萍看着好心疼。

她对俊杰说：“俊杰，你在那边过得不好吗？缺少啥，你跟我说呀，看把你饿得稀瘦稀瘦的。今年我再多给你送些钱，过来吧，坐在我身边，咱俩好好说说心里话。”

俊杰站在原地，一动不动，只是笑。秀萍起身走过去，用手拉俊杰，可无论如何也够不着。

一声雄鸡啼鸣，秀萍从梦中惊醒。

她想着刚才的梦境，想着俊杰的样子，潸然泪下。可怜呀，孩子他爹，你在那边肯定受苦了，今年一定多给你烧纸。再想到俊杰点头的样子，像是托梦给她，同意她和银生的婚事，心里敞亮了许多。

第二天是星期天，继勇不上学。吃过早饭，娘俩坐在院子里，继勇饶有兴趣地翻看着手里的小人书，秀萍做着手里的针线活。

秀萍说："继勇，你过来，娘想跟你说点事。"

"啥事，你说吧。我听着哩。"

秀萍说："孩子，你觉着你银生叔对咱家好不好？"

"好啊。"继勇毫不思索说出口来。

"你说，他对你好不好？他家奶奶跟你亲不亲？好不好？"

"他对咱家好，当然对我也好了。奶奶也挺亲热的，心怪善哩。"继勇不懂娘的心，觉得怪怪的。

"那要是咱两家合到一块儿，你同意不同意？"秀萍没说要与银生结婚，只说合到一块儿。

"嗯？合到一块儿？咋样合呀？他搬到咱家？还是咱搬到他家？"继勇摸不着头脑。

"孩子，是这样。你叔这人心眼好，对咱娘俩好。他心地宽厚，心里装着咱娘俩，俺们俩想搁到一块儿过。今后，咱就是一家人，一个院里住着，一个锅里吃饭。娘今儿跟你商量，想听听你是咋想的。"

话说到这儿，继勇算是明白了。继勇年纪不大，但在这样的家庭里，他心智成熟得早于其他孩子。

娘是说，要和银生叔叔结婚呀。他理解娘，但从来都没想过这事，他不知道这样的日子会是啥样，但他敏感地知道，家里突然多了一个大男人和一个老奶奶，他会感到拘束，不自在，毕竟和他们还有距离感。作为好邻居，是一种感受，作为家人就是另一种感受，大不相同了。他一时又不知如何回答娘。

继勇好长时间没吭声，心里犯嘀咕，七上八下的。

秀萍说："勇儿，娘是和你商量，你要是觉得不好，不愿意，咱就不跟他合。"

继勇是个懂事的孩子。娘日夜辛劳，艰难度日，他看在眼里，疼在心里。他尽自己所能为娘分忧，挺起稚嫩的身躯去承担家务与农活。他知道银生叔是个好人，内心也喜欢他，咋能不同意呢？马上说："娘，我不是不同意，我是一时不知道说啥好。银生叔人不赖，不但对咱家好，在村里办事也公道，大家拥护他。就照你说的办吧，我小孩家懂个啥？"

"乖儿子，真是娘的好孩子。俺们还没说好是咱搬过去，还是他搬过来。要说家里的条件，是咱这边好些。可从道理上说，该是咱搬过去。这都不要紧，你叔也大度，不会计较这些。以后，你还跟他叫叔，没关系的，只要心在一起，啥称呼都不要紧。"秀萍觉得两家人心连着心，这比什么都重要。

两个苦命人，一对好夫妻。他们都从苦难中走来，在农家劳动生活中互帮互助，孤独寂寞的心走到了一起。他们没有海誓山盟，没有甜言蜜语，没有轰轰烈烈的浪漫故事，也没有光彩排场的订婚仪式，只有极其淳朴的一般农民的真挚情感。

秀萍应允了银生的求婚，银生立刻把这消息告诉均安大叔。大叔说："这样吧，今儿我准备点礼品，作为聘礼，明儿个像模像样地去秀萍那里提亲。"

银生说："按咱这儿的风俗，您看需要啥，我来准备，咋能叫您备礼品？叫外人知道了，还不把我笑话死！"

大叔说："不管咋说，我家比你好很多，拿这点东西不算啥，就算我给你行的礼金吧。你也不会买东西，还是我去吧！”

银生拗不过大叔，只好由他准备了。

有生以来，均安第一次当媒人。

他提着聘礼来到秀萍家，秀萍慌忙让座，不好意思地说：“大叔，您这是干啥？都是一个村上的，还兴这一套？”

均安说：“看你说的！我是媒人，来提亲能空着手？礼很轻，可心意走到了，你别见怪。要少了礼数，别人会笑话。”

停了一下问秀萍：“你愿意嫁给银生了？”

秀萍说：“都好了一两年了，我没啥话说，愿意嫁给他。”

大叔说：“要没啥意见，约个时间去乡里登个记，我再请人给你们看个‘好’儿（好日子），早些把事办了。”

接着，大叔又跟她商量一些婚事安排。

秀萍、银生去乡里登完记，在回家路上，幸福的一对商议着婚后生活。

秀萍说：“结婚那天，你还是要来俺家迎娶我；三天后回门，我再回我家。过后，在你家住十天半月，然后你和大娘都搬到俺家住。俺家条件还是好些，房子有几间，比起你家也好一些，以后就在俺那儿过日子了。你会怕人家说你倒插门吧？”

银生说：“不会，听你安排。不管咋样，我都同意，以后你当这个家。”

银生乐得合不拢嘴，心想，我要娶媳妇了，要有个自己的家了！

一切准备停当，银生就要娶媳妇了。

消息很快在村里传开。乡亲们都为他们高兴，多多少少都送些贺礼，脸盆、被面、镜子、梳子、发卡、红包等等，不一而足。还有的干脆提来一篮麦子。乡亲们朴实厚道，都是为表达一份心意。当然说怪话的也有，理它干啥！

新事新办，新事简办。按秀萍的想法，老一套的礼仪减了不少。

这一天，银生他娘天蒙蒙亮就起来了。扫净地上的落叶，看看大门上、房门上的“喜”字粘没粘好，新糊的窗户纸有没有破洞。最后，她从箱底拿出珍藏多年的“宝物”，一件靛青色夹袄，一条黑色裤子，一条新的绑腿带和一双新鞋。她早就准备好了，就等着这一天哩。大娘穿戴整齐，天已大亮。

银生看着娘很吃惊，老娘今儿好像年轻了许多。花白的头发向后梳起一个大发髻，鲜亮的白色衣领围着瘦长脖颈，靛青色的大襟夹袄服帖合身，乌黑的绑腿带把裤脚裹得严严实实，一双小脚把尖鞋填得满满的，白袜子特别抢眼，好像一只白蝴蝶落在脚面上。

吃过早饭，均安大叔、兴盛两口、太平、大春两口、周嫂、秋雨、满山都来了，还有许多凑热闹的小孩童，银生家院子挤满了人。

秀萍那边，二婶婉容，太平媳妇，兴国、兴家媳妇，石头媳妇，水生媳妇等等，屋里院里都是人。

新郎官银生上穿深蓝对襟夹袄，左胸前的小口袋上别着一支钢笔，红绸大花披在胸前，一顶浅灰透气纱帽戴在头上，显得成熟干练。

吉时良辰已到，兴盛、秋雨陪同银生，一左一右；周嫂、大春媳妇紧随其后，走出家门。一阵噼噼啪啪的鞭炮响声告知全村人，银生今天要成亲了，要有个自己的家了！

迎亲队伍来到秀萍家门口。

鞭炮响起，大门紧闭。兴盛、秋雨走上前来敲门。“不开不开，红包拿来。”门里面大声说。几番斗嘴之后，门开了，秀萍在兴国、兴家媳妇陪伴下走出家门。她身穿大红袄，头戴一枝花，绣花鞋在裤腿下方一隐一现。一抹淡淡的脂粉使秀萍看上去年轻许多，重新散发出青春的光彩。

秀萍微笑着接住银生递过的红绸带，俩人一前一后，随着迎送人群，缓缓向银生家走去。

秀萍安排继勇在后院屋里，由石头婶子陪着他。婶子东拉西扯，谈天说地，想让继勇高兴。而继勇两眼噙着泪花，低头不语，也不知他心里都想些啥。石头婶子为继勇做了午饭，等他吃完了才离开。

银生迎娶秀萍走进家门，鞭炮声再次响起，均安叔手端簸箕，向空中抛洒红枣、花生、瓜子，孩子们争抢，大人们欢笑。

新人拜高、堂入洞房之后，在院里办了两桌非常简单的宴席，喜庆新婚，答谢宾客。

这真是惺惺相惜，心相印互帮互助，苦尽甜来，有情人终成眷属。

043 山村沐春风

老田调离后，小梁和小蔡按照乡里的要求，开展解放妇女运动。史家湾的墙上出现了一些这样的大标语：“解放妇女，男女平等”“反对包办婚姻，提倡婚姻自由”“扫文盲学文化，反封建除迷信。”

经过多次动员，村里的扫盲识字班开课了。

中青年男女，只要不识字的都要参加。周嫂、大春媳妇、满山家的杏花、金旺家的、水生家的、均安家儿子媳妇、秋菊妯娌几个都来了，坐了满满一屋子。教课先生是小学的老师。

“手耳口、上中下、一二三、天地人”，每个人的姓名等，从最简单的汉字学起。秋菊妯娌几个特别认真，进步很快，多次得到先生的表扬。也有人能认不会写，今天记了明天忘，还有人三天打鱼两天晒网，水生家的和另外几个中年妇女索性不来了。在小山村扫盲可不是件容易的事。

像景盛这样的年轻小子和姑娘没几个识字的。他们也都来了，积极性很高，学习很努力。老师要求他们，不仅会认，还得会写。

兴盛的小妹桂花天资聪明，一双丹凤眼清澈如水，悟性异常得好，只要老师讲一遍，她就能记住，几个简单的字，她过目不忘。用老师的话说，这孩子给耽误了，要是早点上学，准能考到城里去念大学。

今儿，老师还没来。石头媳妇说："认识票子和自个儿名字就行了，咱妇女家就是围着锅台转，伺候男人孩子，识那么多字有啥用？"

秀萍说："多认识几个字没啥坏处，艺多不压身。就说俺银生吧，去乡里开会，上头说的事，有些就听不懂。看个书看个报吧，许多字不认识，也挺难懂。我看他怪作难哩。"

金旺媳妇说："谁不知道你家银生是社长？俺也不是啥领导，认太多也用不上，多少认几个字就行了。俺才不费那劲哩。"

秋菊说："我觉着，秀萍嫂子说得有道理，多认几个字有好处没坏处。愿不愿学是自己的事，别话里带刺。"

金旺与满仓两家有仇气，啥事都呛着。秋菊今天是鼓足勇气打抱不平。杏花也觉得秀萍说得对，识字能明事理，但她很自卑，不敢说话。

"咦，老公公死了，没人疼了，想找社长来疼呀，本事可真大呀！"

常言说，打人不打脸，揭人不揭短。金旺媳妇当着众人揭短，太过分了，遭到众人齐声指责。"闭上你那臭嘴吧！也不尿泡尿照照你自己那脸。看你那丑八怪样子，自己养不活自己孩子，把孩子过继给人家，好吃好喝几年，出落得像个人样了，又把孩子要回来，算啥东西？"众人七嘴八舌，骂得她无地自容，灰溜溜地走了。

这一天，乡里来了个中年妇女给大家上课，据说是县里妇救会的，专门负责妇女工作。大家不知她是啥来头，也不知她要讲啥，一个生人来讲课，他们还是有点怯生生的。

那妇女走上讲台，说：“乡亲们，我姓王，是咱县的妇救会主任，专门负责妇女工作。今儿我来给大家讲讲妇女解放的事。旧社会，咱们妇女没地位，大门不出，二门不迈，一天到晚围着锅台和男人孩子转。稍有不对，男人不是打就是骂，公公婆婆规矩又多，说一不二。你们中多数是旧社会结的婚，你们说是不是这样?”大家都不吭声。

她接着又说：“虽说现在解放了，是新社会了，可是各家的情况有变化吗？基本上还是老样子，对不对?”她有意停了一下，让大家思考。

“我再说男女婚姻的事，下面年轻人都注意了。”

景盛、桂花、铁柱、文荣、桃花、槐花等抿嘴一笑，低下头，听她说些啥。

“以前，指腹为婚有的是，你们多少也都听说一些。男的或是女的逃婚的、私奔的，是常有的事，造成许多严重后果，还有逼出人命的。‘父母之命，媒妁之言’这句老话你们肯定都知道。有些媒婆骗吃骗喝，两头欺瞒。最后双方都不满意，男人有病呀，女人傻瓜呀，男人腿瘸呀，女人眼瞎呀，等等。情况千奇百怪，可是生米做成熟饭，后悔莫及。很多人就这样葬送了一辈子，你们说亏不亏?可怜不可怜？嗯?

“共产党来了，这些旧东西都要消灭。在家里在村里，女人和男人一样，地位平等。男人以后不能欺负女人，谁家女人受欺负了，就到乡里县里去告他，或是来找我，我给你做主。年轻人找对象，你们自己做主，找到你们满意的对象，建立幸福家庭。

“当然，我说这些不是挑拨你们夫妻之间、孩子与父母之间的关系，啥事都商量着办。男人、女人、孩子的意见都要听，以和为贵。你们说是不是?”

接着，她又讲了识字学文化的重要性：“关于识字班，我想多说几句。你们不要觉得识字没用，将来用处可大着呢，特别是男女青年。咱们农业都要合作化，用拖拉机耕地，还有播种机、收割机、面粉机等等，这些机器都要你们去开。要是大字不识几个，咋会开这些机器？听政府的话没错，好好学吧！”

王主任讲完后，让大家讨论，提提问题，没人敢说什么。

王主任说：“今儿会就开到这儿，跟大家第一次见面，比较生，大家都不好意思说话。有啥事，下来可以直接找我。我在咱村多住几天。”

“到底是县里领导，说话就是不一般，说话在理。”景盛说。

“当然在理，本来就应该男女平等，凭啥都得听男人的。以前那一套都不管用了。”桂花伶牙俐齿，接着景盛的话茬说。

也有人说：“好好识字学文化，我赞成。可要是不准打媳妇怕难做到。媳妇不打，上房揭瓦，那还了得？不能惯得没样子。”

桂花不服气，马上顶回去：“新社会打人犯法。女人也都是明事理的，有事好商量，打人只能说明你不占理，靠拳头压迫女人。”

年轻人你一言我一语，争执不下。

又过了一天，教完识字后，王主任又作宣传教育：“你们都想过我上回说的话没有，嗯？”

“你说得都对，很有道理，俺都服气。”几个人咕哝了几句。

“好，我接着上回的话说。新社会要有新思想，老脑筋该换换了。封建社会的三从四德就像几根绳子一样，把咱妇女捆得死死的。咱们妇女要彻底解放，抛弃旧社会那一套封建礼教，要把捆咱们的绳子剪断，扔到茅坑里……”

在座的都屏住气仔细听她讲。虽说没有全懂其中高深的伦理道德，也不知道妇女解放的真正含义，但大家都明白了一个简单的道理，就是要男女平等，婚姻自由；男人打女人不对，是犯法的。

“你们都看过《刘巧儿》和《小二黑结婚》这两出戏没有？这

是新戏，说的是新社会青年人男婚女嫁的事，可有意思了。这两天县剧团来刘村镇上唱这两出戏。你们都去看看。”

开办识字班，讲解妇女解放，新思想新观念像春风吹绿了冰封的大地，像雨露流进了干旱的农田，也荡涤着山村人陈旧的心灵。“识字学文化，不当睁眼瞎”成了他们的口头语，他们的心里亮堂多了。史家湾的气氛变了，变得朝气勃勃，生机盎然。

044 青年标新异

景盛、桂花这对青年男女彼此早有好感，只是受老旧思想的束缚，也迫于世俗的压力，没敢表白真情，谈情说爱。这段时间，他们在一起识字上课，经常接触，便有机会眉目传情，互送秋波，传递爱意。

这天晚上下课后，俩人最后离开，悄悄躲在黑影里，说起了恩爱的话语。

“桂花，我一直都很喜欢你，一天见不到你，就好像丢了魂似的。你是咋想的？喜欢我不？”景盛第一次向桂花吐露心声。

桂花直爽，说：“我要不喜欢你，能跟你在这说话？净说傻话。”

景盛说：“我还是怕村里人说闲话，说咱不正经，也怕恁家人不同意。”

桂花说：“这些日子你都白学了。人家王主任讲那些道理你明不明白？胆小鬼！那天你也去看戏了，我就是那‘刘巧儿’，你就是那‘赵振华’，咱俩情投意合，怕啥？谁也拦不住。”

话刚说到这儿，一个黑影从旁边闪过，样子像金旺家老大铁柱。

景盛说：“不好，看样子有人看见咱了。回去吧，以后有机会再说话。”

桂花说："看见就看见，我才不怕哩。看把你吓的，你那胆还没有芝麻大，嘿嘿。那咱走吧。"

景盛紧走几步，追上了那人，一看果然是铁柱："铁柱，弄啥去?"

"不弄啥，去那边尿了一泡。"

景盛没再搭理他。啥事要是被金旺家人知道，就等于全村人都知道了。

第二天，"小喇叭"开始广播了。说景盛、桂花俩人光溜溜地搂在一起亲嘴，准备登记结婚。村里人也开始议论起来："看看，爹是扒灰头，女儿夜偷情，算啥门风呀!"

"看着那闺女长得水灵聪明，两只眼睛都会说话，可心里肮脏，不走正道，像她爹一样，伤风败俗。"

"常言说，啥大人啥孩子么，近墨者黑呀。"

"景盛这孩子挺老实的，咋学坏了？水生一家可都是正经人呀，孩子咋学成这成色?"

"'跟着好人学好人，跟着巫婆跳大神。'前些日子，县里妇救会主任跟他们说啥男女平等，婚姻自由，反对包办婚姻啥的，把孩子们都教坏了。祸害呀!"

一时间，村里人七嘴八舌，好话不多，怪话不少，纷纷扬扬，像晴天起狂风，史家湾这池静水又起了波澜。

婉容到水生家，跟景盛娘说："咱俩好，我就跟你透个信儿。村里人都在传，景盛跟满仓家小妮儿弄到一块了，你知道不？景盛挺老实一个孩子，咋会这样？我也不敢信。再说了，要是论辈分，桂花年龄小辈分高呀。"

景盛娘说："啊！有这事？怪不得这两天别人见我都躲着，眼神都怪怪的，是为这事？我得好好问问。"

婉容说："传得可邪乎了。有的说他俩睡在一起，有的说抱在一起，有的说他俩光屁股赤肚子，说得活灵活现的。你可得管管，咱可丢不起那人。”

“是这样？气死我了！等他回来我好好问问。真是丢人现眼，都是那个王主任煽乎的。”

正晌午，景盛回来了。

娘当即问他：“景盛，娘问你件事，你要跟娘说实话。”

景盛答道：“中。你说，啥事？”

“村里人都传遍了，说你跟桂花不清不楚的，有这回事没有？”

“娘，你听谁说的？造谣！没那回事。”

“不可能，没风不起浪。你得罪谁了，人家造你的谣？”

“娘，我是喜欢桂花，也对脾气，对眼法。俺俩上课在一起，说话多一些。那天下课后，俺俩多说了一会儿，可能被别人看见了。就这事，再没有别的啥事。”

“你说，谁看见了？人家说得可邪乎了。难道就说了几句话？我不信。”景盛娘穷追不舍，要问出个究竟。

“娘，真的没啥事，就是有，现在也兴婚姻自由，自己找对象没啥不对。”景盛理直气壮。

“你这憨子，就是兴自由，自己找对象，也不能找他们家呀。他家的名誉多赖呀！要那样，咱家的名誉也搭进去了。啥大人啥孩子，那闺女成色会好吗？论辈分，你还得跟桂花叫姑呢，说啥都不能跟他家做亲戚。”

景盛不再答辩什么，只想息事宁人，说了一句：“咱跟她家不是一个姓，也不沾亲不带故，哪有辈分一说？论啥辈分哩！”

那边兴盛也听说此事了，他气得双眼冒火，又咬牙又握拳。他先把这事跟老娘说了，老娘让他好好管管小妹，但是不能动手，要好言相劝。

“桂花，你过来，哥有话问你。”晚上喝罢汤，兴盛把桂花叫到自己屋里。

“啥事？哥。十天半月都不跟我说句话，今儿是咋了？”桂花进来，带着不满情绪问哥哥。

兴盛说：“唉，叫我咋说哩。我真是张不开口。”

嫂子接着说：“我来说。桂花，村里都传说，你跟景盛俩那个在一起。有这事没有？”

桂花说：“嗨，是这事呀。我是喜欢景盛，那天上完课，俺俩在一起多说了几句话，可能有人看见了。就是这样，没别的啥事。哥，嫂，恁就放心吧！”

嫂子说：“就这么简单，没有别的啥事？我不信。”

桂花说：“嫂子，你咋不信我哩？真是没事！”

嫂子说：“村里都传疯了，话说得可难听了。说恁俩赤肚子搂着……哎呀，难听死了。你咋说没事？”

桂花说：“一准是铁柱那个王八蛋编排俺的。他跟咱家有仇，不放过一个机会，想法糟蹋咱家。哥，你得替我出出这口气！不能便宜这个王八蛋。得叫他吃点苦头，长点记性。”

兴盛说：“哥就这一个小妹，不能让小妹受委屈。要是这样，哥饶不了他。你说的都是实话？你没诓我？”

桂花说：“哥，我说的都是实话，对天发誓。”

兴盛说：“行，非教训他一次不行！”

第二天下地，兴盛小声问景盛：“大侄子，你跟俺家小妹有没有那回事？你俩到底是咋回事，跟叔说清楚。叔不怪你。”

景盛说：“兴哥，今儿我得跟你叫‘哥’。俺俩真是没啥事，就是多说了几句话，不知哪个王八蛋存心给俺脸上抹黑，存心坏俺的名誉。”

兴盛说：“你没诓我？你要是不说实话，可别怪我不客气。有你吃夹屎（倒霉、挨揍）在后头哩。”

景盛说：“我说的都是实话。不信，你去问桂花呀。不过，我喜欢你妹子是真的。你愿不愿意把她嫁给我？嘻嘻。”

兴盛说：“我信你一回，以后可不能再有这事。小屁孩儿，跟谁学的油嘴滑舌。以后离俺妹子远点，哪有侄子娶姑姑哩？笑话，没门儿！”

兴盛跟两个弟弟商量好要收拾铁柱。晚上喝汤，村民们都端着碗，或蹲在自家门口，或凑到别家门口聊大天。

说起来新戏《刘巧儿》，铁柱说：“叫我说，刘巧儿是个大傻瓜。放着有钱人家不嫁，偏要嫁给赵振华，穷光蛋有啥好？”

兴盛不服气，也有意找碴，说：“滚你娘的，你这是啥话。把你妹子嫁给五十多岁的老头？你要愿意，明儿我就给你说一个。”

铁柱说：“我说话，碍你球事？你快点回去吧，把你媳妇保护好，别叫野猫子叼跑了。”

听到铁柱话里带刺，巧骂人，兴盛急了。他顺手连饭带碗砸过去，骂道：“日恁娘，你欺人太甚了。今儿要教训教训你这王八蛋。”

黑天里，铁柱对这突如其来的袭击毫无防备，一个带着汤汤水水的碗砸在了他肩上。

铁柱也不是好惹的，奋起反击，同样用碗砸了过去。

随后俩人便扭打在一起。兴盛先扇了铁柱一个耳光，再用力把铁柱打倒在地，铁柱缓过劲后，跳将起来，朝着兴盛脸上就是一拳。兴盛弟兄早有准备，立即加入大战。铁柱寡不敌众，被打翻在地。

接着，两家人都加入了，有男有女，叫骂声呐喊声惊动了邻居。

天太黑，也分不清谁是谁。旁边有人喊：“别打了，别打了！”但没人上去拉架。

两家名声都不好，大家都在看热闹，没人愿意上前化解矛盾。最后，还是均安大叔出来控制了场面，众人散去。

这事过后，景盛娘说：“景盛，你给我听好了，以后不准再跟桂花来往，这门亲戚不能做。”

水生也说：“凭你这一表人才，还怕找不到好媳妇，为啥要跟她来往？再说了，她辈分也高。”

景盛不吃这一套，说：“我的事我做主，你们就别再操心了。”

水生是个慢性子人，不苟言笑，这会儿也发火了，对景胜说：“你要再跟她来往，看我不打断你的腿！”

景盛干脆气呼呼地走出家门。

兴盛也在教训妹子：“桂花，你不能跟他再有啥瓜葛，哥一定给你找个好婆家。”

桂花说：“哥，新社会了，我要自己找婆家。我就是喜欢他，俺俩合得来，为啥不行？为啥我就不能做主？”

娘在屋里听见了，说：“你这死妮子，你咋恁犟哩？你让我多活两天中不中？听你哥的！”

桂花不吭声了，但也没答应哥的要求。

景盛、桂花两家都不同意他们相爱，竭力阻止他们来往。但两个青年人铁了心的要在一起。

桂花平日与二嫂桂英要好些，她求嫂子在二哥兴盛面前多美言。

桂英好话说尽，但兴盛根本听不进去。他总以为，水生家穷，没本事。再说，一个村里做亲戚，闲话多，容易闹矛盾生闲气。还有辈分也不对，见面相互咋称呼？

兴盛对桂花说：“你要一定跟他好，嫁出去，就别再进我这家门。”

一天晚上天很冷，这对恋人约会在村头。凛冽的西风把厚厚的棉袄都吹透了，冷风直往里面钻。但寒风扑灭不了燃烧在他们心中的爱情之火，即使鹅毛大雪也会在那炽热的火焰中迅速融化，感情的洪流无法阻挡。

景盛说：“俺家人死活不愿意，你哥他们呢？”

桂花说：“俺哥说，以后不让我进家门。我托俺嫂子说情也不行。”

桂花趴在景盛肩上哭了。

景盛心里有了主意，他说："你先别哭，我给你讲个故事听听。"

桂花说："都啥时候了，谁还有心听你讲故事？"

景盛说："你先听听。说从前呀，在树林里，一只老狼碰见一只兔子，狼张牙舞爪要吃兔子。兔子说：'你别恁凶，咱俩比比看，看谁先到前面那颗大松树下。你要先到，你就吃掉我。我要先到，你就放过我。'狼心想，你哪是我的对手，说：'比比就比比，你可不能反悔。'比赛开始，狼奋力向前，但是树太多太密，老是被树挡着，要绕来绕去，总也跑不快。而兔子个头小，身体要灵巧得多，转弯抹角，在树中间又蹿又跳，很快到达那棵松树下。兔子在树下睡了一觉。老狼到达那棵松树时，累得上气不接下气，四周观看，发现兔子在笑它。兔子在树下说：'老狼，你输了。我到这儿已经一个时辰，都睡醒一觉了。我还以为你丢了呢。'老狼也只好认输，灰溜溜地走开了。故事讲完了，好听吧？"

桂花说："啊，我明白了，咱不能硬抗，也像兔子那样，想办法对付。"

景盛说："你真聪明，一点就通。咱们要这样……"景盛趴到桂花耳朵上咕哝了一阵子。

桂花说："对，就是这办法。"

第二天，俩人在村里消失了。

两家人慌了手脚，问谁都不知道俩人的去向。难道俩人想不开，去寻短见了？两家人越想越害怕。咋办呢？急死人了。全村人都惊动了，均安大叔知道这事后，一边劝解两家人，安慰两家人也别太着急。一边动员所有年轻人到乡里、到各村到处去找。

一连几天，村里人到处找，沟边河沿，万安山顶，附近村里，刘村乡政府，哪儿都去了，就是不见这俩人。这真是活不见人，死不见尸呀！桂华她娘气得痛不欲生，景盛他娘哭得死去活来。

这一天，天刚蒙蒙亮，景盛娘胳膊上挎着一个小竹篮，急匆匆地往万安山上走去。村里没人看见她要去哪儿干啥，连水生她都没告诉。大半晌她来到老君庙。四周看看没人，连忙进入大殿，放上贡品，焚香磕头，对老君神像窃窃私语，祈求老君保佑他儿子平安。她并不知道老君不负责这种民事，以为老君啥事都能管，心尽到了就行。（当时，提倡破除封建迷信，极少有人敢来庙里烧香）

因为念子心切，几天都没很好吃饭，一路上又急匆匆，她极其疲倦，晕晕乎乎倒在香案前。迷糊之中，她做了一个梦，梦见儿子被五花大绑，二郎神手里拿着大刀跟在后面，她急忙上前问明缘故，为啥要把景盛绑起来，要押往哪里。二郎神怒气冲冲地说："你儿子违反天规，要把他押送到地狱。"景盛娘放声大哭，号啕不止。哭声惊动了庙里唯一的看门老和尚，和尚过来把她叫醒。她打了一个寒战，猛然坐起身来揉揉眼睛。她心里害怕极了，认为是神给她托梦了，孩子出事了。要赶紧回去想办法，还不能让别人知道她来过这儿。

就在大家都十分绝望的时候，忽然有一天，俩人在王主任的陪伴下回到了史家湾。

两家人喜出望外，心里一块石头落了地。

王主任狠狠批评了两家人，并且警告两家人，要再制造障碍，再阻挠他们的婚事，那就犯法了，要蹲班房的。两家人都表示愿意改正错误，成全他们的婚姻。

景盛回家那天，娘把他紧紧搂住，两行热泪夺眶而出："你把娘吓死了，我梦见你被……"话没说完，娘昏厥倒下，一家人又为景盛娘忙活了好大一阵子。

这俩人有王主任撑腰，胆子更大了，天天形影不离，出双入对。谈笑风生，勾肩搭背，下地并肩走，收工头碰头。

村里人没见过这场面，纷纷评判，怪话连篇。"一个大姑娘，没脸皮，没结婚就泡在婆子家，像啥样子，不嫌丢人。”“别跟她爹一样，没两天弄出个孩子。”“这个桂花可不是个省油的灯，以后有水生两口好受的。”

婉容也警告：“景盛娘，当心俩孩子给你捅出娄子，那才丢人哩！”

景盛娘说：“有啥法呢？人家都把县里人搬来了。”

“要是没法，就早点把婚结了，景盛也到年龄了。”

“也是，我跟她爹也这样想。可以后见面咋称呼呢？真是作孽呀。”

经过一番准备，俩人登记结婚了。大花轿在村里慢慢兜了一圈，告知乡亲史周两家喜结良缘，村民们也都送来恭贺与祝福。

045 杏花心苦闷

婚姻法规定一夫一妻制。杏花留在家中，政府虽不加干涉，但对满山来说，也不是一件光彩的事，反而是一块标志“罪恶”的招牌。更何况，土改了，满山的家产被剥夺大半，他还常被吆五喝六的，受管制，遭白眼，尊严失尽，倍感屈辱，在村里抬不起头，生活水平下降不少，也没有以前那样风光了，光宗耀祖的雄心已荡然无存。

互助组、合作社成立后，杏花不得不下地干活，担负起不曾有过的体力劳动，伺候老娘的事情也日渐繁重。杏花没生一男半女，没有母以子贵的资本。满山对她的热乎劲儿早已消退，杏花在家里的地位越来越低，几乎是个无足轻重的人。

新社会，人们的意识中，小老婆是品行不端的人，难入社会主流。杏花不但不能再在人前显摆富有和尊贵，而且还得小心谨慎，努力讨好街坊四邻。但人们都不为所动，对她爱答不理，冷言冷语，不像从前那样，把她看作大户人家的二太太，既羡慕又嫉妒。

夜里，杏花独守空房。她心境抑郁，长夜难眠，人也瘦了一圈。世事变化她始料不及，贪图虚荣她后悔莫及。到现在，家里没地位，人前遭嫌弃，她难以承受巨大的落差。

杏花的身上有很深的社会烙印，在那个年代，像杏花这样的遭遇并不少见。一个年轻女子为生活所迫失去应有的家庭地位和尊严，为了一时的虚荣而丢弃一生的幸福。

妇救会主任的话打动了杏花，她觉醒了。她想追求新生活，自食其力，在家里有平等的地位，在社会上也能得到起码的尊重。

晚春季节，东南风为中原大地带来了湿润，厚厚的浮云挡住了阳光，大地黯淡，空气沉闷。

小麦扬花后开始灌浆，人们期盼着有场春雨。天遂人愿，前天下了场透雨，土地补充了墒情，麦穗定能颗粒饱满，丰收有望。

今儿前晌，天气放晴，杏花走在湿漉漉的田间小路上，她低着头回娘家，准备把满腹心事好好对娘说说。她穿着鲜亮的花夹袄，盘起大大的发髻，一个花发卡别在右耳后方。尽管装扮俊俏，还是无法遮掩满脸愁云。

“娘，我回来了。”杏花走进大门，喊了一声。

“咦！杏花呀，你咋这会儿回来了？不过年也不过节的。”娘从屋里出来，看到杏花，喜出望外。

“我想娘了，就回来看看。爹不在家？”

“他去地里了，说是去撒粪。生产队叫干啥就干啥，也不用多操心。”

杏花搭把手和娘一起收拾院子。完了，娘拉住杏花两只手，说：“杏，快坐下歇会儿。”

坐下后，娘又说：“我咋看着你瘦了不少，也黑不少。两只手也磨成这样？是咋了？在家受气了？叫娘心疼死了。”

娘一连串发问，杏花低头半天不语，泪珠直在眼眶里打转转。

“孩子，到底是咋了？快跟娘说说。”

杏花擦了一把眼泪，对娘说：“娘，我不想跟满山过了。我想跟他离婚。”

老娘被这突如其来的问题一下子搞蒙了。她不知所措，一时不知如何说好。

“娘，在他家我啥都不是，就是一个下地干活的牲口，没人疼，没人爱。这世事，满山也不敢多说话。他心里不痛快，对谁都没好气，就知道一天到晚做醋卖俩钱。老大带着几个孩子，做做饭啥的。老太太年纪越来越大，越来越要人照护。我天天下地干活，累得半死，没人问一句，还得伺候老太太。走到街上，邻居们也都不正眼看我，还说我闲话看我笑话，啥人都有。史家湾，我是没法待了……我真后悔呀，娘——”

杏花边说边掉泪，最后，呜呜地大声哭了起来。

“杏，先别哭，你这一哭，我的心都要碎了。叫娘好好想想。”

停了一下，娘又说：“唉，这都是命。当初你也是为了咱这个家，娘知道你受委屈。啥也别说了，世事到这儿了，有啥法儿呢？放在以前，满山也不会让你去吃这苦，是不是？这也不能怪满山。他人不坏，是没办法。”

杏花说：“以前，满山对我对咱家是不错，他是个好人，我不怪他。可我还年轻，三十都不到，我不想这样过一辈子呀，娘。”

“杏，听娘一句话。天下事，没有都顺心的。这世道，地是大家的，谁都得下地干活，凭工分吃饭。不比以前，有地可以雇人耕种。你也得顺着世事想，走到哪，能不下地干活？”娘力劝杏花想开点。

“娘，我不是怕干活，怕出力。啥活我都可以干，身体不比别人差，力气不比别人小。可我……”杏花想解释明白，她是受不了那个家庭氛围、周边环境。

“可你这样做，街坊邻居会笑话咱，会让人家戳脊梁骨，咱家这名声也就坏了。人在世上，名誉是大事呀。你弟妹们以后要成家，对他们也不好呀。”娘顾虑重重。

“娘，这个我也想过。说闲话也就是一阵子，过些时候就没人再说啥了。当年我嫁给他，不是也有人说三道四的，就让他们再说一回吧。”

娘想了一会儿，说：“你是不是心里有人了？有人给你偷偷说亲了不是?”

“娘，没人给我说亲。这会儿我就想喘口气，太憋闷了。我是想要个自己的家。这个以后再说，走一步看一步吧。”

说到这儿，娘不再说什么。娘俩开始生火做饭，就等他爹回来再商量。

吃罢晌午饭，杏花跟爹娘再次提起离婚的事。

爹老觉得愧对女儿，这次他不想为难孩子，说：“杏，是爹看错一步。爹知道你受委屈，日子过得不顺心，太憋屈。爹也不想多说啥，就按你的意思来吧。再说，这是新社会，跟他离婚合理合法。先回咱家，爹养活你，在咱家过个顺心的日子。”

爹说完一席话，杏花心里亮堂多了，激动得哭了起来，“爹，您别这么说，是女儿不好，让爹娘多操心了。我不缺胳膊少腿，回来下地干活挣工分，伺候爹娘一辈子。”

有爹娘的理解和应允，杏花心情好多了。日头偏西时，她离开娘家。

杏花一路走，一路想，这事咋跟满山说，满山会有啥反应，他要是不同意该咋办……

身后传来脚步声，越来越近，还隐隐约约听见有人唱小曲：“……哎呀，大老爷恁睁眼看，我浑身上下都是冤呀……”

一个挑担的年轻人擦肩而过。杏花定睛一看，原来是小炉匠。

她情不自禁地叫道：“咦——，这不是小董吗？”

小董回头一看，原来是曾经搂过他的杏花姐，心里热乎乎的。

他放慢脚步，说：“大姐，是你呀。你弄啥去了？”

“我回娘家看俺娘。你这是去哪村？不会是去史家湾吧？”杏花真希望他能再来一次。

“不去了，年前刚去过，这会儿不会有啥活。我想去牛家沟，好久没去过那儿了。麦头里（收割前）地里没啥活，出来多走走，挣俩钱。”小董说。

“史家湾没活，还有我呀。你不想我？你这没良心的，把大姐忘了吧。不想叫大姐再搂搂，亲亲？”杏花故意挑逗小董。

“大姐，看你说到哪去了。从那以后，我白天黑夜都想着大姐。就是活忙，没空再遇见大姐。”小董嘴也挺甜的。

“今儿有空碰见我，你咋不来？”杏花说。

“我是想去，可你家也没活，再住你家，会叫人说闲话的。”

“小董，你说的也是。我回去再找找，看还有没有锅呀盆呀要修的。”

“中呀。我过几天再去恁村一次。”

“小董，把担子放下歇会呗。”杏花扒着小董的扁担使劲摇晃，小董只好停下脚步，放下扁担。

杏花不由分说搂住了小董的脖子。

“别，别。叫人看见了，多不好。”小董挣扎着，轻轻推着杏花。

小董无意碰到了杏花的胸，杏花轻轻吸了口气，又轻轻“啊”了一声，说：“这会儿，哪有人。”

杏花并不松手。小董环顾四周，的确没人。他也使劲搂住杏花，两手慢慢摸到了圆圆的、弹性十足的臀部。……

“好兄弟，姐喜欢你，你知道吗？姐想死你了。”

“姐，我知道，我也喜欢你。”

“姐要嫁给你，你敢不敢娶姐?”

“姐，俺家很穷，你不会嫁给俺。”小董很自卑。

“姐看重的是你这个人。现如今就是凭工分吃饭，咱都下地干活，日子会越过越好。我不怕。”

激情过后，俩人慢慢松开。

小董告诉杏花，他母亲过世早，与老父亲相依为命，家有三间房，如今都入社了。眼下，爹年纪大了，他接过爹的手艺。农忙种庄稼，闲时走街串巷，凭手艺挣几个油盐钱。两个人说得很投机，相见恨晚。

杏花告诉小董，她要与满山离婚，想要一个自己的家。

杏花想好了如何向满山提出离婚。

046 挣脱黑羁绊

后晌，干完农活回到家，杏花一头钻进自己的屋里，谁也不理。喝罢汤，她回到屋里，倒在床上，闭着俩眼想心思。

满山看着不对劲，问她：“杏花，你这是咋了？谁又惹你了？有啥事跟我说，我能办到的绝不推脱。”

杏花没吭声。

满山一再追问，杏花才说：“没啥事，就是累得慌。明儿我不上工了。”

满山见问不出啥话，也只好作罢。

他们在沉默中度过了一个不眠之夜。

一连几天，杏花不下地也不做家务，吊着脸，动不动还发个小脾气。世事变了，老大（正室）的威严不再，也只能和杏花将就着过，息事宁人，以和为贵。

老太太见势不对，把杏花叫过来，问："杏，这些天没见你有个笑脸，咋了？是满山给你气受了？给娘说说，娘去教训他。"

杏花低着头一言不发。

"要不，是老大家欺负你了？"

"娘，满山没对我咋样，多少天都不碰我一下，哪会给我气受？我没事，你别担心。我伺候你不周到，你也多担待。"

杏花两眼噙着泪花。她看了一下老太太衰老的脸颊，恻隐之心油然而生。老太太与她亲如母女，真要离开，还真是于心不忍。

"娘，你有啥事就叫我，我回屋了，你歇着吧。"她对老太太勉强笑了一下，走出屋去。

社会变化翻天覆地，满山家原来的秩序也被悄悄打乱。每个人都有怨气，每个人都觉得憋屈，满山顶住内外的压力，勉强支撑着这栋摇摇欲坠的"大厦"，他不愿设想"大厦"倾覆的那一天。

好多天，满山家没人上工。

队长大春来找满山："大兄弟，你家这些天没人下地干活，是咋回事？地是大家伙的，都不去种，吃啥哩！"

满山说："是我不好，不好。我改，我下地干活。"

大春接着说："你别以为做醋能挣钱，买粮食吃。说不定啥时候上头一句话，关了你这醋坊。你这（地主）成分，还不把眼睛学亮点？"

"是的，兄弟明白，以后你多提醒我。"

满山在外面受了气，到家也不敢多说啥。他哀求杏花："杏，你明儿下地吧，中不中？队里都有意见了。再不下地，会出大事哩。"

杏花说："我就是不下地，你咋不去叫大姐下地？我能伺候老娘就是给你面子了。"

俩人争吵声音越来越大。

老大玉莹听见了，说："你们别吵了，妹子身体金贵，在家好好养着吧。你不下地我下地，可你在家要把饭做了，把孩子照护好，把咱娘伺候好。”

杏花正没处发泄哩，听见老大这话，就发飙了：“大姐，我这身子可没你金贵，不像你，白天黑夜都有人护着。可我就是不会做饭照看孩子，我没生过孩子，不知道你那孩子咋样照看。平时都不叫我一声，这会儿叫我照看，我不会。”

老大玉莹气不过：“你这个不要脸的东西，当初，好好丫鬟你不当，勾引我丈夫，死皮赖脸要给满山当小老婆。这会儿，世事变了，享不了清福，就嫌弃这个家了。你以为，别人不知道你安的啥心？”

俩人你一句我一句，无休无止。

满山大声呵斥：“你们想翻天呀，不怕外人笑话！恁都在家歇着，以后我下地干活，咱也不做醋了，把醋坊关掉，都省心了。”

说完，满山气呼呼地出了家门，朝镇上走去。

一波刚平，一波又起。振英和振雄两孩子从外面回来，活蹦乱跳推开家门，杏花刚好要出门，与杏花撞了个满怀。半大的男孩子，力气好大，杏花猝不及防，一下子后退几尺远，蹲坐在地上。

杏花恼怒极了，心想，恁娘欺负我，恁也跟着上。她干脆躺在地上，放声哭骂起来：“你这鳖孙孩子，跟着恁娘一起欺负我。没一个好东西，该死鬼呀——，恁一家人想害死我呀……”

听到哭喊声，老太太和老大家都出来了。

老太太叫过振英问话，振英说：“俺俩打着玩，猛地推开门，没看见撞着了。”

奶奶说：“你这孩子，就没长眼睛？冒冒失失的。快把你姨拉起来，赔个不是。”说着，朝振英屁股上拍打了几下。

杏花得理不饶人：“他们是有意的，是他娘教他的，是想害死我。”

孩子吓得躲在一边。

这下子，玉莹可不高兴了：“大妹子，你这可就是不讲理了。孩子们冒失，没看见，撞了你，是他们不对，可你不能说是我教的。起来吧，我给你赔不是。”

说着，玉莹弯腰去拉杏花。杏花一甩手，刚好打在玉莹脸上。

玉莹气急了，吼道：“你这不知好歹的东西，还敢打我！”

她也不假思索地还了杏花一巴掌。俩人又打又骂，扭在一起。

满山不在家，老太太无力分解二人。她推门出去，看见均安，就喊：“他叔！你快过来，俺家出事了。满山不在家，你快来看看！”

均安急忙跑来，看见俩人正扭打在一起，都揪着对方的头发，不肯放手。

均安大喊一声：“恁这是咋的了？都松手！”

均安用力掰开俩人的手，分开一段距离。为了不再打闹，均安把玉莹拉到自己家，一场闹剧才算落幕。

傍晚，满山回来，听老娘叙说了事情经过，气得说不出话来。

振英撞倒杏花是无意的，杏花甩手打到玉莹也是无意的。只因平时积怨，心气不顺，借机发泄罢了。要彻底解决，难呐！

夜里，满山两边各劝说一番，但是没什么效果，都说自己有理。

趁满山夜宿老大屋里的机会，杏花收拾自己的衣物，准备明天回娘家，并且长期住下去。

杏花与满山离婚之事提上日程。

更初夜静，杏花掀开老太太的门帘：“娘，您睡了吧?”

“刚躺下，瞌睡少，也睡不着。进来吧。”

杏花坐在老太太床边，说：“娘，我知道您待我好，就跟俺亲娘一样。可我受不了大姐的气，连孩子们都欺负我。明儿，我想回娘家住几天。您自己多小心，别磕着碰着，有啥事就叫孩子们。这天气，一会儿热，一会儿凉，别着急换单衣，当心受凉。”

老太太说：“杏，你就是我的亲闺女。是娘没安排好，让你受委屈了。回娘家住几天也好，消消气。过几天，让满山去接你。”

清早起来，杏花洗涮已毕，胡乱吃了几口，回到屋里照例梳妆一番。为了不让外人看出啥端倪，等人都下地，街上没人了，她才背起整好的包袱出门。她没把回娘家的事告诉满山。

她把在婆家发生的事对爹娘说了，爹娘当然向着自己的女儿，说："你就住下吧。有啥事，爹娘顶着。"

她这一住就是一个多月，满山来过两次要接杏花回去，可杏花就是不回去，满山也没办法。

今儿，满山又来到杏花娘家。他想问问两位老人和杏花到底是啥想法，把话说开。

满山开门见山："爹，娘，这些年，我有对不住您和杏花的地方，我向您赔个不是。今儿我来，就是想知道您和杏花到底是啥想法。真要是不想跟我过了，离婚我也没啥意见。新社会了，也不兴娶俩女人了。要啥条件，您也只管说。只要我能办到的，绝不推脱。"

爹对杏花努努嘴。

杏花说："满山，家里闹成这样，一来世事不好，二来大姐老是以势压人，连孩子都欺负我，我真是待不下去了。老太太待我好，我也舍不得她老人家。你要是有办法，我单过也行。你就这一处宅子，叫我咋办?"

满山说："以前的事都不说了。事情走到这一步，都怪我不好。我也没啥好办法，那就离婚吧。家里大部分值钱的东西，土改时都叫政府没收了，分掉了。还剩那点都明摆着，你想要啥尽管拿。有点细软在娘那儿放着，她或许会给你。醋坊经营需要钱，我留一部分生意上用，给你一部分……一日夫妻百日恩，往后有啥难处，只要我有能力，我一定尽力。你年纪还轻，我也盼着你能再找个好人家。弟妹还小，以后你这个当大姐的就多操心了。杏花，你还有啥要求?"

看来满山知道婚姻已经走到了尽头，他一番仁义大度的话感动了杏花。杏花哭了，眼泪扑簌簌滴落在地上。二老也低着头，一言不发。

“满山，你没有错待我，我知道你心里有我。咱俩夫妻一场，是千年修来的缘分。我啥也不要，只希望你别恨我。呜呜——”

杏花捂着脸，哭着走开了。

二老把满山送走后，过来问杏花接下来事情咋办。

“爹，让我一个人静静，好好想想这事该咋办。”情感与现实纠结在一起，感性和理性理不出头绪，杏花心里很乱，越想越乱。

满山回到史家湾，情不自禁地来到均安家：“安叔在家吗？”

“啊，满山呀。啥事？进来吧。”均安开门。

“唉，安叔，我心里好烦，想跟您吐吐。”

“说吧，看我能帮上啥忙。”

“那天，家里打闹你都看见了。事情前因后果我都不说了，这些天家里一直不消停。杏花回娘家住着不回来，今儿我去她娘家，听口气，她是不打算跟我过了。家里地里还有醋坊，都乱了套了。安叔，您说我该咋办？”

均安沉思了好一会儿，说：“这里只有两个选择，要么你把俩媳妇都照护好，一样对待，不偏不向，一碗水端平。这挺难做到，你的心也很累。要么你就彻底放开杏花，还她一个自由，一了百了。这样对你更好些，现在是新社会了，也不允许娶俩媳妇了。你再想想吧。”

满山说：“安叔，我知道该咋办了。”

“你呀！当初，你只顾快活，不顾后果。现在吃苦头了，后悔了吧？你现在背着地主成分，弄啥事可都要小心点。”

“是，是，我知道了。以后有啥难处我常来问您，您别嫌我。”

过了几天，杏花终于理出了头绪。

这天黄昏时候，杏花悄悄回到了史家湾。

到了老太太屋里，“扑通”跪倒在老太太跟前：“娘，我对不住您。我和满山都觉着没法再在一块儿过了，俺们想离婚。”

老太太急忙把杏花拉起来，说：“杏，快起来，娘不怪你，是娘没把事情安排好。事情到这一步，啥话也别说了。跟着娘伺候娘这么多年，也是咱俩有缘分。娘只望你再找个好人家，把以后的日子过好。”

杏花想起老太太对她至亲至爱，这么多年亲如母女，这会儿真要离她而去，心里五味杂陈，痛苦不已。

她趴在老太太肩上痛哭起来：“娘，我真舍不得您呀。不是万不得已，说啥我都不会离开您。以后我还要经常来看您，您也多保重。”

老太太也老泪纵横，一时说不出话来。

婆媳俩抱头哭了一阵子，老太太说：“闺女，起来，不哭了。这都是命，咱都认命吧。”

她取下手上的一只玉镯，给杏花戴上：“你把这只镯子戴上，留个念想吧。”

接着，又从床底下取出一个小匣子，说：“娘这儿还藏了点首饰细软，你也拿去，说不定啥时候用得着。”

杏花说：“娘，这玉镯我留下，这是一份心意和念想，别的我啥都不要。”

老太太说：“梁家对你有愧，这点东西就算是梁家给你赔不是了。你不拿，我这心一辈子都不会安宁，也没法去见你公公。”

“娘，您话都说到这儿了，我也只好收下。但它不是梁家对我的亏欠，梁家没有亏待我。这是您的一份心，我收下了。”

杏花再三嘱咐老太太保重后，回到自己的屋里。

满山知道杏花在娘屋里出来了，他也跟着进来。

俩人坐定后，满山掏出一沓钱交给杏花，说：“杏，我只能拿出这点钱，你先拿着吧。以后我手头宽裕了，再给你送过去。”

杏花说：“满山，咱俩夫妻一场，就值这点钱？我不要。你还是用在生意上吧。我对你的情意不是就值这点钱。咱夫妻情意已尽，留下一份亲情吧。以后，我真要是有啥难处，求到你门上，还认得我就行了。”

“杏，你真好。你对我的情意，我一辈子都忘不了。我真是想为你做点什么，做点弥补，我的心里才能好受些。”

满山也是真情实意，他把钱再次放到杏花手里，但杏花执意不收。

满山最后说：“那我以后想办法补偿吧。你再想想，要我给你做点啥。”

后来俩人决定明儿就去办离婚手续。

两人即将分手，杏花想给满山多留下一些温存而不是仇恨。在杏花的要求下，满山陪了杏花最后一夜。俩人温存缠绵，回忆着那甜蜜的过去。

一个畸形的家庭和内在的封建关系被连根拔起了。满山的旧梦彻底破灭了，他将从一种内疚的阴影中走出来。

他反复思索自己走过的路，从贫穷到富有再到无休止的贪婪，便是他的生命轨迹。贪财造成今日的结局，淫逸成为如今的桎梏。

现在，他把这些都放下了，心情也就轻松了一些。一种正常的家庭生活在等着他。

杏花就像即将要逃出笼的小鸟，心情激荡，在笼子里上蹿下跳，大声鸣叫……

离婚了，自由了。杏花暂时留住娘家。

杏花把小炉匠的事跟爹娘说了，爹娘也托人到九仙庄打听小炉匠的家境人品。村里人都说他们父子俩为人真诚实在，靠手艺吃饭，童叟无欺，对本村人更是优惠，名誉很好。解放前社会上瞧不起手艺人，小炉匠家境十分贫寒，有几亩薄田能收几斗粮食，几间破房勉强遮风挡雨，这会儿都入社了，凭力气干活吃饭，都一样了。小伙子身体强壮，能吃苦，肯下力，农活样样拿得起。

杏花看上了小炉匠，不嫌他家境贫寒。小炉匠看上了杏花，也不在意她曾为人妇。俩人很快成婚，小日子过得舒心，有滋有味。再后来，董家添了个大胖小子。

047 满山两手空

时间来到了一九五六年初，全国范围内基本实现了农业合作化。各地都掀起了轰轰烈烈的生产热潮，争先恐后，你追我赶。

就在这时，中央一声号令，又开始了手工业和工商业的社会主义改造。

自打杏花走后，家里消停了许多。满山不再为两个媳妇争风吃醋闹矛盾伤脑筋，心情也稍许好些。

忽然有一天，梁满山得到通知，要去乡里开会。满山最害怕上边找他，因为总没好事。这是他头一次到乡政府开会，心里发毛，忐忑不安，害怕有更大麻烦。

进了乡政府大门，发现来开会的全是做生意跑买卖的熟人。

“呀，张掌柜你也来了？知道开啥会吗？”西村开饭铺的李掌柜说。

“哎呀，李掌柜，你问我，我问谁去？上头说啥，咱只管听着就是了。”张掌柜回答。

“该不会要多抽税吧？再多抽，就没法干了。”布店老板王大发对着满山说。满山常给俩媳妇买布做衣服，是他的老主顾。

“你的生意多好呀，还哭穷。我这醋坊可真是难开了。”满山说。

“唉，老兄，近来我吃你那醋咋没以前酸了？觉着味道清淡了许多。你是加水多了吧，嘻嘻。”王大发调侃满山。

“老兄，开啥玩笑都行，这个玩笑可开不得啊。你是嘴吃馋了，想换换口味吧。你老婆觉着酸不酸?”满山反唇相讥。

西街口铁匠石铁锤说：“这日头从西边出来了，叫我这打铁匠来开会，真是稀罕。”

陆续来了二十来个人。

乡长说：“开会了，大家都安静点，先听我说，然后你们再发表意见，展开讨论。

“现在，各地农村都实现了合作化，亿万农民都走上了社会主义的康庄大道，彻底消灭了人剥削人的旧制度，各尽所能，按劳取酬，人人平等，全国形势一片大好。

“在城市里，工商业也都要进行社会主义改造，北京、上海、广州等大城市都基本完成这一伟大的历史进程。在党和政府领导下，展开了公私合营的群众运动，资本家和工人组织起来，实行合营，清产核资，经济改组，进展顺利迅速。

“就拿咱们省来说，郑州、洛阳、开封等也正在开展公私合营。公私合营就是国家政府和大家一起合办工厂、作坊、商店，走社会主义道路。当然，咱们县也都要搞公私合营。刘村镇是比较繁华的乡镇，各种手工业商业都兴旺发达，咱也不能落后，不能拖后腿，是不是?

“今儿叫大家来开会，就是传达上级精神，就是要大家都走社会主义道路。

“我先说到这儿。下面大家都说说，咱们应该如何紧跟形势，响应党的号召，做好合营工作。都说说啊。”

大家心存的疑虑终于明朗了，三五成堆凑在一起抽烟，以掩饰不安的心情，没有一个人说话。

乡长又说话了："大家都别小声咕哝，大胆说出来，谁先说？"

还是没人说话，大家都使劲抽烟，整个会场烟雾缭绕，浓烈的旱烟强烈地刺激着每一个人的神经。他们明显地感到，一场风雨即将到来。

他们用沉默表达了心声。

要消灭私有制，剥夺私有财产，党要带领全体人民走社会主义道路。乡长知道他们的心事，但还是从正面引导，说："我相信，大家都愿意走社会主义道路，没有剥削，按劳取酬。虽然没人说话，但我知道你们都不会反对公私合营，也希望走社会主义道路，对吧？谁不愿意合营，下来找我，咱们好好谈谈。今儿回家都好好想想，明天开会都说说，表个态。希望大家积极配合，争当全县的先进乡。就到这儿吧，散会。"

王大发和梁满山的店面相距不远，俩人一路返回。

大发说："老兄，你咋看这事？"

满山说："我也说不上来，我觉着政府是要把咱们的生意收走呀。政府跟你合营，还不是啥事都得听人家的。三下五除二，就没咱的份了。"

大发说："我想也是，有啥办法吗？这日子不好过呀。"

满山说："我看，世事到这儿了，不走这一步恐怕不行。村里的合作社也是这样，最后逼得你没办法，还是得入社。"

大发说："到头来也不知道这条路是个啥样子。日子是往好里过呢，还是会更难过？反正想自己发财恐怕是不行了。"

俩人分手后，满山早早就关了门面。

回到家里，他把事情对娘和媳妇玉莹说了一遍。

玉莹开口说："咱家是地主成分，不敢再惹事了，能平平安安吃碗饭就不错了。上头说啥就是啥，咱可不能跟人家闹别扭。”

娘说：“这世事真的变了，啥倒霉的事都叫咱家赶上了。土改分走了地、粮、家具、房子啥的，合作社又把能拿的东西都拿走了，杏花也跟人跑了，这会儿又要合营咱家这醋坊。咱咋这么倒霉呢？唉！明儿去坟上跟你爹烧烧香，叫他在天上保佑咱娘们吧。”

“娘，您别着急上火，身子要紧。东西是身外之物，没了就没了，就当是给风刮跑了。两手空空也好，少操心。只要咱全家平安就好，您说是吧？娘。回来的路上，我也想了，他们要啥就给啥，倒也落得心静自在。闲心少操，跟着大家下地干活，别人能过咱就能过，不怕。”

停了一下又说：“娘，我再嘱咐您两句，千万别把东西看得太重。我不知道你手里还有啥值钱的东西，能藏就藏起来。真要是来搜咱家，搜到了就让人家拿走，可别不舍得，把您给气着了。”

“娘都这岁数了，还在乎啥东西？有几件东西叫杏花带走了，我也没啥了。娘不糊涂，你放心吧。”

一宿无话，全家人心事重重，辗转反侧，难以安枕。

第二天一大早，老社长和小梁来到满山家。

满山请两位屋里上座。均安问：“满山，听说昨天乡里把你请去开会了？”

满山说：“是的，有二十来个人吧，都是咱乡里做生意的。”

小梁说：“那乡里有啥说法没有？”

满山说：“我想，你们工作队早就知道了吧，就是公私合营的事。具体咋合营还没说，先给大家通通气，让大家有个准备，考虑后表明态度。今儿还要开会，等会儿我就走。”

均安说：“满山，咱村里就你一家作坊，也算是改造对象。其实也是好事，共同走社会主义道路么。”

小梁说：“都走社会主义道路，尽管你是地主成分，也不会把你落下。你自己也要努力呀，对吧？”

均安说：“大叔相信你，不会拖后腿，不会给咱村丢脸。”

满山说：“恁两个就放宽心吧，我的表现不会让你们失望。咱这点东西也不值啥，没啥舍不得的，我知道党的政策。”

两位起身告辞，说：“加油，好好表现。晚上回来，听你汇报。”

“会的，会的。”满山送他们到门口，心想：“既如此，我何不调门高一些，做个顺水人情。”

主意已定，大步向乡里走去。

会议又开始了。乡长说：“大家都想好了没有？说说你们的意见吧。好，谁先说？”

满山鼓足勇气，站起来说：“乡长，我一个做醋的，也没啥见识，就知道听政府的话没错。我愿意合营，咋样合都行。我只有那个醋坊，谁来做醋我都欢迎。”

乡长拍了几下手，说：“好，非常好，这个态度值得表扬。还有谁要说？想合不想合都可以说，没关系的，说吧。”

满山带了个好头，这是乡长没想到的。他喜出望外，鼓励大家表态：“还有谁说，抓紧时间。”

布店王大发说：“合营没意见，就是不知道咋样合，公家占多少股，我私人占多少股，以后我这布店由谁经管？”

石铁匠说：“我是个打铁的，跟谁合？咋样合？以后还让我打铁吗？我这点手艺还有用吗？”

……

乡长说：“各位，不妨先表表态，对合营有啥看法。要是都愿意合营的话，我就让副乡长跟大家说说怎样合营。”停了一下没人说话，乡长又说：“好，副乡长李贤同志来给大家讲讲。”

大家心想，还不知道咋个合法，咋样表态？

李副乡长讲了一个多小时，中心意思就是，刘村镇成立一个

“供销合作社”，这个供销社归县里供销社领导。先把大家现有的资产评估个数，作为股份加入供销社，年底根据股份分红。县里派个经理来领导镇里的供销社，各家的店铺作坊都归供销社统一管理，都听这个经理的。

就这么着，乡里就把镇上的手工业，小作坊、小商店、手艺人等合并到供销合作社，完成了公私合营的社会主义改造。

满山的醋坊还是由他管，但是经济大权已经收到供销社，亏多少赚多少他一概不知情。他就是隔三岔五从供销社拿几个工钱而已。

这些日子，满山有点心烦。夜里，他对玉莹说：“孩他娘，醋坊的事我不想干了。”

玉莹说：“咋了，上边又有啥变化？不要咱干了？”

满山说：“那倒不是，是我不想干了。你看，醋坊分不到钱，一月也就仨核桃俩枣。我每天还得守着，地里活也干不了，挣不到工分。孩子们都还小，你也挣不了几个工分，咱一家往后的日子咋过呢？”

俩人都沉默了，想着要不要跨出这一步，后果会如何。

玉莹说：“他爹，你说的也是。那就把咱的钱要回来，把这一摊交出去，谁爱干谁干。咱一门心事种庄稼就是了。”

满山说：“你想得好，还想把钱要回来？不会有那好事了，咱干干净净脱身就不错了。现在是‘社会主义改造’，跟村里入合作社一样，啥是你的我的？都要归到公家里。再者说，咱是地主成分，弄不好再惹麻烦，划不来。咱也别去讨那没趣了。”

最后，玉莹说：“那就依你说的，明儿再跟娘说一声，别让她太难过。”

一夜无话。

第二天，满山对娘说了想法，娘说：“我想着早晚会有这一天，没想到说来就来了。唉，由它去吧。”

满山说："娘，您可别太难过了，身子要紧。"

老娘干瘪的眼皮里，没有泪，但有些湿润。老娘眨眨眼，说："娘知道轻重。你放心，娘没事。"

满山不干了，年底满山还分了一点红利。供销社没认真经管醋坊，柿子熟了没人抓紧收，酿造工艺没人懂，生意当然不会好。就这样，一叶扁舟"梁家醋坊"在改造的浪潮中慢慢消失了。人们只能回味它的香味，却再也无法品尝它的鲜美。它在不经意中永远离开了人们的视野。

此时，各大报纸铺天盖地的宣传报道，农民有着巨大的社会主义热情，高歌猛进，朝着社会主义道路奔跑，农村社会主义改造运动成绩斐然。

048 放飞笼中鸟

榜样的力量是巨大的。

婉容嫁给老田，银生娶了秀萍，她们都不再是单身孤影。杏花嫁给小炉匠，解放自己，获得了自己想要的生活。秋菊自家的小姑子大胆追求自己的爱情，嫁给本村的小伙子景盛……

身边发生的事情，桩桩件件都给秋菊很大的冲击，心里掀起阵阵波澜。一颗死了的心渐渐复活，希望之火被重新点燃，梦想变成一种渴望。她渴望有一个真正属于自己的家，渴望堂堂正正地活在这人世上。

这些年来，秋菊就是个伺候人的"奴仆"，除了公婆，还有那个傻瓜丈夫以及自己的孩子。老公公在世时，为了遮掩丑事，她给全家人做饭。拼命做家务活，讨好兄弟们，也求得妯娌们的同情与理解。入社了，她不想成为弟兄们的累赘，放下孩子，下地干活，尘土满身，汗水满脸。回到家，还得给儿子和傻瓜丈夫弄吃的穿的。日子和心灵的煎熬，使她的容颜远远超过了实际年龄。

最重要的是，那块“石头”一直压在心上，她喘不过气来。总觉得自己龌龊、肮脏、下作，低微下贱的她站不到人前。她沉默寡言，心事重重。她不想见人，不想和人说话。她倍感孤寂，除了自卑，还有耻辱。

为了解闷，她也参加了识字班，总是坐在最后面。县里王主任的话说到了她心坎上，这些天还常常在耳边响起。然而，她不知道该咋样面对眼前这个家，不知能不能逃出牢笼获得自由。

这天喝罢汤，孩子在外面玩了一阵子，急忙跑回到家，着急尿尿。

秋菊正忙着洗涮锅碗，对兴旺说：“他爹，我腾不开手，你领孩子去后边尿尿。”

傻子说：“中。”

他把孩子领到后边就不管了。结果，孩子急得解不开裤带，尿了一裤子，回来哭着来告诉娘：“我解不开裤带，把裤子尿湿了。”

“你爹干啥哩？他咋不管你？真是害人精。”她回头对着兴旺大声吼起来，“你这死鬼货，你就不会给孩子解开裤带？一天就会吃，孩子也跟着倒霉一辈子！你这是要害死俺娘俩呀！”

越说越来气，越觉得憋屈，呜呜哭了。

老太太在屋里听见了，说：“他傻，你不是不知道。他连自己都管不住，还指望他管孩子？你骂他恁狠弄啥哩？盼着他早死，你再改嫁？”

“娘，你咋那样说呢？我嫁到咱家，吃苦受累我说过一句没有？孩子尿湿裤子，我就不能抱怨两句？我知道他没用，可我心里光想着他能行，总不想把他当成傻瓜蛋。”

“你这是拉挎人（指桑骂槐），你当我听不出来？他爹就是你害死的，这会儿想害死他？不是你见天勾引老头子，凭他那身板儿，能这么早死吗？咋会找你这个狐狸精！”

秋菊与老头子的事，老太婆心知肚明，但是老头子在世时，虽然对秋菊恨得咬牙切齿，但她毫无办法，今儿就正好找碴发泄。

“哎呀，娘呀！从你嘴里咋能说出这话哩？家里出这种丑事，你还有脸说？老头子不检点、不要脸，伤风败俗，乱伦儿媳，是儿媳的错吗？你自己都看不住老头子，还怪谁？我真没想到，这会儿你会说这种话！”

“怪你，就是怪你！怪你在他跟前摆弄，眉来眼去的，把他魂都勾走了，夜里还说些瞎巴子（下流）梦话，恶心死人了。你不要脸还装正经。”老太婆越说越离谱，越说越高声。

兴盛再也听不下去了，从屋里出来，说：“嫂子，你心里委屈，俺都知道，别说了。”

他又到娘屋里，对娘说：“娘呀，你今儿是犯糊涂了？说那是啥话！你叫俺们脸上咋挂得住？别再说了，早点歇着吧。”

秋菊回到屋里捂着脸哭了好一阵子，她怨父母，也恨自己，又觉得自己是天底下最可怜、最委屈的人。她被传统习俗束缚着、压抑着，忍气吞声。秋菊在这家里受尽了人间屈辱，葬送了自己的青春年华，哪儿去诉说？

她也曾多次回娘家，向娘哭诉，但娘也毫无办法。老实巴交的农民只怪自己的命不好，前世作了孽，这辈子活该受罪。

今儿，秋菊带着孩子回娘家。外婆看见外孙格外高兴，尽管外孙他爹缺德，但孩子是无罪的，闺女的孩子，那就是她的外孙。她把外孙搂在怀里，在孩子的脸蛋上亲了又亲。

“乖孩子，几天不见，又长高了。看这孩子的头发多好呀，又黑又亮，还密实。在家跟别的孩子打架没有？惹你娘生气没有？来，跟外婆说说。”她又搂住外孙亲了几下，“去吧，跟你小姨耍去吧。”

孩子离开后，秋菊把前天发生的事情对娘说了。

娘也很无奈，自言自语："你说，这死老婆子咋恁不要脸呢？忒没良心了。俺闺女伺候恁一家子，受苦受累反倒落个不是人。这叫啥事呀？唉。"

秋菊抽泣着，低头不语。

"都怨娘呀，是俺害了闺女一辈子呀。娘也很痛心，夜里一想起这事，就会打个激灵，心里抽搐一下，整夜睡不着。你说该咋办？你有啥想法，跟娘说说。"

"娘，前些日子，村里办了个识字班。我想解闷，也去听听，识俩字。县里来了个妇救会王主任，讲了好些'解放妇女，婚姻自由，打倒封建迷信思想'的道理。我看她说得在理，我再也不想过这种日子了。出力受累不说，还受些窝囊气，家里家外都被人看不起。我想抬起头来，堂堂正正做人，再也不想见那黑心的老太婆。"

娘说："你这是要跟傻子离婚呀，那可不是打渣子（开玩笑）的。不是万不得已，千万不能走这一步。街坊邻居会笑话不说，你带个孩子也难找呀。就算是能找下，男方会待见孩子吗？你少不了生气呀。"

娘想得长远，担心以后秋菊的生活。

快晌午，爹下地回来了，逗着外孙玩了一会儿。

一家人吃过午饭，秋菊又跟爹说了家里的事。打从知道秋菊在婆家那事，他的心充满了对女儿的愧疚，同时也对亲家的兽行痛恨万分，真想把他碎尸万段。爹是个懦弱人，一生胆小怕事。现在，老太婆又来闹事，他忍无可忍，一反常态，像火山爆发一样，怒气冲冲，要去周家大闹一场。

秋菊急忙拦下爹，说："女儿惹您生气了，您消消气。别去了，跟他家说不出啥道理。我想好了，我要离婚，不跟他过了。"

"闺女，是爹对不住你。咱不再受委屈了，跟他离吧。有爹娘在，给你遮风挡雨，你啥都别怕。回来吧!”

秋菊感动得哭了。她含着眼泪，跪在爹面前，说：“女儿不孝，让爹为我担心了。”

爹一把拉起秋菊，说：“有爹在，不会叫恁娘俩受罪。”

父母永远是女儿的靠山，父母的家永远是女儿的家，他们愿为女儿牺牲自己的一切。

“爹，我想叫您去县里找一下王主任，打听一下，像我这情况，离婚的话，政府同意不。我心里没底，怕事情弄不成，以后日子更难过。”

爹说：“嗯，是这回事，得去问问清楚，别二误两耽，把事办坏。明儿我就去。”

午后，秋菊含着眼泪匆匆离开娘家，回到充满怨恨的鬼蜮一般的院落。

几经周折，秋菊爹在县里找到了王主任。

他把秋菊的事情从头到尾，原原本本诉说一遍。他多有自责，愧疚自己害了女儿，请王主任帮帮秋菊。

王主任对秋菊的遭遇非常愤慨，并深表同情。她没想到在偏僻的山村会有这种事情发生。她明确表示，秋菊完全可以离开周家，去追求自己的幸福，开始新的生活。如果遇到周家阻挠，就来县政府报告，王主任答应全力维护妇女权利。

有王主任那态度，秋菊心里有了底，要与周家摊牌了。她要用阳光驱走阴霾戾气，用清水荡涤身上的污泥浊水。她要跟别的女人一样，在属于自己的那片蓝天下生活，在朗朗的乾坤之下，用辛勤的汗水收获幸福与快乐。

这天前晌，天阴沉沉的，雾气很大，一点风都没有，闷得人透不过气来。

她不想再与老太太纠缠，直接找老二兴盛说事：“二弟，老头子在时，就把这个家交给你了，你是一家之主。今儿嫂子跟你商量个事，中不中?”

兴盛说：“咋会不中？虽说咱都分家了，可我还是很尊重嫂子，你有啥难处尽管对我说，我会尽力帮助你。”

兴盛心眼好，通情达理，敢于担当，走的正行的端，也能正确理解和对待大嫂处境。

“那我就说了。”秋菊停了一下，干咳了一声，说，“我想跟你哥离婚，离开这个家。”

兴盛一听很震惊，说：“嫂子，都这么多年了，你这会儿咋会有这想法？是弟弟们还是弟媳们有啥对不住你？你说出来，我来教训他们。”

秋菊说：“兄弟，我不埋怨任何人，你们对我也都不错。你哥他傻，在这个家，我守一辈子活寡，这个我也认命。我之所以要走这一步就是为两件事：一是，不管在家里还是在村里我都没有出头之日，人前说不起话，洗不尽一身的耻辱。我是个人，我还要脸面，我想堂堂正正地活。其二，也是最要紧的，孩子在这家里长大，也被人瞧不起，别人背后说，‘儿不儿，孙不孙’的。将来在村里咋相处？孩子无罪，我想给他找条出路。”

兴盛见嫂子说得头头是道，他张口结舌，无言以对。他最后说：“你要是一走，村里人又要看笑话了，你说咱这个家算咋回事？前一阵子，桂花的事闹得鸡飞狗跳的，让人家说三道四，全村人都看咱笑话。我真是没脸见人呀！唉——”

秋菊说：“兄弟，我知道你为难，脸上挂不住，可这都是一时半会儿的事，过些时候人都忘了。而我和孩子是一辈子的事呀，你想过没有?”

兴盛说：“这个理，我也懂。可就是……我也不知道该咋说了。有一点，我想说，咱娘和这孩子亲，恐怕她舍不得。真要是那样，恐怕她受不了。她年纪大了，我怕出啥事。”

“兴盛呀，你是不知道。这话我本不想跟你说。你爹活着的时候，她看在你爹的脸面，对孩子好。只打你爹死后，她对孩子大不如以前了，还偷偷骂孩子是孽种。外人看不出来，做娘的，我看得一清二楚。”

“那——，你想咋办就咋办吧，我不阻拦。可你还是跟娘说一声吧。一个锅里动稀稠（在一个锅里吃饭）也这么多年了，她老了，有啥不对，你多担待。”

“我不想跟她再搭腔（说话），都分家了，各过各的。再说了，这事与她无关，我也犯不着跟她说啥。那天嘛我那话，你都听见了，像一个老人说的话吗？气死我了。”

兴盛无话可说。可是这么大的事，兴盛必须告知老太太。

果然，老太太说这是兴旺的一条根，以此为由，不允许秋菊带走孩子。在兴盛的耐心劝解下，她才勉强同意。其实她并不想要这孩子，只是要为难一下秋菊。她娘俩走就走了吧，走了全家人也心静。

这一天，老太太面带笑容，拉住孩子的手说：“奶奶今儿带你去街里（镇上）逛逛，吃点好的，解解馋。你这一走，恐怕我再也见不到你了。也就这一回了，走吧。”

秋菊想着她带孩子去镇上吃点好东西，也是人之常情，就随她去吧。

天黑了，老太太一个人回来了。她说，孩子在街上走丢了，找了一天也没下落。

这下可急坏了秋菊。儿是娘的心头肉，秋菊说啥都要带走。秋菊求兴盛帮忙寻找孩子，兴盛觉得难办，但还是和老三、老四分头去找，到镇上各条街道、临近村里到处打听，最终一无所获。

兴盛心知肚明，他知道这是老太太玩的花招，把孩子放到哪个亲戚那儿了，但还不至于把孩子害了。

村里人还不知道秋菊要闹离婚。丢孩子这事不胫而走，这又是村里一大新闻。有人同情，有人幸灾乐祸。“你说，秋菊这人也够可怜的，以后就指望这孩子哩，又丢了。唉，真是的。”“哎呀，一个孽种，丢就丢了呗。”“这算啥话，孩子是秋菊的心头肉，她恐怕就这点盼头。一个女人家还不够可怜？积点德，好不好？”“他家的事，外人不好说，少管闲事。”

秋菊心急如焚，但又没办法。她彻夜未眠，百思不得其解。第二天天蒙蒙亮，她就赶回娘家，请爹娘一起想办法。

闺女一大早就来，凭直觉，爹娘知道是出大事了。

秋菊告诉爹娘，孩子丢了。一家人想来想去，都觉得这事有点蹊跷。明明老太太最近已经不待见孩子了，为啥偏偏在这时候要带孩子去镇上吃香喝辣的？从她神色上来看，像啥都没发生一样，一点都不难过紧张，也没一点愧疚之意。很有可能是老太婆在耍花招。

爹说：“你马上回去，把这事跟工作队和社长说说，求他们帮忙。我也去县里找王主任，让她想想办法。”

秋菊不敢耽搁，赶快回到史家湾。

吃罢清早饭，村民们正准备下地，秋菊慌慌张张来到均安大叔家，她上气不接下气地说：“大叔，您帮帮我，帮我把孩子找回来。”

大叔多少听到些风声，说：“别慌，你慢慢说，到底是咋回事？”

秋菊详细回忆了事发前后，最后说：“大叔，事情来得蹊跷，我怀疑是老太太捣鬼。”

均安说：“那她为啥这样做呢？总得有个理由吧。我看她也不像是恶人呀。”

秋菊说：“事情到这一步，我也不瞒您说，就是因为我要和傻子离婚，要带孩子走。我之所以带走孩子，是为孩子将来着想。大叔，您能明白我的心事吗？”

说到这儿，秋菊捂着脸哭了。均安大叔明白了其中缘由。

大叔安慰秋菊别哭，事情会有办法解决。他去叫银生和小梁、小蔡过来商量此事。

大家看法基本一致，认为很有可能是老太太把孩子藏起来了，这是犯法的事。年轻的工作队员对周家那些不齿之事本来就痛恨之至，现在又胆大妄为，违法乱纪，哪能容忍？

马上叫来兴盛问话。均安说："你说实话，孩子是不是你娘藏起来了？这可是犯法的事。她年纪大了糊涂，你可不能做傻事。"

兴盛说："大叔，您冤枉我呀，我真的不知道咋回事。我和兄弟们还到处找了一天哩。"

小梁说："你是个明白人，还是生产队长，要是包庇不说，查出来等于同犯。你想清楚。"

兴盛说："你们等等，容我回去再问一问娘。中不？"

兴盛走了。

县里王主任得到消息，也认为事情不同寻常，马上骑车来到史家湾。

兴盛听说县里也来人了，着实吓得不轻，对娘说："娘呀，你就说实话吧，这孩子找不到，事情不拉倒，咱一家人都得跟着倒霉。再说了，你霸着这孩子弄啥哩？指望他孝敬你、伺候你？"

娘说："我会指望他？我就是不想让她和这孽种好过，不能便宜了她。"

兴盛说："娘呀，说句良心话，这孩子和秋菊都没错，要错就是俺爹的错。咱就不能行行善，放他们母子一条活路？我知道你一辈子积德行善，菩萨心肠，大人大量。你说出来，大伙儿都松口气。"

"我就是不能叫她把孩子带走。我就死了，也要找个垫背的。你们都别管，有事我一人担着，与恁都没关系。我去见村长，见县里的干部。"老太太越说越硬气了。

“哎呀，娘啊，你也忒不听劝了，这不是你一个人的事，是咱一家人的事！你明白不?”兴盛大声吼起来，一摔门出去了。

他来均安家说明情况，怕人家等着急，事情闹僵。

“大叔，王主任，我娘人老了，脑子不好，我正在做工作。你们稍等一会儿，对不住了。”

把两个弟弟都叫来，兴盛耳语几句后，再去对娘说：“娘，你光想着自己老了，啥都不怕，咋不想想儿孙们，他们以后的日子咋过哩?”

兄弟妯娌们都过来了，“扑通扑通”都跪在地上，哀求道：“娘呀，您行行好，叫俺有个安稳日子吧，中不中?”七嘴八舌，叽叽喳喳。老太太这才松口，说孩子在他二姨家。

两天后，孩子回来了。念在老太太年事已高，政府没有深究。

不久，秋菊与兴旺离了婚并带走孩子。秋菊这个苦命的女人，终于逃出了这可怕的、变态的封建家庭，打碎了身上的精神枷锁，身心不再有任何束缚。她像从笼里挣脱的小鸟，舒展双翅飞向蓝天。飞走之前，她无意中又回头用痛恨的眼神望了一下周家大院，对噩梦般的苦难人生做最后告别。

后来，秋菊改嫁到万安山南，夫妻和睦，顺心如意。她洗刷了一身的耻辱，使自己重生，成为一个真正的女人、一个家庭主妇，开始了新的人生。大山阻隔，距离遥远，没人知道她的不幸遭遇。随着时间的推移，心灵创伤也逐渐平复。

049 扫盲师生恋

小蔡梳着短短的剪发头，一缕刘海与双眉平齐，瓜子脸白皙红润，犹如一支绽放的桃花。小蔡性格活泼，干练直爽。这段时间，她想方设法办好村民识字班，大力宣传破除迷信，扫除文盲，移风易俗，妇女解放，婚姻自由。小蔡识字也不多，充其量也就是小学三年级水平，她深知自己的文化程度太低，对工作很不利。她和大家一起上课学习，自己文化程度也有所提高。

识字班教课的李老师，三十岁不到，面容白净棱角清，两道浓眉似蚕虫，说话斯文，头发乌黑，左右四六分开，溜光溜光的，头缝清晰可见，一丝不乱。高挑身材，白衬衫蓝裤子，在衬衫左上方的口袋里常常别着一支钢笔，透出文化人特有的气质。他对乡亲们总是先笑后说话，性情谦和，落落大方，深受史家湾人的爱戴。有人说他家住李沟，没人知道他的学历，但他能教一到四年级的全部课程。

由于工作关系，小蔡和李老师接触自然较多。

李老师给村民们上课，没有教材，全凭经验。他知道村民们大多是文盲，就从最简单的识字教起。

一天下课后，他问小蔡："蔡同志，我不知道这样教合不合适，也不知道效果如何，老乡们有啥意见，是太难了还是太简单了？你的看法呢？蔡同志。"

小蔡说："李老师，您辛苦了。白天给孩子们上课，晚上还不能休息，让您费心费时，真是太谢谢您了。您教得很好，很合适，刚开始不能太难了。太难了，他们会没信心。就这样先教着，我听听老乡的意见，不合适的话，咱再改，反正只要能识字学文化就行了。您说是吧？李老师。"

"是的，蔡同志，那就到这吧，明儿见。"

"明儿见。"

由浅入深，大约教了一百个字了。随着难度加大，教学速度也就放慢了。尽管如此，还是有人知难而退，不想再学了。不少妇女借口家里事多走不开，一次次缺课。这样一来，程度就更不齐了，这课也就更难上了。年轻人、聪明点的，嫌他讲得太慢，兴趣低落；年长者、脑子笨的，嫌太快，跟不上。

怎么办呢？李老师很无奈。

这一天上完课，他留下来与小蔡讨论如何解决这难题："蔡同志，你走的地方多，有经验，像这种情况该咋办？"

小蔡说："李老师，您客气了，我哪有啥经验。我也真不知道该咋办。"

俩人都沉默了。过了一会儿，李老师说："要不，跟不上的就别来了，别耽误别人进步。或者说，谁不想来就算了，别勉强了。"

小蔡说："那可不行。学识字，是上级下达的任务，每个村扫盲都有任务的。咱村可不能落后呀。"

李老师说："要不把他们分成两个班，程度好点的是一班，差一点的是二班。"

小蔡说："就您一个老师，咋给他们上课？您也没有分身术。"

李老师说："我先给一班上，再给二班上。一班上课，二班写作业。二班上课，一班写作业。这不就行了。"

小蔡说："那可不行，您白天忙一天，晚上再上两个班的课，时间拖得太长了。太累了。要是把您累病了，不光耽误学生，整个识字班就没戏了。绝对不行。"

二人沉思良久，李老师说："要不这样，你就辛苦一下，二班由你来教。咋样？"

小蔡哈哈一笑，说："李老师，您可真会开玩笑，我自己还没有学好呢，咋去教他们？其实，我识字也不多，我得加油跟您学呢。"

李老师说："我看你总比他们识字多。首先，我告诉你每天教哪些字，如何教。这些字你肯定都认得。你要想跟我学更难一些的，也没问题，我再抽时间好好教你。只要你想学。"

小蔡想想也没更好的办法，只好依了李老师。要不然，乡里来检查识字班，没法交代。

小蔡根据李老师的安排，每天教几个简单的字。她先从李老师那里批发过来，现买现卖，像鹦鹉学舌一样，传递给学员们。

“‘羊’字，上面有两点，你们说这两点像不像羊的两个角呀？”

“像！”学员们齐声回答。

小蔡接着说：“再看看，下面露出来的这一竖，像什么？像羊的尾巴吧？”

“是。”

“好，那你们都记住了？”

“记住了。”

小蔡接着教，她先在黑板上写了一个“刀”字：“你们看，这个字像咱家里的啥东西？”

有一个妇女说：“像切菜刀。”

“好，很好。这个字就是‘刀’，你们回家做饭的时候，就记住这个字了，对不对？”

因材施教，两个班的学员都提高了积极性，进步明显。小蔡和李老师都很有成就感，很自信，很满足。

一来二往，小蔡对李老师的渊博知识和丰富的教学经验佩服得五体投地，英俊潇洒的仪态更使她着迷，一种敬重和爱慕之情油然而生。李老师眼中的小蔡，不仅秀丽而且聪慧能干，勤奋好学、乐于助人的品质深得李老师的喜爱。两人的师生情谊日渐加深。久而久之，双方都有彼此依恋的心绪，一日不见心里就觉得空落落的。

年轻女干部的特质像一块磁石强烈地吸引着李老师，然而他身处传统观念的牢笼之中无法逃脱，心情郁闷，焦虑惆怅。

爱情的种子已在小蔡心中萌发，但她不愿意也害怕幼芽露出地面。然而，被压抑的幼芽总在寻找突破口，急不可耐地要到外面沐浴阳光，呼吸新鲜空气。

一天晚上，云淡星稀，皓月千里，小山村异常安静。识字班下课了，学员们惊动的看家狗“汪汪”叫几声后也无声息了。

小学教室里煤油灯仍然闪烁，发出柔弱的亮光。

教室的一角，小蔡和李老师坐在桌旁，照例讨论明天的教学计划。工作结束后，俩人都无意离开，静静地坐着，四目相对。一边是秀丽活泼的清纯美女，一边是干练成熟、活力四射的知识青年。昏暗的灯光下，侧面看去，恰似一副色彩浓重的动态油画。

小蔡没谈过恋爱，她不知道如何表达，不知道从何说起。最后她鼓足勇气说：“李老师，咱俩相处时间也不短了，您觉得我这个人咋样？您是老师，有学问有见识，看我哪些地方需要改进，或者说，我有哪些缺点，提出来，我好改进，好进步。”

一个女孩子这么一说，李老师有点摸不着头脑了，他真不知道小蔡说这话是啥意思。他想了一下说：“小蔡同志，你是个好同志。你年轻又能干，好学又勤奋，还助人为乐，古道热肠。村里人都齐声赞扬你，我也提不出啥看法，也看不出你有啥缺点。我有个问题想问你，你会介意吗？”

“不介意，你随便问吧。”小蔡说。

李老师问：“你今年多大了？有对象没有？我作为老师，或者说大哥哥，想关心一下。”

小蔡没想到老师会这样问她，也不明白老师的意思，小脸一下子感到发烧，火辣辣的。

她回答说：“今年我二十出头了，不怕您笑话，我没有对象。前些年在部队，兵荒马乱，东奔西跑，不知道哪一天就没命了，哪有这心事？这两年国泰民安了，我到史家湾工作，还没有遇见合适的。”

“啊，是这样。”李老师低头不语了。

小蔡说：“李老师，您家离这儿远吗？这些天也没见您回家。您今年多大了？成亲了吗？”

“唉，说来话长，一言难尽。你想听吗？”李老师说。

“我想听。”小蔡说，“今晚还早，也不瞌睡，您慢慢说吧。”

李老师打开了话匣子，道出了他的苦涩人生。

李老师家在李沟，离这儿有二十几里路。父亲在弟兄四人中排行老大，是个老实巴交的庄稼汉。爷爷带领四个儿子种着二十来亩地，起早贪黑，精耕细作，虽不富足但日子过得也很殷实。

外婆家家境相当富裕，良田连片，骡马成群，有长工多人。外爷乐善好施，心向共产党，当年一直暗地里时常帮助八路军乃至后来的解放军。

李老师很小时候，就显露出超常的智力，聪明伶俐。五岁能背《三字经》《百家姓》，加减乘除一点就通，比算盘还来得快。小小年纪能说会道，嘴甜如蜜，特别招外爷外婆的喜欢，因此，他常常被留在外婆家，与其他表兄弟们一道玩耍。

他二姨家的小表妹叫胡玉梅，也是外婆家的常客。二人两小无猜，整天在一起藏猫虎、踢毽子、过家家，凡是当时小孩常玩的游戏他们都玩。

外爷看小外孙有天赋，决定出资送他到城里去上学，一心要把他培养成才。果然他没辜负外爷的期望，学习成绩始终名列前茅，考进了洛阳师范。毕业后，由于成绩优异，留校当了老师。

师范的女同学是凤毛麟角。他很幸运，有一个洛阳城里的女同学看上了他，俩人的爱情飞速发展。花前月下，甜言蜜语，拥抱亲吻，浪漫温存。一个是青年才俊，一个是师范校花，天之作合，地之造化。学校师生纷纷投来羡慕的眼光。

然而事与愿违，家中父母早有安排。外婆外爷做主，要把二姨家的胡玉梅许配给他。两姨结亲，在当时是再好不过的事了。

那个年代，一个小地方没有自由恋爱这一说。当他把在校恋爱的事对父母说起时，父母坚决不同意。外爷外婆也怪他不听话，说他心野了，不把老人的话当回事了，后悔当初送他到外面读书。

为了让他收收心，外爷动用关系，把他从洛阳调回县里谋一份公职。年轻的李老师性情温顺，懂得“百善孝为先”，不想惹长辈生气。他不再执拗，心不甘情不愿地娶了玉梅。

李老师与玉梅之间没有爱情，只有儿时表兄妹之间的亲情。玉梅长大后不像小时候那样乖巧，而是添了些小姐脾气。俩人结婚后，玉梅常常刁蛮任性，公婆不敬，四肢慵懒。一天早晨，婆婆把饭做好，叫她吃饭，她却满口粗话，抱怨惊了她的瞌睡。为此，婆婆气得病了一场。

婚后，李老师对玉梅的感情不但没有加深，反而感觉越来越无法与她相处。而玉梅却越来越骄横，把整个家折腾得鸡犬不宁。她还到外婆家里告状，说表哥嫌弃她没文化，对她不好。

他消沉，逃避，他幻想逃到一个世外桃源。后来李老师辞去公职，应聘到史家湾小学，躲在偏僻的小山村图个清静自在。

小蔡听完了李老师的故事，长叹一声：“我以为您有文化，见识广，肯定很幸福。想不到还有这样波折。”

李老师说：“这就是人生吧。我信奉生死由命，富贵在天。人这一辈子，命运往往不能掌握在自己手里。就拿现在来说，地主被打倒了，他们发财致富、光宗耀祖的美梦破灭了。我们现在开展扫盲运动，合作化，老乡们的命运就被改变了。反正我这是宿命论，也不知道说得对不对。”

这段时间，李老师的心里就像有一块天外陨石投进了平静的湖泊，水面上泛起道道涟漪，波光粼粼伸向远方。

今晚，他要大胆表达：“小蔡，我的命运将要再次被改变，我看到了希望，这个希望正是你给我的。”

从李老师的眼神中，小蔡完全理解他的话意。

对此她感到有些惊喜，话也放开了：“李老师，我如果能改变你的命运，也是我的幸福。谢谢你这么看得起我。说句心里话，我很崇拜你，也有一份爱慕之情，但我又觉得你高不可攀。”

李老师说：“我有什么高贵的，就是一个再普通不过的教书先生。我真的很喜欢你。你是我的幸运之神，我相信你会给我带来幸福。”

说到这儿，李老师去拉小蔡的手，小蔡没有拒绝。她觉得李老师的大手好温暖，顿时，一股“电流”通达全身。

过了好一会儿，小蔡慢慢把手抽出，说：“我称呼你李哥，不介意吧。”

“不介意，叫我老李也行。”

小蔡继续说：“李哥，不瞒你说，我很爱你。除了爱，还有一份敬重。我知道，我们在思想上、学识上有差距。我低你高，不知道将来能不能走到一起。另外，我还需要向领导汇报，不知领导同不同意咱们谈恋爱。”

“还要汇报？这不就像当年我遇到的情况一样么。你们不是提倡自由恋爱吗？怎么还来这一套。”李老师不知道政审要求。

小蔡说：“我们有政治纪律，没事的，对我来说，就是打个招呼而已，正像孩子跟家长打招呼一样，更何况我是个孤儿，没有其他亲人。”

“啊，是这样。我还是有点不放心，事在人为，咱们都努力吧。这一次，我要努力说服爹娘，和玉梅离婚，我想他们会同意的，因为他们也对玉梅很伤脑筋了。实在不行，我就来硬的，反正非离不可。”

俩人的心里话诉说不完，谁都不愿离开教室，但又觉得太晚了，只好把甜言蜜语存放在心里。

050 两情醉如痴

秀萍与银生结婚不久，银生母子就搬过来住了。小蔡依然住在秀萍家，银生她娘像亲闺女一样待小蔡，家里人多了，有说有笑好热闹。这些天，课后秀萍早早回家，而小蔡回家越来越晚，这就引起了秀萍和银生的注意。

一天，秀萍问："小蔡，这些天你咋回来这（么）晚哩？遇到啥难事了？跟婶子说说。"

小蔡说："没啥难事，就是要教的字越来越难了，我得多花时间跟李老师学呀，我学好了，才能教大家么。"

小蔡嘴里这么说，心里直打鼓，会不会大嫂发现了什么？

秀萍说："没事就好。"

这天晚上下课后，小蔡对李老师说："好像秀萍嫂子发现了什么，她问我咋回家恁晚。"

李老师说："那咱以后注意点，别太晚了。"

小蔡说："是的。我想跟你说，领导同意我和你谈恋爱，只是希望你早点把婚离了，要不然，很不合适。说起来好像是我不道德，生活作风有问题，挑拨你们夫妻不和，跟你乱搞男女关系。"

"对，对。我已经跟父母说了，他们也同意离婚。很快我就通知玉梅，到乡里办手续。"

"那她要是不同意，该咋办？你想过没有？"

"我想过，我会动员一切关系，特别是外爷外婆。他们也都是明事理的人。"

小蔡说："那好，我等你的好消息，别让我失望呀。"

李老师吹熄了煤油灯。

小蔡刚起身，被李老师有力的双臂搂在怀里。小蔡没有矜持，因为这一刻她已经等了很久了。她像小绵羊一样乖顺，依偎在李老师的怀里，全身松软，两腿无力。李老师用力抱紧她，并向上托举，使她双脚离地。李老师与她贴得很紧，他能感到她的心跳、呼吸和蠕动。

过了好一阵子，李老师想放下小蔡，小蔡不要，说："再抱我一会儿，就一会儿。我不想下来，想让你永远抱着我。"

"会的，总会有这一天的。"

幸福的时刻总是短暂的。李老师无奈地松开了手，说："这样吧，后天是星期天，恰好也是刘村会，咱们赶会去，好不好?"

小蔡说："当然好，就怕碰见熟人。"

李老师说："咱们分开走，在会上转一圈。刘村北面离大路边不远有棵大槐树，咱们约个时间在那儿见面，不见不散。史家湾在刘村的南面，一般人不会从那儿走。"

"行，就这样，后天赶会去。"

李老师又说："早上，你吃过饭，就在门口等，看见我提个小包，戴着草帽，就是要走了。你也准备走吧。"

"明白，听你的。"

这天夜里，李老师躺在床上，辗转反侧，难以入眠。直到四更过后，他才恍惚入睡，进入梦乡。

在梦中，他走进一片小树林撒尿，忽见小蔡向他走来，他喜不自禁，系好裤子跑过去，拉住小蔡的手向树林深处走去。恍惚中，一间小屋出现在面前，他们趴在窗子上看看没人，就进去了。地面很松软，他们席地而坐，说了会儿话，就抱在一起在地上滚来滚去，嬉闹玩耍。就在他把小蔡压在身下尽情放纵快活的时候，小蔡大叫一声，他打了一个激灵，猛然坐起，浑身冒汗，口干舌燥……原来是雄鸡一声高亢啼鸣，打断了他的春梦。

他回忆着梦境，直到天亮没再合眼。

刘村会这天，小蔡跟秀萍打了个招呼，要去赶会。俩人如约相会在大槐树下。李老师把一块粗布铺在地上，他们脱掉鞋子相对而坐。

看看四周无人，小蔡迫不及待地倒在李老师怀里，听着男人的心跳，呼吸着男人的气息。李老师的心剧烈地跳动着，他搂住小蔡，轻轻拍打小蔡的脊背，从头到脚抚摸着。小蔡全身感到火辣滚烫。

李老师说："小蔡，昨晚我做梦抱着你在地上打滚，还压在你身上。你让我再次尝到了爱情的甜蜜，太美妙了，我的心都被你融化了。"

小蔡说："到底是知识分子，说起话来文绉绉的，我可不会说那种话。我只会说，喜欢你、想你、爱你。"

小蔡坐到李老师双腿上，搂住他的脖子撒娇、亲吻。两个人缠绵着，倾诉着，享受着美好的时光。两情若是相悦时，春心荡漾醉如痴。

就在这时，一个衣衫褴褛的男人从路上走过。那人把草帽沿拉得很低，李老师与小蔡亲昵的场面被他看得真真切切，而树下二人并没有在意。

秀萍把近来的感觉告诉过银生后，两口子出于对小蔡的爱护，加倍注意小蔡的行为。她到哪去，跟谁聊天，他们都记在心里。

小蔡今天去赶会的举动让他们产生了怀疑。于是，银生乔装打扮，跟踪了小蔡。李老师和小蔡谈情说爱得到了佐证。

银生、秀萍都不是爱挑事的人，他们都很善良，就是想保护小蔡不受伤害。他们没向小蔡挑明，只是提醒她"防人之心不可无"。

李老师一提出离婚，玉梅一家发了疯似的，娘家人倍感羞辱，闹得满城风雨，家喻户晓。这也难怪，被丈夫"休"了，是女人的悲哀，是再丢人不过的事了。

李老师的外爷对革命有贡献，土改时未受到冲击，政策上也得到一些照顾。但他以前的权威已经不在，老人家深居简出，谨言慎行，对孩子们的事不再插手。

娘家人为了报复，让李老师难堪，闹到史家湾小学来了。他们大张旗鼓，疯狂叫嚣，大骂李老师是陈世美，在学校偷女人，多么污秽不堪的话都骂得出口。社长均安大叔听说有人在学校闹事，立马就赶了过来，全力保护李老师不受伤害，强行制止娘家人寻衅，并把他们赶出了史家湾，警告他们，如再来闹事，就打断他们的腿。

这场风波极大地伤害了李老师，对小蔡也是致命的一击。李老师觉得无地自容，不知道如何面对史家湾的乡亲们，也不知道如何面对稚嫩的孩子们。他没想到玉梅娘家人会如此下作不堪，他决心抗争到底。小蔡也郁郁寡欢，与李老师商定暂停识字班教学。其实，识字班到这儿已经符合上级的要求了。

这事一出来，议论李老师的闲话满天飞，一时间风言风语甚嚣尘上，从东到西，从前到后，在哪儿都能听见几句污言秽语。

“活脱脱一个陈世美，没良心呀。”“你猜，他和咱村谁好上了?”“不知道，这事可不能胡说。”“听人说和工作队的小蔡好上了，俩人在识字班眉来眼去，下课了，还赖在教室里不走，就是干那好事呢。”“净瞎说，叫工作队知道了，看不把你抓走。”“那个小妮子就是个骚货，看上年轻英俊的教书先生了。”“不会吧，人家一个俊朗的知识分子咋会看上她?”

秀萍很同情小蔡，她把小蔡叫到屋里，说：“你跟嫂子说实话，你和李老师有没有那层关系。外面传的可邪乎了。”

小蔡说：“嫂子，你知道我是个爽快人，今儿我就跟你实说吧。我喜欢李老师，俺俩也谈了一段时间了。我知道他家的事情，他们是包办婚姻，两姨结亲。本来李老师在师范有对象，硬是被拆散的。我也跟上级领导请示过，他们也同意我跟她谈恋爱。就这些。这种事情我不想多解释，随便外人说啥吧。”

“小蔡，这样吧，我去找一下李老师，听听他有啥想法。”秀萍说。

银生在一旁接过话说：“你去不方便，还是我去吧。以副社长的身份去找他，别人不会怀疑什么。”银生抬起腿就出去了。

银生到学校，李老师很不好意思面对，他说：“丢死人了，出了这种事，我这脸面算是丢尽了，真没法见人。银生社长，你给我拿拿主意。”

银生说：“李老师，你先别着急，办法总会有的。小蔡跟她嫂子亲，啥话都说了，她也很想知道你的想法，下一步咋办。”

李老师说：“事情到这一步，我跟她家都撕破脸了。我要到县里告她，由政府说话，跟她离婚，解除夫妻关系。”

“那她要是死活不离，你有啥办法？”

“政府是个说理的地方，我有五条理由：一、包办婚姻，本人不同意；二、双方没感情，结婚到现在我都没碰过她；三、近亲结婚对下一代不利；四、她不孝敬公婆，无理取闹，还害得俺娘大病一场；五、到学校寻衅闹事，损害我名誉。”

银生听他说得有道理，表示支持，希望他尽快办好离婚手续。小蔡得到消息后，稍感安慰。

李老师到县里找到民政部门，办事人说可以理解，但这是一面之词，必须听听女方如何说。就这样，事情久拖不决，李老师着急又无奈。与此同时，舆论的压力与日俱增，离奇古怪的谣言满天飞，村里人都以异样的眼光看小蔡，对小蔡不像以前亲近了。

小蔡掉进了舆论的漩涡，她痛苦极了。

一天，她来找老领导田伟民。

老田知道原委之后，说：“小蔡，我看这样吧。即使李老师现在跟她媳妇离婚了，你在史家湾能和他谈恋爱吗？能和他结婚吗？岂不正中了那些谣言？因此，你现在必须马上调离史家湾，离开这个环境。只要人走了，闲话慢慢就没了。当然有人会说，‘看看，要是没问题，她为啥走呢？’但反正你已经走了，他们爱说啥说啥，对吧？将来，不管李老师是否还在史家湾，只要他离了婚，你就和他结婚，光明正大，名正言顺。我想，李老师也得调离，尽管不是你们的错，可人言可畏呀，唾沫星子能淹死人哩。”

听老田这么一说，小蔡心里亮堂多了。她说：“田队长，你说得有道理，我听你的。眼下往哪调呢？你给我想想办法。”

老田说：“这个不难，县上我有战友，刘村乡的李乡长和我是老乡也是战友，这事好办。你想往哪去，你想好告诉我，近点就到诸河乡来，再远点也行。你还得跟李老师商量一下，也不差这一两天，想好再说。”

没过多久，小蔡和李老师先后都调离了史家湾，村里恢复了往日的平静。

好事多磨，半年后，俩人终于修成正果，喜结良缘。善良的史家湾人没有忘记他们，纷纷前去道喜，祝他们百年好合，早生贵子。

051 幽梦忽还乡

麦收后的一个午后，日头刚过头顶，无风无云，天气火辣辣的。

社员们纷纷把分到的麦子摊在太阳底下晾晒。秋庄稼在这样的天气里正快速生长。地里没活，社员们都猫在屋里歇晌。

从村东头大路上走来一个中年男子，面容消瘦，身体佝偻，背着一个背包，步履蹒跚。

他向路人打听：“老乡，这是史家湾村吗？”

路人说：“是。”

他径直朝村里走去。进村后，他问一位老汉："大叔，你认识婉容这人吗？哪是她家？"

老汉朝前一指，说："就在前面第四家。"

老汉没再多看来人一眼，也不问客从何处来，低着头向村外走去。

那人看看四周，有些好奇，又有些陌生。再看看远去的老汉，似乎要努力发现什么。

他三步并作两步来到婉容家门前，一边用力拍打门上的铁环，一边大声呼唤："婉容，婉容——！你在家吗？开开门！"

正在屋里睡午觉的婉容，听到敲门声急忙坐起来，觉得声音很陌生。心想，老田去上班了，这会儿也不会回来。这是谁呀？

婉容走到大门前，拉开门闩，上下打量着"来客"。

四目相对，面面相觑。婉容不认得来人，但还有点面熟，好像在哪儿见过，一时又想不起来。

她很吃惊，瞪着大眼问："你找谁？从哪儿来？"

来人说："婉容，你不认识我了？我是国梁呀。是不是我太老了，变化太大，你认不出我来了？"

婉容很吃惊，瞪大双眼，说："你是国梁？一点都不像。国梁已经死了，你到底是谁？别蒙我，也别吓唬我。"

婉容嘴上说着，可心里害怕极了，脸色越来越难看，起了一身鸡皮疙瘩。难道真的遇见鬼了？

国梁说："我没有死，我还活着。我真的是国梁，让我先进家，慢慢跟你说。"

婉容有意碰了一下国梁的手，确认他是人不是鬼，才把他让进家里。

国梁放下背包，跟婉容要了碗凉水，一饮而尽："哎呀，渴死我了。今儿喝到家乡的水，真甜。婉容，我的事慢慢再说，我先去看看娘。”

“娘——！你看谁回来了。”婉容朝着后面大屋高喊一声，她仍然半信半疑。

“娘——，我回来了，您的国梁回来了。您在屋里吗?”

国梁心想他娘年龄大了，肯定耳聋眼花。他大声喊着，向娘屋里快步走去。

娘也是刚刚睡醒午觉，正在床沿上癔症。听见有人喊娘，而且是男的，她很奇怪，说是老田吧，声音不对呀。还有谁会喊我娘呢?她猜不出来。

国梁掀开帘子，看见娘坐在床前，呆滞无神，心里痛苦极了，他扑通一声跪倒在地：“娘，您好好看看，是我呀，是国梁回来了。”

“是国梁？是国梁回来了？这么多年都打听不到你的音信，都说你已经……”老娘没敢往下说。

“娘，是我不好，我没往家里捎信，让你们担心了。”

当国梁知道大家都以为他死了，又想起自己多年来蒙受不白之冤，忍悲含屈，百口莫辩，他的心都要碎了。他委屈极了，趴在娘的腿上放声大哭起来。

在一旁的婉容也掩面抽泣。

老娘摸着国梁的头，说：“唉，孩子呀，娘日夜都盼你回来呀。娘没少到村头等你，可就是等不到你。这会儿你总算回来了，娘就是死了，也能闭眼了。不哭了，一切都过去了，咱一家又团圆了。婉容，你去吧，给国梁弄点吃的，烧点水让他洗洗，也换件干净衣裳。”

“中，娘，我这就去。”婉容说罢离开。

“孩子，你走后没多久咱这儿就解放了，你爹按你的说法早早处理了家产，土改时也没咋样。后来你爹还是心里难受，一气之下卧病不起，百医不治，就去世了。这么多年，多亏婉容，是她维持着这个家，对我像亲娘一样。你那小闺女也五六岁了，很乖，是我的开心果。总的来说，娘没受罪，活得好好的。你也别难过了。”老娘一肚子的话想一下子都倒给儿子。

这时候，婉容过来，叫国梁去洗脸吃饭。

婉容搅了一碗面疙瘩汤，还打了两个荷包蛋，从篮里拿了两个白黑相间的花卷馍，对国梁说：“你先吃着，不够，篮里还有馍。我出去一下，一会儿就回来。我把热水都烧好了，你吃完后，把你浑身上下好好洗洗，祛祛身上的晦气。”

“行，你去吧。”

国梁看着婉容后影，风韵犹存，顷刻驱散了心里的苦闷与忧伤，涌现出一股短暂的暖流。

婉容来到水生家，把景盛娘叫到一边，小声说：“景盛娘，咱俩关系最好了，我今儿托你办点事，你愿意吗？”

景盛娘说：“看你说的，咱俩还有啥说的，你有啥事只管说。”

婉容说：“你马上去诸河，找到老田，对他说这两天别回来，回头我去跟他说。他要问为啥，你就说你也不知道，是我交代给你的。”

景盛娘说：“那到底是咋回事？你不能跟我说说，我心里也有个底。”

婉容说：“还不能跟你说。就这样，你快去快回，回来后，跟我说一声是啥情况。不说了，我得赶紧回去了。”

景盛娘莫名其妙，但她还是即刻赶往诸河村。

找到老田，她说：“田乡长，忙着哩？”

老田说：“不忙，有啥要紧事？这么大老远的，慌慌张张来找我。”

景盛娘说：“也不知事情要不要紧，反正你媳妇说了，这两天不让你回去，千万别回去。就这事，说完了，我走了。”

老田觉得奇怪，说：“别，别急着走。你跟我说清楚，到底是咋回事？本来这几天工作忙，我没打算回去。”

景盛娘说：“田乡长，我真的不知道为啥。她没跟我说为啥，就说不让你回去，以后她会跟你说清楚的。我走了。”

“好，好，我不回去。你要是耍我，我可饶不了你。”老田也没太认真，笑着把她送出门外。

送走景盛娘，老田心里犯嘀咕，为啥呢？婉容从来没有这样啊。难道她有啥秘密怕我知道？不会吧。他百思不得其解，真想回去看个究竟，但他知道婉容的脾气，还是别捅这马蜂窝了。反正她以后会告诉我，真要不告诉我，再跟她理论也不迟。

听了景盛娘的情况汇报，婉容才放下心来。

一个下午，国梁都想跟女儿亲近，想抱抱孩子。小月韵害羞又害怕，就是不到他身边来。

婉容指着国梁，对月韵说：“他是你的亲爹，快叫爹。”

月韵把头埋在婉容怀里，小声说：“他不是俺爹，那个才是俺爹。”

婉容说：“他是你亲爹，快叫爹。乖。”

月韵说：“你说那个人是俺爹，咋又一个爹？我有几个爹呀？”

尽管声音很小，国梁还是能听见月韵说些什么。

国梁问婉容：“孩子说啥？她还有个爹？他是谁呀？咋回事？”

婉容支走月韵，两眼含着泪，说：“说来话长，这也正是我想要对你说的。你走以后，我发现怀了孕。这一次我特别小心，娘对我照顾得也好，什么都不让我干。我顺利地生下咱这月韵。之后，解放了，发生了翻天覆地的变化。我带着孩子，照顾着咱娘，艰辛地维持着这个家。我心宽，能吃苦，知道你在外面是解放军的官，总有一天你会回来和我一起撑起这个家。可是……”

婉容声泪俱下，把这些年发生的事情原原本本对国梁说了一遍。

国梁低着头，细听婉容的哭诉。最后他说：“真是太难为你了。你做得对，都是我不好。可我也是实在没办法呀。”

婉容说："无论如何，你总该给家里捎个信吧。我要是知道你还活着，无论多长时间，我都不会走这一步，我会等你一辈子。"

国梁说："我咋会不知道这个道理？可是身不由己呀。我……"

接着，他长叹一声，两眼含泪，所有的痛苦都写在脸上。

国梁慢慢说出了这些年来他的冤屈和无奈。

只听他说："上次离家回到部队，经历了多次战役。在解放前夕，有一次，我军对国军的残余势力进行围歼。敌军残部地处要塞，易守难攻。由于我军对当地的地形不熟，久攻不下。一个漆黑的夜晚，敌军残部以攻为守，出击袭扰我军。我军防备不足，损失惨重。但是，我军抓到了敌军一个军官，从他口中得知，我军中有他们的线报，他们对我军的防务了如指掌。其实他是胡说，是用反间计来迷惑我军。

"很可惜，我军领导没有认真分析，没有总结吃败仗的真正原因，反而相信了敌人的谎言。接着就是对相关部门和人员进行审查。由于我是投诚过来的，加上又是作战参谋，负责通信情报，能接触到重要军事机密，因此就成了重点怀疑对象，要进行严格审查。

"这样，我就被关了禁闭，不得与外界接触。隔三岔五就被训斥，面壁思过，天天逼我写材料交代问题。我把投诚过来的几年时间，捋了一遍又一遍。我打心眼里是拥护共产党的，认为自己没有做过一点对不起党的事情。我有文化，业务精通，多次立功受奖，受到表彰，深受领导的信任和器重。我不认为自己有任何过错，更没有通敌的罪行。我问心无愧。

"直到新中国成立，最终还是查无实据。新政权刚刚建立，严防敌特搞破坏，对我这样的人还是不放心，处理起来慎之又慎，似乎也有些道理。后来，我被转到南方一个监狱，没有审判，没有判刑，就是劳动改造。与那些土匪恶霸坏分子混在一起。

"劳改期间，为了让劳改犯能洗心改面，要进行思想教育。这就又用上了我的文化知识。从此我就成了监狱里的‘文化教员’。

“全国局势稳定了，社会主义改造轰轰烈烈，从农村到城市，掀起了社会主义的建设高潮。

“对我多次审查，没发现有任何问题，而且劳改期间表现良好。再者本来也没判刑，依劳改大队的意见，不如早早放了。我这时要求有个身份证明，算是革命军人？还是别的什么？最后，还是如愿以偿，我拿到了一个‘革命军人’的身份证明，从南方到省城，再转到县里。至于工作问题，县里正在研究。

“这些年，我遭了多少罪，只有苍天知道。我一腔热血洒在祖国的土地上，对得起祖宗。不细说了，免得你心里也难受。唉——”

国梁长叹一声，结束了他的倾诉。

国梁说完痛苦经历后，婉容再也忍不住了，“哇哇”大哭了起来。

她紧紧抱住国梁说：“孩他爹，你受罪了。可怜死我了，我这心都要碎了。今后哪儿也不去了，就在家安安稳稳过日子吧。”

国梁说：“是的，我也想好了，哪儿都不去了。就守着这个家，过个太平日子，有一碗粗茶淡饭就行了。”

过了一会儿，国梁说：“婉容，你是我的好妻子。我真不知道家里发生这么大的变故，要是知道，我就另找个地方，终老一生，不来打搅你和孩子。刚才我说那些，你可不敢邻居们说。跟他们只说好话，记住了吧?”

婉容说：“国梁，你在外面不知死活，我这心里总像一块大石头压着，总会想起你，有时做梦梦到你。这会儿你回来了，心里这块石头可算落了地。我跟谁都不说你在外面的事，你放心，我知道轻重，知道该咋说。”

国梁说：“老田是乡干部，人也不错。你跟他好好过，不能对不住人家那份情意。再说，他对老娘也挺好，我就更加放心了。我在家多陪娘几天，你也把老田叫回来，我跟他见个面，交代一些事情，我就离开。”

婉容说：“别再胡说了。你回来得太突然，谁都没有思想准备。这事先放放，都好好想想再说。这几天，你千万不要外出，就在家里待着。”

婉容又交代月韵，不要跟外面孩子们说家里来人。她早早收拾锅台炉灶，尽其所有准备了一次久违的团圆饭。

一家人围坐在一起，国梁说：“多少年，我都没吃过这家乡饭，还是那个味道，真好吃。”

婉容笑着说：“好吃就多吃点。以后让你天天吃，看你烦不烦。”

老娘说：“今儿有俺儿陪我吃饭，心里甜，饭也香。以后你要天天陪娘吃饭，让娘多活几天。”

婉容说：“对了，以后你要天天陪娘吃饭，娘能长命百岁。”

国梁另有心事，小声应付着。

在另一间屋里，婉容为国梁准备了一个床铺。

更深夜静时，小月韵睡着了，婉容推开了国梁房门。

她坐在床前，说：“国梁，你别介意，不是我不念旧情。咱俩要是睡在一个屋里，老田突然回来看见，算是咋回事儿。再者说，要是外人来，你也可以躲在这屋里歇息。”

国梁说：“我知道你用心良苦。过两天，都想好了再说吧。”

婉容说：“你懂我的心就好。她爹，我多想回到过去呀。”

婉容一颗矛盾的心激荡着，理智和情感在打架。她日思夜想的男人就在身边，对国梁的伤痛，她不能无动于衷，她应该去抚慰，去拯救那棵破碎的心。她应该用爱的雨露去浇灌那颗近于干枯的柿子树，使它复活，重新开花。

婉容俯身趴在国梁身上，用十指理着国梁花白稀疏的头发，辛酸的泪珠滴在国梁的脸上，也滴在国梁的心里。除了怜惜的眼泪外，最重要的还有那份多年埋藏在内心深处的真爱。

小屋小床小门窗，物是人非梦还乡。

国梁没想到还会有今天，他闭着双眼，陷入沉思。心里默念宋代苏轼的《江城子·乙卯正月二十日夜记梦》一词："十年生死两茫茫，不思量，自难忘。……纵使相逢应不识，尘满面，鬓如霜。……相顾无言，惟有泪千行。……无处话凄凉。……"难道这是"夜来幽梦忽还乡"?

鸡叫三遍，婉容在国梁身边坐起，理了一下头发，去灶火收拾早饭。

国梁，一个青年才俊，满腔热血投笔从戎，抱着一颗爱国之心，融入抗日救国的洪流中，成长为对敌作战的一名中级军官。后来内战爆发，他血洒江南，九死一生，被解放军救起。在政策的感召之下，也为报答救命之恩，他反戈一击，投诚解放军，拥护共产党。由于他熟知敌军内部情况，又有专业技能，得到了领导的赏识与重用，成为师部的作战参谋。又由于偶然事件，他被下狱多年，成了阶下囚，虽然最后无罪释放。如今的他精神倦怠，显得如此苍老，与以前的国梁判若两人。

人生传奇，起伏跌宕。祸兮福兮？情何以堪！

少小离家老大回，大叔相见不相识。

052 真爱得重续

第二天，国梁过来看娘。

他对娘说："娘，我不知道婉容又结婚了，老田把这个家照顾得很好，待你和婉容都很好。看到娘身体硬朗，我放心多了。我真不应该回来打扰他们，抽空和老田见上一面，我就走。"

娘很生气，说："你刚回来就要走，往哪走？你舍得娘吗？娘都这岁数了，还能活几天？你不给娘养老送终呀？”

国梁说：“我咋会舍得离开娘呢？可您看这场面，我咋能住下去哩。”

娘说：“我也想了，你就在家住，带上孩子跟娘过。老田和婉容他们俩想在家里住，咱也不撵他们，咱们还是一家人。咱家房子多，能住得开。”

国梁说：“这哪行？外人不知底，好像婉容伺候俩男人似的，让别人看笑话。我在外面也说不起话呀。还是我走，成全他们吧。我请县领导给我安排离家近一点，也不走远，隔三岔五回来看看。”

娘说：“那也不行，好不容易你回来了，一家人到齐了，你又要走，家不像个家，四零五散的。”

娘俩正说着，婉容进来了。她正是来商量这事咋办。当她知道国梁想离开而成全他们时，婉容哭了。

婉容说：“你真是个好心人。说到天边，你都不能走，你一定要走，我就死给你看。这大半辈子，你一个人在外，出生入死，担惊受怕，遭受多大的罪，没过一天好日子。我对你的情意没变，我不能再让你受苦了。”

国梁说：“事情到这一步，你说咋办？对不住人的事我不能做。老田是好人，我很感谢这些年他对这个家的照顾。”

婉容说：“你先住下，我去跟老田说说这事，听听他的意见。也让他回来，你们见个面，把事说开，想一个两全其美的办法。”

国梁心想，这是件大事，不能一蹴而就，就等老田回来再说吧。

婉容到了诸河乡政府，老田正在开会。会开完后，俩人回到老田的休息处。

婉容说：“老田，前天我让景盛娘捎了个话，你觉着奇怪吧？”

老田说：“是有点奇怪，我有点摸不着头脑。到底啥事呀？”

婉容说：“月韵她亲爹，国梁回来了。他那样子，怕你见了会吓着。再说了，你回家见有个男人，还不把你气恼？我得先过来跟你说明白。”

老田心里“咯噔”一下，头脑发蒙。他不知如何是好，一时无法回答婉容。

过了好一阵子，他说：“这太突然了，叫我咋说呢。”

“国梁希望你能回去，跟他见一面，他要当面向你表示感谢，再商量一下以后这日子该咋安排。”

老田说：“今儿我就不回去了，我还有个重要会议。另外我还得好好想想。”

老田把婉容送出门外，又去开会了。一个下午，他都心不在焉，“国梁回来了”一句话把他的心搅乱了。

晚饭随便扒拉几口，就把自己锁在屋里，躺在床上冥思苦想。

“这算咋回事？怎么会有这种事情发生？国梁长期没消息，今儿能回来，这里面肯定有啥隐情，要不要弄清楚再说呢？不，弄清楚又能咋样呢？反正人家是原配，又有孩子和老娘，人家亲情连得紧呀。说到底，我是外来人。干脆我退出，走人算了。可我还是舍不得婉容呀。唉，我还是去跟老李商量一下吧。”

第二天，老田找到了老李，他把事情细说一遍。

老李想了想说：“你和婉容结婚，合情合理合法，谁也说不出啥来，这是既成事实，岂能随意变更？国梁的事情我知道，上级也有指示，他有历史问题，暂无实据，监督使用。你不用怕。”

“要是婉容提出和我离婚该咋办？”

“那就是国梁的挑唆，你就告他，告他破坏别人家庭，政府绝对会站在你这一边。”

老田一听有道理，说：“嗯，是这样。我再好好想想，不打扰了，我走了。”

老田出了刘村镇，没有回诸河村，也没有回史家湾，而是径直到县里去了。

他到县里找到了王主任，又向王主任说了一遍国梁的事。

王主任说：“这事关键在婉容身上，她要想恢复与国梁的关系，也在情理之中。但你要坚决不离，谁也没办法。问题是，这样的日子对你来说有意思吗？常言说‘强扭的瓜不甜’，叫我说，你不如以退为进，大方一些，主动提出成全他们，他们反倒会不好意思。我再让乡里妇女干部私底下做做婉容的工作，应该能保全你们的婚姻。国梁有些没弄清楚的历史问题，他背着包袱，也不敢造次。”

这一番话像一盏明灯，照亮了老田的心。到底是妇女干部，在家庭问题上见多识广，说的话句句在理。不能按老李说的办，那样会激化矛盾，弄巧成拙。

他主意已定，回到诸河，把家事放到一边，按部就班工作。他要以静制动，静观其变，等婉容“三请诸葛”。

县里组织部门查阅了国梁的档案，认为他在部队都是文职，又有大学学历，可以做个教师，为县里的教育事业发挥作用。于是决定安排他在史家湾任教，填补李老师调走后的缺位。

国梁对这一安排也很满意，既能教村里的孩子们读书识字，又能和家人朝夕相处，两不耽误。他心想，开办这所小学，还有他先父的一份心血呢。

国梁近日大门不出，二门不迈。尽管如此，这一消息还是不胫而走。

景盛娘问婉容：“都说你们国梁回来了，要在咱村小学教书，是真的吗？”

婉容想，这事包不住了，反正也对老田说过了，公开也没啥关系。说：“是真的，这不是刚到家么。歇几天再说。”

景盛娘说：“啊，我明白了，那天叫我去找老田，就为这事吧？”

婉容说：“就是的。我是怕他猛地一回来，产生误会。前几天，我去告诉他了。没啥关系了。”

景盛娘说：“那你们算是久别重逢，旧梦重圆吧。不是新婚，胜似新婚，好好享福吧。”

婉容说：“可不敢瞎说，没那回事。国梁在娘屋里歇息。这会儿老田才是俺男人，我不能胡来。叫外人知道了，会咋样看我？说我吃着碗里看着锅里，一女睡二男，丢死人了。”

景盛娘说：“就是的，咱俩好，我给你提个醒。咱村爱说是非的人不少，别让人戳你脊梁骨。”

“嗯，嗯，知道了。我知道该咋对付，放心吧。我记着你的好。”

好几天了，老田还没有回来，婉容纳闷了。发生了什么事了？她是个爽快人，心里憋不住事，今儿又来找老田。

“你咋还不回去？事情总得说开么，你不打算跟我过了？”

老田说：“谁说不跟你过了？你们久别重逢，我本想让你们多亲热几天，不想扫你们的兴。等你们商量好了，我再回去，听你们处置。”

婉容听他话里有话，气上心头，一下子火了：“放你娘的狗屁！我好心好意等着你，没良心的混蛋！人家国梁见过世面，没你那么小气。你到底啥意思，回去当着大家的面说清楚。走，马上就回去！”

老田心里憋气，说话欠妥，惹恼了婉容。他有点后悔，连忙说：“你别发火，我不会说话，该死。你消消气，别把身子气坏了。你先走，我交代一下工作，马上回。”

婉容怒气冲冲，摔门而去。

后半晌，老田回到史家湾。当他和熟人打招呼时，人家看他的眼神都是怪怪的，他知道这件事在村里已经家喻户晓了。他要是处理不好，会惹麻烦的。

老田推开大门，看见一家人坐在院里聊天哩。他觉得有些尴尬，脸上的肌肉有点僵硬。他端详着国梁，眼前的人物不像他想象中的军人，未老先衰，骨瘦如柴，老气横秋。

他走过去与国梁打招呼："你是国梁吧，你好，看到你很高兴。回来几天了？我听婉容说了，可是工作丢不开手，到今儿才回来。真不好意思。"

国梁急忙站起来，欲与老田握手。可老田装着没看见，没有伸手。

国梁把手缩回来，说："你好，你是老田吧，见到你我也很高兴。都坐吧，我知道乡里事情多，工作忙。"

"老田同志，阴差阳错，我在外面这么多年，没有尽到我应尽的责任。这些年家里发生的事我都知道了，这个家多亏你照护。今儿，我要特别向你表达真诚的谢意。"国梁站起来，对老田深深一鞠躬。

老田以居高临下的姿态对待国梁。他没有站起，只是小声说："没关系的，我是乡长，这些都是我应该做的。"

他把"乡长"这块牌子搬出来，自视甚高，以势压人。

话不投机半句多，俩人没有共同语言，一家人都觉得别扭。

婉容打了盆水端到老田面前，说："先洗把脸，我这会儿就去做饭。几天都没在家吃饭了，外面的饭哪会恁对口味？我去擀面，做你爱吃的蒜面条。"

"行，我就知道媳妇心疼我。"老田说。

看来他是有意刺激国梁。

的确，这话刺痛了国梁的心。他不想面对这难堪的场面，掀开帘子，回到娘的屋里。

这时候，老田叫月韵："月韵，快过来，给爹挠挠脊背，爹脊背好痒。"

月韵跑过来，小手伸进去使劲挠起来。还撅着小嘴说："爹，你说，我咋有俩爹呢？"

童言无忌，倒使老田很不高兴，说：“孩子，别听人家胡说。你只有我这一个爹，知道吗？好了，不痒了，你去玩吧。”

国梁坐在娘屋里，隔着帘子看得真听得清。他没想到老田的心胸如此狭窄，说话句句带刺。国梁心里五味杂陈，阵阵作痛，他暗下决心，明天就把事情说开，离开这是非之地。

喝罢汤，各自安歇。

国梁对娘说：“娘，这个家我不能再待了，看来老田很不情愿。反正政府已经安排我在咱村小学教书了，我就住到学校去，眼不见心不烦。还是成全他们吧，只要你和孩子不受症（苦），我就放心了。再者说，就这么近，真有啥事，我可以回来照护。我就是不想看他那样子，说话酸溜溜的。”

娘说：“也只能这样了。你就先住到学校去，再看看吧。”

这边，婉容、老田躺在床上，各有各的心事。

婉容问：“老田，你有啥想法，都说出来，咱好好安排以后的日子。”

老田说：“我也没啥想法，听你的呗。”

他按着王主任交代的话往下说：“我知道你们是结发夫妻，情深意切。多年分离，事出有因，这都不是谁的错。既然他现在回来了，你们重续旧情也在情理之中。我不反对你们重新结合，我情愿退出。以后有啥困难，我还照样尽力帮助。”

老田的话使婉容深受感动。

“老田，我就知道你是个明事理的人。你后晌的表现可有点过，话里带刺，像啥么。当然，我也知道你的心里不好受，说两句出格的话情有可原。”

停了一下，接着说：“这几年，你明里暗里照护俺，我心里明白，一辈子也还不清你的情。你心疼我，喜欢我，咱俩情投意合，恩恩爱爱，日子过得比蜜甜。我咋能舍得你？”

“你这一说，我心里好受多了。可国梁跟咱住在一起，算咋回事？外人会说闲话，背后吐咱唾沫。”

老田气顺了，说话缓和许多。

“可这是他家，房子是他的呀。他娘还在，咱不能把他赶出去吧。”婉容说。

“反正我觉着住在一起太别扭，抬头不见低头见的。一进门看见他，夜里跟你睡觉都提不起劲。”

“反正不能赶他走。这样，我会遭人骂的。人家会说，我把结发丈夫赶出家门，与一个外来户混在一起，图人家是乡干部。”

“要不然咱搬到诸河村吧，我在那儿赁间房子。”

“也不行，我都想过了。我舍不得孩子，孩子也离不开我。还有老太太也要人照护，老人家对我有恩，我不能忘恩负义。”

两人讨论到大半夜也没个结论，老田心情很复杂，索性不谈了。

早饭后，一家人聚在老娘屋里。

娘说：“今儿咱一家人坐到一起，安排一下往后的日子。对于娘来说，余下的日子不多了，只是想着过得安稳些。老田对婉容好，也顾家，对娘和小月韵也体贴，娘也把他看作儿子一样。国梁多年没消息，不知死活，这会儿回来了，娘心里高兴，就是这会儿咽气，也能合上眼了。手心手背都是肉，哪一个我都舍不得，谁都不能离开这个家。如何安排，你们看吧。”

国梁说：“昨天我都说了，很感谢老田同志照护全家。今儿我再次表达我的真诚谢意。我在这个时候回来，给你们造成了一些困扰，很抱歉，这是我没有想到的。老田和婉容还继续你们的夫妻关系，这儿还是你们的家，我保证不扰乱你们的生活。你们过得好，我也高兴。现在，县里已经下通知，让我在本村小学教书，我就住在学校里。你们看中不中？”

听了国梁一席话，老田心里有数了，也亮堂了。他说：“原本想，我离开这个家，成全你们。国梁大哥如此宽宏大量，我十分感动。我也愿意继续照护这个家。就按娘说的，咱都不离开这个家，不离开娘，让娘安度晚年。”

婉容说：“到底是一家人，都想到一块了。那就这样办吧。”

国梁说：“我还有个请求，我想在家里搭个伙。我有工资，饭钱我掏，小月韵的花销我也管。恁要是不同意，也没关系，我到别人家搭伙。”

老田说：“这个没问题，就是多双筷子么。咱是一家人，说啥饭钱不饭钱的，有啥客气的?”

国梁说：“那不行，我是个大老爷们，不能让别人养活。恁要是不收这个钱，我就到别人家搭伙去。”

看国梁真心实意，老田也就随他便了。问题圆满解决，老田、国梁俩人脸上的愁云换成了花朵。

国梁大大方方走到邻居中间，谈笑风生，开始了新的生活。

生活是复杂的，日子久了，新的矛盾就会发生。拿老田来说，他看见国梁回来吃饭，和婉容亲亲热热，和老娘有说有笑，还不知道他不在时国梁、婉容会干出啥事哩。他的心里容不下这些，妒忌的心理无法释怀，好像自己成了局外人，是来住宿吃饭的过客。他很苦恼，经常莫名其妙地发火，弄得婉容无所适从，左右为难。

国梁睡过的临时床铺没有拆掉，这更引起老田的怀疑。他有理由认为他们俩人瞒天过海，旧情复燃。为此，他找理由不定时回家，企图发现其中秘密，然而一无所获。他的反常举动，婉容看在眼里，私底下劝他放宽度量，别小心眼，疑神疑鬼的。但始终无法消除老田的疑虑。

老田还有一块心病，那就是月韵。孩子慢慢和国梁熟悉了，也亲近了，见面就喊着“爹呀，爹呀”。相反，老田在家的时间少，也没以前亲了，而且不叫“爹”了，改叫他“叔”。他很有失落感，自己被靠边站了。

村里人夸赞国梁不仅书教得好，还为人仗义，品德高尚，忍痛割爱，成全别人。相反，认为老田自私，心胸狭窄。当年仗着自己的地位，把婉容拿下。如今，人家男人回来了，还不放手。在一个屋檐下，一个女人照护两个男人，像什么话!

村里的闲言碎语也难免传到老田耳朵里，他的心翻江倒海。心想，我图什么呢？我辛辛苦苦在养活别人的妻儿老小，替别人“做嫁衣”，这算什么事?

婉容也很苦恼。她和景盛娘说：“我这日子真难过呀，国梁一心教学生们读书写字，家里的事从来不管不问。老田吧，心里这道坎儿总也过不去，老是找碴，脾气牢骚一大堆。要说国梁不管家里事也对，因为他虽说是老太太的儿子、俺闺女的亲爹，如今也就是来家里搭伙而已，不便多管家里的事，是吧?”

景盛娘说：“你呀，得了便宜还卖乖。别人都说，俩人轮换跟你睡，有俩男人伺候你好不好？还想咋的?”

婉容说：“你这死鬼货，狗嘴里吐不出象牙，俺俩清清白白。国梁是个老实人，晚上喝罢汤，跟他娘说几句话，问个安，就回学校去了。别人编排我，你也说风凉话。”

“我是心疼你。村里人都在骂老田呢，说他硬赖着不走，不给国梁腾地方。说他是黑叫驴（公驴），离不了你这骚尿盆儿，舍不得你这脸蛋和好身条儿。还有更难听的，我就不给你学了。”

“景盛娘，你说我该咋办呢？你给我拿拿主意。在咱村，咱俩关系最好，帮帮老妹子。”

“婉容，依我看，你跟老田是过不到一起了，早晚有一天要散。他和你是两张皮，粘不到一起。还是原配的好。可你不能提出来和他分手，这样，他就有理由告你和国梁，到头来国梁会丢了工作。”

“那我该咋办？就这么拖着?”

“就这么拖着。反正这儿是你的家，吃喝不愁，他每月还得给你俩钱。你再使使你那绝招，让他知难而退，自己提出跟你分手。你千万不能着急，也千万不要让他抓到你和国梁什么把柄，稳当点。”

“老姐姐说得对，我记住了。”

婉容与好朋友谈了心，轻松多了。

老田也去找他的战友李乡长。

李乡长能理解老田的处境和心情。但这不是婉容和国梁的错，人家都很够意思，可以说做到了仁至义尽。老田没有把国梁当作大兄弟，而是当作情敌，难怪心理上过不了这道坎儿。

最后李乡长说：“我说老田啊，从目前看，人家一家人做事挑不出毛病。可你身处那个环境，感到别扭，这也能理解。你没有把国梁当作兄弟、朋友，而当作情敌。你若硬性把国梁赶走，于情于理都不通，你会落下骂名不说，还会影响你的前程。因为纸包不住火，县上迟早会知道。你想想，是不是这个理？”

老田一会儿仰望天花板，一会儿低下头去。

沉思良久，他说：“我不想再过这种日子了，太累了。这心整天像猫抓似的，也影响工作。”

老李说：“你可想好了。别一时冲动，做出错误的决定。”

老田说：“我也想了很久了，今儿就是想来和你透透气儿。”

老李说：“那好吧。但你不能和人家撕破脸，我想让你很体面地离开。比如，把你调回老家或者离这儿很远的地方，你要带她走，她不肯，就自然分手了，谁也不会再说什么。你看呢？”

“还是老哥想得周到，小弟领情了。就按你说的，尽快办吧。”

半个月后，老田的调令下来了。他跟婉容说，上级照顾他回老家工作，要婉容也一起走。其实老田知道婉容难以从命，因为这里有她牵肠挂肚的人，婉容也知道，老田是逃避现实。俩人只好分手了。

老田向老社长均安告别。均安说：“老田啊，啥事都勉强不得，顺其自然为好，想开点。你的好处，俺村人会永远记在心里。回到老家后，来封信，俺抽空去看你。希望你工作顺利，阖家幸福。你也常回来看看，这里也是你的第二故乡。”

老田说：“大叔，多谢您对我工作上的支持，生活上的照顾。您多保重，我会再来看您的。我走了。”

婉容与老田并肩走着，“十八相送”，难离难舍。一直送到大路口，互嘱再三，长时间相拥而泣，依依惜别。

一桩阴差阳错的婚姻结束了，一段割断了多年的爱情得以重续。

老田解脱了，但他的确深爱着婉容，对婉容仍然割舍不下。他没有错，只是在一个屋檐下，爱情与亲情交织在一起，他无法接受。他想把一个完整幸福的家交还给婉容，下决心离开这个极为尴尬的境地。

婉容虽然恪守妇道，但在两个男人之间寻求亲情与爱情的平衡，的确勉为其难，还有那份深深埋在心底的、原始纯真的爱，她始终难以忘怀，她很纠结，很挣扎。加上小孩、婆婆及身边环境，她做出了可以理解的选择。

残酷的战争破坏了人的正常生活，撕裂了人们之间的相互关系，人的命运是多么曲折和不可预测。

一场欢喜一场空，杨柳叶落舞秋风。酸甜苦辣皆滋味，命运握在谁手中？

053 风吹漫天雪

冬天里，朔风凛冽，侵肌裂骨，一场大雪把大地装扮成童话般的银色世界。

婉容无心欣赏山村美景，深一脚浅一脚匆匆来到均安大叔家，也顾不上拍打满身满头的雪花，一见面就哭哭啼啼地说：“大叔，您可要帮帮我，帮帮国梁啊。”

均安说：“啥事呀，你慢慢说。”

婉容说：“前几天国梁说去县里开会，本来说只有两天，可五六天都过去了，也不见人影。会不会出啥事了？”

“啊，这样啊。这大雪天，路不好走，我让银生去县里打听一下，得到准信儿再说，中不中？”

“中，中。我本来想去，可家里有孩子和老娘，实在没办法。”

国梁身为教书先生，为人厚道，待人亲切，在村里很受人敬重。他几天没回来，孩子们的课业也受影响。

刻不容缓，银生即刻动身。

银生顶风冒雪来到县里教育科。县干部说，全县教师集中学习，向党交心，帮助党整风。可是，有人反党反社会主义，乘机向党进攻。这是一伙右派分子，要批判他们的反动思想，要彻底改造他们。国梁不在右派之列，但他立场不坚定，没有与右派划清界限，在学校传播右派言论。现在要认清是非，提高认识。

其实，银生也没弄清上面都说些什么，啥是右派，啥是立场，咋样提高认识。他忍着饥肠辘辘，立马回来向老社长汇报。

婉容得知消息后，依然忧心忡忡。她害怕国梁还会像以前那样，关禁闭蹲监狱。于是她对社长说：“您去救救国梁吧，他那身子骨再也经不起蹲大狱了。他回来后一直在小学教书，哪儿都没去过，会有啥过错？您代表咱村人去县里求求情，把国梁放了。”

听了婉容一番话，均安也满心不平。但他又想，或许是国梁的历史问题惹的祸。一点小事放在别人身上没事，要放到他身上，人家就会往坏处想。不管咋说，国梁是史家湾的人，是个好人，必须全力保他。

主意拿定，他叫来银生、大春、太平、景盛、兴盛、兴国等，说明情况，午饭后立刻出发去县里要人。

村民们向县教育科干部说明来意，强烈要求让国梁回村给孩子们上课。

均安社长拍着胸脯说："国梁确实表现很好，请领导放一百个心。真要是有啥事，有我这老党员在，你们怕啥？我会时刻注意阶级斗争新动向，对国梁也会加强教育，不让阶级敌人有可乘之机。"

均安在县里很有些声望，县干部不好驳他的面子，在均安向县里写了保证书之后，才放国梁跟大伙一起回村。一路上边走边聊，大家问国梁到底是咋回事。

国梁说："真的没啥事。就是我在学校给孩子们订了一份《中国少年报》，近来报上登载有北京大学教授的言论，我给孩子们读了。之前，没人说他是右派，我也不知道那是右派言论。其实，我每天都会给孩子们读报，来丰富他们的知识。在会上，我没想那么多，就原原本本说了这件事，还做了自我批评。谁知道问题有这么严重，真是自找麻烦，教训呀。"

国梁如释重负，气色好了不少，但对目前的形势他依然模糊不清。一个知识型的转业军人，肚里装的是专业知识，对于政治斗争，确实一窍不通。

"屁大的事，算啥呀。报纸是你们印的，你们发的。给孩子们读篇文章有啥错？这些人吃饱了撑的。"银生说。

国梁说："不是人家吃饱了撑的，是我吃饱了撑的。打我回来到现在，都胖了几斤哩。我有今天，是共产党救了我，要不然，早死在战场了。现在能在咱村教个书，也是多亏政府照顾。现在这日子多安稳，太平盛世，心里舒坦，我一心想着把书教好，把肚里这点知识都给孩子们掏出来。这一高兴，就忘乎所以了。我要是不订这报，不给孩子们读报，哪会有这事？吃一堑，长一智吧，唉！"国梁一声叹息。

银生说："国梁哥，你没错，你对孩子们的好，作爹娘的都在心里记着呢。你可别灰心呀，人在干，天在看，好人一定会有好报。"

国梁回到家，对婉容说了前因后果，婉容说："吓死我了，我以为你又出事了。要是把你再关进去，还不要了你的命？谢天谢地，总算回来了。也多亏均安大叔和村里一帮人帮忙。以后你要少说话，好好教你的书，别惹麻烦了。"

国梁说："我也没有说啥对不住政府的话呀。"

婉容说："我知道你见过大世面，见多识广，可这儿不是你逞能的地方。以后你要把自己当作庄稼人，啥也不懂。这就不会惹祸上身。"

国梁说："我是教书育人的，不能误人子弟。你不懂。"

第二天，依然乌云密布，大雪纷飞。一群麻雀在树上喳喳直叫，时而抖抖翅膀和尾巴，雪花从它们身上顺势滑落。

接近晌午，村里来了个生人，要找均安社长。

均安领他到社办室。房子四面透风，没有生火，冷得要命。

那人开门见山地说："老社长，昨天我给您一个面子，可我挨了一顿批评。领导说我没原则，警惕性不高。今儿我来，是要想法补救。您去把国梁叫来，我有话说。"

正在上课的国梁，听说县里又来人了，吓得不轻。他怀着忐忑不安的心情来到社办室。

来人说："国梁，昨天我做主让你和乡亲们回来，主要是不想耽误孩子们学习，这并不意味着你没有问题。你要深刻检查，彻底反省，深挖思想根源。在学校一边教书，一边写思想汇报，认真批判右派思想言论，把'思想汇报'交给老社长。啥时候认识深刻了，把错误思想批透了，才能算完。"

国梁点头称是，不多言语。

均安说："请领导放心，我会严格按照您的指示办。没有别的事了？那，国梁你回学校去吧，继续上课。记着写检查！走吧。"

国梁"嗯"了一声，迅速离开。

国梁走出后，县干部说："老社长，我跟您交个底吧。这么多年，国梁在外面都干了些啥事，您知道吗？他原来是国民党军官，后来被我军俘虏，弃暗投明，在我军中服务。他有通敌嫌疑，但一直查无实据，因此，现在是'监督使用'。对他的言行要特别注意，要防止阶级敌人的破坏。您是老党员了，可不能丧失警惕呀！"

均安说："领导同志，乡里也有交代，我明白，你放心吧，保证不会出事。天气不好，下着大雪，你在这儿稍歇一会儿，我回家让人烧碗热茶拿过来，给你暖暖身子。"

"老社长，不必了。我歇会儿就走，县里还有个会。咱俩说会儿话，我也想了解一些农村的情况。"

均安说："我给家里说一声就来，你稍等。"

均安交代完马上回来。县干部说："这农业合作社，农民是说好呢，还是说不好？老百姓的日子和以前比，是不是好一些？你跟我说实话。"

想了一会儿，均安觉得不能不说，也不能全说，话到嘴边留半句。他说："入了社，社员们是啥也不愁了，有些人认为有靠头了，就变懒了，不想多出力，还想多分粮。可是社队干部就发愁了，弄不好还会遭抱怨。恁上面也有规定，要先交公粮，再按规定分粮，最后卖余粮给国家。社员们能吃多少粮，恁都清楚。日子么，还算可以。恁不用操心。"

俩人说得正欢，均安家老大克勤把热腾腾的鸡蛋茶送来了，县干部客气了半天，才把它吃了。返程路上，这位县干部揣摩着老社长的话意……

054 天寒人情暖

天寒地冻的日子，婉容一家老小都下到地窨子避寒。有时候，月韵嫌地窨子太闷要到地面上和小朋友玩耍，他们也会在屋里点一个谷糠（暗燃）火盆取暖。

晚上，月韵跟奶奶睡，叫着被窝太冷。“奶奶，被窝恁冷，我不睡。你得把被子烤烤。”

婉容说：“你这孩子，真把你惯得没样子了。”

奶奶说：“去，点把火把被子烤烤，这天也就是忒冷了，我都嫌冷哩。”

婉容连忙去抱柴在屋里点着一盆火，和奶奶俩人把被子架在火的上方，烘烤一会儿，迅速把被子叠好，让孩子钻进被窝。奶奶又把被子掖了又掖，生怕啥地方漏风。最后抹了一把月韵的脸，说：“不冷了吧。乖，快瘸挤眼（闭眼）睡吧。”月韵“嗯”了一声。等奶奶睡觉时，被窝热乎乎的，月韵就像有个小火盆，奶孙俩暖暖和和睡到天明。

一般来说，人们喝罢汤，趁着那点热乎劲就早早和衣上床，坐在被窝里说会儿话，把被子暖热后，再脱衣睡觉。能在屋里生个煤火（煤炉子）取暖过冬的人家是极少数。

这是一个星期天。一清早，国梁来到均安家：“安叔，您在家吗?”

上房屋里应了一声：“谁呀？进来吧。外面怪冷哩。”

均安掀开棉布帘，一看是国梁：“啊，张老师呀，快进来。”

“安叔，一早就来打搅您，怪不美气（不好意思）哩。”进屋后，国梁说话带着歉意。

“张老师，有啥事？别外气，只管说。”安叔对学校老师极其尊重，也是小山村的尊师传统。

“是这样。今年冬天冷，下雪时间长，虽说让学生们从家里带些煤块生火取暖，可是能拿得出煤块的人家不多，这会儿就要没煤烧了。天寒地冻的，我心疼孩子们呀，总害怕把他们冻着了。您说这事该咋办?”

均安琢磨了一会儿，说：“这样吧，你给写个学生名单，我去挨家挨户收钱，能凑多少是多少，不够的我给添上。反正要凑够一车煤的钱。然后叫俺家老大克勤去龙门窑上拉车煤，这就够一个冬天烧的了。这事你别管了，我来办吧。”

钱很快就凑齐了。问题是，山路本来就难走，这会儿天气不好，风雪交加，真是难上加难了。

均安把大春叫来了：“大春，你看看文荣家还有煤烧没有，要是不够今冬烧，就趁早再去拉些，别过年时没煤烧。钱我来解决。”

大春说：“不会有多少了，要去拉，就去呗。又是你自掏腰包呀。”

均安说：“我到乡里要，文理是咱乡里的英雄，烈属的生活，乡里应该多照顾。我先把钱垫上，然后找乡长去要。”

大春说：“那我就去准备一下，最好有个做伴的。”

均安说：“是这样。小学也没啥烧的了，我让各家长凑了点钱去拉车煤。刚好，你和俺家老大一起去吧。”

洛阳南面有座龙门山，伊河自南向北穿流而过，把山分成东山（又名香山）和西山（又称龙门山），久负盛名龙门石窟开凿在西山上。两山对峙，使河谷两岸崖石壁立，形似天然门阙，是洛阳南面的天然门户。

西山脚下有个煤窑，方圆几十里的民众都会到窑上拉煤。

第二天，天刚蒙蒙亮，两架牛车就出了史家湾。

大地披着银装，天比往日早亮了多时。大春和克勤俩人在风雪中顺着山路慢慢行进。往日的深沟几乎被填平，弯弯的山路全被大雪掩盖，没有人迹，没有车辙，他们凭着往日的记忆，小心翼翼地赶路，可谓步步惊心。

大约过了一顿饭的工夫，他俩走上了大路，这才松了一口气。尽管道路依然坑洼不平，但总不会有跌进深沟的危险。

克勤说："大春哥，刚才我的心都提到嗓子眼这儿了。真害怕呀，恁深的沟，掉下去可就没命了。这会儿想想，真有些后怕哩。"

大春说："谁说不是？要说不怕，那是假哩。大白天走在这雪地上，就是晃眼睛，但还能认得路，要是天黑，麻烦就大了。希望能赶在天黑前回到家。"

大路上，他俩加快速度，一鞭接一鞭地抽打着牛。

快晌午的时候，他们赶到了窑上。急急忙忙把车赶到煤场，趁着工人还没下班，请人帮忙，装满两车煤，过了磅，付了钱。

俩人把车赶到煤场附近一个背风的角落里，支起草料斗，给牛喂上草料后，俩人走进一家小饭馆。各要了一碗胡辣汤，把带的油馍泡在碗里，热热乎乎吃了起来。

"大春哥，来的时候过河，我看着那桥不结实，晃晃悠悠，还咯吱咯吱直响，我有点担心，咱这重车过桥能经得住吗？"

"这是冬天临时搭的浮桥，给行人方便。夏天涨水，桥就拆了。其实，我也有点担心，要不咱就蹚水过河？"大春说。

"不知水有多深呀。再说那河底的虚实也不清楚，怪危险的。"

"我看有蹚水过河的车，水不会太深，这里河滩平，河底有些碎石头。就是水太冰冷了。"大春说。

"大春哥，我看这样。这河水约莫有十来丈宽，咱把两个牛套在一辆车上，咱俩在后面再推一把，很快就过了。过去一辆，再拉第二辆。冷一点，总比从桥上摔下来好。"

"中啊，就这样。"他俩边吃边商量，主意打定，付了汤钱，离开小饭馆，又给牛饮些水，抓紧时间就上路了。

这时候，雪停云散，太阳露出了笑脸。殊不知，下雪不冷化雪冷，阳光的一点温暖，全被融化的雪吸收了。小北风一吹，脸上像刀割一样刺痛。

当他们来到河边时，看到前面有拉煤的车涉水而过，而且人还坐在车上。他俩商定，为了保险起见，还是用两头牛拉一辆车的方案，人坐在车上过河。过河后，再把牛从桥上牵过来，拉第二辆车。

当牛踏入水中，体感也一定很冷，两头牛使出浑身力气，加快脚步冲向对岸。这样，两辆煤车都顺利过了河。

牛车摇摇晃晃走在大路上，哥俩聊起了合作社的事。

“大春哥，你说这合作社能长久吗？像现在这样，庄稼能长好？”

“克勤啊，均安叔是社长，他能不知道这下头的事？”

“俺爹也是看在眼里，窝火在心里，没法说呀。咱农村不就是靠种地生活哩，地要是种不好，咱吃啥哩。”

“这合作社是好办法，可有人就是不往好地儿做，光想投机取巧，少出力，占大家的便宜。这种人多了，事情就没法弄了。人哄地，地哄人，能好过么？”

“是这样。要是各家种各家的地，谁家能不下力气？不下力气，就没饭吃。”

“是这个理儿，走着看吧。”

说着话就进了史家湾地界。

日落近黄昏，山路逶迤，湿滑泥泞。山坡上，强劲的北风更显得凌利，风从耳边吹过，发出“嗖嗖”的响声。

大春、克勤俩人一前一后，低头弯腰缩脖子，吆喝着牲口，一路上坡，一步一步向史家湾挪动。

眼看快到家了，突然，克勤脚下一滑，猝不及防，没能拉住车帮，滚下壕沟。他连声高喊：“大春哥！大春哥！”

大春低头走在前面，逆风而行，耳边只有风声，他根本没听见沟中克勤的呼喊。走了一段路后，大春一直没听见克勤说话，扭头一看，不见克勤的踪影。这下，大春慌了。他停下车，火速向后跑去。

当跑到后面煤车那儿，不见了克勤的身影。往远处找了一阵，才发现克勤跌落在深沟里，动弹不得，好在还是头朝上。

克勤说："大春哥，你能够得着我吗？快拉我上去！"

大春趴在雪地上，伸长胳膊，相差太远。

他说："等一下，我把牲口套卸下来，看能不能行。你千万别动，你越动越往下掉。"

大春迅速卸下牲口套，把套丢下去，还是够不着。

这可咋办呢？大春说："再等一下，我去把那副套也卸下来。"

大春飞也似的向前面煤车跑去，卸了套又赶紧跑回来。

由于克勤的体温不断融化着周围的雪，因此，他不断慢慢下沉。等到大春跑来时，两副套绳接在一起的长度，仍然无法到达克勤的手边。

万般无奈，大春说："克勤，你沉住气，别乱动。我跑回村里，叫人拿绳子来救你。"

大春进村就高喊："快去救人呐，克勤掉进雪沟里了！年轻人都拿你家的长绳子，快去呀！"

均安在家里也听见大春的喊声了。他连忙跑出来一问究竟，接着马上回家叫来老二、老三，拿起绳子就往外跑。

过了大约一个时辰，村里人都先后赶到了。

绳子接绳子，放下去一个年轻小伙子，把绳子绑在克勤腰间，沟上面的人齐心协力，很快就把克勤拉上来了。

这时候，由于天寒地冻，加上害怕，克勤已经无力说话，只是俩眼眨巴眨巴，感谢大家。

到家以后，老爹均安把克勤放在自己屋里躺下，脱去棉袄内衣，用雪在他身上慢慢揉搓，直到发热，双腿与全身恢复知觉。家人看到克勤慢慢缓过来，才把心放下。

老太婆在一旁嘟哝着：“你爹也真是的，大雪天让他们去拉煤，多担心呀！不知道咱这山路难走?”

均安说：“看你说的，学校里孩子们都挨着冻，咋上课哩？以后，早点准备就是了。”

有惊无险，克勤的身体逐渐恢复了。

清早起来，孩子们背着书包上学去，兴高采烈，你追我赶。一张张红扑扑的笑脸从克勤身边闪过，他也咧开嘴笑了。

太阳又从东面爬上山坡，驱走了黑夜的寒冷，把温暖带给了乡亲们。勤劳朴实的山村人沿袭着早睡早起的习惯，史家湾又开始了日出而作的一天。

像往年一样，村头沟崖上的迎春花如期而至。没有绿叶，只有成串的花朵，黄灿灿的，很鲜艳。它们带着盈盈的笑容，傲然凌寒绽放，把淡淡清香沁入人们灵魂深处。它们倒挂在悬崖边上，在寒风里摇曳着，以坚忍不拔的性格，悄无声息地把春天带给小山村。放眼望去：

瑞雪皑皑盖山川，迎春花开山崖边。冰封千里炊烟直，红日高照史家湾。

055 **后　话**

史家湾，史家湾，一个小得不能再小的山村。

这里发生了许多故事，这些故事似乎平淡无奇，但它很生活，很有可能在北方其他农村也发生过类似的故事。人们吃着粗茶淡饭，穿着家纺布衣，演绎着自身的故事。有的命运不济，有的灿烂一时。情之所至，人性使然。

没过多久，“人民公社”的热潮席卷全国。

史家湾的墙壁上，用白石灰写着大标语：“人民公社好”“鼓足干劲，力争上游，多快好省地建设社会主义”“总路线，大跃进，人民公社三面红旗万岁”“大炼钢铁，赶英超美”。

村里装了高音喇叭，一天几遍播放革命歌曲：“社会主义好，社会主义好，社会主义国家人民地位高……”

农村里正常的农耕活动被打乱了，青年小伙们成立了“突击队”，或大炼钢铁或修筑水库，村里显得有些空寂。

万棵树木焦炉吃下，土法上马钢炉飞花。筑坝开渠兴修水利，引水灌溉种豆种瓜。

狂热浮躁的气氛笼罩着黄河上下，中原大地热气腾腾。大评比大比武，争红旗当模范。火红年代里，人们置身于洪流之中，无法停下脚步，只有随着向前奔跑。

史家湾的社员们在亢奋中放声歌唱，手推小车，肩挑箩筐，行走在崎岖的山路上，为实现农业发展纲要拼尽全力。

农业社会主义改造改变了史家湾的面貌，也改变了乡亲们的思想。与天斗，与地斗，与人斗，“斗争”成了口头语，成了一段时间的主旋律。

老社长在“大跃进”中积劳成疾，又遇到饥荒年代，不得温饱，缺医少药，不幸离世。全村人为他送行，哀声动天。

银生接班后，遇到“文化大革命”，被揪斗体罚，一病不起，多亏秀萍照护，苟延残喘地活着。

“文革”期间，金旺一家成了风云人物，与兴旺兄弟们斗得你死我活，两败俱伤。

唯有婉容和大春媳妇俩人性格开朗，成为长寿老人。

峥嵘岁月稠，又发生了许多精彩的故事……

现如今，张继勇成为史家湾的带头人。他利用资源优势，大力发展柿子产业，乡亲们走上了脱贫致富的金光大道。

——故事完